故事会

2008 · 26

（总第 410-413 期）

合订本

I0553275

STORIES

上海故事会文化传媒有限公司　出品

（00147）

图书在版编目(CIP)数据

2008年《故事会》合订本.26/《故事会》杂志编辑部编.
—上海:上海锦绣文章出版社,2008.3
ISBN 978-7-80685-965-0

Ⅰ.2⋯ Ⅱ.故⋯ Ⅲ.故事-作品集-世界 Ⅳ.Ⅰ14

中国版本图书馆CIP数据核字(2008)第020116号

责任编辑: 朱 虹
封面设计: 李宝强

故事会2008年合订本26

(总第410—413期)

《故事会》编辑部 编

上海锦绣文章出版社出版

地址: 上海绍兴路74号

网址: www.storychina.cn

中国图书进出口上海公司发行

地址: 上海市广中路88号

电话:36357888

字数 280,000

ISBN 978-7-80685-965-0/G·085

410

2008
SEMIMONTHLY
上半月版
3月
STORIES

欢迎登录本刊主办的"故事中国网"（www.storychina.cn）

百姓话题

故事会
—STORIES—

2008 年 3 月
上半月·红版

主 编：何承伟
常务副主编：吴 伦

副主编：姚自豪（上半月·红版）
副主编：夏一鸣（下半月·绿版）
本期责任编辑：叶小萌
电子邮箱：xiaomeng.ye@gmail.com

红版发稿编辑：

姚自豪 郑继文 吕 佳 周 吟
特约编辑：

范大宇 崔新三 申之珉
美术编辑：李宝强
电脑制作：郭瑾玮
通 联：归依玲

本社办公室电话：021-64375030
上半月刊编辑部电话：021-64332325
下半月刊编辑部电话：021-64336469
（上海市绍兴路74号 邮编：200020）
主管、主办 上海文艺出版总社

制作、发行总监：张 凯
电话：021-64313938

广告业务：上海故事会文化传媒有限公司
广告总监：张 淮
广告业务：021-34010383
广告投诉：021-64333738
广告经营许可证
沪工商广字 3100320050022 号
发行：中国图书进出口上海公司

爱情和包子

今天，女友打算和男友提出分手，她约男友在学校的食堂用餐。

女友说："我们能分手吗？我想换一个。"

男友不假思索地说："不可以。"

女友问："为什么？"

男友指着桌上的餐盘说："就像这食堂的包子，你咬了一口，人家肯给你换吗？"

女友有些无奈："可你没我想象的好，不换的话叫我怎么办？"

男友继续说："就像这食堂的包子，你本来想吃肉包，拿错了，咬了一口是菜包，想换又不给你换，难道扔了？凑合着吃吧。"（林盛杰）

（本栏插图：包丰一）

人体模型

一位戴眼镜的顾客要开服装店，他正在挑选购买人体模型。在一堆形态各异，只穿着三点式、搔首弄姿的女体模型中，他忽然看中了一个，于是指着那个女体模型说"同志，麻烦你把那个模型给我摸摸，看看材料好不好。"

店员先是脸一沉，然后十分有礼貌地说："您最好再仔细地看一看，那不是模型，那是我们老板娘。"

（周雪宏）

违章建筑

二牛喜欢学人家扮前卫，每天要去理发店换一个新潮发型，父亲看他这样，心里十分恼火。

一天，二牛头顶着个"蜂窝"似的新发型回到家。父亲一瞅，立马举起手一掌拍向二牛的脑袋："你个臭小子，这违章建筑必须拆除，去，拿推子去。"

（钱不多）

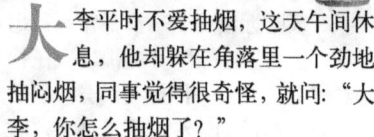

造 句

小琴今天的语文作业是用"夜深了，妈妈还在……爸爸还在……"的句式造句，她在作业本上写道："夜深了，妈妈还在打麻将，爸爸还在上网。"

爸爸检查作业后，说"写作的事要源于生活而高于生活，不能这么平实地描述家里的情况。"

小琴听了用力点点头，于是认真地把原文改成"夜深了，妈妈还在赌博，爸爸还在网恋。"（刘　立）

如此起名

林林带着一对双胞胎儿子在小区广场上玩，她对一个孩子叮嘱道"大钱，别乱跑！"站在旁边的小区保安听到这个俗气的名字后心里发笑，心想另一个双胞胎孩子一定叫小钱。这时，另一个孩子跑着跑着撞倒在保安身上，保安忙扶起孩子。

林林走过来，拉着孩子说："老钱，快谢谢叔叔！"

保安听了，忍不住说"孩子的名字起得可真……有趣呀！"

林林笑笑说："都是我老公起的，他姓郑，所以一个孩子就叫郑大钱，按说另一个该叫郑小钱，可听起来别扭，所以就叫郑老钱了……"

（辛　科）

抽 烟

大李平时不爱抽烟，这天午间休息，他却躲在角落里一个劲地抽闷烟，同事觉得很奇怪，就问："大李，你怎么抽烟了？"

大李脸涨得红红的："我是没办法呀，谁让这'红梅'烟和我老婆重名呢。"

同事笑着说："原来是想老婆了。"

大李的脸突然由红转青："什么呀，她既然敢动手打我，我也不是吃素的，我就敢狠狠地抽她。"

（湖北人）

四大名著

小区附近新开了一家餐馆，打出了"四大名煮"的招牌，大丁特地约了几位朋友一同前往品尝。酒足饭饱之后，他们还没有看见什么"四大名煮"，于是大丁忍不住叫来了大堂经理，问个明白。

大堂经理眨巴着小眼睛，呵呵一笑说："你们看，这餐馆内满墙壁红绸布大宫灯，人在其中，如梦如幻，算不算'红楼梦'？"大丁"哦"了一声。经理接着说："二楼那三口锅，就叫'三锅演义'，锅中的便是'西游鸡'，而服务生倒茶水的造型，更是我们餐馆的一绝，就叫'水壶转'了。"

（小　二）

家中天气真恶劣

四岁的小格喜欢看电视里的天气预报，但他始终没有弄明白泥石流、台风、冰雹和海啸的意思，于是就向妈妈请教。为了说得通俗易懂，妈妈作了几个比喻："泥石流就像你，哭时眼泪鼻涕交替往下流的样子；台风就像你爸爸喝醉酒时手舞足蹈、疯疯癫癫的样子；冰雹就像我生气时，用拳头在你爸爸背上捶打的样子；海啸就像你爷爷看到我和你爸爸吵架时，张开大口咆哮的样子。"

小格若有所悟地说："噢！原来我家一天一次泥石流，一周一次台风，半月一次冰雹，一月一次海啸……"

（黄金玲）

小镇镇长

李洪是一个小镇的镇长，他同时又是该镇的兽医。一天晚上，李洪家的电话铃响了，他妻子接的电话。一个人焦急不安地询问道："你丈夫在吗？"

妻子问："你找的是作为镇长的他还是作为兽医的他？"

打电话的人回答："两样都找！我们没办法让狗张开嘴，它咬着一个贼！"

（白淑贤）

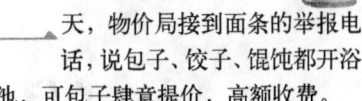

燃 烧

老张、老王俩村民到村委会办事，看到墙上挂着一条横幅，上面写着一句名人格言："人的一生不是燃烧，就是腐朽。"

老张不解其意，于是问老王："这是什么意思？"

老王解释道："燃烧就是火葬，腐朽就是土葬。"　　　（张　帅）

好"邻居"

罗杰和妻子闹意见，一直住在车库里。他们夫妻俩虽然很少说话，但罗杰继续修剪草坪、倒垃圾和修汽车，而妻子依旧烧饭、除尘和洗衣服。

几个月之后，罗杰和老朋友道恩一起喝酒，道恩问："既然你在家里住得不舒服，为什么不搬出来住呢？"

罗杰回答道："唔，如果你真的想知道实情，那我告诉你，她做一位邻居真的很不错。"　　　（董　行）

急中生智

一个小伙子在酒店里当伙计。一天早上，他在店里挂招牌，一不小心，招牌落在地上摔成两半，老板见了很生气地说："你怎么这样粗心，该死！"小伙子急中生智说道"老板，恭喜你！你快要开分店了，这是很好的预兆呀！"　　　（陈　丰）

桑 拿

一天，物价局接到面条的举报电话，说包子、饺子、馄饨都开浴池，可包子肆意提价，高额收费。

于是，物价局找到包子调查情况，包子委屈地说："我冤枉啊！饺子、馄饨开的都是浴池，可我这儿是蒸气桑拿啊！"

（寒　心）

本栏欢迎来稿，读者、作者可将有新鲜感、有精彩细节的笑话佳作投寄给我们。来稿一经采用，最高稿费为一则100元。本期责任编辑电子信箱：xiaomeng.ye@gmail.com。

一口缸的

故事

这天，席先生见了董事长，见他神态焦躁、脸色不好，一问才知道昨夜没睡好，想得多了，睡不着。

于是席先生说了一个安神治失眠的民间土方：黑芝麻50克、桑叶50克、核桃仁50克，碾碎，加上蜂蜜，搅成糊状，此名"芝麻糊"，每天服三次。席先生讲，据说这个药方效用不错，董事长答应随后就试试。

席先生见董事长神态平静了些，便说："董事长，今天讲个轻松一点的故事吧，让您放松放松。"接着，他就开始讲了——

今天这故事说的是一口缸，这缸是一个小镇上一户普通人家的，缸很大，能躲得下一个人，估计以前是盛水救火或是养鱼的，现在没

人用了，就放在院子里，日晒雨淋，里面满是污水。这口水缸的主人叫牛三，是个跑运输的个体司机，长得五大三粗，可心眼很小，对老婆管得很严，他老婆叫刘兰香，是小镇上出了名的美人，天仙一般的模样，他能大意吗？

这个小镇古老而闭塞，是一个出文物、出古董的地方，因此，近年来到小镇淘宝的人渐渐多了。

这一天，牛三把缸里的积水一桶一桶地提了出来，又传出话来，说他家的水缸是祖传之物，是古董，于是马上就有几个古董商上了门，他们围着水缸左看看右瞧瞧，一是不敢确认

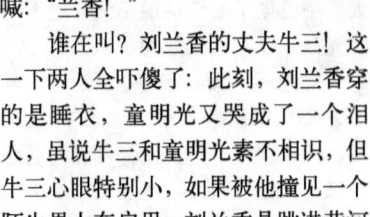

这缸是不是古董，二是价钱上谈不拢，最后作罢，也就在牛三想卖缸而没有卖掉的时候，家中发生了另外一件事……

那天牛三不在家，刘兰香吃过午饭，闲得无聊，便走进房间，躺到床上，想稍稍休息一会。刘兰香没关大门，也没关房门，因为小镇民风古朴，很少有偷鸡摸狗一类的事发生，可刘兰香今天大意了，她躺到床上后渐渐有了睡意，刚闭上眼睛，感觉有人进了房间，睁开眼一看，禁不住吓了一跳：床前正站着一个男人！

这男人不是别人，竟然是刘兰香高中时同班的一个同学，名叫童明光。

念书时，童明光和刘兰香曾相好过，童家穷，刘家看不上，活生生地拆散了一对鸳鸯。后来刘兰香嫁了家境富裕的牛三，童明光一气之下就到外面做生意去了，这么多年来，童明光做生意没有发财，但是对刘兰香的一片痴心还是没改，他始终没有成亲，始终惦念着刘兰香，这一次竟然独自一人回到家乡，不为别的，就为了见一见刘兰香！

这当儿，童明光克制不住万千思念，一下扑了过来，趴在床沿上泣不成声。刘兰香想到以前的情分，看到童明光伤心欲绝的样子，心也就软了，可她已是有夫之妇，她懂做人的道理。

就在她左右为难、万般无奈的时候，忽听门外一声喊："兰香！"

谁在叫？刘兰香的丈夫牛三！这一下两人全吓傻了：此刻，刘兰香穿的是睡衣，童明光又哭成了一个泪人，虽说牛三和童明光素不相识，但牛三心眼特别小，如果被他撞见一个陌生男人在房里，刘兰香是跳进黄河也洗不清了！

去年有一天，一个外地男游客上门问路，刘兰香好心，就陪着那人去找一个古迹，牛三知道了这事，当天夜里就"盘妻索妻"，逼问刘兰香和那男的是什么关系，一直折腾到天亮，

结果留在刘兰香脸上的巴掌印三天都没有褪尽，今天，牛三见了他俩这说不清、道不明的光景，还不要操起刀子杀人？

问题还不仅如此，牛三是进了客厅才喝叫的，客厅和房间仅一墙之隔，眨眼之间，牛三就有可能闯进房间来了，房间的前门童明光是没法出去了，还有一道后门，连接后门的就是院子。

好个聪明的刘兰香，她马上有了主意：那水缸不正在院子里摆着吗？那水缸里的污水不是让牛三掏干净了吗？于是她赶忙示意童明光去水缸藏起来，好险啊好险，童明光刚走出房间，牛三便一脚跨进了房门，刘兰香

暗自庆幸。

可是，刘兰香高兴得早了一些，事情的发展令她始料不及：牛三这时候回来不为别的，而是有一位古董商找到了他，说是如果水缸保存完好，愿意出八千元买这口缸，牛三一听乐坏了，可他不知道水缸到底有没有破损，于是赶忙跑回家，想先看看。他进了房，对刘兰香说了这事，说完，拉着刘兰香，一起去看缸。

刘兰香惊呆了，原本以为让童明光躲进缸中是万全之策，现在倒好，不仅童明光成了瓮中之鳖，连她刘兰香也是黄泥巴掉进裤裆里——不是屎也是屎了，这么一来，不仅夫妻间大战在即，而且也会毁了她刘兰香的半世名节！

这当儿啊，刘兰香浑身毛孔全冒着冷汗，牛三前面走，她在后面跟，每走一步，如踩针毡！

刘兰香是出了名的聪明人，电视台的脑筋急转弯都没难倒过她，可此时此刻她还有招吗？没有了啊，不过她不死心，脑子在飞快地转，离水缸越来越近，就剩五步之遥了，忽然间，她对牛三喊了一声："站住！"

牛三收住脚步，回转身来，等待刘兰香的下文，刘兰香神情自若，不紧不慢地问牛三："你刚才说那买缸的出了多少价？"

牛三回答："八千，出价不低了啊！"

"我见到了古色，闻到了古香，又品到了古味，是古董，可以鉴定为清中期。"

嗨，鉴定古董哪会掰下青苔来看呢？这不是瞎扯淡吗？但牛三不懂，他见水缸里面果然有人在鉴定，还像模像样地说着"行话"，便相信了刘兰香的话，他问童明光什么时候成交，童明光说三天之内一手交钱一手交货，牛三很高兴：眼睛一眨，就轻而易举地多赚了一万元！

童明光望着刘兰香，从心底里感激这个聪明的女人，他从容地辞别了刘兰香，离开了。

这件事牛三一直被蒙在鼓里，他还眼巴巴地等着童明光上门来买他的缸呢……

（搜集整理者：孙新华）

（题图、插图：安玉民）

刘兰香故作吃惊地说："怎么，八千元你就想出手呀？我问你，如果有人出一万八千元，你卖不卖？"

牛三急忙说道："当然卖哪！谁出的价高就卖给谁，傻瓜都懂这个理呀！"

牛三觉得老婆像是在开玩笑，又连忙追问了一句："谁要买呀？人哪？"

刘兰香笑了："人还没走呢，正在看缸呢！"

再说藏在水缸里面的童明光也不是傻瓜，缸外面的夫妻对话他听得清清楚楚，他明白了刘兰香的意思，于是不紧不慢地站了起来，伸手在缸沿上掰下一块青苔，摆出了一副鉴赏家的模样，闭着眼"品味"了一会，说：

征稿启事

"新一千零一夜"是本刊"红版"2008年新推出的栏目，希望广大读者能够喜欢。该栏目的来稿，凡一经采用，优稿优酬，"红版"编辑部热忱欢迎作者惠赐原创佳作，要求：1.题材不限，能以较新的视角反映生活，立意独到；2.核心情节新鲜、奇巧、生动；3.篇幅在2000字左右。来稿可从邮局寄发，也可发电子邮件，请在信封或电子邮件的主题栏内注明"新一千零一夜"字样。"红版"编辑部各编辑邮箱见第30页。

马是一种有灵性的动物,数千年来,它与人类同生死,共患难,成为人们最忠诚的朋友……

神奇的

□ 谢丰荣

李强是个哑巴青年,但是哑巴咋啦?他还是跟着一群人到外省打工去了。一年下来,他的勤恳有了收获,四千元钱装在包里,捂着抱着就要回家过年了,李强有个老娘,他想着老娘就高兴异常,是啊,要见到娘了呀!

李强先搭车到省城的火车站,进火车站时却出了件大事:在拥挤的人群中,他的包被人抢了,劫匪一溜烟地跑了,不见踪影,李强追了一阵,到头来还是只能瘫坐在地上大哭一场。周围的人看着问呢,他只能"呀呀"地不知所云,然后就是哭,人们帮不了忙,只好散开走了。

李强哭罢,心想,还得回家呀!

他摸摸衣兜,只有一百元钱,可回家的路费就得两百元,他心灰意冷地在大街上走着。

突然,李强发现前面围了一大群人,原来有个江湖棋手在摆残局赌钱,来者出十元,摊主出二十元,谁赢谁拿钱。李强下意识捏捏仅有的一百元钱,然后挤了进去。李强盯着棋局看了几分钟,摸出一百元钱放在棋桌上,对摊主比划,意思是:"我出一百,你敢赌两百吗?"摊主微微一笑,说声"奉陪",就从包里取出两张百元大钞放在桌上。

李强其实是为钱急红了眼,要知道,论下棋他可是村里第一高手。不过,以前李强下棋只是玩玩而已,可今天他是要赢钱，要不是迫不得已，他是不会动这份心思的。经过几分钟的思考，他已经找到赢棋的着数。

李强本以为三张票子已十拿九稳了，哪知人家敢出来摆摊混饭吃也不是草包，几着过后，李强已是热汗涔涔，周围的人大摇其头，摊主抽着劣质香烟，得意洋洋地不拿正眼看他。李强想：完了，我算是身无分文了！

此刻轮到李强走棋，他捏着"马"，半天不敢落子，好不容易有了一着，心里也没底，只好一横心，重重地将棋子敲了下去。

这棋子一落下，人群里随即发出一声叹息："唉——"李强定睛一看，原来这匹"马"并没落在自己想放的位置，这是一着人人都能看得出的臭棋！他赶忙拿起棋要悔，摊主立即瞪了他一眼，大吼道："愿赌服输！"

李强全身一震，瞟了瞟三张人民币，手开始剧烈地颤抖起来。对方很快应了一着，这回又轮到李强走棋，他决定还是跳马，可今天就是怪了，他举起那匹曾错走的马向下放时，偏偏又错了地方，这一招更显得臭不可闻，人群里有人说道："小伙子，认输了吧，这棋还有什么下头？"更有人讪笑着说："不就一百块钱嘛，输了就输了！"李强心里在哭：李强啊，手都不听自己的话了，这下好了，今晚在哪里过夜？自己是不是要成乞丐了？

第三步还得走，也只有再跳马……李强去拿那匹马，可那匹马却如钉在棋盘上一般，任他怎么用劲也拿不起来，他惊异不已，心想今天自己出现幻觉了，输得神志不清了！李强气极，不觉将棋桌重重一拍，就在这时，奇迹出现了：他的另一匹马"嘣"地弹跳起来，竟落在对方一个非常关键的点上！

所有在场的人都大叫起来："好棋，好棋！"原来，这三次出马竟成绝杀，接下来的棋连旁边最差劲的人也可以下了，就这样，李强赢了，他拿过三百块钱，手直哆嗦。他看着那

两匹不听指挥的马，眼前似乎突然出现了幻觉：恍惚中那马对他咧嘴一笑，好像还说："小伙子，生活不是一帆风顺的，别气馁，我是来帮你的！"

李强知道自己不会成乞丐了，尽管心情并没有好多少，但他有钱买车票了，能回家就好。

就在李强要上车的时候，突然听到远远有人在吼："抓住他！抓小偷！"话音刚落，就见一个人"呼"地跑了过来，还将一个包丢在地上，正好落在李强的脚下。两个巡警冲过去，很快，那个撒腿要跑的人被他们抓住了，押了过来。

警察过来一看，见李强将掉在地上的包一把抓起，抱在怀里呜呜地哭，一个警察一把夺过包，李强发疯似的要夺回去，他"哇啦哇啦"地指着包和那个刚抓住的人对警察比划，警察不听他说，要带着小偷走，李强撒腿跑到旁边，夺过一个市场管理员手里的纸笔，在上面飞快地写起来，然后又把写好的纸条递给警察，警察一看，上面写的是："警察同志，这包是我的！"

警察不信，在那纸上写道"没有看见他抢你的呀！"

李强又写道："我的包是在车站门口被那个人抢了的。"警察见是个哑巴，脸上也和气了，警察又写道："你说说包里有些什么。"

李强流着眼泪写下了这么一些话："我叫李强，里面有我的身份证，有现金四千元，还有一本书，叫《象棋基本招式分解》。"

警察打开包一看，完全相符，于是将包交给李强。李强见警察押着小偷要走，马上在纸上写下一句话，递给警察看："请问你们贵姓？我好感谢两位救命恩人。"

警察回头对李强笑笑，又在纸上写了一句话"这是我们的工作，不用谢，我们两个都姓马。"

李强这一惊非同小可，他看着两人呆住了……

（题图、插图：安玉民）

还有一个

□ 刘晓华

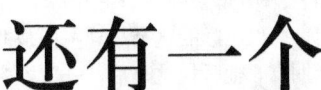

现在的学校都讲究升学率，升学率高了，学校的地位就提高了，于是，许多学校开始明争暗斗，拳来脚去。

清平镇上就有这样两所中学，一所是公立的育才中学，校长叫甄慕才；另一所是私立的德仁中学，校长叫李延良，为了争夺优等生，两位校长可是花尽了心思。

清平镇上的顶级优等生是一个叫陈智生的学生，现在刚好读小学六年级，他正是眼下两所学校争夺的重点对象。

德仁中学的李校长在最近一次会上放出了狠话："谁有能耐游说陈智生来上德仁，我就给谁一万元奖金回报！"

俗话说，重赏之下必有勇夫，不过三天，教导主任就兴冲冲地来报喜了，说是找到了合适的"说客"，接着他就向李校长详细介绍起来："此人有三大优点，第一，他是陈家的亲戚，陈智生的父亲得喊他一声'姨父'！"李校长听了，微微点头。

教导主任接着说："第二，他也是个教师，自然是个内行，陈智生的父亲本来就会向他请教这方面的问题的。"李校长"哦"了一声，眼睛顿时放出光来。

教导主任越说越起劲："这第三点你猜怎样？告诉你——他是育才中学的！"

李校长一听，更加兴奋起来"这是真的？"

教导主任说的一点不假，原来这个"说客"名叫毛大遂，是育才中学的政治课老师，十多年来他在育才中学仕途坎坷，德仁中学的这个教导主任是他的老朋友，他听说这事后，一口答应为德仁中学当"说客"。

事不宜迟，李校长当即要教导主任通知毛老师赶快行事。

星期五一放学，天刚抹黑，毛老师就去陈家了，正好只有陈智生的父亲陈德厚一人在家。陈德厚见姨父上门，自然热情款待，两人唠了一会家常，自然而然说到了孩子的升学问

题，陈德厚立刻大叹苦经："姨父啊，这孩子离毕业还有大半年，打探劝说的人是来了一个又一个，听他们这样说那样讲，我倒还真糊涂了，姨父啊，你是内行，你说到底该上哪个学校呢？"

毛老师听这么一说，不紧不慢地开了口："侄儿啊，你这可要打好主意，打错了，那要耽误孩子一辈子的！"

陈德厚听着连连点头，毛老师接着说："所以你不能光看表象不看实质，你以为育才中学是老牌公办中学就一定好，其实啊——我还不清楚吗？我告诉你啊，育才中学——空啦！"

陈德厚大吃一惊："这是怎么回事啊？"

毛老师叹了口气："育才中学的骨干教师走的走，调的调，剩下的都是些花拳绣腿的空架子老师，为什么会这样？校领导无能，容不了有才之士啊！所以，我替你想来想去，还是民办的好，你想啊，民办的要生存，能不把最好的师资、最好的硬件拿出来吗？"

陈德厚听了大吃一惊，原来还有这么一回事啊！

姨侄两人正谈得起劲，电话响了，陈德厚家住二楼，楼下装着电子防盗门，电话响是楼下有人在叫门呢，陈德厚拿起电话，就听到了一个

人的声音："德厚啊，我是你蔡老师啊！"

蔡老师是陈德厚读中学时的老师，还是班主任呢，陈德厚一听，连忙答应着按了开门钮，只听楼底下"嗒"的一声，电子防盗门开了。

那边毛老师听了却大吃一惊，坐立不安，他赶忙站起来对陈德厚说："侄儿，我跟蔡老师原来还是同事，他退休后到德仁中学去了，他一定是来游说你上德仁的，我们两人的目的虽一样，但他这是为自己学校做工作，名正言顺，我这是身在曹营心在汉，让他看到我在这里不好，我得避一避。"说完，他几步溜进了陈德厚的卧

室。

陈德厚想想也有道理，也就打起精神，准备接待蔡老师。

门一响，蔡老师推门而入，陈德厚看着蔡老师的一头花白头发，不禁感慨起来："蔡老师，想不到十年没见，你都变得这么老了。"

蔡老师坐在沙发上微微地喘着气，说："可不是吗，都快奔七十的人喽，哪比得上教你们那会儿啊！"

两人聊了一会儿，蔡老师就言归正传了："德厚啊，我知道你老实，容易听三听四摸不着北，所以啊，我是来给你几句忠告的。"

陈德厚点点头，说："蔡老师，你来得正好，我听说你现在就在德仁中学，那边的情况你最清楚了。"

蔡老师语重心长地拍拍陈德厚的肩膀，说："一点不错，我是退休后闲着没事做，还想多挣几个钱才到德仁去的。你想啊，像我这样的老胳膊老腿，能教得好学生吗？而且在德仁中学里，像我这样的老人多了去了，教教一般的学生还可以，像你儿子这么优秀的成绩到我们德仁来，可惜了，我最清楚！"

陈德厚被弄糊涂了："但我听说育才中学里的骨干教师走的走、调的调，都剩一个空架子啦！"

蔡老师"呼"地跳了起来"你看，都谣传成啥样了，我是育才中学退休的，难道我还不清楚吗？德仁中学我

也清楚,进来的都是些啥样人?都是些公立学校进不去的边角料!你指望着这些老师来教你的优秀儿子?指不定聪明脑袋都被他们整成个笨葫芦……"

陈德厚不禁倒抽了一口凉气:"那你说怎么办才好?"

蔡老师摆出了当年当班主任时的架势:"依我看啊,你儿子还是上育才为好。你儿子是个优秀生,不是它德仁的试验品,育才中学有几十年的优秀教学传统和看得见的升学率,上育才,保险!我告诉你吧,这也是育才中学甄校长的意见,而且他也说了,你儿子上实验班的费用,可免!"

陈德厚脑子里一团糨糊,一时不知说什么好,正在这时,电话响了,他拿起电话,原来是上城里买书的儿子回来了,在车站,买的书多,要他去接。陈德厚急忙答应着,他脑子一乱,也就把卧室里的毛老师给忘了,他要蔡老师先在家里坐一会儿,他去车站接了儿子就回来,蔡老师正想直接和陈智生聊聊,也就答应了。

毛老师在卧室里听得真切,心里暗暗着急,巴不得蔡老师立马走人才好,谁知这蔡老师原本倒只是在客厅里踱来踱去的,到后来竟然还像要到卧室里来的样子,卧室的门原本是虚掩着,露了一条缝,毛老师一看蔡老师这举动,心里一慌,下意识地将门一关,可那蔡老师原本倒并不是要到卧室里来,那地方怎么能随便进呢?可他无意间走到房门口时却突然发现房门轻微地动了一下,关上了,凭直觉,他感到里面有人!

蔡老师以为屋里是陈家人,于是上去轻轻地拍门,不料门就是不开,他把耳朵贴在门上,隐隐地听到屋内有动静,这下他马上警觉起来,认定里面闯进了小偷,他奔到桌边,抓起电话就打了"110"。

毛老师在屋内急得像热锅上的蚂蚁,他一边反锁了门,一边仓惶四顾,看到床底有一条又粗又长的麻绳,顿时眼前一亮,他将麻绳往床脚一挽,抓着绳子,爬上窗台就往下溜。幸亏陈家是二楼,不算高,可毛老师在半空往下爬时被下面的路人看见了,于是路人就喊起了"抓小偷",毛老师两脚一落地就被一群人揪住了,有些人还拿着电筒照他,于是马上认出了他,不禁惊讶起来:"咦,这不是中学里的毛老师吗?"毛老师顿时羞得恨不得找个地洞钻进去。

正在这时,警车赶来了,下来一个年轻警察,一见那条粗麻绳,马上一把扭住毛老师的衣领吼道:"说,上面还有几个同伙?"

毛老师又气又急,脱口嚷道:"有,上面还有一个呢!"

年轻警察马上领着一群人往楼上冲去……

(题图、插图:魏忠善)

·中国新传说·

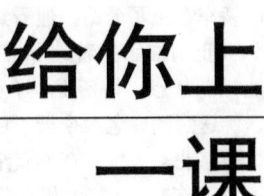

给你上一课

□老 三

这年头啊，怪事年年有，今年特别多，你瞧，去超市逛一圈就能碰到件稀罕事。

这天，老秦在超市买了条中华烟和两瓶茅台酒，跟着人流从付费通道慢慢往外走。排在他前边正在付账的是位中年妇女，穿着一身黑色的连衣裙，脖子上戴着条金灿灿的项链。老秦是做首饰生意的，他一眼便判断出这妇女戴的是条廉价的镀金项链，至多值百十块钱。

妇女买了一大堆东西，收银员扫完条形码，对妇女报了钱数，她一听，立时有些尴尬，将吊在手腕上的小包包里的钱全掏了出来，连整带零把钱数了一遍，抱歉地说："对不起对不

起，我还差20块钱……要不，那块肉我就不要了？"

收银员是个小姑娘，她撅起了嘴，嘟嘟囔囔着，把猪肉往外拿……

这时，老秦发话了："不用麻烦了，我替她刷了吧！"

收银员和妇女的目光都投向了他，老秦对收银员说："差的那20块钱，从我卡上刷。"

妇女有些受宠若惊，忙拒绝起来。老秦迅速递上了一张金光闪闪的贵宾卡，说："刷我的。"

妇女连声称谢后，先提上东西走了。

收银员接过贵宾卡来，立即肃然起敬，她知道，这种卡价值一万元，发行量很少，主要是超市老板用来给方方面面的人物送礼用的，而自己掏腰包购卡的，只有个别老板级的人物，

所以，眼前这位，甭问，不是大官就是大款。

老秦从超市出来，去停车场开出自己的轿车，上了公路。他看到刚才那位妇女正肩扛手提着她那堆东西，在路边拦"的士"。俗话说：好人做到底，送佛送到西，老秦今天正巧没什么事，他慈悲心大发，在妇女跟前停了车，落下车窗说："大姐，您上哪去？我送您过去。"

老秦在超市的表现，使那位妇女

确信他是个好人，因此，她毫不犹豫地上了车，连声道谢，告诉了老秦地址：渤海路。

轿车来到渤海路，按照妇女的指点，拐进了一条胡同停了下来。妇女让老秦下车到屋里坐坐，说要把那20块钱还给他。老秦本来就不计较这钱，刚准备调头，见妇女手里拎着大包小包很不方便，于是下车帮妇女把东西提进屋。

他们刚到门口，一个十七八岁、穿着超短裙的女孩子小跑着出来，她先羡慕地打量了一下锃光瓦亮的进口轿车，再瞄了老秦一眼，然后边接东西边对开门下车的妇女耳语一番。

妇女热情地对老秦说："这是我干闺女，叫艳艳！"妇女一边说着一边将老秦往里面让。老秦坐到墙边一张破旧的双人沙发上环视了四周，屋里有两三张沙发椅，几张大方镜桌，桌上放着一些美发用具，一看就是发廊的装潢格调。

妇女对艳艳嘀咕了几句，笑着对老秦说："这位大哥，真谢谢您了！进去吧，让艳艳帮你放松放松，这丫头活儿可好了！"

没等老秦答话，艳艳笑嘻嘻地上来，把老秦往一旁的套间里拉，妇女说："大哥放心去吧，我在外面看门。"

老秦随艳艳进了套间，套间里墙皮脱落，墙上贴着几张低俗的美人画，几只苍蝇"嗡嗡"乱飞，屋角放着张肮脏的双人床，散发着浓浓的霉臭味。艳艳插上了套间门，哼着小曲扭到老秦面前，轻轻地把他往床上推。老秦没吃这套，皱着眉，板着脸，掩着鼻子坐到桌边一张折椅上，先拿出200块钱扔到桌上，对艳艳威严地说道："你坐下，我有话对你说！"

艳艳愣了，她乖乖地在床边坐了下来，往下抻了抻超短裙，夹紧大腿坐好。

老秦愤怒地说："今天我要好好给你上一课！我有资格教训你，我女儿也就你这个岁数！你父母知道你在外面干这个吗？父母把你养这么大就是为了叫你出来干这个的吗？你对得起你父母吗？"

老秦义愤填膺地斥责着，艳艳则低垂着头，一声不吭。老秦训够了，开套间门走了出来。那妇女暧昧地冲他笑笑，说："大哥还满意吧？有空多来啊！"老秦胡乱应着，出门上车开走了。

目送车子行远，妇女笑眯眯进了套间，一瞅桌上那200块钱，她乐了，说："哇，老板就是老板，真大方！"突然，她发现艳艳坐在那里低头哭着，忙关切地问："咋了？碰上个虐待狂？他虐待你了？"

艳艳哭得很伤心，好半天才抬起头，抽泣着说："他嫌咱们这脏，他嫌我脏！"

一转眼半年时间过去了，这一天，老秦的首饰店做成了一单大生意，赚了一大笔钱，他一高兴，呼朋引伴，去酒楼喝酒。从中午一直喝到天黑，一帮人又乘车来到一家正规的洗浴中心洗澡，冲了澡后，每人披着条浴巾，各进了一个按摩间按摩。房间里很暗，加上老秦醉眼迷离的，但他影影绰绰地可以感觉到眼前这个按摩女长得还挺漂亮。酒是色媒人，按摩还没完，老秦就淫欲大发，搂住按摩小姐就亲，小姐皱着眉，板着脸。掩着鼻子坐到了床边一张折椅上，先从包里拿出200块钱扔到床上，对老秦威严地说道："你坐下，我有话对你说——记得这200块钱是怎么回事吗？"

老秦愣了，他摇了摇头，不要说今天喝了这么多酒，就是不喝酒，他也想不起这200块钱到底是怎么回事了。老秦眼睛眨巴眨巴的，酒也醒了一大半，然后乖乖地在床边坐了下来，把浴巾在腰间裹好，往下抻了抻，夹紧大腿坐好。

小姐愤怒地说："今天我要好好给你上一课！我有资格教训你，我父亲也就你这个岁数！你女儿知道你在外面干这个吗？你女儿叫了你这么多年'爸爸'就是为了叫你出来干这个的吗？你对得起你妻子女儿吗……"

原来这个按摩小姐是——艳艳……

（题图、插图：刘斌昆）

留下一张笑脸

□ 许申高

藏北山区有一个偏远的小集镇，镇上有一家外地人开的照相馆，因为生意清淡，已经有好几天没开门了。

这天上午，一辆马车急匆匆地朝这边赶来，车上坐着一对牧民夫妇和一个十来岁的女孩。车子停在照相馆前，他们敲了好半天门，门仍然不开。这时，识字的女孩看到了门上的一则告示，上面写道："本店急欲转让，有意者请与店主联系。"并附了一个小灵通的电话号码。

父母听女孩读完告示上的内容后，立即来到不远处的公用电话亭，拨通了这个号码，女孩的父亲对着话筒喊道："是照相师傅吗？您在哪？怎么关门了？"电话那端，是一个男人低沉沙哑的声音："不好意思，我有事，不在店里。"女孩的父亲说："麻烦您回来给俺丫头照张相好吗？"可照相师傅为难地说："对不起，我这会儿有点事，实在来不了，你们要照，就下午来吧。"

女孩的父亲急了，解释道"我们是从很远的牧区赶来的，到下午就赶不回去了，麻烦您现在来一下好吗？我愿意给您付双倍的钱，要不，我用马车来接您，您在哪？"照相师傅沉吟了片刻，仍然说道："实在对不起，我现在真的没办法来。"

女孩的父亲压低嗓门说："师傅，您一定要来！我跟您说，我丫头才12

岁，得了绝症，实在没钱医治，估计活不多久了。她没啥别的心愿，就只想留一张照片在世上……可怜这孩子，她长这么大，还从没照过相……"女孩的父亲再也说不下去，偷偷抹起了眼泪。

电话那端，久久地沉默着，女孩的父亲更急了，用哽咽的声音恳求道："师傅，您来一下吧，我求您了……"师傅终于说道："好……我就来。"

很快，照相馆的师傅赶了回来，也许是赶路太急的缘故，只见他气喘吁吁，额头上布满了汗珠，脸色也很阴郁，好像是有着重重心事一般。

师傅打开店门，引一家三口走了进去，他回过头来打量女孩：这的确是个重病缠身的孩子，身子特别瘦，肚子却出奇的大，她头发蓬乱而且毫无光泽，唯有那双黑幽幽的眼睛清澈明亮，看了叫人心疼。师傅不由伸出手来，抚摸着她的头说："好吧，你跟我来。"

进了里间，女孩低声恳求道"叔叔，我没别的意思，我只想留一张笑脸给父母，麻烦您帮我化个妆，帮我好好照一照，行吗？"

正在洗脸的师傅停住手，惊异地盯着女孩子，他实在不敢相信，一个十来岁的患着绝症的女孩，居然能够说出这样的话来，他的心被深深地震撼了，他用手梳理着女孩额前的一缕乱发，轻声说道："会的，我一定会照出使你最满意的照片。"

女孩如释重负地笑了，说"那您现在就给我化妆吧。"师傅盯着女孩的这张笑脸，心底猛然一动，仿佛打开了一扇心门，他急不可待地拽住女孩的手，说："走，我立即给你照相去！你不用化妆了，你现在的笑脸就非常灿烂，没有比这更美的笑脸了，相信叔叔的话！"

师傅正要把女孩带进摄影室，就在这时，女孩不经意地往窗外看了一眼，突然看到屋后的一片油菜地，那里的油菜花开得黄灿灿的，女孩笑道："叔叔，你看那儿多美，我想在那里照，行吗？"师傅点头说道："可以呀！"

女孩走进了油菜地，摘一朵油菜花放在鼻翼下，贪婪地嗅着那缕芬芳，师傅也显得异常兴奋，先前笼罩全身的阴郁与疲惫早已一扫而光，他不断地抓拍着女孩各种姿态的笑脸，他确信，这一美妙瞬间，已经记录了一个绝症女孩对人世全部的爱。

照完相，女孩一家急于要走，师傅也就没有挽留，临走时，女孩的父亲问："啥时来拿照片？"师傅想了想说："冲洗相片要去格尔木，跑一趟不容易，我两周才去一次。正好我明天有事去格尔木，你们大后天来拿吧。"

女孩的父亲说"那好，我大后天

来，还有，一共多少钱？我现在给你。"师傅摇摇头"我一分钱也不要，我只有一个要求。"他回头盯着女孩，郑重其事地说："我想保留一张你的照片，可以吗？"女孩不假思索地笑道"当然可以。"

师傅满意地笑了，他恋恋不舍地对女孩说"好好休息，你一定会好起来，相信生命的奇迹！"女孩感激地点点头，坐上了马车，挥挥手，走了。

过了两天，到了要取照片的日子，女孩的父亲来了，可店门仍然关着，打电话给照相师傅一直无法接

通。邻居说："他好像去了格尔木，一直没有回来。"

过了两天，女孩的父亲又来了，和上次一样，仍然没有照相师傅的下落。这次，女孩的父亲火了，嘴里骂道："怪不得门庭冷落，这种德性的人，能做好生意才怪！"

以后每隔几天，女孩的父亲仍然会抱着希望来一次，可每一次都是同样的情景，渐渐地，他失望了。

女孩的父亲回到家里，他不忍心把这消息告诉苦苦等待的女儿，女儿的病情越来越重，已经卧床一周了，但是女孩很聪明，她从父亲的脸上知道了答案，便安慰父亲道："爸，你放心，那个照相的叔叔不是坏人，总有一天，你会拿到照片的，只是……"她想说"只是我怕自己看不到了"，但没有说出口，她怕父母伤心。

一个月后，女孩开始断断续续地出现低度昏迷的现象，病情越来越恶化。有一天，女孩惊悸地从昏迷中醒来，凝神好半天，突然对身边的父母说："听，远处是什么声音？"

牧区里人烟稀少，非常宁静，任何声音都会传得很远。女孩的父母走到窗边，仔细聆听着，是的，他们也听到了一种声音，那声音由远而近，渐渐清晰，他们终于听清了：一辆汽车正从远处驶来！

女孩从床上坐了起来，惊喜地说"爸爸，一定是叔叔送照片来了！"

父亲也很高兴，说："我想也是的。"因为除了这种可能，他们再也想不出另一种可能了。女孩的脸上又现出了笑容，她说："爸，我要出去！"

女孩在父母的搀扶下走出了帐篷，他们看见一辆越野吉普车正朝这边驶来，在一家三口的注视下，最后停在了家门前，可是，车上下来的却不是那个照相的师傅，而是一个打扮入时的中年女性，这位女士看到帐篷前等候的一家三口，异常欣喜，说道："我终于找到你们了！"她快步走到女孩身边，从提包里拿出一叠照片，看了又看，然后又打量女孩，突然落下了眼泪："孩子，让你等苦了，比起照片来，你又瘦了很多……"说着，她把照片交给女孩，说道："是照相馆的师傅托我给你们送来的，他说他今生今世从没拍出过这么好的照片。"

一家人轮流看着照片，每一张都让他们兴奋不已，女孩在菜花地里的那一张张笑脸，让一家人泪流满面。看过照片，女孩突然问："阿姨，照相的叔叔呢？他怎么没有来？"

女士没有回答，扭过脸去擦了一下眼角，一家人似乎明白了什么，女孩着急了："阿姨，他怎么了？您快告诉我。"女士转过脸，轻声说道："昨天，他在我们医院去世了。"

虽然早有心理准备，但一家人还是有些惊讶，老半天，他们谁也没有说话，只听女士缓缓说道："我是他的主治医生，也是他高中时的同学。他酷爱摄影，一直没有成家，他从小就对高原有一种特别的感情，很想在高原拍出震撼人心的作品，于是他只身一人来到了这里，他相信总有一天能在高原上实现自己心中的梦想，可是，就在你们去他照相馆的前几天，他被查出患上了肝癌。他没钱医治，只能在小镇医院里打点滴补充体能，其实，你们找他照相的那会儿，他正孤独地躺在医院的病床上输液……"

一家人听到这儿，如梦初醒，难怪那师傅匆匆赶回照相馆时一脸阴郁，难怪他气喘吁吁，额头上布满了汗水，想到这些，一家人都哭了。

女士继续说道："让他欣喜的是，就在那天，他拍到了这一张张很美很美的笑脸。为了尽快洗出这些照片，第二天他就不顾病痛，特地赶往格尔木，可是，当他洗完照片返回时，他晕倒在途中，后来好心人把他送到了我所在的医院，以后好些天，他一直昏迷不醒，昨天，他离开人世了……"

听到这里，女孩的父亲突然蹲在地上，用手拍着自己的脑门，痛心疾首地说："我、我真浑！我错怪了好人啊！"

一家三口抱着哭成了一团，他们都没有想到，这几张充满爱意的笑脸竟然是那位照相师傅生命的绝唱……

（题图、插图：刘斌昆）

□ 常 山

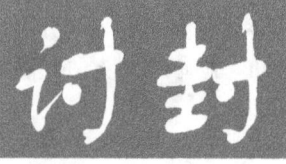

人多爱听好话，这说话可是一门学问，说得好，可以广结人缘，化干戈为玉帛；说得不好，就成了灾祸之门，正所谓"祸从口出"，黎山村就有这么一个传闻——

有个人叫老臭，之所以叫他老臭，是因为这人嘴太臭，说人一句好话仿佛吃了天大的亏一般。

老臭最出名的一件"嘴臭"的事，是去参加一场婚礼，那新娘子是百里挑一的美人，嘴角上长着一粒点漆般的美人痣。大家都夸新娘美，唯独老臭，借着酒劲来了这么一句："美什么美？嘴角都长痔疮了还美？"这话一出，气得娘家人当场发作，将他拖出去臭揍了一顿。

老臭平日里有个习惯，喜欢坐在地头的老榆树下，美滋滋地看着他那50亩的高粱好地，然后盼望着它们早日丰收，可以开镰收割。

一天，高粱地间的土路上走来了一个"怪物"，那怪物像人，穿着人的衣裳，腚后却拖着一条火红火红的大尾巴，而且这怪物的脚离地能有三寸多高，它不是走，而是飘过来的。

那怪物在离老臭十来步远的地方停住了，笑容可掬地问老臭："大哥，您看我像啥？"

这个拖着大尾巴的怪物，想在老臭这里得到一句好听的，可它找错了人啰！

老臭指着它，哈哈大笑，说："你问我你像个啥？我看你像个滚粪球的屎壳郎！哈哈哈……"老臭抚掌拍脬，笑得前仰后合。

那怪物听了，愣了半响，一声没吭，火红的大尾巴一甩，掉头钻进了一望无际的高粱地。

当天的后半夜，老臭在家正睡着，可了不得啦，院子里一阵骚乱，他扒着窗子往外一瞅，月光下，只见院子里进来了好多土匪，都是红盔绿甲，拿着刀枪棍棒，吵吵嚷嚷着要打劫。

老臭是舍命不舍财的主，他大吼一声，摘下挂在墙上的砍高粱的砍刀，开门就冲了出去。

土匪太多了，砍倒一排又上来一排，前仆后继，视死如归。老臭边叫喊边奋不顾身地砍杀着，土匪的鲜血溅得他浑身都湿漉漉的。

老臭的老伴和儿子、媳妇早被惊醒了，也来到院子里，他们被眼前的情景吓呆了：满院子都是高粱，而且更多的高粱还在源源不断地从院门往里拥，而老臭呢，置身于高粱丛中，疯了一般挥舞着砍刀，正拼命地砍着。

老伴当场就晕了过去，被儿媳妇拖回了屋；老臭的儿子胆子大点儿，他朝老臭喊道："爹，爹，那些都是高粱，您甭砍了，快回屋吧！这是有人施魔法呢！"

老臭心里那个气啊，眼前这么多拿刀弄枪的土匪，儿子却胡说什么他们是高粱——难道老子连高粱和人都分不清？他只有儿子这么一根独苗，

担心儿子受到伤害，加上砍杀了这一阵，他对自己独自战胜这帮土匪有了充分的信心，便忙里偷闲冲儿子吼了声："你快回屋躲起来，老子一人就能收拾了这帮坏蛋！"

老臭的砍刀舞得"呼呼"地响，儿子想上前拉他又不敢，只能站在台阶上干着急。

天亮了，晨光之中，老臭挥刀砍倒了最后一个土匪，同时，他也耗尽了生命中最后一点精气神，他"哇"地喷出一口鲜血，一头栽倒在满院的高粱秆子中，一命呜呼了。

这一晚上，老臭在自家院子里，把自家种的那50亩高粱全砍了，他家那50亩地，只剩下光秃秃一片、寸把长的秸秆。

全家人痛哭了一场，开始为老臭操办丧事。他们按当地习俗，请人给死者扎了纸牛纸马、童男童女、瓦房家具什么的。出殡那天，亲朋好友、村里的男女老少几乎都来了，老臭家请人套了几辆大车，拉着棺材和祭品，来到坟前。棺材下葬，填土，然后在坟前焚烧祭品。

刚把那些纸扎的牛马、童男童女、瓦房家具点着，可了不得啦，只见老臭家拉车的那几匹牛马身上突然着起火来，人群中几个七八岁的男童女童身上也开始着火，不远处的村里，老臭家的瓦房也着起了大火。

人们拼命扑打牲口和孩子身上的火，可怎么也扑不灭，有个人意识到了什么，他抢过一把铁锹，跳起来连扑带打，把那些燃烧着的祭品的火扑灭，奇怪的是，那些纸人纸牲口纸房子的火刚灭，牲口和孩子们身上的火，连老臭家房子的火也随之熄灭了，可是孩子、牲口被严重烧伤了。

人们愤怒了："他家的人施妖法！"老臭之死已经够蹊跷的了，如今又上演了这么一出，真是"叔可忍婶不可忍"了，他们一拥而上，揪打起老臭的儿子。

随后，老臭家的房子也被当成"妖舍"给扒了，老臭的遗属们在家乡呆不下去了，只得背井离乡去逃荒。

谁也不知道，其实真正施"魔法"的是那只长着一条火红大尾巴的狐狸精，它修炼了2000年，才修成了人形，之后按照修炼的规则，它要向它遇到的第一个人去"讨封"，问那人："你看我像什么？"如果那个人说："我看你像皇帝"或者"我看你像财主"、"我看你像神仙"之类，它就会马上投胎转世到皇帝家或财主家，乃至直接成仙。当然，将来它肯定会报答那人及那人的后代，谁承想它第一个遇见的是没口德的老臭，老臭说它像个屎壳郎，你说这狐狸精能不恼火吗？这不要了它的命吗？

狐狸精报复完老臭后，也无可奈何地随之变成了一只滚粪球的屎壳郎……

狐狸精在变成屎壳郎前愤恨难平，它讲的最后一句话是："老臭呵老臭，你对人说一句好话就这么难吗？"

（题图、插图：黄全昌）

红版编辑部各编辑邮箱：

姚自豪：yaobianji@126.com；

郑继文：zjw002@vip.163.com；

周　吟：keyin118@163.com；

吕　佳：lujia411@yahoo.com.cn；

叶小萌：xiaomeng.ye@gmail.com。

黑暗里系上的红绳

□钟承强

在塔斯科的一条大街上，一个年轻的女子神色黯然地走着，她叫萨拉，刚刚和相恋了三年的男友分手，现在正准备去新的住所。

在过马路时，一辆呼啸而过的汽车差点把萨拉撞伤，司机从驾驶室里探出头来大骂："瞎子，不会看路啊！"萨拉吓了一跳，可是她知道司机骂得没错，她的眼睛确实快要瞎了，年纪轻轻的，她患上了视神经萎缩症，视线已经越来越模糊了，就因为这个，她决定和男友赫尔南德斯分手，虽然赫尔南德斯发誓不会嫌弃她、会照顾她，可是萨拉还是想要离开。她不需要同情，不需要牺牲，更不忍心让心爱的人承受和一个盲人共度余生的痛苦。

萨拉搬进了新家，那是一个空荡荡、冷冰冰的房子，她每天在这里默默等待黑暗的到来，有时她甚至会故意闭起眼，训练自己在黑暗中烧水、煮饭、洗澡……当被刀切到手、被热水烫得浑身起泡的时候，痛的不仅是她的身体，还有她的心。

有一天早上，萨拉睁开眼，却发现四周不见清晨的阳光，而是一片黑暗，她终于意识到：自己彻底瞎了，但萨拉没有哭，而是默默地穿衣服、做早饭，甚至还给花浇了水。

第二天，萨拉有事上街，可是回来时她迷了路，幸亏好心的路人把她送回了家。从这以后，萨拉就十分苦恼，不能上街那可怎么办呢？她听说有一种特殊的导盲犬，是盲人生活的好伙伴，可是使用那种导盲犬费用很高，萨拉不敢奢望。

不过，幸运还真的降临到了萨拉头上。一天，她接到了一个电话，对

方说他们是墨西哥导盲犬培训基地，愿意为萨拉提供导盲犬引路服务，服务费很低，那人还说："您只需提前一天打这个电话预约，我们就会在指定时间把小狗系在您的门廊上，您回家后把绳子系在原处就可以了。"

这可真是再好不过了，自从眼盲以后，萨拉从来没有这样开心过。没过几天，萨拉计划去超市采购，于是就提前一天打电话预订了小狗。到了那天，萨拉心情有点忐忑，还好，一打开门，她果然摸到了系在门廊上的一根绳子，那是系导盲犬的呀！萨拉笑着逗引小狗："嘿，宝贝儿，过来好么？"可是那只狗像是受到过严格的

训练，不想和雇主过分亲昵，它一声不叫，默默地开始为萨拉引路。

到了目的地，萨拉在超市门口大声问："宠物可以进去吗？"保安人员马上友善地回答："小姐，您可真会开玩笑。"萨拉见保安人员同意让狗进去，而且把话说得那么婉转，很是感激他们对残疾人的体贴。在服务员热心的帮助下，萨拉很快买好了自己需要的东西，不过在结账的时候，她遇到了一点小小的困惑，因为收银员说她买了三瓶豆奶，"豆奶？"萨拉愣住了，她不喜欢豆腥气，以前赫尔南德斯为了她的营养健康，总是逼她在超市里买豆奶，这次自己竟然也下意识地拿了豆奶，想到这些，萨拉不禁感到了几分伤感。

萨拉回家后就把系狗的绳子拴在了门廊上，因为导盲犬培训基地的人在电话里就是这么关照她的。

从此，萨拉的生活就便利多了。导盲犬的工作做得不错，那狗从不闯进雇主房间，也不在雇主身上撒娇，它只是默默引路，和萨拉相敬如宾。

一天下午，萨拉又和导盲犬结伴出行，她在路上慢慢散步，突然听到有人在不远处叫道："嘿，很高兴遇到你，赫尔南德斯。"

赫尔南德斯？萨拉心慌了，她不想让赫尔南德斯看到自己现在狼狈的样子，她迅速调过头，狠狠地拉着绳子，准备用最快的速度逃开，可就在

《故事会》三大工程正式启动

一、为鼓励多出优秀作品,《故事会》杂志社决定继续举办2008年《〈故事会〉最有影响力的故事》征文大赛,并对优秀作品实行四大奖励措施:

1. 入选作品除在杂志上发表外,还将收入2008年《〈故事会〉最有影响力的故事》一书。2. 入选作品可得两笔稿酬:在《故事会》杂志发表的作品,首发稿酬每千字400元;获《最有影响力的故事》优秀作品奖,每千字再追加1000元。3. 入选作品均颁发奖励证书。4.本刊将邀请有关作者参加5月在上海举办的第十三届"故事创作研讨班"、10月在外地举办的优秀作品改稿会以及年底的颁奖大会,所有费用均由编辑部承担。

征稿范围:1.具有现实感、新鲜感且可读性强的中短篇及超短篇原创作品;2.故事性强、有口传性、能引起读者兴趣的推荐作品。

来稿方法:1. 从邮局寄发,请在信封上注明"征文大赛"字样,本刊地址:上海市绍兴路74号《故事会》杂志社,邮编:200020。2. 从网上传递,可寄各个责任编辑的电子信箱,并请在主题上注明"征文大赛"字样。本期责任编辑电子信箱:xiaomeng.ye@gmail.com。

二、为培养故事创作的骨干力量,《故事会》杂志社将于2008年5月在上海举办"第十三届故事创作研讨班",按原定计划将邀请30—40位有培养潜力的新作者来沪学习。凡录取者,差旅食宿等费用均由编辑部承担。报名时间至2008年4月15日结束。

来稿方法:1. 从邮局寄发,请在信封上注明"参加研讨班"字样,本刊地址:上海市绍兴路74号《故事会》杂志社,邮编:200020。2. 从网上传递,可寄各个责任编辑的电子信箱,并请在主题上注明"参加研讨班"字样。

三、2008年《故事会》杂志社还将在各地举办小型笔会,邀请当地的作者参加。有基础的地区请及时与杂志社红版、绿版编辑部联系。

她拉扯绳子的一瞬间,突然前方一个熟悉的声音发出了一声惊呼:"哦,你拉痛我了!"

萨拉愣了,那不是赫尔南德斯的声音吗?自己为什么会拉痛赫尔南德斯?导盲犬难道是赫尔南德斯?几秒钟后,萨拉突然感到有一双温暖的手紧紧地抱住了自己,手腕上还牵着一条绳索,萨拉抽噎不止:"是你在我的购物筐里放了豆奶,对吗?"

身旁的赫尔南德斯用低沉的声音对萨拉说:"我一直在附近看着你,你一个人出门太危险了,所以才出此下策……我只想告诉你,我可以和你一起生活。"萨拉再也忍不住了,她把头埋在赫尔南德斯胸口,失声痛哭……

几个月后,萨拉和赫尔南德斯结婚了,当神父宣布交换戒指的时候,他们却把一段红绳系在了对方的手腕上,因为他们知道,导盲犬只能为失明的人引路,而要驱走心中的黑暗,却只能靠挚爱的力量……

(推荐者:董　行)

(题图、插图:谭海彦)

搭车的小伙儿

□ 王国玟

除夕夜是和家人团聚的日子，漫漫归程，浓浓亲情，那是咱中国人的节日啊！今年，阿兰的丈夫去了国外，只有她和婆婆两人过春节。婆婆的家远在古城秀山，大年三十上午，阿兰就驾车出发了。出城不远，眼前的一幕引起了她的注意：一个穿着朴素、长相憨厚的小伙子站在路边上，手里举着一块纸牌，上面写道："回秀山过年，愿高价搭车！！！"

看着这三个感叹号，阿兰似乎触摸到了那小伙子急切的归乡之心，她爽快地把车停在小伙子身边，说："我俩同路，上车吧。"

小伙子高兴坏了，一上车，就给家里打电话："妈妈，我上车了，是搭的顺路车，估计晚上8点就能到家。"

等他打完电话，阿兰问道："你家就在秀山县城吗？"小伙子说："不是，离县城还有几十里。"阿兰一听有这么远，也就不再问他了。

不巧的事一会儿就来了：先是前面路段发生交通事故，堵了三个小时的车，接着到了夜里11点，距离县城还有6公里的山路上，阿兰的汽车出现了异常，挂不着挡，发动机在叫，车子却不动了！

于是，两人下了车，阿兰并不熟

悉这个路段，显得神色沮丧，她借着车灯，看到前面有一块标有"湾村"的路牌，便问小伙子："这里有没有修车的地方？能不能请个修车的师傅来？"小伙子摇摇头，想了想，接着就掏出手机，往县城的一个修车点打了一个求助电话，可对方却说，今天过年，值班的师傅少，可能要迟一点派人来，让他们在车里耐心等候。

阿兰对小伙子歉疚地说："不好意思，耽误了你。走，进车里坐吧，外边太冷。"进车之前，阿兰随意朝远处望了一眼，发现山脚下不远的地方有几盏灯光，忙问："这是什么地方？好像有人家。"小伙子说"荒山野岭，有几户人家也不稀奇，反正不是修车的，帮不了我们的忙。"突然，小伙子的手机响了，是他妈妈打来的，他在电话里对妈妈说："妈，您别急，我没事，好着哩，车坏在了路上，正在等修车的师傅，啥时到家还说不准。"

山野里静悄悄的，阿兰非常害怕，两人在车内一直坐到零点，突然，山脚下传来辞旧迎新的爆竹声，小伙子下了车，在公路边遥望了好一会，直到山脚下的爆竹声完全消失后，他才恋恋不舍地回到车内，阿兰知道，小伙子肯定想家了。

也就在这时，两个修车的师傅开着工具车来了，摆弄了好一阵，车子总算修完了，然后小伙子把两个师傅拉到一边，悄悄说了几句话，又返回

来对阿兰说"我们走吧。"阿兰心里顿时疑惑起来，走了一程，阿兰突然问道："修车的师傅怎么没跟来？他们不回县城吗？"小伙子说："他们还有事，不回县城了。"

阿兰的心不由紧张起来，她甚至怀疑小伙子是不是设下了什么圈套，可小伙子一直静静地坐在后面，根本不像一个居心叵测的人。

凌晨五点，终于抵达了县城，阿兰心中的那块石头放了下来，想到路上对小伙子的怀疑，心里不免有些愧疚，她歉意地一笑，对小伙子说："你家在哪？我送你回去。"小伙子也笑了："不用了，再说天都亮了，我去街上随便转转再走。"

小伙子背上行囊准备下车，突然想到了什么，说："看我这记性，差点忘了付车费。"说着，就往衣兜里掏钱，就在这时，他不小心把什么东西掏落了，掉在车里，阿兰随即打开车灯，弯下身子拾起那东西一看，那是小伙子的身份证，证上还写着——刹那间，阿兰的心猛地一颤，小伙子身份证上的家庭地址写着"湾村"，就是昨晚修车的那个地方，阿兰这才恍然大悟：昨晚修好车后，小伙子问修车师傅回不回县城，如果回，一路上他们就可以照应阿兰，没想到他们还要到别处修车，这样，小伙子只好陪她回县城了……

（题图：谭海彦）

危险角色

□ 崔新三

正值初春，济南市的天气仍是寒冷刺骨。一个北风呼啸的早晨，在火车站附近一个院子里，太平剧院头牌武生沈连升和他的徒弟李小升跟往常一样，天刚蒙蒙亮就起床喊嗓子、踢腿、翻跟头……冬练三九，夏练三伏，自从进入梨园行之后，师徒两人这个习惯从来没间断过。他俩正在凛冽的寒风中苦练时，突然，当地驻军马师长的副官送来一张请柬，原来"临时大总统"袁世凯要当什么"中华帝国"的皇帝，马师长想巴结袁大头，弄个山东省的督军当当，于是，就想在袁世凯的"登基大典"那天，要沈连升师徒两人在济南的太平剧院表演一出《千里走单骑》。

李小升从小父母双亡，是沈连升收养他的，虽是师徒，更如父子，现在两人听说要他们为袁世凯当皇帝唱戏庆贺、歌舞升平，心里一百个不愿

意，这时，副官不阴不阳地开口了："沈老板，济南是马师长的天下，识时务者为俊杰，我劝你不要敬酒不吃吃罚酒！"

马师长是个杀人不眨眼的刽子手，胳膊拧不过大腿呀，没办法，师徒两人只得收下了请柬和定金。

第二天早晨，马师长就派了一队士兵，强行把沈连升和李小升像押解犯人似的，带到了太平剧院排练。

太平剧院舞台是清一色红松铺成的地板，演员在上面翻跟头、打把式

非常得心应手，当年是济南最好的演出场所。

沈连升虽然不愿意拍马师长的马屁，也不愿意为袁世凯粉饰太平，但是马师长的人拿刺刀逼着呢，眼看着袁世凯"登基"的日子越来越近，沈连升愁得吃不香睡不着，妻子见此情景，劝他说："你就想开些吧，不就是演一场戏么，不要这么认真了。"

沈连升说："你当我是为了自己么？我沈连升在梨园行虽然谈不上大红大紫，但也算是功成名就，即使是因为这次而留下千古骂名，我也认了，可小升就不同了，他还年轻，如果这么年轻就坏了名声，今后还怎么在梨园行混饭吃呀！"

妻子长叹了一口气，说："唉，你要是真的不演，马师长能放过你吗？"

沈连升说"天无绝人之路，让我再想想办法……"

再说李小升的心里也不踏实，从师父的表情上就能看出，他现在每天在舞台上排练，那只是在马师长刺刀的逼迫下不得不这样做啊，如果真的到了袁世凯"登基大典"那天，师父会老老实实上台演出吗？李小升太了解自己的师父了，他认准了一个理儿，十头牛也拉不回来！如果到了那天师父果真不肯登台，杀人不眨眼的马师长，那是什么事都干得出来的呀！为此，李小升的心揪得紧紧的。

有一天，沈连升就像变了个人似的，脸上的愁容突然不见了，他不但每天认真吊嗓子、走台步，甚至还练起了翻跟头，这让李小升大惑不解：师父这是怎么了？更让李小升感到奇怪的是，师父每天吃过晚饭后，就一个人走进后院的一间空房子里，一进去就是老半天。这个小院原来的主人是开酱菜园子的，后院那间空房子里只有几口当年腌咸菜用的大缸，师父到这里干什么呢？

一天晚上，李小升又来到后院窥视，他竟然看到师父背着一个鼓鼓囊囊的大麻袋，悄悄出了院子……

袁世凯"登基大典"的前一天，按照马师长的安排，这出《千里走单骑》要进行最后的彩排。

在化妆室里，沈连升突然提出要李小升扮演关公，他扮演马童。李小升一听顿时惊呆了：这些年一直是师父扮演关公，自己扮演马童，师父今天是怎么了？

李小升担心地问道："师父，马童出场有一个难度很高的空翻，你都四十多岁了，能行吗？"

沈连升说："没问题！"

第二天，《千里走单骑》如期在太平剧院公演，场面空前，全城轰动。

演出开始了，一阵急促的锣鼓声过后，扮演关公的李小升一个精彩的亮相，几句开场白念完，冲着后台叫了一声"马童"，扮演马童的沈连升喊了声："来也！"在司鼓一阵清脆的丝鞭声中，沈连升双腿一用力，踏上边幕旁的弹簧跳板，身体就像离弦之箭，"嗖"的一声就飞出了一丈多高……

就在这时，一件意想不到的事情发生了：当沈连升的身体落到舞台上的一刹那间，只听"咔嚓"一声，厚厚的红松木地板竟然坍塌了一个大洞，沈连升重重地摔倒在舞台上，他

的一条腿摔断了，鲜血洒在舞台上……李小升猛然扑到沈连升身上，哭喊着："师父！"这时，沈连升强忍着剧烈的疼痛，脸上竟然露出了一丝苦笑……

马师长的副官顿时慌了，他立刻冲上舞台，查看怎么回事，只见从舞台上那个塌陷的大洞里冲出了一群硕大的老鼠，副官探头向洞里望去，眼前的景象令他目瞪口呆：支撑地板的那些红松木方子，已经被老鼠啃得千疮百孔，随时都可能坍塌……演员摔伤了，舞台又被老鼠啃得不能用了，这场演出也就不了了之了。

原来沈连升在后院那间空房子的大缸里养了几十只老鼠，老鼠的牙齿跟人的指甲一样，每天都在不停地生长，必须及时剪掉。老鼠"剪"牙齿的办法就是不停地嗑东西，以此来磨去不断生长的牙齿。原先那些老鼠都被沈连升养在大缸里，每天用苞米面窝头喂着，却没有地方磨牙。一个多月后，老鼠的牙齿早已变得长长的了，沈连升把这些老鼠用一个大麻袋装着，悄悄放进太平剧院舞台的地板下面，每天定时喂食，不让老鼠跑散。这些老鼠见到松木方子，就疯狂地啃了起来，几十只老鼠昼夜不停地啃了十几天，看似坚实的舞台下面早已千疮百孔了。知道这些后，李小升什么都明白了……

（题图、插图：谭海彦）

一个"品牌"的诞生

□ 萱 钟

麦克的创意工作室开办了半年多，正经的生意没几个，可净来一些莫名其妙的业务，这不，刚一上班，一个衣冠不整、蓬头垢面的乞丐就堵上门来，要求帮他策划策划。

乞丐说："麦克先生您好，我以前是个老板，但做生意赔了，房子也抵押了，老婆也跑了，干老板多年，除了有点脾气，什么本事也没有，现在只好以乞讨为生，不过现在乞讨这个行业门槛太低，竞争太激烈，我想让您帮我出出主意，提高一下我的乞讨业绩。"

麦克觉得好笑："你都混成叫花子了，还讲究什么业绩！"

乞丐说："人即使再落魄，也得精益求精、追求卓越吧？"

麦克被那乞丐的话逗乐了，说："那好吧，就冲你这精神，我也接你这活了。"

乞丐很高兴，说："我现在没钱付给您咨询费，等我挣了钱，我再给您，您看我现在应该怎么办？"

麦克思考了一下，说："你看，你要在乞讨业有所建树，就得先有个品牌——"

麦克为那乞丐想了个名字，叫"上帝的儿子"，然后又问他有没有固定的乞讨场所。

乞丐说："我一般在圣都广场乞讨，那儿人多。"

麦克接着说"你呢，以后每天就在圣都广场守着，手里拿个碗，碗里先放上点零钱，在你前面立个牌子，上面写上'上帝的儿子'，这样你就和其他乞讨人员不一样了，你已经有了自己的品牌。"

麦克喝了口水，又侃侃而谈起

来:"有了自己的品牌,这还不够,你必须在乞讨方式上和竞争者区别开来,你必须差异化经营,让别人觉得你有个性,有特色,就是和别人不同,你的不同在于——以后不管什么人给你钱,你只许收人家五美分。你还像过去一样,面对熙熙攘攘的人流,拿个碗,伸向人群,嘴里做着广告:'行行好吧,行行好!'我估计大多数人连看你一眼都不看,躲着就过去了。你别泄气,这是正常现象,不要奢望把所有的人都变成你的客户,记住了,我们只为一部分人服务,要找到我们的目标客户群。"

乞丐听了麦克的话,有点不明白:"那样,我岂不是要得更少了?不行不行!"

麦克语重心长地说:"你要想在乞讨业有所突破,必须按我的话去做,刚开始是有点损失,但你和其他乞讨的人不同了。你想想,如果有人给你一美元,当你把钱找给人家的时候,那人是什么感觉?估计那人会站在那儿愣了:怎么回事?要钱的还带找钱的?你相信不相信,回家他就会把这事宣扬出去。那个给你两美分的家伙就更惊诧了,估计当时他就得跟你翻脸——'什么?你有没有搞错,你这里还设最低消费?我问问你,还是叫花子吗?'回去,他也要为你宣传宣传的。这些人都免费为你宣传,免费为你做口碑广告。你想想,你的知名度提高了,无形资产就增加了,现在这个年代,是'注意力经济'年代,你只要聚集了人气,就不愁不来钱。"

乞丐听了非常兴奋:"真的?那我就试试。"

过了两个星期,麦克来到圣都广场找那乞丐。一进广场,老远就看到在广场一角围了一群人,挤进去一看,中间果真是那人。在他面前,立着一个牌子,上书:"著名职业乞讨师——上帝的儿子",旁边还放着一个无家可归人员登记证,那乞丐正

忙着收钱、找钱。

人群中有位中年妇女说："嘿，我们家先生回来跟我一说，我还不相信，天底下还有这样的叫花子？只收五美分，多了还不要？到这儿来一看，还真是，你看人家这个乞讨，还真够职业。"

旁边一个小伙子气不过了："我倒是不相信了，有人会见钱不眼开的。"

说着，小伙子走上前去，拿出一张100美元的大票来，递给那乞丐："看你挺辛苦的，别找了。"

那乞丐连忙把他拉住，一边数出一堆毛票塞到他的手里，一边说："谢谢您的好意，您也不容易啊，我就收您五美分，多了不收，欢迎您下次再来。"

围观的人看到这场景，竟然鼓起掌来。

麦克看到这里，觉得很满意，也没和"上帝的儿子"打招呼，便从人群中钻了出来。

过了两三天，一个雨天，那乞丐来了，他一进门就对着麦克连声道谢："麦克先生，多谢您的策划，我现在的乞讨事业蒸蒸日上，要不是下雨，我都抽不出空过来看您。您说也怪了，那几个和我一同在圣都广场乞讨的，长得比我惨，可他们一天却要不来几个钱。"

麦克摆出一副学者姿态："这你就不懂了，麦当劳的老板曾经说过，不要以为麦当劳是经营快餐的，其实麦当劳是经营房地产的，通过做餐饮，把一个个好地方都给占了。你也一样，不要以为你是经营乞讨业的，你是经营娱乐业的，你在乞讨的同时，给大家带来新奇，带来快乐。"

乞丐听了非常兴奋："真的？没想到我的工作这么崇高，好，我回去继续搞我的眼球经济、娱乐产业。"

过了几天，麦克在当地的一个地方性小报上看到了一篇报道，题目是《一个具有职业道德的叫花子》，麦克看完之后，心想，这个"上帝的儿子"现在已经出名了，我应该找他收点策划费。

第二天，麦克就来到圣都广场找乞丐，一进广场，老远就看到广场一角围了很多人，比上回人更多了。麦克挤进去一看，虽然地上放的牌子还是"上帝的儿子"，可人已经换了一个。

麦克走上前去问那人："上帝的儿子呢？"

那人边找钱边回答："您问我们老板啊？您去百货大楼门口找他吧。"

麦克问："他去那儿干吗？"

那人说："他说要在百货大楼门口开个分店，我是他雇来的，在这儿看着老店。"

（推荐者：曹龙彬）

（题图、插图：佐　夫）

捎来的真情

□ 无字仓颉

常言说："可怜天下父母心。"李老汉的女儿在滨城上大学，他每周都要给女儿寄东西。

这天，李老汉抱着一袋新鲜的山药，又往乡里赶。路经一个车站时，一辆宇通大客车"吱"的一声停到李老汉身旁，他止住脚步，见车上下来一群男男女女，男的左边，女的右边，分头找背人处解决个人问题去了，李老汉觉得好笑"出门不讲究啊，委屈自己了！"

这时，从车里冒出一个男子的声音："可不是嘛，我开了一上午的车，他们坐了一上午的车，还没有休息过呢。"李老汉朝车里望去，驾驶座上坐着一个长得眉清目秀、模样周正的小伙子。

小伙子见李老汉站在车边，怀里抱着满满一袋子东西，问："大爷，您是要搭车吗？"

李老汉忙说："不不，我去乡里寄东西。"

小伙子听了一脸惊愕，去乡里的末班车早在上午就没了；再说，乡里离这有10公里的路程，他刚从那儿过来，算算也开了半小时的路，如果步行的话起码得花2个多小时。小伙子皱了皱眉说："大爷，去乡里的车早没了，您还是明天去吧。"

李老汉笑笑说："不碍事，我闺女在外读大学，外面的东西金贵，她带的钱又不多，吃不到好东西，我不放心。"

小伙子又问："您要把东西寄哪儿去？"

李老汉说："滨城大学。"

小伙子一听是寄往滨城的，忙说："大爷，您把东西交给我，我帮您寄，我的车就是去滨城的。"

李老汉听了有些意外，不好意思起来："这怎么敢麻烦你呢。"

小伙子接着李老汉的话说："不麻烦，我们也做这活儿，帮别人捎些东西去省城。您放心，我们收的费用肯定比邮局便宜得多！"

李老汉一听乐呵呵的，他应了小伙子，于是摸出根烟，给小伙子递上，同他说了些情况，小伙子爽快地说："行！没问题！放我这儿吧，保证送到。滨城大学是吧，就离汽车站不远。"

李老汉满心欢喜，连连称谢，掏出包钱的小布袋儿，并问道"多少钱呢？"

小师傅摆摆手说："我们的规矩，货送到才付款。"

李老汉连声道谢，也越发喜欢这善良的小伙子了，让他捎带，一百个放心。临开车，李老汉还问了班车的发车时间，知道是周一周四每周两次，他有点心花怒放了：无意中找到了一条寄东西的捷径！多，快，好，省，一点不假！

打这以后，李老汉每周给女儿捎一次东西。如果不是怕太频繁了会让

小伙子觉得烦，他都想两次机会全用上。女儿给老爹写信来了，说老爹带去的东西同学们都很喜欢，常拿好吃的来跟她交换。听到这儿，李老汉得意地笑了，满心自豪。

有一次，李老汉多了个心眼儿，他在山货里夹带了一封信，这信是托一位小学校老师代他写的，信上问："每次收到东西，小司机问你收了多少钱？多的话，咱可是不划算。"

周末时，小伙子把女儿的回信捎回来了，李老汉让人帮着看了，信上说："李大哥没收过我钱，他说你在这边付过了。李大哥人特好，他说他也有一个像我这样大的妹妹，以后遇到什么难事只管找大哥他。"

李老汉有些傻了，晚上，他睡不着了，左思右想，觉得其中有蹊跷：小伙子不收费，为什么呢？世上还有白帮忙的好事？别是有什么企图吧？难道……李老汉想到了女儿，不敢往下想了。李老汉在心里盘算了个数目，决定趁早了结了，夜长梦多！

天一亮，李老汉早早地从床上爬起来，揣上钱，到车站等着。今天是周一，车应该来。等了半天，终于远远地看见车的影了，到跟前招手停下，一看，开车的却不是那个小伙子，换了一个中年人。李老汉心里狐疑，一问，原来小伙子调到别的线路了。中年司机见老汉不是乘车的，有些不高兴，嘟嘟囔囔地把车开走了。

李老汉没还成钱，心里攒下了疙瘩，欠人人情的滋味不好受哇，尤其是心里没底的时候。他饭吃不下，觉睡不香，可一时又没有解决办法，难道非要跑到省城问问清楚吗？如果再这么折磨下去，李老汉可真要动去省城的念头了！

没等李老汉决定呢，事情有了转机：半月后的一天，李老汉去给羊割草，就在公路下坡。正低头割得起劲，忽听老远有人喊"李大爷"，李老汉停下镰，回头张望，只见公路上停着辆宇通车，司机从窗口伸出半截身子，一看，正是那小伙子，正朝这边喊得起劲呢！李老汉浑身一振，三步并作两步，小跑着来到公路边。他上不了高高的路基，无法细说邮费的事，急得抓耳挠腮。

小伙子大声说："我又调回来了，以后又可以给您捎东西了，我走啦——"小伙子说完，发动起车子走了。李老汉望着消失的汽车，半天回不过劲儿来。

李老汉愣过神儿，忽然想到给女儿打个电话，让她来澄清这件事，想到这儿，他草也不割了，急急地回家找电话号码，是女儿来信留下的，还说电话就在她宿舍床头。

李老汉找到号码，托人到村委会帮他打了电话，他逐一嘱咐了女儿。

李老汉在忐忑中等来了周末，女儿的回信随车捎回来了，李老汉请人展开一看，信竟然不是女儿写的，却是小伙子写的，信上写道：

李大爷：您好！

我也姓李，叫李云飞，家也是农村的，和您相对，在省城南部。

我曾有过一个妹妹，比您女儿大两岁。如果她活着，她们还会在一所大学里见面，成为校友。您知道吗？

我妹妹当年也是考取了滨城大学。当时，录取通知书下到了县中学，妹妹正放假在家，天天盼着通知书来。来是来了，却被一个糊涂老师交给了县里开往我村的班车的司机，要他们带给妹妹，谁知中途车坏修车，通知书被人顺手擦了油污，路过我村时也早忘得一干二净。

等到开学了，妹妹仍然没有等到通知书，心灰意冷。她偶尔进城碰到了那位老师，老师奇怪她怎么还在家

里，妹妹这才知道了真相，当天夜里，她就投河自尽了……

一年后，我应聘上了省交通公司司机，这时已开始流行班车捎物，我暗暗发誓，给人捎物一定要捎到地方，这也是最起码的道德啊！

见了您女儿后，我发现她和我妹妹太像了，说话长相都像，我真把她当妹妹了。我看您家里也不宽裕，就冒昧地免费为您捎带了，如果让您不安了，我道歉！

前段时间，领导照顾我，安排我跑另一条线路，这条路线正好经过我的家乡，可我一想再也不能给你们捎东西了，心里就难受……我在家乡没有妹妹了！

我能认您女儿当妹妹吗？除此之外，别无他求。

我想妹妹。

李云飞 上

看完信，李老汉半晌没说一句话。他进山打了满满一口袋山核桃，分成两个包裹，一包给女儿，另一包，自然是李云飞的。包裹里还塞了封回信。第二天一大早，李老汉拎着两袋子的山核桃来到车站……

（题图、插图：魏忠善）

（本栏目欢迎来稿。来稿可从邮局寄发，也可从网上传递。如为电子邮件，请发以下信箱：xiaomeng.ye@gmail.com）

说话
要算数

□ 张国心

大山乡狼头村里有个秘密：相传这个坐落在大山深处、不起眼的小山村地底下，藏着一座西汉年间的古墓！

二十六年前，村子里来了一个年轻人，叫李大陆，当时他是乡里的文物管理站站长，来狼头村为的是普查古墓。李大陆在村子西山发现了一个很大的坟，坟前立着块石碑，碑上刻着一些弯弯曲曲的文字，谁也不认识。李大陆想，这一定是一座很有考古价值的古墓，应该保护起来，于是他就来到了离古墓最近的一户农家，这家的主人叫赵大，他问赵大"你能不能承担起保护古墓的重任？"

赵大说："只要领导信任我，我一定能把古墓保护好。"

李大陆严肃地说："老赵，看古墓可是一项重要的工作，你可得说话算数、有始有终呀！"

赵大把胸脯拍得梆梆响："吐口唾沫就是颗钉！"

李大陆当即拿出了一张纸，在上面写下了以下的文字：

狼头村西山古墓，很有文物价值，现委派赵大负责看护，条件成熟时再来发掘，届时给赵大相应的补助。

　　　　大山乡文物管理站站长
　　　　　　　　　李大陆
　　　　　　1982年8月8日

李大陆把这张纸交给了赵大，就离开了狼头村。

从此，赵大就全身心地看护起了

古墓，他每天早中晚必来古墓察看一番，风雪雨雾，从不间断。以前人们只是以为那是一座一般的坟，现在才知道那是古墓，既然是一座很有价值的古墓，那里面就一定埋着值钱的东西，于是就有一些不三不四的人打起了古墓的主意，偷偷地去挖，但每次都被赵大义正辞严地赶跑了，有几次还发生了激烈的冲突，赵大还受了伤。硬的不行就来软的，有人就来给赵大送东西，套近乎，让他睁一只眼闭一只眼，发了财大家平分，可赵大却是一根筋，说："我答应了人家看古墓，我就得看好，不能说话不算数！"

日月如梭，斗转星移，一晃就过去了好多年，可李大陆再也没有来过，但赵大并没有一点灰心丧气，他想，既然李站长说了条件成熟就来发掘，那就一定能来，国家干部说话不会不算数。

狼头河横在村头，河水湍急，四季不涸，河上没有桥，要想过河去，得绕好几十里地的山路，村子里有人一生也没有出过山，赵大就是其中的一个。因为和外界几乎隔绝，这里信息闭塞，贫穷落后，好些村民觉得在狼头村再住下去实在没什么奔头了，就都搬了出去，有人劝说赵大："咱们一起走吧。"

赵大坚决地说："不行，我还得看古墓。"

后来，赵大的老伴死了，他的腿脚也一天不如一天利落了，每天上三次山实在很吃力，于是赵大干脆在古墓边盖了间小屋，常年住在古墓旁。

时间过得真快啊，赵大现在已经七十多岁了，他看古墓整整二十六年了，越来越觉得身子一天天地不行了，他真担心自己哪一天死了再没人来看古墓，对不住李站长，他原本打算等什么时候修好了桥就出一趟山，找李站长去，再安排一个人接替自己，可这桥一直没有修成，他想不能再等了，这天他就背着干粮，拄着拐棍，向村外走去。

赵大翻山越岭，整整走了七天，才走出了那茫茫无垠的大山。他来到了一个楼房林立、草绿花鲜的小城镇，在好心人的指点下，他走进了一幢装饰豪华的大楼，门卫上前拦住了他，问道："老人家，你找谁？"

赵大说："我找李大陆。"

门卫问："你和他是亲戚？"

赵大摇了摇头，说："不是。"

门卫又问："那你找他做什么？"

赵大说："汇报工作。"

门卫见赵大一本正经的样子，就把他领进了乡长办公室。

李大陆在这大山乡已经二十六年了，头十年是办事员，后十六年是当乡长，这几年他搞小城镇建设成绩突出，被提拔为副县长，再过五天，他就要到县里去报到了，这是他多少年

一直盼着的呀，弄个县级再退休，这一辈子也算功成名就了。那会儿，他正在整理自己的东西，门卫领着赵大进来了，虽然相隔二十六年了，可赵大一眼就认出了他，赵大走上前去，激动地说："李站长，总算找到你了！"

李大陆瞪大了眼珠子看了半天，问道："你、你是……"

赵大说："我是赵大，狼头村的赵大啊！"

李大陆摸着脑袋："狼头村的赵大，哪个赵大？"

赵大说："你不认识我了？你、你

能认识这个吧？"说着，赵大小心翼翼地从口袋里掏出了他珍藏了整整二十六年的那张"委派书"。

李大陆看了他亲笔写的"委派书"，当时就从沙发上"蹦"地跳了起来，他神色大变，颤抖着嘴唇说"你、你是那个看古墓的赵大？"

赵大说："就是我呀，李站长，你委派我看护古墓，我一心一意，一点也不敢马虎，现在古墓完好无损。"赵大把这二十六年看护古墓所发生的事一五一十地向李大陆作了汇报，最后他说："我的身体不行了，说不上哪天去见阎王，今天来找你，就是让你再找个人接替我……"李乡长的脸一会变红，一会变紫，听完了"汇报"，他出屋叫来了秘书，小声吩咐了几句，那秘书就去了，他又回了屋，热情地跟赵大说："老赵，你的工作完成得非常出色，你尽职敬业，是我们大家学习的好榜样啊！"

赵大说："李站长，你说这话就过分了，当时我答应了你，我就得有始有终做到底，人说话不能不算数啊！"

不大一会，秘书回来了，把一张银行卡交给了李大陆，李大陆拿着卡问："老赵，今年多大年纪了？"

"七十二。"

李大陆说："七十二岁了，你应该退休了，老赵啊，这张卡给你，你每个月都可以到银行从这张卡里领取二百元的退休金，以后你不用再去看古墓了。"

此时，李大陆的心里很不是滋味，他的一张不负责任的"委派书"，几乎误了赵大一辈子啊，他知道每月二百元钱和赵大所付出的根本不成比例，他担心赵大还要提更多、更高的要求，可他没想到赵大接过那张银行卡后竟激动得老泪纵流，连声说道："你真是好干部，说话就是算数啊！"说得李大陆心里酸酸的。

李大陆请赵大吃了一顿饭，然后亲自送赵大回狼头村，车开到狼头河边时不能再往前走了，赵大说："这些年来，上头年年说要在这里修桥，可现在还没修上呢，唉，上头也难着呢，等什么时候修好了桥，我们狼头村的日子可就好过了！"

赵大的这话是无意说出来的，可每字每句都像重锤一样砸在李大陆的心头，因为他当乡长期间，几乎每年都许诺要给狼头村修座桥，可终因这里太偏僻，不在面上，不是"形象工程"，显示不出他的政绩，以至诺言一次次都变成了空话，想到这些，李大陆的心里沉甸甸的，他让司机把车开回去，自己一直把赵大扶回了狼头村。

回到乡里，李大陆看着他当年给赵大写的"委派书"，脑海里回想起了二十六年前的事情，那年，他刚从农机学校毕业，被分配到大山乡政府工作，对文物一窍不通的他，被安排在只有一个人的文物管理站。那天，他到狼头村普查古墓，发现西山上有一座墓很大，碑上的字又很怪，于是就以为那墓有考古价值，草率地给赵大发了"委派书"。回到县城后，李大陆把碑文的拓本拿给懂行的看，这才知道那石碑上刻的是满族文字，写明那墓是"影葬"，所谓"影葬"，就是人死在他乡，尸首丢了或没法运回来，家里人就象征性地给修一座空坟，因为那是大户人家，所以墓修得很壮观，其实这个墓根本没有一点文物价值。弄明白了实情后，李大陆就把那"古墓"的事扔到了脑后，他想，那个赵大不是傻子，见时间一长，没人来发掘，肯定不会再去看护它了，所以也就没有去通知赵大，没想到淳朴的赵大竟守着李大陆的一纸空文，兢兢业业地看护了二十六年，把一生中最美好的时光都献给了一文不值的一座空坟！这件事对李大陆的触动太大了，所以他才决定以后每月从自己的工资里拿二百元钱给赵大发"退休金"，这是对赵大的补偿，更是对自己的惩罚。

此时，李大陆想着狼头村的那山、那水，心里很不平静，他毅然地拿起了笔，他要向县里写一份报告，要求在大山乡再干一届，把他以前向老百姓许下的承诺全都兑现了……

（题图、插图：魏忠善）

百雀袍

□ 九 斗

洪武二十九年十一月，宋大将军府上一片肃然，宋夫人坐卧不安地等待着被突然召进宫的宋谦。就在昨天，宋夫人还劝丈夫："飞鸟尽，良弓藏；狡兔死，走狗烹。你不要以为你是开国老臣就能保平安，那些被诛九族的臣子哪个不是功名显赫？"

宋谦不以为然地说："你这是妇人之见，皇上杀的那些都是有反心的人，像我这样忠心不二的臣子，皇上怎么会加害？"没想到第二天一早，宫里就传诏下来，让抱病多日在家休养的宋谦即刻进宫。

直到掌灯时分，外面热闹起来，原来是大将军回府了，只见宋谦满面喜色地闯了进来："夫人，大喜！皇上是记起下月初七是我的寿辰，要来府上盘桓一日，这可是皇恩浩荡。"

宋夫人闻言未语，若有所思，宋谦却喜不自胜，得意之色溢于言表。就在这时，后院传来喊声"有贼"，宋谦闻声回身冲了出去，只见一个黑影正向院外疾跑。宋谦顾不得许多，抬手一扬，打出几颗他的独门暗器透骨钉，那人应声倒地。宋谦上前，低头查看，只见那人仰面躺着，已经气绝身亡，怀里抱着的锦盒滚到一边。这时宋夫人也赶到了，看到锦盒中的滚落之物，不觉惊叫出声，那不正是洪武皇帝亲赐给宋谦的百雀锦袍吗？这锦袍是由绣工花数年的工夫精绣而成，上面一百只黄雀形态各异，栩栩如生。当年洪武皇帝披这件袍子亲迎凯旋的宋谦，并当着众文武百官的面将其从自己身上解下，披在他宋谦的身上。

宋谦与夫人抖开锦袍，赫然发现锦袍上多了几个洞，想来是刚才宋谦用力太猛，透骨钉冲出那人身体打入锦盒所致，宋谦见此情景，顿足叹道："宋门休矣，损坏圣物只怕要诛九族了！"话音未落，忽见又一黑影冲向院墙，看功力这人犹在死去那人之上，宋谦刚要追赶，宋夫人拉住他："让他回去报信吧，可保宋宅二十日平安。"

宋谦还想再问，宋夫人使了个眼色，两人回到内室后，宋夫人这才说道："今日之事很是蹊跷，先是圣上要来宋府，接着有人来盗百雀袍，看来是有人想加害宋家。宋府上下百十口人命在旦夕，只怕那扶老拖幼上刑场的惨状要重演了。"宋谦急道："那夫人为什么不让我把刚才那人杀掉？"

宋夫人摇头道："不放他走，自会再来人盗袍，宋府再无宁日。他既亲眼见圣物已毁，自会回去报信，那害您之人只怕正在得意。将军您想，现在百雀袍上破了几处，明眼人一看就知是您的暗器所损，只怕您在皇上面前百口莫辩。也罢，这二十日不会再有人光顾宋府，我们也早做准备罢。"

从那日起，宋夫人推说有病，再不见客，只和贴身丫环搬到后院调养，饮食都由专人送到门口。宋谦听从夫人的安排，日日照常上朝，可是眉间总是愁云紧锁，夫人虽然说凡事由她调度，可没交给他实底，总是不放心。宋谦暗中观察，有几个亲近的家人不知被派去何处，失踪几天又回来，转眼又不见人了。

很快二十天过去了，宋谦的寿诞将至，这日他刚进后院门，就听丫环哭成一片，冲进屋一看，宋夫人面色苍白倒在地上，宋谦忙上前扶起，宋夫人吃力地睁开眼睛说："锦袍我织补好了，明黄线是宫里才有的，只能用普通黄线应付一下，这百雀袍只能在暗处看，以后的事老爷就自己多费心思吧……"说完又昏了过去。宋谦忙令人去请郎中，看爱妻形容憔悴，不禁悲从中来，恨不得把那件锦袍撕个粉碎，可是转念一想，夫人这样殚精竭虑，也是为了宋家上下老小百人的性命，自己无论如何要保全她的这份心。

十二月初七，洪武皇帝御驾亲临，宋谦在门外跪迎，看到随驾的是鲁妃，他心里又是一沉。鲁妃的父亲鲁直本是宋谦手下的参将，有次被围在城外，向城内的宋谦投书求救，宋谦怕中计没有开城门，致使鲁直万箭穿心而死，为此鲁妃极恨宋谦，看来这次是来者不善！

这一日宋谦安排得紧凑，招来几个杂耍班子，又有伶人歌舞助兴，直闹到月上柳梢才安静下来。此时夜色已深，洪武皇帝已是醉眼蒙眬，刚要叫起驾回宫，鲁妃起身离座施礼"闻

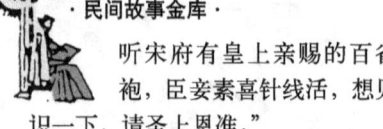

听宋府有皇上亲赐的百雀袍，臣妾素喜针线活，想见识一下，请圣上恩准。"

洪武皇帝道："宋卿，锦袍安在？"

到了这个时候，宋谦心里已经明白了，看来盗衣人就是鲁妃所派！他不慌不忙地起身施礼道："皇上，请随臣来。"洪武皇帝不知宋谦这是唱的哪出戏，可还是站起身来。一行人穿

花厅过走廊到了后院，这里孤零零地修了一座小楼，进得楼来，只见灯光昏暗，香烛袅袅，竟然供着无数灵位。供桌正中放着一个大紫檀木箱子，宋谦上前打开，毕恭毕敬地取出一个锦盒，有太监过来打开盒盖，将百雀锦袍奉上前来，宋谦这才开口道："皇上，这里供奉的是当年随皇上南征北战时死去的将士，锦袍是皇上所赐，臣不敢独领，所以供奉在此与众将士共享天恩。"

洪武皇帝四下打量，这才发现这里还挂着许多画像，那些人都是随自己出生入死的将士，如今已是阴阳相隔，这些年来自己从未祭拜过他们，心中不由得愧疚起来，心慌意乱，便不再说话，独自低头出了灵堂。

宋谦暗自松了一口气，正准备送驾回宫，忽听鲁妃笑道："皇上，日理万机难得玩得这样惬意，不如再多留一日。"洪武皇帝点点头，宋谦惊出一身冷汗，只得安排皇上安寝。

这一夜宋谦没有合眼，他自知明天皇上若是再看百雀袍，就能看出破绽，到时他的欺君之罪再难逃脱，自己一死也罢，只是连累老母娇儿并家人老小，真是伤心至极。天刚亮，就有太监来传旨，宋谦急忙去见驾，看样子皇帝这一夜也睡得不安稳。洪武皇帝对宋谦说："朕一夜未眠，想起这些将士就心意惶惶，鲁妃为解朕心忧，连夜准备了香烛，上过香再回宫

罢。"宋谦知鲁妃昨夜看出破绽，今天是故意揭底来的，可是此时无计，只能走一步看一步了。

上罢香，洪武皇帝自己脱下身上的袍子，放在供桌上，这才对宋谦说："宋卿，我这件锦袍留下赐与众卿，那件百雀袍你自己穿上吧。"

到了这个时候，宋谦已别无他法了，他大步上前，打开紫檀箱子，猛然觉得一物扑面，随着"扑喇喇"冲出一堆什物来，宋谦也顾不得许多，回身护住皇上，大叫："护驾！"

众侍卫忙围将上来，大家定睛再瞧，只见灵堂里出现了许多黄雀，飞来飞去的。宋谦命人快抓，又把惊得面无血色的洪武皇帝扶着坐下。这时再看锦盒，里面早没了百雀袍的踪影，只留下一块小布片，上面绣着的一只黄雀神态悠闲。过了一会儿，众人已把黄雀悉数捉住，一数整整九十九只。

众人大为惊奇，宋谦灵机一动跪下奏道："皇恩浩荡！这灵堂里供奉的正是九十九位忠烈，今日脱胎而去，再无怨结，可喜可贺。"

这句话正说中了皇上的心事，近来他杀了一些开国老臣后，就夜夜噩梦不得安生，过去和他一起出生入死的那些旧部，更是在梦中纠缠不休，今天竟然化解九十九个怨魂，确是幸事。

洪武皇帝刚要起身，鲁妃笑着上前道："敢情这衣服是破了吧，拿些个

黄雀顶数？"洪武皇帝一听这话脸色大变。宋谦恨不得上前封了这贱人的嘴，只是洪武皇帝历来多疑，只怕越辩越说不清楚。正在这时，拿着黄雀笼子的人突然失手，笼门打开，笼中的鸟全都飞出来，那些黄雀飞啊飞，飞到了楼外……

正乱着，忽闻外面有人喊道"快来看呀——"

众人涌到门前，原来那些黄雀并未飞远，都落在不远的屋顶上，怪异的是，那一只只黄雀，在红瓦上，竟组成了一个大大的明黄色的"忠"字！宋谦长跪叩首道："臣子忠心，苍天可鉴啊！"

原来宋夫人早料到这事不会轻易罢休，于是特地安排下人去民间收来九十九只抽签打卦用的黄雀，让驯鸟人训练投食，又在头两天把鸟狠饿了一下，所以这些鸟出了灵堂才不会飞走，而是飞到屋顶直接进食，那鸟食是宋夫人命亲信家人趁夜早就铺好的，正好是个"忠"字。

同行的官员心里明镜儿似的，兔死狐悲，物伤其类，借此时机就帮宋谦一把，于是全都跪在地上三呼万岁，连呼祥瑞既现，国泰民安。

洪武皇帝就喜欢听这些好话，早飘飘如驾云一般，美滋滋地起驾回宫去了。没多少时候，宋谦就托病辞官，带着一家老小回乡下种地去了。

（题图、插图：刘斌昆）

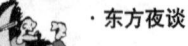

人们常说"三条腿的蛤蟆难找，两条腿的人多的是"，这话说得不假，世上哪有三条腿的蛤蟆？可是，前不久偏偏就有人遇到了这样的稀罕物，来看看今天这个故事——

一只蛤蟆三条腿

□杨 勇

老瓜在自家鱼塘里发现一只三条腿的蛤蟆，那蛤蟆有两条前腿，一条后腿呈鱼尾状。因为少一条后腿之故，所以它不会在陆地上跳跃，但能爬行，也能在水里游。

老瓜将蛤蟆捉上岸来，那三条腿的蛤蟆便迈着两条前腿，拖着一条后腿，费力地往水里爬。

老瓜很想把这个稀罕事告诉家人和乡亲们，可很快，他就改主意了，他想起电视上说，谁给电视台提供一条有价值的新闻线索，就奖励100元。前不久，大营子有个人提供了一个马下双驹的新鲜事儿，就得了100元。

老瓜很细心，他早就记下了县电视台的电话号码，于是，他来到了村口的小卖部，拨通了县电视台的电话……

三个小时后，县电视台的小车直接开到鱼塘边，停在了老瓜跟前。

一会儿，摄像机对准了老瓜，一个漂亮的女记者把麦克风递到了老瓜嘴边，老瓜急出了一身冷汗，好久才算镇定下来："我是吴老瓜，我这就领你们去看三条腿蛤蟆……不过……100块钱……"

女记者笑了："吴大爷放心，奖金带来了，等拍完了三条腿的蛤蟆就给您。"

老瓜领着电视台的人来到了一个

水池边，这是他专为三条腿的蛤蟆修造的，这水池脸盆大小，但很深，全用水泥砌的。老瓜朝池里一看，顿时傻眼了，水池里不见三条腿的蛤蟆。老瓜一脸疑惑：奇怪，刚才它还在呢，怎么抽袋烟的功夫就没了呢？再说，这水池有数米深，按理说是跳不出来的呀！

老瓜用棍子在水池里搅了又搅，没有；再去鱼塘边找，也没找到，几个小时找不见三条腿蛤蟆的踪影，于是记者们扫兴而去，而老瓜奖金自然是泡汤了。

记者走了不到十分钟，老瓜又来到了水池边，一看，那只三条腿的蛤蟆却在盆内，老瓜又惊喜又好气地骂道："贼蛤蟆，你是存心不让老子得100块钱呀！"

当天晚上，老瓜从电视上看到了自己在鱼塘边找蛤蟆时的窘态，他禁不住破口大骂："王八蛋电视台，没拍上三条腿的蛤蟆怎么也放呀？让我老瓜丢死个人啦！"

第二天一大早，村主任和一群村民来到鱼塘，村主任点着老瓜的鼻子说："老瓜，你让我们村在全县人民面前丢脸啦，你咋不给中央电视台打个电话，骗全国人民一回呢？"

听了这话，老瓜的瘦脸憋得紫红，他把村主任拉到放三条腿蛤蟆的水池边，可真是奇怪了，那蛤蟆又不见了，等村主任一走，那只三条腿的

蛤蟆又出现了，就像故意和老瓜捉迷藏似的！

老瓜生性倔强，他决定要为自己洗冤，他找了一个旧的军用水壶，灌满水，把那只三条腿的蛤蟆放进去，将盖拧死，想想不对头，又在盖上扎了个眼儿通气，当天，他背上水壶，坐班车去了县城。

到了县城，老瓜找到了电视台，见到了那个女记者，当着一群记者的面，老瓜悠悠然地拧开水壶盖，不紧不慢地往外倒，可水都倒尽了，也没见倒出个三条腿的蛤蟆来。老瓜红着脸左摇右晃，倒了又倒，可里边什么也没有！

女记者冷笑道："大爷，您又耍了我们一回！"这话像刀子一样剜了老瓜的心，他恨不得找个地洞一头钻进去！

老瓜背着个空水壶失魂落魄地回到鱼塘，一屁股坐在地上，他指着丢了盖子的水壶愤愤地说："老瓜我活了60岁，从来没骗过人，没说过假话，你这个三条腿的东西竟把我的好名声给毁了……"

老瓜正恨声连连地念叨着，突然见那只三条腿的蛤蟆慢吞吞地从水壶里爬了出来……

老瓜恼羞成怒，他禁不住随手捡起地上一根棍子，朝蛤蟆狠狠打去，机灵的蛤蟆"扑通"跳进水塘里。老瓜追了一步又打，那蛤蟆从水里游了一下，又停住了，小眼睛挑衅似的斜视着老瓜，老瓜气坏了，他挽起裤腿

就下了水，举棍再打蛤蟆，并大声骂道："你这个三条腿的坏东西，我就不信打不着你！"

老瓜这回又没打着蛤蟆，他又向水池中央迈了一步，就这样，老瓜一步步地走进深水处，猛地，老瓜脚下一滑，跌进水里……

老瓜的尸体是在第二天被村民从水塘里打捞上来的，尸体的右手还死死地抓着那只三条腿的死蛤蟆，大家怎么也掰不开。

情急中，村主任灵机一动，大声说："老瓜，这么多人都看到了，你手里的确抓着一只三条腿的蛤蟆，你没骗人呀！"话音一落，老瓜的手便自动松开了，死蛤蟆也掉落在地上。

这时，老瓜的老伴扑在丈夫的尸体上哭叫道："报应啊，老瓜，这是儿子变成蛤蟆找你讨债的呀，38年前你要是别做下那缺德事……"

村民们从老瓜老伴的哭诉中听明白了一段隐情：38年前，老瓜的老伴生了个男婴，这个男婴长了三条腿，在两条正常小腿的中间、小屁股的尾骨处还长出一条小腿，这条小腿尽是肉，没骨头，奇异极了。这老瓜是个死要面子的人，他十分害怕别人笑话他家生了个畸形儿，最终他一狠心，趁妻子睡熟之际，竟然用被子将男婴活活捂死，然后悄悄把死婴扔到了这个水塘里。

（题图、插图：顾子易）

□ 黄自林

按程序处理

在东部非洲有一个叫坦布尔的小城，这里风光迷人，吸引了众多的外国游客来观光旅游，同时，也招引了一些小偷前来"淘金"。

一天，一个小偷从别处来到了这里，他叫彼得，二十岁的样子。往常，他在公交车上行窃屡屡得手，所以到了小城，他就上了一辆开往国际大酒店和飞机场的公交车，准备下手，因为他觉得在这辆公交车上的乘客会比较有钱。

彼得一上车，就看准了一个中年男子，他觉得这个人像个大老板，一定会有钱。他挨着中年人坐下，中年人拿着个皮包，趁人家不注意，彼得用锋利的刀片轻轻地把皮包划开一个口子，然后用手指把皮包里的钱夹了出来，放进口袋里，但彼得没有发现，同时被夹出来的还有一张机票。

得手后，车到了一个小站，车停了，彼得准备下车，然后溜之大吉，就在这时，车上的小广播响了，是早录好音了的，每站一播，一个女声温柔地说："下车的乘客，您好！在您下车之前，请您看一看自己的钱物有没有在车上丢失或者遗忘，以便我们在规定程序之内帮您寻找，如果您是到坦布尔小城来的游客，我们更希望您坦布尔之旅愉快！"

彼得的心慌了起来，这是他往常在别的城市没有遇到过的，广播里的话说得也太有艺术了：一般得手后是小偷先下车的，而被偷了钱物的人还在车上，还蒙在鼓里，这话虽然是在问下车的乘客有没有丢东西，其实是在提醒车上的人——有人下车了，你

有没有被偷掉东西？

果然，那个被彼得偷了钱的中年人站了起来，叫道："哎呀，不好！我的皮包被划破了，我的钱和机票不见了！"

那中年人刚说完这话，又指着正要下车的彼得喊了起来："是他，刚才是他在我身边的！"这时候，如果车上的人一哄而上，对着彼得或是骂或是打，这彼得倒不怕，因为他有一把特制的伸缩刀，眼下正挂在他的腰上，看上去像一件精美的饰品，但如果彼得一抽出来一摁开关，那就是一件凶器了，他会挥着凶器死拼，以求脱身。

但是，车上的乘客没人出声，也用不着出声，因为出现这样的情况，司机会按照程序来处理的。这时，司机对着那个被偷了钱的中年人说："这位先生，在没有证据之前，您可不能这样说，您不能乱冤枉人。"司机没有打开车门，他只是摁了一下方向盘下边的一个按钮，车又徐徐地往前开了。

中年人急了，对司机说："不信？不信你搜他的身啊！"司机一边开车一边说："这位先生，您是坦布尔小城的居民吧？您知道，您我都没有这样的权力搜别人的身。"中年人说："可是我的飞机是十一点的，你不及时处理，我要误点了。"

这时，彼得见不能下车，急了，说："这位司机先生说得对，不能乱冤枉人，可是我过站了啊，您得让我下车啊！"

司机听了这话，对彼得说："您难道不想证明您的清白吗？好吧，到站了我会让您下车的。"彼得稍稍放松了，车上再没有人出声，一切像他在别的地方一样，行窃后就算是有人知道也没人出声，到哪儿下车都不要紧，只要能下车就行。

一会儿，公交车开进了路边的一个小院子，是警察局下设的一个值班点，原来司机按的按钮是报警，这时早有两个警察等候在那里做好了准备，公交车一进院子，车上的乘客都下了车，在院子里排成一排，然后一个个进去搜身，彼得没想到会是这样，他慌了起来，连忙说要上厕所，在厕所里，他慌忙把偷来的东西冲进了下水道里，虽然有点可惜，但眼下最要紧的是洗脱罪名。

车上除那个中年人外一共是23名乘客，都检查过了，没有发现中年男子丢的钱和机票。检查彼得时，同样也没搜出什么东西，彼得若无其事地松了一口气，搜不到东西，乘客们都急着要走，中年人急了，他嚷道："我的钱和机票总不能这样平白无故地不见了吧？"

一个戴着墨镜的高个子警察说："别急，还有一道程序没做，刚才不是有人上厕所了吗？"说着，警察摁了一个开关，一个挂在墙上的大屏幕亮了起来，屏幕上出现了彼得把钱和机票冲进下水道的一幕，原来那个厕所是值班点专门监视犯人用的特定厕所，厕所里装着特殊摄像头。那摄像头还拍摄到东西被冲下的时候，立刻被特殊装置截住并冲洗和烘干的过程，真相大白了，彼得是小偷，证据面前他无话可说！

彼得以为，就算他是小偷，无非是把他关进警察局两天，然后放人，出来后他又重操旧业，然而彼得没想到的是，这里的警察并不马上放大家走，他们要按程序处理。

警察一个个地问乘客"你要到哪里去？""你去干什么？""这趟车误了你什么？"等等，幸好，车上的20个人都是坦布尔小城的居民，他们都很朴实善良，说只是误了一点时间，其他的没什么。

可是，车上还有三个人，他们就不同了：一个是去电影院看进口大片，这时电影早就放了；一个是去和朋友谈一笔约一万美元的生意，这时约好的时间早已过了；还有一个就是那个被偷的中年人，他是要坐飞机去旅行，他误点了，旅行社的其他人早就坐飞机走了！

警察问清楚后，便作了详细的记录，其他20人上了公交车走了，那三个人和彼得留下。警察一笔笔地跟彼得算账，告诉他：由于你的盗窃行为，给20名乘客造成了不同程度的影响，根据坦布尔地方法规规定，你得赔偿其他20名乘客每人5美元的误时费，20乘以5就是100美元；看电影的这位乘客，电影票价是35美元，你得赔偿那张电影票的钱；去和朋友谈生意的这位乘客，要看他会不会因为过了时间而生意吹了，如果是吹了的话，那么经警察局核实，你得赔偿人家50%的损失，也就是5千美元……

彼得听了，叫了起来，说："那如果他去谈10万美元的或者是100万美元的生意，那我就要赔偿他5万或者是50万美元的损失了？"警察说"是

的，先生。"

警察看了看彼得，说："还有，这位先生是去外国旅行的，由于你的盗窃致使他误点，你得赔偿他已经交旅行社的旅行费用3千美元。"

经过那生意人和朋友的电话联系，在时间观念很强的坦布尔，那朋友已经把生意给了别人，这时，警察郑重地对彼得宣布：因为这次盗窃，他得赔偿车上乘客总共8135美元的损失。彼得听了，哭了，他说自己没这么多的钱，警察就让他叫家里人拿钱来替他赔偿，彼得说他没有家人，警察说："那好吧，你跟我们走，我们会安排你为坦布尔城服刑8个月，当然，我们会给你支付工钱，一个月大约是1千美元，你用这笔钱来作赔偿。"

这以后，除节假日外，警察带着彼得天天走上街头。由于警察局高度保密，所以，没人知道彼得是个小偷呢，在他的刑期里，他将和警察一起，在街头上维护治安，抓小偷。

（题图、插图：佐　夫）

飞向天堂
的 鸟

□肖建国

相传世上有一种鸟，小如珍珠，却坚忍强劲，暮出晨归，南迁北徙，一生为找寻天堂而奔波……

1. 惊梦

龙老爹的家住在鄂西北七方岗村，这两天里，他被一场噩梦吓得心神不宁，梦的情景很奇特：他上山砍柴，竟然迷了路，这时，起了雾，白茫茫一片，分不清东南西北，龙老爹急得团团转，累得浑身直冒虚汗，就是走不出雾帐子。他瞧见面前有棵树，就想靠着喘口气，谁知摸到的树干竟是软乎乎的，抬头细看，老天，原来树干变成了一条直起身子吐着信子的长蛇，两个眼睛像灯笼一样瞪着他。龙老爹急忙后退，蛇张口咬住了他的双手，片刻工夫，手上的肉没有了，只剩下十根白森森的骨头。

龙老爹吓得魂飞魄散，大叫一声，便从噩梦中惊醒了。龙老爹发了半天呆，看看微微透亮的窗户，才明白是凌晨时分，他身边两个小孩正在睡梦中呢。

这两个小孩，大的叫小燕，今年12岁；小的叫小鹭，今年10岁，都是女孩，长得聪明、伶俐。四年前，儿子老虎和媳妇小美把姐妹俩撇给了龙老爹，去了广东惠州，在一家天堂鸟集团公司打工，这家公司是搞房地产

开发的，很有名气。今年暑假，小美捎话回来，说现在和老虎站住了脚，公司给了一间廉租房，特想小燕和小鹭，暑假一定要托人把姐妹俩带过去。

龙老爹把小美捎回来的话嚼了又嚼，他明白，儿媳妇是让他带俩孩子过去，而不是要他亲自送过去。他若过去了，住哪？只有一间廉租房，再说了，儿子和媳妇干了四年，才站住脚，他们钱来得不容易，他若过去，花费更多。

两个孩子得知要去见自己的爸爸、妈妈，高兴得又蹦又跳，昨天晚上还在找爸妈的照片，一人手里拿几张，互相攀比。小燕说："我有好多好多年没见爸爸妈妈了，我太想他们了，白天想，晚上想，连梦里也想去见爸妈！"小鹭不肯示弱，伸开两条细小的手臂，尖叫着说："我有这么这么长没见爸爸妈妈，你想的没有我想的长。"两个孩子闹着闹着就扭打起来，吓得龙老爹赶紧喝住，说是不准再吵闹了，赶紧睡觉，谁再闹，就不让谁去见爸妈，谁知躺下后，龙老爹在迷迷糊糊中就做了这么个噩梦。

根据经验，龙老爹断定这梦不吉利，最好赶快找人把两个孩子送到惠州去，只要儿子一家平安，他一个孤老头子，纵然遇到什么天灾人祸，也死不足惜，可是，找谁带这两个小孩呢？龙老爹霍地就想到了小豆子……

2. 小豆子的交易

七方岗村地处武当山余脉，小豆子的家住在村子的西头，这里交通不便，地贫土黄，撒下一把种子，收获半捧谷子，人们形容说，给庄稼浇油都不长。因为穷，村里的年轻人都外出打工了。小豆子初中毕业后也去了惠州，跟龙老爹的儿子老虎在一个镇上，据说那个镇比鄂西北县城都大，两人虽不经常见面，但常有联系，特别是到了节假日，打工的老乡们都要聚在一起叙叙旧，托她带孩子，省事也放心。

龙老爹想去找小豆子，没想到小豆子倒先一步来到了龙老爹家，小豆子这次回来，是给她妈做周年祭祀的。小豆子到惠州后，原在一个工厂当车衣工，一天要上十二个小时的班，按合同，能拿到900块钱的工资，然而到领工资时，小豆子才拿回320块钱，小豆子问主管为啥这么少，主管色眯眯地说："扣保险、扣培训、扣工服……"一边说，一边就伸出手往小豆子身上摸，小豆子一气之下就辞了工。两个月后，小豆子进了一家发廊做洗头妹，每个月给男人们洗洗头，捶捶背就能拿到1000块钱，可好景不长，小豆子在发廊里混着混着，一切都开放了，有个男人用手机将小豆子在床上的疯劲拍了下来，四处传播，没想到传回了老家，小豆子的妈本来就有高血压，听到这事，犹如一记闷锤打在脑门上，顿时感到天旋地转，直扑扑地摔到地上，没几天就去世了……

龙老爹看着站在眼前的小豆子，脸火辣辣地发烧：小豆子穿了件粉红色的上衣，又短又薄，前胸很低，能看到白白的乳沟。

按辈分，小豆子管龙老爹叫"爷"，她就这么叫了："爷，找你商量点事。"

龙老爹定了定神说："闺女，只要能帮上忙的尽管说。"

小豆子说，她想把母亲的周年祭祀办隆重点，她请来了草台班子，一切准备妥当，可亲戚们嫌小豆子名声不好听，来哭坟的人还没草台班子人多，于是小豆子就花钱请村里人来戴孝，只要是愿意来的，一天一百元，还管吃，小豆子坚信，有钱能使鬼推磨。这一招还真灵，为了钱，有的比小豆子妈辈分还高的人也来了，一天工夫，登记了近百人，有的一家男女老少齐上阵，乐得小豆子眉开眼笑，可小豆子还缺一对领头掌灯的金童玉女，于是，她就想到了小燕和小鹭。

小豆子十分恳切地说："爷，我不会亏待她俩的，别人一百，

她俩加倍。只到坟上走一圈就回来，她俩去，辈分也顺。等给我妈办完祭祀，我带她俩一起去惠州，保证把姐妹俩送到天堂鸟公司大门口。钱，不用你花一分。虎子哥要是太忙，我就把她俩留在我那里住一段时间，我租的房子比虎子家宽敞多了，有客厅、厨房、浴室，还有电视音箱。在我那里玩，绝对比虎子哥那里好。"小豆子越说越兴奋，丝毫没有看见龙老爹脸上的变化。

打心眼里讲，龙老爹不愿两个孩子掺合小豆子家这种乱七八糟的事，可如果不去，小豆子肯定不会帮他带这两个小孩子的，但若去了，这叫什么事啊，生前你不孝，死后还胡闹，花钱买乡亲们的眼泪，一百号人这么哭着、闹着，像什么话呢？

正在龙老爹犹豫不决的时候，忽然感到站在身边的小燕和小鹭同时捅

了捅他，龙老爹左右一瞄，两个孩子的眼睛里都充满了期盼。这种眼光，他懂。这俩孩子，为了钱，为了见到自己的爸妈，愿意干这事。两个孩子这一捅他，龙老爹就坚定了自己的信念：不能让他俩去，近墨者黑，近朱者赤，俩小孩心灵纯洁得像张白纸，分不清是非，上坡路难走，下坡路可是一学就会。龙老爹摸了摸两个孩子的头，站起身来对小豆子说："这事我不能答应你。"

小豆子听得一脸惊讶，只好讪讪地离开。小豆子一走，小燕和小鹭同时责问起爷爷来，小燕说："爷爷，有钱呢，你咋不叫我们去？有钱就有车费了，省得你天天卖鸡蛋啊！"龙老爹黑着脸说："爷爷虽然缺钱，但更讲脸面，爷会再找人送你们去的。"

3. 不太美丽的谎言

龙老爹说起来挺容易，但真正找起人来却很难，这年不年、月不月的，有哪个在外打工的回来？小豆子前脚进家门，村里的大狗爷后脚就找上来，大狗爷有一个孙子叫胖胖，也想趁暑假去南方跟爸妈团圆，为了讨好小豆子，大狗爷积极主动地操办起小豆子妈的祭祀，又是找乐器班子，又是扎纸人纸马纸灵屋，感动得小豆子热泪盈眶，信誓旦旦地表示要把胖胖亲手送到他父母手上。

龙老爹拒绝小豆子后，便在周围的村子里四处打听谁还去南方，奔走了一天，也没个结果，晚上回到家，小鹭竟对他噘起了嘴，还是姐姐小燕懂事，忙给爷爷端来一杯茶。小燕说："爷爷，我给你提供个消息，你明天去吴家湾走一趟，那里有我们班上一个同学，叫吴小铃，她今年也要去惠州，她如果没走，我们就能和她结伴去了。"

现在的农村学校都合并了，小燕和小鹭全住宿在镇中心小学，所以能认识四乡八邻的学生。听小燕这么一说，龙老爹顿时来了精神，第二天一大早，他草草吃了几口饭就向吴家湾奔去。这吴家湾离七方岗村有二十多里路，全是小道相连，中间还要翻过几座丘陵，极其难走。龙老爹走出村子，就听见身后锣鼓家什响成一片，他猛然想起今天是小豆子妈的祭祀日。

赶到吴家湾已是大半晌了，龙老爹一打听，竟没有"吴小铃"这个人，龙老爹想肯定是小燕搞错了，但既然来了，那就继续再打听打听吧，龙老爹一路走一路问，跑遍了六个村子，也没找到那个叫吴小铃的学生，一直到太阳西斜，他才怏怏地往家赶。

赶到家，龙老爹正想对小燕发脾气，不承想小燕和小鹭见他回来，"扑通"一声跪了下来，这个举动把龙老爹吓懵了。小燕说："爷爷，对不起，

我骗了你，我们不想让你再找人了，为了早点能见到爸爸妈妈，我把你支开，今天和妹妹参加了小豆子妈妈的祭祀日，钱我们也拿回来了，你要是不高兴，就狠狠打我们几下吧。"说着说着，两个孩子都哭了起来。

龙老爹听完小燕的话，又气又心痛，他把两个孩子搂在怀里，默默地落下了一大把老泪。

当晚，龙老爹又做到了那个恐怖的噩梦，梦的情景同上次一样，不同的是，这次是蛇咬住了他的双腿，把腿上的肉全部噬干，只留下一腿白骨。龙老爹从梦中惊醒后，天一亮就去找小豆子，让小豆子原谅他人老糊涂，看在同一个祖宗的份上，把两个

小孩带去惠州那个叫天堂鸟的公司……

4. 依依惜别

过了一天，小豆子便带着大狗爷的孙子胖胖和小燕、小鹭向小镇汽车站赶去，龙老爹提着行李送行。胖胖个大，有十三岁了，才上四年级，成绩不咋的，打架却出了名，小燕和小鹭走到他跟前都有些怕。

走出不远，有股冷风吹来，打着旋儿将一伙人罩住，妹妹小鹭吓得蹲在地上不敢动，一个劲叫怕。龙老爹把小鹭拉了起来，明显地感觉她的手在抖。盛夏的天，并不冷，可小鹭的手心里却出了层冷汗。龙老爹说："你们这次去，见到爸爸妈妈就别回来了，要回就一起回。没妈的孩子多可怜，爷爷老了，也顾不了你们啦！"龙老爹说得心酸，眼泪止不住地流了出来。这些天，不知为什么，他老想流泪。

赶到汽车站，正好长途大巴开了进来，车上已坐满了人，以学生居多，司机长着大胡子，他不开车门，盯着小豆子问是不是都去，龙老爹忙接口说他不去。

大胡子司机说：两个大人两个小孩，只能腾出两个位，一人腿上坐一个，孩子8折，如果去，就买票，不去，就走。大胡子说得干脆利落，很显然他把胖胖看成大人了。

小豆子抱怨起来："这车上又没位，还要那么贵！"大胡子冷笑起来："也不看看这是啥季节，孩子想见娘，哪管山高路又长。你们不坐，前面还有大把人等着呢。"

话说到这份上，龙老爹和小豆子都说坐，龙老爹从衣兜里掏出钱想替小豆子买一张票，小豆子赶紧拦住了，她说："爷，我不缺钱，我缺的是理解，我们在外面打工都不容易，没你想的那么坏，你能理解我，我就很高兴了，小燕和小鹭我一定把她俩送到虎子哥那里。"听小豆子这么一说，龙老爹一颗悬着的心总算搁了下来。

上了车，小豆子发觉车上已严重超载，这种大巴车一边两个位，中间是过道，现在过道上都摆满了小板凳，座位上只要是小孩的都是三四个挤在一起。小豆子先坐下来，然后把妹妹小鹭抱坐在腿上，胖胖虽然不愿意，但看小豆子都这么做了，只好和小燕共坐一个位子，四个人挤在一起，犹如坐牢。

再说龙老爹，目送他们上了车，心里一阵阵发酸。两个孩子是他一勺饭一勺汤喂大的，现在离开他真有点舍不得。汽车启动了，他挥手送别，这时，汽车突然亮了一下大灯，把龙老爹吓得打了个冷颤，这阴冷的光让他刹那间回忆起噩梦中的情景，那条蛇双眼所发出的光不就是这种光吗？这朦朦胧胧的车影，不就像蛇身吗？悟到这一点，龙老爹顿时浑身直冒冷汗，他马上追逐着喊"停车"，可是汽车已向着南方飞驰而去，哪里能听得到他嘶哑的叫喊……

5. 一觉醒来

上了车，小豆子心里就开始后悔：这车挤不说，还闷，小豆子晕车，要是不带这些孩子，她原本是想坐飞机的，现在倒好，一时的心软，搭上几个累赘。小豆子摸出一粒晕车药吃了下去，据说，晕车药有安眠作用，迷迷糊糊能睡到惠州也好啊！

大巴车拐上了京珠高速，小豆子

觉得下身一热，糟糕，真是怕事就有鬼，"大姨妈"竟提前来了，湿漉漉的裤裆让小豆子感觉极不舒服。幸好天已黑了下来，车厢里的人都进入昏昏欲睡状态。

为了减轻压力，她不停地轮换双腿，小鹭感觉到小豆子不受力，坐一会，就会主动立起身站一站。不知跑了多久，大胡子司机突然停车了，说是前面要过收费站，有交警查车，超载重罚。为了躲避检查，要十多个人下去藏在行李厢内，躲一会儿。

车上顿时乱成一团，大家都不愿意下，大胡子司机发了火，骂爹骂娘地直嚷，乡下人胆小，就赶紧听从指挥，钻进了车底部的行李厢中，大胡子见下去的人还不够数，一个劲地催着。

小豆子看看小燕和小鹭，姐妹俩都不吭声，胖胖则把头扭向一边，一脸的不高兴，小豆子只好对小燕和小鹭说："乖，你们俩先下去，等会儿姐姐叫你们，你们再上来。"

小燕点点头，拉起小鹭就往下走，小鹭抓住把手不肯下，说："姐，我怕。"小燕紧紧攥起了小鹭的手，说："别怕，姐姐跟你在一起。我们下去，让车跑快一点，明天就能早点见到爸爸妈妈。"她一边说一边拉扯着小鹭，随着一拨人钻进了行李厢。

车底部的行李厢是经过改装的，一个个暗格像个屉子，很小，而且里面还堆满了杂七杂八的物件，空气不畅，很冷，又带着刺鼻的气味。两个小孩钻了进去，就如同钻进了一个无底的黑洞，她们偎依着，两只小手紧紧地握在一起。

超载的人一下车，车上顿时宽敞了很多，气氛也轻松起来了，小豆子觉得胳膊腿脚都能伸得开的了。汽车呼啸，十多分钟的工夫就过了检查站，大胡子司机停下车，让躲藏在行李厢里的人全爬上来。小豆子正想下去叫小燕和小鹭，就在这一刹那间，身上的极度不适使小豆子起了一点私心：再等一会儿叫吧，哪怕再等十分钟、半小时，这么一点时间里我就会舒服好多好多……想到这里，小豆子便对快要钻出来的姐妹俩说："乖孩子，你们俩在车底再呆一会儿吧，姐姐肚子痛，几分钟后姐就会喊你们上来，行不？"

小燕看看妹妹小鹭，小鹭撇着嘴，直想哭，别看小燕年纪小，可懂事了，她明显感觉到小豆子的脸色不高兴了起来，便连忙对小豆子说："姐，只要你带我们见到我爸我妈，我们就多呆会儿。"说完，她一缩头，再次拉着小鹭钻进了黑暗的行李厢中。

这当儿，大胡子司机正站在车尾拉尿，拉完了，见再无人从行李厢中下来，就用力地按下了车厢盖子。小豆子问还要多久才能到，大胡子司机看看表说："天亮后就可以到了。"小豆子忙掏出手机给虎子打了一个电话，虎子在电话里开心得说话声都颤抖了，他说，他们公司新开了一个楼盘，那楼盘就叫"天堂鸟"，工地旁边就是长途车站，他和小美会在车站上等的。小豆子打完电话，只感到车里的空气闷得她直想呕吐，她觉得晕车药的效果不是很好，便又掏出了两粒，用矿泉水和着吞了下去。汽车在一晃一晃地颠簸着，渐渐的，小豆子的眼皮越来越沉，她竭力想睁开，但眼前已是一片恍惚了……

睡梦正酣时，小豆子觉得有人在用力地摇晃她，她极不情愿地睁开眼睛，一看，原来汽车已到了靠近"天堂鸟"工地的站头，车厢里闹哄哄的，乘客们都在纷纷下车，小豆子的面前站着两个人，一男一女，神色慌张，正

是虎子和小美夫妻俩，他俩把小豆子摇醒后，一迭声地问着："小豆子，小燕和小鹭呢？"小豆子这才想起车底下藏着两个孩子，慌忙喊大胡子打开行李厢……

行李厢打开了，虎子和小美不顾一切地扑了上去，出现在他们面前的是这么一副情景：两个孩子紧紧地依偎在一起，小燕搂着小鹭，她们的脸上都带着甜甜的笑，手里拿着父母的照片，她们或许曾做过这样的梦：她们化成了两只鸟儿，在蓝天白云间，飞向了天堂。她们不知道天堂是怎么回事，她们只知道爸妈在那儿……

虎子和小美一人怀里抱着一个孩子，哭得撕心裂肺，虎子哭喊着："我的燕儿啊，我的鹭儿啊，爸爸妈妈总算见到你们了，可你们怎么会睡过去了呢，快醒醒啊，这里就是爸爸妈妈要你们来的地方，今后我们再也不分开了，不管爸爸妈妈多穷多苦，我们一家聚在一起都是幸福的啊……"

不远处，"天堂鸟"工地上一幢幢高楼沉浸在一片阴冷的晨雾中，一幢楼的顶上似乎有几个很小很小的黑点，那是几只不知名的鸟儿……

（题图、插图：杨宏富）

尴尬局面处理方案

◆**尴 尬 一：** 见同事携小儿，正想夸小儿聪明可爱，忽听小儿道："瞧这阿姨，又胖又丑！"你又不能发脾气。

解决方案： 此时你要拼上全身力气，发出一阵朗声干笑，然后伸手拧住小儿的屁股（暗暗用力），柔声道："好孩子，阿姨好喜欢你哦。"

◆**尴 尬 二：** 在路边痴痴地看美眉，忽然发现你侄子站在对面，顿时无地自容。

解决方案： 此时一定要先发制人，对他说："××！你近来退步不少！"他定会茫然失措，此时你尽可从容身退，保全斯文。

◆**尴 尬 三：** 忽然有人上门送礼，正喜出望外，来人却连声说对不起，原来他要找的人在楼上。你瞬间体验得而复失，双方顿感尴尬。

解决方案： 此时你应大度地拍着对方的肩膀说："没关系，你就权当彩排一次，热热身，上楼才正式演出。去吧！"

◆**尴 尬 四：** 盘中只剩一只大虾，你琢磨良久，正欲下筷，却被对方捷足先登，伸筷夹去，令你筷对空盘。

解决方案： 此时，切不可将筷子缩回，你可用筷子敲击空盘大喊："小姐，再上一盘。"如果小姐不在，你就说："你们猜这是不是景德镇的瓷器？"

（推荐者：中 人）

· 本刊信息传真 ·

故事中国网征集"爱犬故事"

　　鼠年伊始，万象更新，故事中国网也为广大《故事会》读者准备了丰富的新年礼物。

　　故事中国网(www.storychina.cn)和狗乐福网（www.dogwww.com）有奖征集"爱犬故事"，讲述爱犬故事，感受爱犬真情，让爱犬故事永流传！比赛起止时间：1月28日－3月14日。本次爱犬故事比赛作为狗乐福网主办的户外秀狗盛典的一部分，爱贝狗粮和迪卡侬休闲用品为本次活动提供奖品。活动详情可登陆故事中国网查看。

　　故事中国网(www.storychina.cn)推出2008最佳笑话段子活动，发布每月最新、最有趣的笑话段子，并在月底评出当月最佳，参与年底总评。凡在网上推荐精彩笑话段子的读者将有机会获得丰厚奖金和奖品！

　　另外，故事中国网开设"故事点评"栏目，欢迎对每期《故事会》的作品进行点评，凡入选在网站发布的故事评论将获得50到100元的稿费，优秀评论还有机会在《故事会》上发表。投稿方式：发送邮件到 tougao@storychina.cn 或直接登录故事中国网论坛发布。

俗话说得好："山外有山，天外有天，人外有人。"这高手狭路相逢，定要比个高下。江湖上，侠士剑客刀光剑影，以一招决胜负；科场上，文人骚客挥毫泼墨，以一纸论输赢，而官盗之间，文斗不行，武斗不妥，于是一个精心设局，一个妙计破局，比的就是智斗……

绝盗

□ 陈　婧

1. 深夜来访的不速之客

嘉庆年间，松江府出了一个旷世大盗，名叫"空空"，所谓空空，就是世间的一切秘密在他眼中都是空空如也的意思，也指不管保管得多严密的财物，只要被他盯上，肯定会被偷盗一空。空空绝非浪得虚名，他专偷名门豪富，而且从未失过手。官府屡次捉拿，都是劳而无功，一时间松江府的富豪家家不安，人心惶惶，于是联名上书朝廷，求派大员前来缉拿此盗。

朝廷闻报也极为震惊，当即将松江知府革职拿问，并把足智多谋、善于攻心的陈伏龙派到松江府以钦差的身份，总办缉拿空空一案。陈伏龙到松江府后，接连一个月不声不响，不

升堂不坐衙，对于到任后接连发生的空空窃案也是不闻不问，有客来访，一律挡驾，整个人仿佛蒸发了一样，弄得松江府上上下下叫苦不迭。可就在一个月后，陈伏龙突然升堂，发出一道榜文，限空空一个月内到府衙自首，否则一个月过后，官差每查获一个盗贼，不管偷盗多少，一律斩首示众，这一来松江府可轰动了，虽然空

空并未自首，但窃案却明显减少了。

这天，陈伏龙正在内堂秉烛夜读，灯花一闪，一个陌生人出现在他的面前。陈伏龙并不惊慌，仿佛早已知道此人要来，眼不离卷，微微一笑："空空到了，坐，来呀，上茶！"

空空一愣："陈大人，你如何知道我就是空空？"

陈伏龙放下书："很简单，其一，本官一生光明磊落，两袖清风，又是首次到松江任职，无亲无故无友，半夜无约，私入内宅，绝无他人；其二，此虽内宅，却是官府，虽说不是鸟飞不进，但也是兵丁把守，阁下能如履平地，站在本官面前而他人不知，松江绝无二人；其三，本官到任后，只办一事，就是空空一案，而今深夜如鬼魅来访，必空空无疑。"

空空一抱拳，说："陈大人果然睿智，在下佩服。既然陈大人料定空空要来，府内外自然是布下埋伏，空空此次定是有来无回了？"

陈伏龙一笑："埋伏只对常人有用，对你空空有用吗？即使抓到你，你能服吗？况且你半夜来访，就是相信本官不会抓你，本官是官，而你是贼，本官又岂能让贼耻笑？"

"陈大人果然光明磊落，可是我有一事不明，陈大人要抓的是空空，即使要杀要剐也是空空，和其他人何干？大人为何要出那榜文，对于偷盗者为何不问案情轻重一律处死？难道你不怕朝廷降罪？"

陈伏龙一笑："本官乃皇命钦差，专办此案，出京时圣上面谕，可采取一切必要之举，本官此举已得圣上首肯，再者，本官若不出此策，你空空又岂能屈尊来访？"

空空一愣："这么说此后松江涉盗之人断头之祸皆因空空而起？如果空空伏法，大人可撤销此令？"

陈伏龙点点头："那是自然，不过，你真的愿意自首？恐怕只是迫于形势而内心不服吧？"

空空点点头："陈大人明断，陈大人乃朝廷命官，竟以此类连盗贼都不屑一顾的下三滥手段缉拿空空，空空就是身首异处，也是不服的！"

陈伏龙沉思半晌："那好，那我就让你服，让你输个心甘情愿。"空空一愣："大人，此话怎讲？"

陈伏龙说："空空可知我陈伏龙家有一祖传之物，乃皇上所赐的帛绢方巾？"

空空点头："听说过，未见过。"

陈伏龙进入内室，取出帛绢方巾，空空一见，大为赞赏。陈伏龙看了看空空，说："你空空以偷盗闻名，今天我陈伏龙就与你打上一赌——以三日为期，你来盗我这御赐方巾。如果三日内你盗走方巾，我陈伏龙撤销榜文，挂印辞官，你空空在松江可任意而为；如果三日内你盗不走方巾，那你就心甘情愿地入狱伏法，听凭我

陈伏龙处置，如何？"

空空一愣："大人，莫开玩笑，此话当真？"

陈伏龙"君子一语既出，岂能儿戏？"

空空说："那好，我就与大人约定，从明日起三天为期，不管大人将此巾放置何处，空空必然盗走！"他对着那帛绢方巾仔细地看了又看，然后一抱拳，像只夜鸟一样越窗上檐，眨眼间便消失得无影无踪了。陈伏龙看着空空消失在夜色中的身影，见他如此身手，长叹一声："可惜了！"

第一天，陈伏龙未做任何部署，夜色降临，鼓打三更，灯花一闪，空

空又出现在陈伏龙的面前："大人，空空又来了，三日之期不能从今日算起。"

陈伏龙一笑："我知道你会来的，我也知道三日之期不能从今日算起，故而我未作任何安排。"

空空一愣："为何？"

陈伏龙："昨夜你我只是口头之约，并无片纸之文，不管结果如何，如果我陈伏龙出尔反尔，你当作如何想？昨天太匆忙了，你走后我才想起这事儿，我料你肯定会为此事再来的。"空空一抱拳："陈大人果然光明磊落，就冲此，空空即使失败后人头落地也死而无憾了！"

"你我就立下文书，以文书为凭！"陈伏龙说完便命人取出笔墨，当面写好契约，各自画押，一人一份，"空空，三日后，到你我大堂相见之时，此赌即告结束，当着松江父老的面，亮此文书！"

"痛快，那就请大人早作准备，明日空空就开始盗巾。"空空收好文书，飞身离去……

2. 神算

天明之后，陈伏龙升坐大堂，聚齐大小官吏及捕快衙役，当众宣读他和空空的打赌文书，并作了严密的部署，总兵王良之抱拳问道："大人，如果三日后空空既未盗得方巾，可又不肯前来自首呢？"

陈伏龙听后大怒，拍案训斥"我已将此文书抄告整个松江府，他空空既然肯和我打赌，就说明他是重名甚于重命之人，若他未盗得方巾却不来自首，那将会被同门同道乃至世人嘲笑，他会生不如死。你堂堂总兵，竟然连此道理都不知，如何为官？怪不得屡次缉拿空空不力，有你等如此昏庸的官吏，怎能擒贼？又怎保松江太平？"

陈伏龙越说越气，足足训斥了半个时辰，然后一甩袖子，喝退众人，独独留下王良之，继续训斥。

众人走后，左右已无他人，陈伏龙急忙下堂，一把挽起王良之的手，匆匆拉进后堂，进入密室，躬身施礼"刚才言语冒犯，望王大人见谅。"

王良之的脸色铁青："钦差大人训斥极是，王某无能之极，大人何必如此！"

陈伏龙把王良之扶坐在椅子上，告诉他：空空是神偷，如果方巾放在府上难免被盗，故而虚张声势，以假相蒙骗空空，并找了这么个由头引王良之来到密室，为的是要将方巾放在军营。说着，陈伏龙取出帛绢方巾："此方巾交于大人，大人不必做出特殊的安排，那样反倒会引起空空的疑心，大人只可像以前一样加强军营守备防卫，确保方巾不落入空空之手即可。"

王良之的双手接过方巾："末将听

从大人吩咐。"陈伏龙一把握住王良之的手："王大人，平空空之祸，求松江太平，全赖大人了。"王良之跪倒在地："我王良之发誓，宁拼一死也不让方巾落入空空之手。"王良之辞别陈伏龙，假装怒气冲冲，赶回军营，叫来三军将校，一顿训斥，责令三日内兵不离职官不准假，严密守卫，随后他又密令亲兵加强了他中军大营的巡逻守卫，一切安排妥当，他独坐中军大帐，方巾就放置案头，亲自看守。

入夜一更，兵丁来报，空空已经进过一次钦差内宅，而守宅的捕快衙役竟然浑然不知，陈大人已经撤换了两个捕头；入夜二更，兵丁来报，空空又入陈府内宅，已将密室等地翻搜一空，陈大人已更换了全部捕头；入夜三更，又有兵丁来报：军营外陈大人差人来见。

王良之一愣，急忙召来人进见。来人一身百姓打扮，入帐后，跪地磕头，王良之叫来人起来，问道："陈大人深夜差你前来为何？"

来人禀告："王将军，陈大人说空空连入内宅，能找能翻能查的地方已经全部找过翻过查过，一无所获，以空空的精明，必知方巾不在府内。陈大人为了再次迷惑空空，特派小人来此取回方巾，陈大人说：此时的内宅已是最为安全之处了。"王良之听了，十分钦佩陈大人的精明，不是吗？经彻底搜查过的陈府内宅，此刻不正是最为安全之处吗？但王良之为人谨慎，他问来人："可有陈大人书信？"

来人答道："果然不出陈大人神算，陈大人知道将军精细，怕将军问起，故令我持书前来。"来人说着献上了书信，王良之接过一看，果然是陈伏龙亲笔所书，信上所言与来人叙述相同，要王良之把方巾交与来人，信末盖有钦差大印。

王良之这下放心了，他取过方巾交与来人，并要派兵丁护送回府，来人一摆手，说："大人差矣，我特作百姓装扮，为的是不惹人眼目，深更半夜若是军校护送，必使人生疑。我依旧只身回去复命，神鬼不知。"

于是，王良之抱拳相送，来人抱拳还礼，退出大帐，离开了军营。

一夜无话，第二天，陈伏龙再次

聚齐大小官吏，满面春风地说："一日已过，空空并未盗得帛绢方巾，王将军，本钦差之策是否强于将军擒贼剿匪的强横之举呀？"

王良之知道陈伏龙有话要和他单叙，故意一仰脖子，粗着嗓门嚷道："空空一贼，大人即使骗过他也是雕虫小技，怎能和军士浴血奋战杀敌立功相比！"

陈伏龙说："王良之，今天我就叫你亲眼看看本钦差部署的天罗地网！"陈伏龙喝退左右，领王良之随他一同进内宅"观看"。进了内宅，两人又来到密室，王良之急不可耐地说了昨夜之事，陈伏龙一声长叹，说："将军，你上当了！"

王良之一愣："可那人交给我的是大人的亲笔书信呀，又有堂堂官印……"

陈伏龙说："我和空空的打赌文书俱出自我手，我们一人一份，他这是仿我笔迹所写；空空乃神偷，他既能偷得金银珍宝，如何不能偷盖大印呀？"王良之一下瘫在了椅上，他痛悔不已："大人，末将无能，愿一死抵罪！"说着，他拔出宝剑就要自刎，陈伏龙一把抓住王良之的手，用袍袖拭去王良之的眼泪，说："良之贤弟，实不相瞒，方巾未丢。"

王良之一愣："那人果真是大人所差？"

陈伏龙摇摇头："非也，那人真是空空假扮，不过本官交与将军的方巾却是假巾。本官知道空空聪明过人，只得虚虚实实，如此这般。"王良之一听大喜过望："方巾未落贼手就好，不过末将斗胆问大人，那方巾……"

陈伏龙把嘴凑到王良之的耳边："我听说空空偷盗时忌讳妇人，从不在妇人身上盗物，故而我将方巾交与夫人，夫人贴身而藏，必保无虞。"

王良之喜上眉梢，说道："大人真乃高人！"

陈伏龙叹息着摇了摇头："是不是高人要看最后呀！"

3. 夜半隐情

当天办完了差事，陈伏龙进入内堂，夫人迎了上来，说"老爷受累了，府衙里官务缠身，内宅又让空空搅乱，既让老爷难以安心休息，又坏了官家的威严，妾真正恨死了那个盗贼，妾想，两日后如那盗贼到大堂与你了结打赌一事，老爷应命人当堂擒下，立即斩首，以警世人。"

陈伏龙笑了，他告诉夫人：空空虽是盗贼，却盗亦有道，对此等贼人，只能让其心服而不能仅让其身死。如果让其心服，他必会改邪归正，甚至

以身为例，教化百姓；如果仅让其身死，他倒成了盗门英豪，将为旁人效仿，所以，重要的是收他的心。夫人听了，这才明白了老爷的一番苦心。接着，夫人为陈伏龙摆好酒菜，夫妻两人相对而饮，渐渐地便有了几分醉意，于是相互扶持着进了卧室，上榻安歇。

夜半时分，夫人醒来，顿时觉得夜寒透骨，不由伸手去扯脚下的锦被，可是一低头，不由脸色一变，只见自己的裤上血迹已透，急忙坐起，这才发现被褥上也有零星血迹，自己的腿上也是血色斑斑，夫人皱着眉，悄悄起来，暗自嘀咕道："早不来晚不来，这月怎么偏偏这个时候来，又弄得如此龌龊！"一边命人重新抱来被褥，一边走进内间，宽衣解带，洗浴净身，然后准备为陈伏龙重新铺床。

夫人洗浴完毕，换上了新的衣裤，然后抱来被褥，轻轻叫醒陈伏龙"老爷，醒醒，等妾身更换完被褥再安睡。"

陈伏龙睁着一双惺忪的睡眼，不解地问："睡得好好的，换什么被褥呀？"

夫人脸一红"老爷，妾身突然身上不便，染了被褥，恐老爷在脏被褥上睡污了运气，所以请老爷换被。"

"噢……"陈伏龙坐了起来，一眼看见夫人换了一身新的内衣内裤，不由一愣，问："你为何换衣？"

夫人回答："老爷，原衣已污。"

陈伏龙"腾"地站了起来："我交给你的方巾呢？"

夫人一愣，这才想起刚才换衣服时把方巾遗忘在内间，夫人大惊失色，奔进内间，一翻衣服，发现暗藏的方巾早已不知了去向！

陈伏龙随后闯了进来，拿过内衣一看："唉，被空空盗走了。"夫人脸色一变，跪倒在地"老爷，都怪妾身，早不来红晚不来红偏偏此时……"

陈伏龙扶起夫人，突然，目光盯在了那件内衣上，内衣的血迹上竟然有一丁点儿鸡毛，再走近一看，衣服上的血似是鸡血，夫人又走到暗处查

看自身，这才知道自己并没有来红，那些血全是鸡血！

陈伏龙感慨地说："空空真乃神偷，他真的不偷妇人身上之物，而是以此计迫使夫人主动脱下衣服，然后他再偷，夫人，你为我受委屈了。"

夫人满眼含泪"老爷，妾身没有保管好方巾，老爷可要因此弃官呀！"这时，陈伏龙压低声音告诉夫人：交给她的那块方巾是假的！

夫人一愣："假的？"

陈伏龙点点头，从身上取出帛绢方巾："其实真方巾一直都在本官身上，今天是最后一日，本官要亲手拿着方巾，一直守着，他空空即使知道那两块方巾是假，可他如何从我手中偷走这真巾呢？"

此时，外面雄鸡啼叫，天光渐亮，陈伏龙看了看窗外，自言自语道："最后一天了！"

4. 谁是赢家

最后一天，陈伏龙既未升堂也未坐衙，更未见任何人，而是把所有的捕快、衙役甚至军营的兵丁都调了来，把整个府宅里三层外三层，包围得风雨不透，他一个人坐在大堂上，手里紧握那块帛绢方巾，静静地等待着最后一天的过去。

日上三竿，陈伏龙端坐大堂，空空没见踪影 正午，陈伏龙端坐大堂，空空仍旧没见踪影；一直到鼓打五

更，还是未见空空踪影！

天光大亮，陈伏龙满面带喜，起身站立，看着那喷薄而出的红日，看看手中早已被汗水湿透的帛绢方巾，他长叹一声："总算赢了！"

府内的捕快、衙役、兵丁齐声高呼："赢了！"顿时，府内府外，欢呼声响成了一片。

众官吏上前贺喜，陈伏龙刚刚接待完毕，府衙府外一阵鼓乐喧天，松江府的一些富豪大户在三老的率领下，捧着一块"佑土安民"的巨匾，前来道贺。所谓"三老"，是指当地有威望的上寿、中寿和下寿三位老人，那可是地方上的名流，陈伏龙赶紧上前迎接。三老带领众人跪倒在地："陈大人和空空打赌，大人以官威慑服窃贼，如今三日已过，空空并未得手，大人恩泽松江百姓，我等代表松江父老，特来拜谢大人！"

陈伏龙急忙搀起三老："老人家，快快请起。"

上寿老人看了看陈伏龙，说"大人，如今赌期已过，小老儿久闻帛绢方巾乃皇宫赐大人祖上之物，乃是一宝，大人可否让我们一观呀？"

"三位老人家，各位名流，但请观看。"陈伏龙说着便把手里的方巾举了起来，上寿老人颤抖着手，从陈伏龙手里接过方巾，摸了又摸，啧啧称奇，其他二老也伸手摸了摸，赞叹道"果然是宝物，看到它，我就是死了也

闭眼了。"

陈伏龙笑眯眯地说："是呀，如果不是宝物，空空也不会费尽心计来偷了，可惜空空偷了一辈子宝，这帛绢方巾却未偷去。"

陈伏龙话音刚落，只听见上寿老人说道："大人，你错了，方巾我已偷了！"这一声如同晴天霹雳，惊得大堂上的所有人全都目瞪口呆、噤若寒蝉，说话间，上寿老人已站了起来，伸手扯掉了异容的物饰，众人一看，竟然是空空！

陈伏龙一愣"空空，你竟然假冒上寿老人，他人呢？"

空空一笑"大人莫急，我只不过是花钱雇人把他骗到别处，此时送他回来的轿子已在路上，上寿老人必然无恙。"

陈伏龙点了点头："你说方巾你已偷了？可惜呀，你偷的那两块都是假的，本官手上的这块才是真的。"

空空一笑："大人，你仔细看看，你手上的这块是哪块？"

陈伏龙一愣，低头一看，冷汗不由冒出，刚才从三老手上传到自己手里的这块方巾已不是自己一夜所持之物，而成了夫人所藏、后又被盗走的那块，"你……你什么时候偷的？"

空空一笑，他有点得意了："就在大人允许我们看方巾的时候，我从大人手上换的。"

陈伏龙若有所悟，点点头"果然

是神偷，从我手上换巾我都不知，其他人竟然也视而未见……不过，打赌三日已过，即使你偷去方巾又有何用？"

空空正色道："大人，赌期并未过，虽然你我约定是三日，可你当时说过——'三日后，到你我大堂相见之时，此赌即告结束'，如今大人既未升堂，赌期便未结束，在未结束之时我盗得方巾，即为我赢！"

众人一阵大乱，堂下的总兵王良之抢步上前，一把抓住空空，宝剑架到了空空的脖子上："大人，末将已擒下，请大人下令斩首！"

汗水从陈伏龙的额头冒出，他平了平心境，擦了擦汗，摆了摆手："王将军，放开他，本官既然和他打赌，就愿赌服输，升堂！"

三通鼓响，陈伏龙端坐大堂，堂上端端正正摆着三块方巾。众人全在堂下观看，上寿老人也已赶回，和众人一起在堂下静观。陈伏龙看了看空空，取出了自己所带的文书，说："空空，该结束了吧？"

空空也从怀里取出文书，献到堂上："请大人定夺。"

陈伏龙说："空空，我用了两块假巾都没难倒你，还让你当着众人在眼皮底下偷了真巾，你果真是神偷。"

"那就请大人依前言行事！"

"前言"是什么？前言就是——如果三日内空空盗走方巾，陈伏龙将撤销榜文，挂印辞官，以后空空在松江可任意而为！现在陈伏龙的真方巾果然被空空盗走了，他还能说什么？

这个时候，陈伏龙不紧不慢地开了口："本官当然要依前言行事，不过，空空，本官走后你当如何？"

空空回答："大人以信义为重，以宽大为怀，空空必不负大人，大人走后，空空金盆洗手，绝不再偷一物。"

陈伏龙笑笑："好，那你能否劝告同门同道不再为盗，能否以身劝世人莫要欺心？"

空空笑了："大人，空空在打赌时就想，如若大人胜了，空空必如此留言同门同道，可现在大人未降伏空空，空空如何服他人？还是请大人依前言行事吧。"

"好！"陈伏龙一笑，猛地一拍惊堂木，"空空，你可知你败了？"

空空一愣"大人，三块帛绢方巾全在堂上，空空手里无一物，当然胜败全由大人了。"

"非也！"陈伏龙一摆手，一把抓起那三块方巾，"你所盗的这三块方巾，无一是真，全为赝品！"

此话一出，满堂皆惊……

5. 让你做个好人

众人顿时全愣了，空空也一愣，继而大笑："大人说是真即真，大人说是假即假。"

陈伏龙一笑："有请上官大人。"

说话间，从大堂一侧走出一个官员模样的人，这人服饰华丽、气宇不凡、风度翩翩地走上堂来。

陈伏龙看了看众人，说："数日前我就命人进京求上官大人来松江府，上官大人乃皇宫鉴宝使，所有宝物只要经他手就知真假，特请上官大人辨别。"

上官大人走上前去，粗粗一看三块方巾，笑道："此三块全是赝品。其实很简单，三者虽然做工精细，也是上品，但皇宫之物，必有标属，又是上赐之品，岂能无记？而这三者皆无属无记，故是赝品。你们认为它们是真品，皆因心急气躁，忽略了根本。"

空空一听，再仔细一看方巾，不觉长叹了一口气，问道："陈大人，那真巾何在？"

陈伏龙说："空空，其实真巾一直都在你的身上，不过你却不知。"

空空惊得魂飞魄散"此话怎讲？"

陈伏龙取过空空献上的文书，说："此书乃用帛绢所写，以示重视，可问题恰恰就在这帛绢之上，求上官大人拆开帛绢！"

众人全呆住了，

只见上官大人接过薄薄的帛绢，伸出一双巧手，稍稍几拆，竟然拆开，帛绢之中又抽出了一条轻如蝉翼的帛绢方巾……

陈伏龙从上官大人手中接过方巾，展了开来，说："这才是真巾！其实为捉你空空，我早把上官大人请到府上，帛里藏帛，就是上官大人的绝技。为盗方巾，我知你空空必然暗中跟随于我，探听方巾所在，为诱你空空，我故意与王将军接触，并进入密室说出方巾所在，在你盗得第一块方巾后我还是进入密室说出方巾所在，这一切都是为了骗你空空……"

差役把帛绢方巾拿到空空的面前，空空仔细一看，暗暗叫苦：面前的方巾才是那晚陈伏龙向他展示之物，他痛苦地闭上了眼睛："大人，你赢了！"

堂上堂下一阵欢呼……

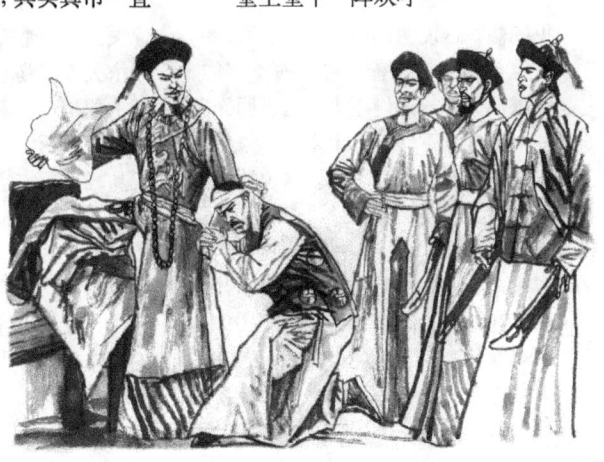

空空屈膝跪地，磕头认罪："空空佩服大人，空空将依前言行事，愿意领罪，只求大人不要再滥杀他人，若捉得我的同门之人，需按律惩处。"

陈伏龙看了看堂下的空空，说："这是自然。你空空临死还为他人着想，真有一副侠肝义胆，而且又有心智，何不改邪归正，报效朝廷？"

空空一愣："大人，一日为盗，终生是贼，即便空空愿意为良民，又有谁肯相信？官府又岂能容我？"

"非也！"陈伏龙摆了摆手，"空空，我来到松江，一个月未升堂、未办案、未露面，其实我一直在微服私访，我访什么？就是访你空空，我要访一访你空空到底是什么人。我访了听了看了，我知你空空只盗富豪不盗百姓，这说明你不是歹人；我知你空空盗财不为己、盗财不伤人、盗财不犯妇孺，这说明你不是恶人；我知你空空也想改恶从善，可官府不容你，所以你只能永远偷下去，这说明你良知未泯；我下榜骗你出来，你果然夜入我府，宁肯一人受死，这说明你重道重义。空空，你想过没有，为了盗巾，你搅乱我府，已违背你的初衷；为了盗巾，你模仿我的笔体，盗用官印，进军营欺诈，已犯死律；为了盗巾，你用鸡血行骗，已坏你戒律；为了盗巾，你骗走上寿，一个盗字，好人能变成坏人，只要你一伸手，在盗字上走下

去，就由不得你，你就会越走越远直至迷失本性，所以本官劝你：绝偷弃盗，迷途知返吧！"

陈伏龙一番话，说得空空泪流满面、大彻大悟，他说："大人苦心，小的今日才知，多谢大人教诲，空空来世必做好人！"

"不，人有今生，何待来世？我要你今生就改恶从善，做个好人！"

空空一愣："大人，你不杀我？即使大人不杀，恐王法和松江父老也难恕空空。"

"本官愿为你向圣上求情，愿为你向松江父老请求宽恕！"陈伏龙说着，当众跪倒，"三老，松江的父老乡亲，救人一命，胜造七级浮屠，劝人迷途知返，功不下于救人。人生在世，孰能无过？知过即改，当可宽恕，空空非恶人，求各位给他一条生路。"

众人见陈伏龙跪地相求，顿时大惊失色，于是齐齐跪倒："大人请起，就依大人。"陈伏龙见无人怨恨，不禁喜上眉梢。

下堂后，陈伏龙当即上奏，求皇上从轻发落空空。皇上准许，免去空空死罪，在边疆军营中效命五年。五年中，空空在军中屡立战功，五年后，空空回到松江府，以身为例，教化世人，并成为当地有名的善人。陈伏龙的官也越做越大，最后告老还乡，年寿近百，无疾而终……

（题图、插图：杨宏富）

本期主题：自我的价值

用实力证明自己

小虎第一次到镇上去卖西瓜，瓜市上的人都不相信他的瓜甜。回家后，小虎把遇到的事告诉了爷爷。爷爷问他为什么不切两个西瓜来证明自己的瓜甜？小虎嗫嚅着说："我怕万一切出不熟的西瓜，连累其他西瓜。"

第二天一大早，爷爷带着小虎，推着昨天没卖出去的西瓜来到瓜市。爷爷随意切开了七八个西瓜，瓜全是熟透的沙瓤瓜。他叮嘱小虎把每块西瓜都用保鲜袋裹了起来，单独出售。每块西瓜的切口截面，透过保鲜袋，在明晃晃的阳光下，显得格外诱人。这些西瓜很受大家欢迎。小虎高兴极了，操起西瓜刀准备

再切几个。这时，爷爷制止道："不用！大家已经开始认可我们的西瓜了。没有必要再把其余的西瓜切开！"话音刚落，大家纷纷拥了过来，把那些尚未切开的西瓜抢购一空。

其实，为人处世和卖西瓜的道理是相通的。越遮遮掩掩，越难让人看清自己的内心。拿出袒露自己内心的勇气来，用实力证明自己，就会赢得大家的信赖。

（推荐者：朱雪敏）

你是谁

一位妇人晕倒在地。突然，她感觉自己来到天堂的法官面前。法官问道："你是谁？"夫人回答："我是市长妻子。"法官说："我没有问你是谁的妻子，而是问你是谁。"夫人想了想说："我是教师。"法官说："我没有问你是什么职业，而是问你是谁。"夫人想了又想说："我是一名基督教信徒。"法官说："我没有问你的宗教信仰，而是问你是谁。"

妇人总是不能满意地回答法官的"你是谁"这个问题。不知过了多久，妇人醒了过来。她下定决心要找出"我是谁"的答案。现实生活中，人们试图在自己扮演的角色中证明自我的价值，却遗忘了自己的本真。

（推荐者：雷天竹）

弄丢自己

小李和小丁大学毕业一起来到广州闯天下，小李很快做了一单大生意，升为部门经理；小丁业绩很差，还是一个业务员，并在小李的手下干活。小丁心里很不平衡，就去向一位学者讨教经验。学者说："你过三年再看。"三年后，小丁找到学者沮丧地说："小李现在升了总经理。"学者说："你再过三年看看。"三年又过，他又去见学者，气急败坏地说："小李已经自己当老板了。"学者说："我也从普通老师升为教授了，你这样是无法胜过他的。"

一年后，小丁又来了，幸灾乐祸地说："教授你错了，小李公司破产，他坐牢了。"学者无语。

十年后，小李在服刑期内写了一本感怀人生的书，书出版后引起很大的轰动，小李因此被减刑。提前出狱后，小李成了很红的名人，还在电视上与学者一起探讨人生感悟。小丁在出租屋里看着电视，手里翻着小李的书，内心极度痛苦。他给学者发短信我相信命运了，小李坐牢都能坐出好风光来。学者回短信给他：你还没找到自己。你的痛苦是一生为他活着，你丢的不是职位、金钱、面子，而是你自己。

（作者：千夫长；推荐者：吴 婷）

假装成功

一个小姑娘在纽约市一家高档裁缝店当打杂女工。她每天都能看到女士们乘着豪华轿车来到店里，在店里试穿她们的漂亮衣服。小姑娘决定也要当老板，成为她们中的一员。于是，小姑娘每天开始工作之前，都要对着试衣镜，很温柔、很自信地微笑，她假装自己已经是身穿漂亮衣服的夫人，待人接物落落大方，彬彬有礼，于是深受那些女士们的喜爱。她假装自己已经是老板，工作积极投入，尽心尽责，于是深受女老板信赖。

不久，女老板把这家裁缝店交给小姑娘管理。又过了不久，小姑娘有了一个响亮的名字——安妮特，最终成了"著名设计师安妮特夫人"。

如果你想成为成功人士，不妨换一种方式来证明自己，现在就假装自己已经是成功人士，然后像成功人士那样去做人、学习、工作，最后你就可能成为一名真正的成功人士。

（推荐者：黄金玲）

（本栏插图：顾子易）

学写作文，从读故事开始

肤色优势

□ 王 敏

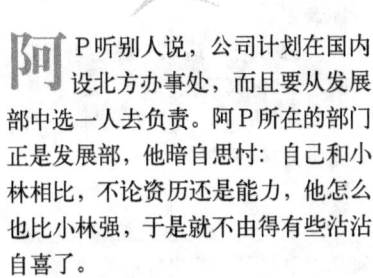

阿P听别人说，公司计划在国内设北方办事处，而且要从发展部中选一人去负责。阿P所在的部门正是发展部，他暗自思忖：自己和小林相比，不论资历还是能力，他怎么也比小林强，于是就不由得有些沾沾自喜了。

这天，阿P休假，下午他接到公司娄总的电话，说要他马上回公司。阿P猜想应该是谈北方办事处的事，就高兴地跨上摩托车，加大油门往公司里赶。

刚拐过一条街，前面两个交警就向阿P扬手示意，随即走到阿P身旁，盯着他看了看，然后又要了他的证件，见没什么问题就放行了。

一会儿，阿P骑到了红绿灯的路口，奇怪了，站在这里的交警也向他招了招手，过程就和前面检查的一样，很快也放他走了。

经过这一耽搁，阿P刚跨进娄总办公室，娄总就瞪大眼睛吃惊地看着他："难怪……你……这么久才到，做管理人员生活上要懂得节制，不然会误事的。"

听了这话，阿P一脸茫然地站在那里，娄总见阿P还是不解其意地看着自己，就更不耐烦了，对他挥挥手说："你走吧，走吧，现在已经不用找你了。"

走出娄总办公室，阿P对娄总刚才说的话还是感到莫名其妙，难道不是叫我来谈那事？

一会儿，阿P到了办公楼的洗手间里，想着刚才发生的事，正在这时，他听见隔壁有人在打电话，一听正是娄总的声音，他不由得侧耳细听起来——"董事长，北方办事处的负责人我已确定好，原本想派阿P去那边负责，可刚才见他来的时候，脸和脖子都是红的，甚至连手臂也是，肯定是酒喝多了，而且还敢骑摩托车上路，这种人我可不敢用，为稳妥起见，还是让小林去好了……"

阿P顿时愣住了，再联想起今天两次被交警拦住查车，一下子明白过来，原来他们都以为我是喝酒了，这真是天大的冤枉呀！他不禁在心里埋怨起老婆来："都是老婆害的，非要拉

我去海边教她游泳，从上午10点到下午2点都在烈日下，我的皮肤哪会不晒红呢？"

自从小林去北方后，阿P总是长吁短叹，做事也无精打采，娄总知道那天误会了阿P，也有些不好意思。

星期天，娄总又给阿P打来了电话："阿P啊，今天陪我去海里游泳，怎么样？"

阿P现在一听到"海"心里就来气，不过对娄总他还是得忍着点，于是便回答道："娄……娄总，你是最清楚的，我就因为那天去海边教老婆游泳，结果把那么好的差事给弄丢了，如今我对海'过敏'，你还是叫其他人陪你去吧。"

娄总听阿P这么一说还不甘心，又问道："你真不去？"

阿P想起前一次就因为"肤色"问题而错失良机，就更加坚定地说："不去！"

话筒里传来娄总长长的叹息声，阿P心里有了一些报复后的快感。

等了三五秒钟，娄总笑着开口了："公司决定在非洲设办事处，正在物色负责人，现在所有的人选里，你的肤色最有优势了，如果再去海边……"没等他说完，阿P立刻从沙发上跳了起来："娄总，我去，我陪你去海里游泳，这种事，呵呵，我不下地狱，谁下地狱啊！"

（题图、插图：安玉民）

心窗

□ 韩 苏

正值数九寒冬,外面正下着大雪,我走下末班车时,已经是晚上九点多。这段时间,我们这个城市里到处流传着一个关于夜间杀手的故事,这人专门在夜间袭击单身女人,劫色劫财最后将女的一刀毙命。

我住的小区为了加强管理,把边门全部上锁,我只能绕上一大圈去走正门,再走上十几分钟,然后进入小区深处,实际上这大大提高了我的危险指数。

小区里静悄悄的,许多人家的窗帘都有遮光布,路灯也大都损坏了,平日看着很美的假山亭子都变得阴森森的,我就像掉进了一个深不可测的黑暗陷阱。

我下意识地抬头看了一眼对面六楼中间的窗口,黑洞洞的,可是我却能猜到——我的前夫杨晓一定是在喝闷酒。我们是两个月前离婚的,因为一时找不到合适的房子,我就住在原来做客厅的南屋,他还算有点男子汉风度,选择了窗子上满是霜花的北屋。

走过假山亭子,突然,我听到了身后的脚步声,我的心猛地一阵抽搐,我希望这声音是自己神经过于敏感而形成的错觉,可是那声音明明在,而且在渐渐逼向我。我加快了脚步,第一次痛恨自己喜欢穿高跟鞋,但我还有一根救命稻草,那就是希望追过来的人是杨晓,这也不是完全不可能的事,很多次我下夜班回家都遇到他夹着酒瓶子往家走。

脚步声终于靠近了我，紧接着，一个陌生男人阴冷的声音响了起来："别动！"

与此同时，我的整个身体被男人粗野的手钳制住了，我的血好像全涌到了头上，刚想尖叫，又马上噤声，脖子上的冰冷提示我：生命握在别人的手里！

那人拖着我向假山后面走，我蹬着双脚想阻止他，可是力气太小，怎么挣扎也无济于事，报上看到的可怕一幕在我的眼前晃动，我感到从未有过的绝望。

就在这个时候，又一个男人的声音在我耳边惊天动地地响了起来：

"好你个韩苏，我现在才明白你为啥要离婚，你个贱货！"

说话的是杨晓，是他！拉我的那个男人听到杨晓的声音就停了下来，我乘机向那边看去，见来人果真是杨晓，看样子他已经大醉了，手里挥着酒瓶子正冲我们大喊大叫。

嗨，这个笨男人，他竟然误会我和别的男人在幽会！但尽管这样，我还是应该抓住这个最后逃生的机会。狡猾的劫匪显然也想到了这一点，他压低声音对我说："让他快走！"我感觉到脖子上的刀加了力气，一股暖暖的液体流向我的颈窝——那是血！

我突然明白过来：这时候如果让杨晓留下可能会送了他的命，还是让他走吧，于是我就冲着他说："杨晓，不是你想的那样，你走吧！"

杨晓不听我的辩解，又往前跨了一大步，开始叫骂，他粗犷的声音在夜里传出很远，劫匪已经对他不耐烦了，便再次威逼我："快点让他滚！"

我含着眼泪说："杨晓，你回家去，我会给你解释清楚的。"这时我想到的不再是自己要面临什么样的境地，而是想到要保护这个男人，毕竟我深爱过他。

刹那间，我突然觉得身体失去了平衡，倒在地上，当我爬起来时，杨晓已经和劫匪厮打到一起。后来小区的许多居民回忆起那个夜晚，都说，一个女人绝望的号哭把他们震撼了。

杨晓被刺了十几刀，好在都没有伤在要害部位，我在医院护理他一个月。来探望他的人川流不息，我们尽量掩饰着，装作还没有离婚的样子，像夫妻一样地迎来送往。

一个月后是我接杨晓出院的，这时已经快到春节了，稀稀落落的鞭炮声时时响起，一路上，杨晓却始终一言不发。

走进家门，杨晓首先看到的是收拾得干干净净的客厅，我平时支在那里的临时小床已经不见了，杨晓的脸抽搐一下，因为我早就说过，找到房子就会离开，他估计我已经找到了房子，于是神色黯然地走向北屋。

杨晓推开房门，立刻呆住了——玻璃窗上贴着鲜红的"喜"字，他吃惊地回过头来看看我，我若无其事地笑了笑，说："以后我下夜班快到家的时候打电话给你，不用你天天守在窗前等着接我了。"

以前，杨晓天天守在窗前等我，即使是办了离婚手续后也是这样，这个秘密是我在那个刻骨铭心的夜里发现的：那天夜里，我将杨晓送往医院后又返回了家，因为要取一些急用的东西。我走进了那间阴寒逼人的北屋，无意中发现了一个奇怪的景象——布满厚厚霜花的窗子上，有一块巴掌大的地方却只有薄薄的霜，几乎是明净的，像开了一个小窗子。我凑了上去，呵气融化霜花，用手一抹，眼前豁然开朗，视线正落在路对面的公交站。我的眼睛突然湿润了，我明白了：无数个夜晚，杨晓关了灯，静静地守在这里，看着我下车，然后就拎起早就准备好的酒瓶子跑下楼，装出买酒的样子，一路走来，与我"巧遇"……

我们太年轻了，两颗心那么骄傲，用自尊心做借口把自己层层包裹起来，让对方都看不到真情，只有开启了这样一扇小小的心窗后才知道，原来我们爱得这样的深……

（题图、插图：安玉民）

这个医生真恐怖

□ 王辉

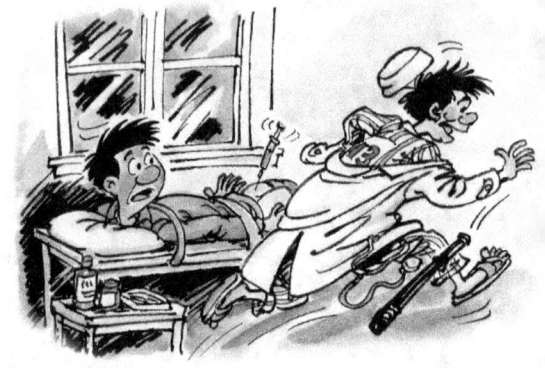

　　那天中午，小偷阿猴跑到郊外的一个村庄偷东西，被一条狗发现后逃了出来，阿猴一路狂奔，迎面正是一家医院的院墙，他慌不择路，一个纵身翻过墙跳进了院内。

　　阿猴跳进了院后，装作没事人一样来到了病房外的走廊上，他正想出去，忽然看到有一位医生正在招手示意他过去，阿猴心里一惊，想跑，又怕引起怀疑，便硬着头皮走了过去。

　　医生和蔼地问："挂号了没？"

　　阿猴一愣，随即明白医生把他当病人了，于是说："还没呢。"医生说："那先进来看病吧。"说着，医生把他带进了房里，让他坐到凳子上。医生拿起胸前的听诊器就要给他检查，阿猴只想要早点脱身，连忙阻止："不用不用，医生，我只是感冒，你开点药就行了。"医生听了，"啪"地一拍桌子："少费话！坐好，撩起衣服来！"

　　阿猴见医生这个态度，也火了，

叫道："现在这医德医风也真该整顿整顿了！我知道你们医生之间也搞竞争，但也不至于竞争成这个样吧！我不看啦！"阿猴说着转身就向外走，不料却突然浑身一麻，"扑通"一声趴到了地上，嗨，那医生不知什么时候手里竟提了根电警棍！

　　医生用电警棍指指旁边的一张小床："过去，趴那儿！"阿猴太熟悉他手里的家伙了，只好乖乖过去趴下，然后那医生过来，三下五除二，把阿猴绑在了床上，接着他便胡乱摸起一个药瓶，抽了满满一针管子，恶狠狠地朝阿猴屁股上扎了下去……

　　阿猴一声惨叫，突然外面有人高喊："13床！又跑哪去了？这些精神病人，睡午觉也不老实！"

　　那医生听到外面这么一嚷，脸色大变，他飞快地扔掉听诊器，脱下白大褂，兔子一样向外窜去，他病号服的后背上，正印着个斗大的"13"！

看彗星

□ 侯智勇

老周是个天文迷，这天晚上，他特意"打的"来到城外一座小山上，支起了望远镜。原来，今天晚上有颗彗星出现，这座小山就是最佳的观测点。

数九寒天，冷风飕飕，老周冻得上牙碰下牙。山下是一座很气派的星级宾馆，老周真想跑到宾馆里去暖暖身子，可又怕错过这千载难逢的好机会，只好咬牙忍着。

老周正觉得难熬，忽然从下面摸上来一个黑影。一开始，老周吓了一跳，这么晚了，不会碰上什么坏人吧？等那人走近了，老周借着山下宾馆投射过来的灯光一看，却乐了——来的是个年轻人，手里也拿着一架望远镜！呵呵，看来碰到知音了。现在年轻人里天文爱好者越来越少，看此人年纪不过十七八岁，这么晚了也冒着寒风来看彗星，实在难得啊！

年轻人抬头看到老周，也很吃惊，大声喝道："老头，你在这儿干什么？"

老周"扑哧"笑了，像特务接头一般说出两个字："彗星。"

年轻人果然心有灵犀一点通，顿时向老周跷起大拇指："原来是前辈！这么大年纪了，您老还跑出来挨冻，真敬业啊！"

老周惺惺相惜道："小小年纪就痴迷天文，你也是后生可畏啊！"

年轻人没有再说话，而是忙着固定他的望远镜。这时，老周发现那是一架普通的望远镜，而不是天文望远镜，更奇怪的是年轻人把镜头对准的是山下的宾馆，而不是头顶的天空！老周顿时丈二和尚摸不着头脑，他疑惑地问："喂，年轻人，你搞的什么鬼？你到底是来看什么的？"

年轻人鄙夷地一撇嘴："亏你比我早来一步，还说什么'彗星'呢。难道你不知道著名歌星慧慧，她今晚下榻在山下的宾馆，这座小山是最佳观测点？"

 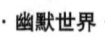

校庆嘉宾

□ 一 冰

柳力是市晚报的记者，这天他接到采访任务：市第一中学举办100周年校庆，领导让他去作报道。临走时领导还特意交待，虽然参加这次校庆的有不少大领导、大学者、大明星，但还是要报道一下本市首富白陶郎，因为他是报社重要的广告客户。

柳力兴奋地答应了，因为他也是市一中的毕业生，还是白陶郎的校友

呢，如果能乘机跟这位首富套套近乎，以后有事就好办了。要说这次报道，柳力还真是用了一番心思，他把白陶朗跟那些大领导、大学者、大明星安排在一起报道，让白陶郎非常满意。

过了一段时间，市第二中学也举办校庆，庆祝建校80周年，领导又安排柳力报道，还让他注意照顾到白陶郎，柳力一听纳闷了：白陶郎不是市一中的毕业生吗？怎么又参加了市二中的校庆呢？他也不敢多想，于是柳力又圆满地完成了任务。

不久，市第三中学也搞建校60周年的校庆活动，柳力又去了，他往主席台上一看，本市首富白陶郎又坐到了主席台上，白陶郎怎么又成了市三中的学生了呢？但他知道，这事不能乱打听，万一哪点出了岔子，传到白陶郎的耳朵里，麻烦就大了。

柳力不敢再多想，安心采访、拍照，忙完了，就回报社，路上遇到两辆人力三轮车，听到两个车夫正谈论着，一个感叹地说："你看白陶郎那小子现在多风光，我跟他家还是邻居呢！他小时候坏得透顶，成绩不好，还爱打架闹事，刚去市一中上学就被开除了；后来转到市二中，仍然呆不下去，又转到了市三中；又因为谈朋友被劝退，不得不去了四中，可也没上多久……光初中都上了五六个！"

柳力恍然大悟，看来这白陶郎能参加的校庆还多着呢！

我中风了吗

□ 刘恒品

苏局长刚过完56岁生日就多了一桩心事：他爷爷56岁死于中风，他爸爸也是在56岁这年中风后"走"的，他现在也到56岁了，会不会也走先人的老路？一想到这里，他就觉得头皮发炸，四肢麻酥酥的。

这天，苏局长和老战友叙旧，酒桌上推杯换盏，一时尽兴，把医生的嘱咐忘得一干二净，等上了车，立刻感觉头昏脑涨，他惶恐地晃晃脑袋，动动膀子，伸伸腿，总觉得渐渐有了中风的症状。

路过南国商厦时，苏局长看到儿媳妇肖静正在车站等公交，于是他让司机停车招呼她上车。

肖静上了车，坐在公公旁边，很随意地说着话。苏局长老想着中风的事，心不在焉地随口答应着。

过了一会，中风的感觉越来越强烈，苏局长下意识地伸手在大腿上捏了一把，他吃惊地发现自己的大腿竟然一点感觉也没有！他的心一下子揪了起来，脸色苍白，这时，肖静忽然扭过头吃惊地看着他，他怕吓着儿媳，勉强冲她笑笑。

过了五分钟，苏局长又捏了一下，还是没感觉，他恐惧到了极点，这一回脸色肯定更难看了，因为他发现肖静更加惊愕地看着他！

回到家，苏局长往沙发上一躺，声泪俱下："我中风了！"

老伴慌忙拨打120，把苏局长送到了医院。

来到医院，医生做了各项检查，奇怪，一切正常，苏局长一听就明白了：越是严重的病人，医生和家人越是隐瞒病情，他心里明白：自己活不了几天啦！

一会儿，儿子走进了病房，一脸的不高兴，他向医生问明病情后，不耐烦地对苏局长说："爸，人家医生都说你没事，你怎么就认定自己中风

・漫画故事・

不愿打针 (文：董 行；图：包丰一)

1. 有个贪心的鸡贩子，这天抱着儿子去医院看病。

2. 护士拿起注射器要给孩子打针，孩子一见又哭又喊……"爸爸，你可别把我卖了呀！"

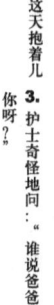

3. 护士奇怪地问："谁说爸爸要卖你呀？"

4. 孩子哭着说："我们家养了好多鸡，我爸爸一用针管给鸡打针注水，就准是要拿去卖了。"

了？"

苏局长见儿子表情淡漠，儿媳肖静到现在还没来看自己，心里老大不开心，他长叹一声，说："你老爷爷、

你爷爷都是这个岁数死在这个病上，我能跑得了吗？死就死吧，反正快从局长的位子上下来了，成了没用的人了，谁也不爱理我了。我从西郊回来时就有了中风的预感，我在车上做了个试验，我用手捏我的腿，可怜啊，我的腿一点知觉都没有，过了一会，我又捏了一次，还是没知觉，你说这不是中风是什么？"

儿子听了，呆了半晌后，立刻大笑起来，他一把抓住他爸的手，说："爸，你没病，你知道吗？你在车上捏错了，你捏的是肖静的腿……这下好了，肖静也不用再跟我怄气了！"

（本栏题图、插图：顾子易）

90

411

2008
SEMIMONTHLY
下半月刊

3月

STORIES

欢迎登录本刊主办"故事中国网"（www.storychina.cn）

故事会
—STORIES—

2008 年 3 月
下半月刊·绿版

主　编：何承伟
常务副主编：吴　伦
副主编：姚自豪（上半月·红版）
副主编：夏一鸣（下半月·绿版）
本期责任编辑：杭　帆
电子邮箱：hangfan1102@126.com
绿版发稿编辑：
夏一鸣　王雅静　朱　虹　邢　悦
特约编辑：
范大宇　崔新三　申之珉
美术编辑：李宝强
电脑制作：郭瑾玮
通　联：归依玲
本社办公室电话：021-64375030
上半月刊编辑部电话：021-64332325
下半月刊编辑部电话：021-64336469
（上海市绍兴路74号 邮编：200020）
主管、主办：上海文艺出版总社
出版单位：《故事会》编辑部

制作、发行总监：张　凯
电话：021-64313938
广告业务：上海故事会文化传媒有限公司
广告总监：张　淮
广告业务：021-34010383
广告投诉：021-64333738
广告经营许可证
沪工商广字3100320050022 号
发行：中国图书进出口上海公司

事与愿违

松井一心想逃避服兵役。在体检前一天，他故意喝了好多咖啡，想让自己的血压升高。但令人失望的是，体检还是通过了，松井"光荣"入伍。

来到新兵连不久，部队进行一次例行检查。量血压时，医生把血压器看了好几次，奇怪地问："是谁让你入伍的？"

松井不解地回答说："有什么问题吗，医生？"

医生气愤地说："你血压那么低，怎么会通过体检呢？真是太不负责任了！"

（韩文增）

（本栏插图：包丰一）

小朵在幼儿园得了一朵"小红花"，回家后高兴地亲了妈妈一口，却没理会爸爸。爸爸假装生气地问道："小朵，你亲了妈妈，为什么不亲爸爸呀？"

"因为你太瘦了。"

爸爸惊讶地问："这和胖瘦有关系吗？"

小朵一本正经地说："那当然了，电视上不是常说'男女瘦瘦（授受）不亲'吗？"

（廖　敏）

（标题：瘦的不亲）

多种语言

　　一位英国游客去法国旅游。这天，他在一家旅馆的门前看到这样的公告：本旅馆各国语言均适用。

英国游客觉得十分有趣，便分别用英语、德语和俄语同经理交谈，可是经理却一言不发。

最后，英国游客没有办法了，他尝试着用不太熟练的法语问道："请问，你们这儿是谁懂各种语言呀？"

"旅客。"经理一脸严肃地回答道。

（赵鸿祥）

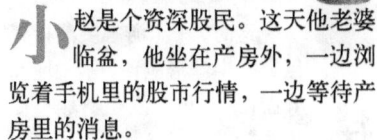

重　托

这天生物课后，珍妮拉住老师，问"鲸鱼可以一口吞下一个人吗？"老师笑了笑，说："这个不太可能，虽然鲸鱼体形庞大，但它的喉咙却很小。"

"可是，"珍妮说，"我有个邻居乔纳就是被鲸鱼一口吞掉的。"无论老师怎么解释，珍妮就是不相信。老师只能无奈地摇摇头，重申这是绝对不可能的事情。

珍妮眨巴着眼睛说道："那等我上天堂的时候，我亲自去问问乔纳吧。"

老师好笑地反问道："万一乔纳下了地狱呢？"

"那就拜托您去问他了。"珍妮飞快地回答道。　（王永生）

我是他亲爹

小张在网上看到一条租房信息，便按上面的电话打了过去。

接听的是一位老先生，他说："我儿子有处闲房要出租，但他现在不在家。"

接着，这位老先生详细介绍了房子的情况，小张听后感到很满意，便问了一句："那是季付呢，还是月付？"

老先生一听，气愤地说："什么继父、岳父？我是他亲爹！"　（郝英子）

职业病

小赵是个资深股民。这天他老婆临盆，他坐在产房外，一边浏览着手机里的股市行情，一边等待产房里的消息。

过了许久，护士小姐打开门出来了，她微笑着对小赵说："恭喜你，生了！"

小赵一听，乐得从椅子上蹦起来，兴奋地问："升了？升了多少啊？"

"一个呀。"护士小姐感到有点奇怪。

"千万稳住，"小赵脱口而出，"别抛掉，先观望一段时间再说！"

（林育仁）

往好处想

有个旅游团正在美洲的某个洞穴游玩。

这时，一个游客突然指着巨大的半球形洞顶，紧张地问导游："这里会发生坍塌事件吗？"

导游想了一下，犹豫地回答道："应该不可能吧，"她觉得这样没有安慰到游客，便又问，"刚才买门票花了多少钱？"

"2.5美元啊，怎么了？"游客觉得奇怪。

"你想一下，现在地价这么贵，上哪里能找到只需花费2.5美元的葬身之地呢？"

（钧　天）

存贷关系

一对夫妻都是银行职员。这天，丈夫问妻子："为什么你爸妈每年过生日，咱们都要送上800元礼金？"

妻子不假思索地回答："那是应该的。我爸妈把他们的'千金'给了你，这800元是每年的利息。"

丈夫继续追问道："那我爸妈在我身上花的可不止'千金'，每年多少也该有点儿利息吧！他们过生日，你怎么从来不付利息呢？"

妻子撇撇嘴说："我爸妈把我嫁给你是存款，你们家娶我是贷款，这点道理你还不懂吗？"（王永生）

为什么要请客

迈克先生十分好客，这天他又在家里宴请朋友吃饭。不久，人都到齐了，迈克便让他5岁的小女儿说几句欢迎客人的话。

小女孩羞涩地直往妈妈怀里钻，嘟哝了一句："我又不知道说些什么！"

这时，迈克的一位朋友建议说："你妈妈很会说话，你就随便学两句她平时说的话好啦！"

小女孩点点头，不假思索地说道："唉，老天！我们为什么又要花钱请客？我们的钱都流到哪里去了！？"（杜辉明）

朋 友

单位举行茶话会，办公室主任提议以"朋友"为题，每人唱一首歌，接不上来的就要接受惩罚。

老王唱了臧天朔的《朋友》，接着，小刘唱了周华健的《朋友》……几曲下来，以"朋友"为题的歌曲越来越少了。轮到小陈了，他一时找不到合适的歌曲，急得满头大汗。大家便开始起哄，要惩罚小陈。

这时，小陈急中生智，他清了清嗓子，高声唱道："找啊找啊找朋友，找到一个好朋友……"

(谢允芳)

最佳睡法

几个同事在一起议论哪种睡姿对健康最有益处。

颇懂养生之道的阿荣说："古人说：站如松，坐如钟，卧如弓。卧如弓，反映的是婴儿在母体内的卧姿，当然最有益了。"

有同事立即附和道："那是，按歌手大奖赛上的叫法，那可是'原生态睡法'了！"

一旁的阿林赶忙插嘴道："我睡觉喜欢仰面，张着大嘴，那是不是该叫'美声睡法'了？"(韩明伟)

住房改变命运

最近，小李准备买房，同事们唧唧喳喳地给他支了好多招。

这时，老林说话了："小李啊，你准备买离你上班近的房子，还是离你老婆上班近的房子？"

小李挠挠头说："这个问题还真没考虑过，关系不是很大吧？"

老林摆摆手说："关系大了！就说我家吧，离咱公司走路才十几分钟，离我老婆的公司坐车要一个半小时。自从买了这个房子，每天都是我先到家，我来做饭。这几年，我从熬粥都不会的主儿，都修炼成高级厨师了！"

(韩明伟)

· 我的故事 ·

当一切落幕，我终于明白：成功没有捷径可以走……

手到擒来

□ 姜利伟

我刚刚进厂不久，就遇见了消防演习。听同事说，这可是一个表现的好机会。我们班的班长王启泰，据说就是因为救火才当上班长的。当时，我心里就痒痒的，也想趁机好好表现表现。

趁着午休的时间，我便向班长王启泰讨教经验："班长，又要演习了，听说您救火最有经验了，这不，我刚来不久，还得请你教我两招呢！"

班长一听，顿时脸色大变，脸上一块块火烧云浮了出来："你这是……"他刚说了一半，突然停顿了一下，"哎，不按安全规章办事呗！你小子这么说是在取笑我是不？"

"没有，没有！"我来不及琢磨班长的话，赶紧向他解释。

"学我可不是件好事！"班长拉长着脸，似乎不怎么高兴。丢下这句话，他便懒得搭理我，扭着膀子检查设备去了。

过了一会儿，我在厕所门口又撞见班长了。我赶紧递上一根烟，迅速地掏出打火机。班长深深地吸了一口烟，从鼻孔中冒出一缕轻烟。

"去年，也是这个时候……"班长不紧不慢地说着，我眼睛眨也不眨地盯着班长，真希望他来个竹筒倒豆子。

"车间里火势已经很大了。我突然想起工作服落在里面了，口袋里还装着新买的手机呢，就不顾一切冲进去抢下了衣服。临走，我见墙角还堆放着一箱价值几万美元的进口精密零件，便顺道也给抢救了出来。这整件事情，正好被厂长撞见了……"

这时，班长的手机响了。班长一

8

边掏手机,一边说:"接着我就成了你们的班长,"他用一种令人难以琢磨的表情看了看我,"就是这样。"说完,他拿着手机到一旁接电话去了。

我仔细品味着班长刚才讲的那番话,觉得不无道理。危急时刻,奋不顾身保护集体财产,可是大功一件啊,这事也完全可以在我身上重演呀,那荣誉和奖励还不是手到擒来!

这天下午1点,演习正式开始。车间里已经是烟雾弥漫,大伙儿在厂长的指挥下,有条不紊地进行着各项消防实战演练。最后一个演习项目是紧急疏散,只听厂长一声令下:"撤!"大家快速而有序地从紧急通道往外撤。

我一看,这可到了我立功表现的时候了,便调转身直奔着事先侦察好的地点而去,这里可放着两箱价值不菲的进口零件啊。由于我是逆着人流的,向外疏散的队伍被我这么一冲,立时乱了套,我可管不了这些了,一副全力以赴、奋不顾身的样子。

经过班长身边时,他一把拉住我:"小子,回来!"可是这时的我已经杀红了眼,我奋力甩开班长的手,对旁人的警告也充耳不闻,全力冲刺到目的地,连拖带拽硬是"救"出了两箱进口零件。

我满头大汗地把两箱零件拉到厂长的面前,此时的我,就如凯旋的战士,带着那准备邀功领赏的目光看着厂长。

厂长果然过来拍拍我的肩膀,说"了不起啊,等下演习结束,直接去人事处报到吧!"

果然不出所料,要的就是这句话。

走进人事处,我底气十足,响亮地报上了自己的大名。

"请出示你的厂牌。"人事处主任看着我兴奋的表情,满脸诧异。

"喏!"我迅速地解下厂牌,清脆地拍在桌子上。

"上面的照片呢?"

"本人在此,如假包换,还要什么照片嘛!"我嬉皮笑脸地说。

主任没被我逗笑,而是不紧不慢

地说："是厂长叫你来的吧，这里有一份通报，是给你的。"

"什么通报？嘉奖通报吗？"

主任没有搭理我，而是冲着旁边的一个年轻人说："小徐，去，把通报给他，然后带他去财务处领钱。"

什么？这么快就有奖金领了？我乐得简直要飞上天了。

主任转过身来，脸色凝重地对我说："你跟小徐去财务处领这个月的工资吧！你被开除了！"

"什么？开除？没开玩笑吧，我可是有功之臣啊！"我的喜悦之情瞬时间被一盆冷水浇灭。

"安全规章你学习了吗？"主任质问我。

"这有什么关系？"我慌了，声音都颤抖了。

"你认为是人的生命重要，还是那些进口零件重要？演习时，你为什么不听警告？搞小聪明，想立功是不？你这是对企业不负责，更是对自己的生命不负责。"主任的口气不容置疑。

"主任，不管怎么说，这次演习，我没有功劳也有苦劳啊，况且……况且我还抢救出了两箱进口零件呢！难道就不能网开一面吗？"我的语气已经几近哀求。

"功劳？你知不知道你这一破坏，延误了正常的疏散，整个演习差点被你搞砸了？还有，那两箱根本不是什么进口零件，而是演习用的道具。"听到这里，我已经是目瞪口呆。

"国家有国家的法律，企业有企业的规章，你应该知道！鉴于你在试用期的表现，我们认为你还不具备做一名合格员工的素质，所以厂里决定和你解除劳动关系。"主任斩钉截铁的态度，如同一块生冷的钢板。

我呆呆地站着，不知道何去何从。突然，我想到了王启泰，他不是和我做了同样的事情吗？为什么最后的结果却不同？也不知哪来的勇气，我大声嚷了起来："你们这是欺人太甚！一样是抢救零件，凭什么王启泰就可以当班长，我却要被开除？"

"你来厂子多久了，你难道不知道王启泰以前是干什么的？"说着，主任开始在一堆文件中翻找起来。

"什么？"我心有不甘地问。

"车、间、主、任！王启泰以前是车间主任，他那次是真的救火，但厂里还是因为他违反了安全规章，而把他降了职！"

"车间主任？！"这四个字铿锵有力地闯入我的耳朵，我像被榔头狠狠地砸了四下。与此同时，一份去年的通报文件甩在了我的面前。

这时，我想起了班长那透着惋惜的眼神，以及那令人难以琢磨的表情。现在，我彻彻底底地明白了。

（题图、插图：安玉民）

10

英雄心里
有块疤

□ 魏柏林

吴 港村有一座很古老的小石桥，吴贵平就住在离小石桥不远的地方。这天，他正望着小石桥在发呆，突然看见一大群人朝他家走过来。

来人中，有村里和镇上的领导，还有市里电视台的记者。吴贵平从没见过这种阵势，紧张得喉咙直打颤："村、村长，你们这、这是要干啥？"

村长哈哈一笑，拉住吴贵平的手，又是握又是拍："老吴啊，这回你可给咱村大大地长脸了，你看，镇长和电视台的同志都来了，专门来报道你的英雄事迹！"

"英雄事迹？啥英雄事迹？"吴贵平听了仍是一头雾水。

村长用手点了点吴贵平，说道："你看你，忘了不是？今年开春，你救小憨子的事儿，我给你报上去了，镇

里、市里都非常重视，把你树为见义勇为的典型，这可是难得的荣誉啊！"

吴贵平这才松了口气，挠挠头皮，不好意思地笑了笑："没啥，真的没啥！"

这时，记者凑上来要吴贵平对着摄像机，谈谈当时下水救人的情况。谁知吴贵平一见到镜头，就像是对上了枪口，紧张得直哆嗦，一句话也说不出来。村长和镇长急红了眼，站在一旁，又是启发，又是打气，可忙活了半天，吴贵平就是张不开这嘴。

眼见采访进行不下去了，记者只好提议：干脆来个情景再现，让当初落水的孩子再假装落一次水，让吴贵平再去"救"一次。那吴贵平就不用说话了，只要在镜头前表演一次，这样不仅看起来真实，而且也很生动。在场的领导一合计，都觉得这主意不错。

有人立马去找来了当初落水的小

憨子。可小家伙听说要他下水，吓得尖叫一声，掉头就跑，转眼逃得无影无踪。村长实在没办法，只好在村里找了个会水的小孩，替代小憨子。

谁知，小憨子这里才刚闹腾完，吴贵平那里又变了卦。他突然说自己肚子痛得厉害，一会儿要上厕所，一会儿要喝姜茶，磨磨叽叽的，躲进房子里半天不出来。

村长是个精明人，寻思这吴贵平不像是有病，倒像是故意在逃避采访。看来，要想他好好配合，还得给他上上课，提高提高认识。于是，村长把吴贵平叫到一旁，晓之以理，动之以情，大大小小的道理倒了个遍。

开始吴贵平还想说点什么，可到了后来，经不起村长的劝说，只好答应，不过他提出个条件："要我下水可以，但得给我套个救生圈。"

村长一听，皱起了眉头："那怎么行，你这不是开玩笑吗？当初你救小憨子的时候，可啥都没套，现在自然也不能套，人家记者要拍的就是这个真实劲儿，你懂不懂？"

"这我知道，可是，可是……"吴贵平"可是"了老半天，还是没说出个所以然来。

旁边的镇长似乎看出了点什么，他迈步走了过来，亲切地拍了拍吴贵平的肩膀"贵平同志，我理解你的意思，请放心，像你这样的救人英雄，我们不但要向广大群众做宣传，同时还要给予必要的物质奖励，这不镇里就决定奖励你一千元。等会儿拍完了，我就代表镇政府，给你现场颁奖。希望你能积极配合，不要再有什么顾虑了！"

吴贵平低头沉思了半天，总算点了点头："好吧，那我就试试看，不过，万一不行，你们可别见怪啊！"

村长见吴贵平答应了，兴奋得直挥手，高声喊道："可以拍了，可以拍了！"

记者随即扛起摄像机，将镜头对准了桥下的河水。接着，替身小孩跳进了水里，一边尖叫，一边小手直拍水面，装出溺水挣扎的样子。

吴贵平深深地吸了口气，下了水，一步步试探着朝"溺水"的小孩摸去。可河水刚刚齐肩，他就脚底发飘，站立不稳了，"扑腾、扑腾"连呛了好几口水，眼看就要沉下去了。幸亏吴贵平的老婆在岸边早有防备，她连忙伸出长竹竿的一头递给吴贵平，费了老大的劲，将人拽上岸来。

看到这般光景，镇长脸上挂不住了，冲村长大发雷霆："什么勇救落水儿童的英雄？明明是个旱鸭子，救什么人？告诉你，以后再这样虚报我就撤了你的职！"

村长一脸沮丧地说："镇长，您真是冤死我了，吴贵平救小憨子是我亲眼瞧见的，这可是千真万确的事啊！"

"你别睁着眼睛说瞎话了，刚才大家都看见了，他到了水里连自己都救不了，还能救别人？"镇长质问道。

"嗨！天知道他是怎么搞的，真是扶不上的刘阿斗！"村长向镇长交不了差，一肚子怨气全撒向吴贵平，"当着镇长的面，你可给我解释清楚了，当初你是怎么把人给救起来的？"

吴贵平吐干净了肚子里的水，这才有气无力地说道："村长，不瞒您说，我确实不会水。只是、只是当时，我以为落水的是我儿子，拼了命地去救，没想到还真给救起来了。上岸后，我才知道是别人家的孩子。所以，让我当这个英雄，我、我真的不配。刚才我一直想说，可、可就是开不了口。"

村长这才恍然大悟："怪不得你扭扭捏捏，要你说你不说，要你演你不演，原来是这样！"说完，村长回头看了看镇长，"镇长，这条新闻还拍不拍？"

镇长沉思片刻，点了点头说："拍！不过，我建议把那个落水孩子换成吴贵平的儿子来演，这样，不怕他不卖力！"

村长面露难色地说："镇长，那可不成啊，吴贵平的儿子早在一年前就淹死了，也是在这个鬼地方啊！想是这件事情给他打击太大了，这才会在精神恍惚中，错把小憨子当成是自己的孩子啊。"

现场一片沉默，半晌，才听到吴贵平的声音"镇长，那一千元奖金我不要，英雄我也不当了，我只求您一件事，帮咱村这座小石桥修道栏杆吧，别再让孩子们掉下来，这比啥都实在啊！"

(题图、插图：安玉民)

绿版编辑部各编辑邮箱：

夏一鸣 gshxym@163.com
邢 悦 simyyue@126.com
王雅静 wyjing833@sohu.com
朱 虹 zhong98305@sina.com
杭 帆 hangfan1102@126.com

搬来通缉犯帮忙

纽约闹市区有一家经营保险柜的商店，店主叫莫斯。莫斯的这家店无论是环境、规模，还是价格、质量，性价比都是不错的，但来购买保险柜的顾客却很少。

这是怎么回事？莫斯百思不得其解。他从顾客中了解到，关键是人们缺乏一种购买保险柜的紧迫感，因为人们对防盗往往存在某种侥幸心理，认为花费一大笔钱来"以防万一"似乎很不值得。

说者无意，听者有心。这时，莫斯心里有了一个主意。他来到纽约市警察局，说："听说，前一阵本市发生的几起重大盗窃案至今未曾破获，我想把盗窃案犯的照片张贴在我商店的橱窗里，让更多人看到，帮助破案。"

警察局长闻言大喜，立即将通缉中的盗窃犯照片和资料提供给莫斯。

这一招果然产生了奇效。莫斯经营的商店前，每天都有成百上千的行人来橱窗前驻足观看。不少人从照片和资料中了解到骇人听闻的盗窃案件后，立即进商店里购买保险柜。

更没想到的是，市民们在看到橱窗里的盗窃犯照片和资料后，纷纷将有关情况向警察局举报，盗窃大案陆续被破获。于是，警方公开表彰了莫斯的功绩。

莫斯又把警察局的奖状、报纸的报道全部贴到了橱窗里，这又为他推销保险柜做了最好的广告。此后，莫斯的商店生意兴隆，顾客盈门。

财富启示：没花一分钱，就为自己的产品做了最贴切的广告宣传。有人把这种生意经称作是"借船出海"，是有一定道理的。

（推荐者：沈 亭）

孩子，这里就是你的家……

金贵收孤

□ 赵桂花

俗话说：老虎不在家，猴子称大王。这些年，刘家庄的爷们，凡是干得动的，都一窝蜂出门打工去了，村里就剩下些老弱病残幼。最后矮子里面选将军，选出了刘金贵当村长。

这刘金贵从小腿脚就有点残疾，走起路来一摇三晃，都四十出头了，还没找着媳妇，和一个领养来的哑巴女儿童童相依为命。

这天，女儿童童放学回来，吃饭时，她打着手势告诉金贵：我看见大宝又回来了，在村口垃圾堆里捡垃圾吃。

刘金贵叹了口气，拿碗盛了一点饭菜，让童童给大宝送去。童童走后，金贵也没胃口吃饭了，心里盘算着给大宝找个可靠的人家。

大宝是个弱智孩子，今年十二岁了，两年前他爹病死后，他娘远嫁外地，就没人管他了。从此，大宝天天在街上流浪，吃百家饭，穿百家衣。若是他心眼够用，也许还会有人收养他，可一个傻子，谁愿意自找麻烦呀？有人调侃过刘金贵，说："干脆你把大宝也领回去，这下就儿女双全了。"

刘金贵倒真想收养大宝，可凭他的经济条件，根本没有能力抚养两个孩子。金贵村长想来想去，也没拿出个主意。后来想，镇领导不是说有困难找他们吗，明儿个我去找他们帮忙解决这事。

第二天，金贵村长起了个大早，拖着残腿走了二十多里山路，来到了镇上。镇领导听说他是来为大宝找出

路的，立马摇头，说："这事不好弄，唯一的办法就是找一个愿意收养大宝的人家，唉，要是大宝不傻，就好了。"

"这个，"金贵说，"要是有人愿意收养，我就不来麻烦你们了。"他试探着问道："我听说城里有儿童福利院，你们能不能把大宝送到福利院去？"

镇领导又是摆手又是摇头，说："福利院又不是咱开的，可不是想去就能去的。暂且不说大宝傻的问题，首先，他娘还活着，他就不能算是孤儿，就这一条，人家肯定不接收。"

金贵苦着脸，叹口气，问："那咋办？难道随他去吗？"

镇领导也没法子，见金贵唉声叹气的样子，就发动大院里的干部职工捐款，一共凑了四百来块钱，交到金贵村长手里，让他回去临时照顾一下大宝，以后再慢慢想办法。

金贵见这情形，也只能如此了。回村后，他把大宝接到了家里，白天，就让大宝随童童去上学。大宝虽然傻，也知道自己现在有了家，还能跟别的孩子一样去上学，高兴得咧着嘴一个劲傻笑，到了学校后，坐在位子上，背着手，要多规矩有多规矩。

接下来的日子，金贵村长更忙了，忙得他脚打后脑勺。不过，忙中也有乐，好事跟着来了。因为他当了村长，出头露面的机会多了，有人见他还是光棍一条，就积极为他牵线搭桥，一来二去，竟然真有个女人看上他了。

这女人是邻村的一个寡妇，姓马，也是个苦命人。金贵跟马寡妇见

了一面后，就都有了合在一起过日子的想法。

不久，马寡妇来了金贵家一趟，看到童童，还没什么，等看到傻乎乎的大宝，脸色就不好看了。她问金贵："怎么，你打算养他一辈子？"

金贵忙解释说："只是暂时照顾一下，过几天就送走，我是村长啊，不能不管他。"

马寡妇再没说什么，只是临走时，说了一句："咱们的事不着急，等大宝的事情解决了再说吧。"

金贵急了，马寡妇前脚刚走，他后脚就赶到镇上，恳求领导无论如何把大宝的事情帮忙给解决了。

镇领导很同情金贵村长，大伙儿商量来商量去，最后想出了个主意，让金贵村长回去后，以村委会的名义出一个证明，就说大宝是父母双亡的孤儿，再由镇上凑一笔钱，赞助一下市儿童福利院，让福利院接收大宝。

经过多方努力，不久后，喜讯传来，福利院同意接收大宝。

金贵村长高高兴兴地将大宝送走了。不过，大宝这傻小子可能以为自己又被抛弃了，哇哇大哭，打着滚儿不肯离开。

金贵说："你这傻孩子，还真把这儿当家了。福利院好啊，吃得好穿得好，去吧，你总不能老赖在我这儿。"

送走大宝后，金贵迫不及待地将消息告诉马寡妇。马寡妇很高兴，接

下来，两人就定下大喜日子，着手准备婚事了。

没想到，刚过了三天，金贵村长突然接到福利院的电话，说是让他去一趟，把大宝领回来。

金贵一听，"嚯"一下，血直往头上涌，颤声问："出、出啥事了？"

对方口气很严肃，说"出什么事你心里清楚。"

金贵暗暗叫苦，心说八成是弄虚作假的事儿露馅了，当下脑子急转，立时就打定主意：好不容易给大宝找个活命的地方，说什么也不能再把他领回来了，我就给他来个死不认账。想到这里，他冷静下来，问："同志，到底是什么事？我真的不清楚啊。"

对方说："刘村长，大宝不是孤儿，对吧？"

果然是这事。金贵故意装糊涂，吃惊道："啥？你们一定是搞错了，这孩子这几年一直孤苦伶仃地一个人过，怎么不是孤儿了？"

对方坚决地说"刘村长，你还是赶快来把孩子接回去。国家有规定的，大宝不符合福利院接收的条件，我们不能违反规定。"

事到如今，金贵只好耍赖了："怎么能让我去接呢？我跟这孩子非亲非故，也是看他可怜，才照顾他一下。你们福利院既然接收了这孩子，他的事情就由你们全权处理，跟我们村里无关了。"

对方有点生气了："还没见过像你这样狠心的父亲。我告诉你，你要是不把孩子领回去，出了什么问题，全部由你负责！"说罢，对方就挂了电话。

金贵简直莫名其妙，心想：这是说谁呢？谁是狠心的父亲？

他拎着话筒愣了半天，左右为难。管吧，这个烫手山芋就又回到自己手里；可不管吧，对方的话说得那么坚决。金贵犹豫了半天，终究放心不下，决定还是去一趟。

金贵打定了主意，去之后，也不抵赖了，多说好话，把大宝的真实情况说清楚，人心都是肉长的，人家说不定会谅解的。

第二天，金贵就收拾了点野菇、榛子等土产，带着去了城里。

来到福利院，人家院长都不看金贵带的东西，第一句话就说："刘村长，你这事办得不对啊，大宝根本就不是孤儿！"

金贵村长忙点头哈腰赔不是，说："院长，这事是我不对，大宝的娘确实还活着，可是，她根本不管这孩子。这孩子可怜啊！"

"那他还有爹啊！"院长马上接了一句。

金贵一愣，拍着胸脯说："没有的事，他爹两年前就死了。这个我可以拿脑袋担保。"

院长看着金贵连连摆手："刘村长，你就别瞒我了！大宝来这儿两天，没干别的，就是哭，问他哭什么，他说想爹，他要回爹那里去……"

金贵听不下去了，肚子简直都要气炸了，闹了半天，没想到是这傻小子搞的鬼，他气急败坏地说："这傻孩子，都傻到这程度了，自己爹死了都不知道。院长，你把他喊出来，我来问问他。"

院长说好，就让人去把大宝给带来。

一会儿，大宝被领了进来，大概

是刚哭过，脸上又是眼泪又是鼻涕的。一见到金贵，他眼睛一亮，冲着金贵就扑过来，嘴里还喊着："爹……"

金贵猝不及防，"噌"地站起来，慌忙摆手道："大宝，你胡叫什么？谁是你爹？"

大宝嘴巴一咧，呜呜大哭："爹，你不要大宝了？"

金贵脑门上的冷汗都出来了，心说：怪不得院长拿那眼神看我呢，敢情是把我当成大宝他爹了。他哭笑不得地说："你这孩子，你爹早死了，可不能逮着人就瞎叫啊。"

说到这里，金贵心中一酸：这傻孩子，在我家住了两个月，肯定把我当成他爹了。

大宝拽着金贵的衣襟，泪水涟涟，一声接一声地叫着："爹，大宝乖，让大宝回家，爹，爹……"

听着这一声声"爹"，金贵村长心头陡地一震，全身火热。虽然他早就收养了童童，可童童是哑巴，从没喊过他一声爹，今天还是他有生以来头一次听到有人叫他爹。刹那间，金贵心头涌上一股奇异的感觉，好像自己真的是这个可怜孩子的父亲，他感到心中激荡，喉头发干，竟然说不出话来。

院长看到金贵失魂落魄的模样，还以为他是被揭穿了，无言以对，就教育他说："刘村长，你看这孩子，多亲你啊。孩子是无辜的，咱们当父母的，不能因为自己的孩子傻就抛弃不要啊！你说对不对？"

金贵这才回过神来，他看了院长一眼，点点头，想解释几句，再一转念，什么也没说，俯身牵住大宝的手："孩子，走，跟爹回家吧。"

大宝回来了。金贵村长的婚事也吹了。

过了几天，金贵来到镇上，到民政所正式办理了领养大宝的手续。村里人听说这个消息都说金贵傻啊，金贵好人啊。

又过了几天。

这天，金贵村长突然接到一个陌生人的电话，对方操着外地口音，问："你们村是不是有对夫妻，男的叫刘海，女的叫王红英？"

金贵说："有啊，他俩去年就出门打工去了。"

对方说："麻烦你把他们的亲属找来接个电话。"

金贵说："他家没人了，老人都故去了。请问，有事吗？我是村长，有事你跟我说就行。"

对方说："他俩不幸出了意外，都死了，留下一个小孩子，你们快来人把孩子领回去吧。"

"啪！"金贵村长手中的话筒落到了桌面上。

（题图、插图：魏忠善）

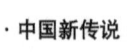

□ 宾 炜

分手时
不说再见

这天，白云酒楼里来了两位客人，一男一女，四十岁上下，穿着不俗，男的还拎着一个旅行包，看样子是一对出来旅游的夫妻。

服务员笑吟吟地送上菜单。男的接过菜单直接递给女的，说："你点吧，想吃什么点什么。"女的连看也不看一眼，抬头对服务员说："给我们来一碗馄饨就行了！"

服务员一怔，哪有到白云酒楼吃馄饨的？再说，酒楼里也没有馄饨卖啊。她以为自己没听清楚，不安地望着那个女顾客。女人又把自己的话重复了一遍，旁边的男人这时发话了："吃什么馄饨，又不是没钱？"

女人摇摇头说："我就是要吃馄饨！"男人愣了愣，看到服务员惊讶的目光，很难为情地说："好吧，请给我们来两碗馄饨。"

"不！"女人赶紧补充道，"只要一碗！"男人又一怔，一碗怎么吃？女人看男人皱起了眉头，就说："你不是答应的，这一路上都听我的吗？"

男人不吭声了，抱着手靠在椅子上。旁边的服务员露出了一丝鄙夷的笑意，心想：这个女人抠门抠到家了，上酒楼光吃馄饨不说，两个人还只要一碗。她冲女人撇了撇嘴："对不起，我们这里没有馄饨卖，两位想吃馄饨，还是到外面的大排档去吧！"

女人一听，感到很意外，想了想才说："怎么会没有馄饨卖呢？你是嫌生意小不愿做吧？"

这会儿，酒楼的老板张先锋恰好经过，他听到了女人的话，便冲服务员招招手。服务员走过去埋怨道："老板，你看这两个人，上这儿只点馄饨吃，这不是存心捣乱吗？"

张先锋微微一笑，冲她摆摆手。他也觉得很奇怪：看这对夫妻的打扮，应该不是吃不起饭的人，估计另有什么想法。不管怎样，生意上门没有往外推的道理。

他小声吩咐服务员："你到外面买一碗馄饨回来，多少钱买的，等会儿结账时多收一倍的钱！"说完，他拉张椅子坐下，开始观察起这对奇怪的夫妻。

过了一会儿，服务员捧回来一碗热气腾腾的馄饨，往女人面前一放，说："请两位慢用。"

看到馄饨，女人的眼睛都亮了，她把脸凑到碗上面，深深地吸了一口气，然后，用汤匙轻轻搅拌着碗里的馄饨，好像舍不得吃，半天也不见送到嘴里。

男人瞪大眼睛看着女人，又扭头看看四周，感觉大家都在用奇怪的眼光盯着他们，顿感无地自容，恨恨地说道："真不懂你在搞什么，千里迢迢跑来，就为了吃这碗馄饨？"

女人抬头说道："我喜欢！"

男人一把拿起桌上的菜单："你爱吃就吃吧，我饿了一天了，要补补。"他便招手叫服务员过来，一气点了七八个名贵的菜。

女人不急不慢，等男人点完了菜，这才淡淡地对服务员说："你最好先问问他有没有钱，当心他吃霸王餐。"

没等服务员反应过来，男人就气红了脸："放屁！老子会吃霸王餐？老子会没钱？"他边说边往怀里摸去，突然"咦"的一声："我的钱包呢？"他索性站了起来，在身上又是拍又是捏，这一来竟然发现手机也失踪了。男人站着怔了半晌，最后将眼光投向对面的女人。

女人不慌不忙地说道："你别瞎忙活了，钱包和手机我昨晚都扔河里了。"

男人一听，火了："你疯了！"女人好像没听见一样，继续缓慢地搅拌着碗里的馄饨。男人突然想起什么，拉开随身的旅行包，伸手在里面猛掏起来。

女人冷冷说了句："别找了，你的手表，还有我的戒指，咱们这次带出来的所有值钱东西，我都扔河里了。我身上还有五块钱，只够买这碗馄饨了！"

男人的脸"刷"地白了，一屁股坐下来，愤怒地瞪着女人："你真是疯了，你真是疯了！咱们身上没有钱，那么远的路怎么回去啊？"

女人却一脸平静，不温不火地说："你急什么？再怎么着，我们还有两条腿，走着走着就到家了。"

男人沉闷地哼了一声。女人继续

说道:"二十年前,咱们身上一分钱也没有,不也照样回到了家吗?那时候的天,比现在还冷呢!"

男人听到这句,不由瞪直了眼:"你说、你说什么?"女人问:"你真的不记得了?"男人茫然地摇摇头。

女人叹了口气"看来,这些年身上有了几个钱,你就真的把什么都忘了。二十年前,咱们第一次出远门做生意,没想到被人骗了个精光,连回

家的路费都没了。经过这里的时候,你要了一碗馄饨给我吃,我知道,那时你身上就只剩下五毛钱了……"

男人听到这里,身子一震,打量起四周"这、这里……"女人说"对,就是这里,我永远也不会忘记的,那时它还是一间又小又破的馄饨店。"

男人默默地低下头,女人转头对在一旁发愣的服务员道:"姑娘,请给我再拿只空碗来。"

服务员很快拿来了一只空碗,女人捧起面前的馄饨,拨了一大半到空碗里,轻轻推到男人面前:"吃吧,吃完了咱们一块走回家!"

男人盯着面前的半碗馄饨,很久才说了句:"我不饿。"女人眼里闪动着泪光,喃喃自语:"二十年前,你也是这么说的!"说完,她盯着碗没有动汤匙,就这样静静地坐着。

男人说"你怎么还不吃?"女人又哽咽了:"二十年前,你也是这么问我的。我记得我当时回答你,要吃就一块吃,要不吃就都不吃,现在,还是这句话!"

男人默默无语,伸手拿起了汤匙。不知什么原因,拿着汤匙的手抖得厉害,舀了几次,馄饨都掉下来。最后,他终于将一个馄饨送到了嘴里,使劲一吞,整个吞到了肚子里。当他舀第二个馄饨的时候,眼泪突然"叭嗒、叭嗒"直往下掉。

女人见他吃了,脸上露出了笑

容，也拿起汤匙开始吃。馄饨一进嘴，眼泪同时滴进了碗里。这对夫妻就这样和着泪把一碗馄饨分吃完了。

放下汤匙，男人抬头轻声问女人："饱了吗？"

女人摇了摇头。男人很着急，突然他好像想起了什么，弯腰脱下一只皮鞋，拉出鞋垫，手往里面摸，没想到居然摸出了五块钱。他怔了怔，不敢相信地瞪着手里的钱。

女人微笑着说道"二十年前，你骗我说只有五毛钱了，只能买一碗馄饨，其实呢，你还有五毛钱，就藏在鞋底里。我知道，你是想藏着那五毛钱，等我饿了的时候再拿出来。后来，你被逼吃了一半馄饨，知道我一定不饱，就把钱拿出来再买了一碗！"顿了顿，她又说道，"还好你记得自己做过的事，这五块钱，我没白藏！"

男人把钱递给服务员："给我们再来一碗馄饨。"服务员没有接钱，快步跑开了，不一会儿，捧回来满满一大碗馄饨。

男人往女人碗里倒了一大半："吃吧，趁热！"

女人没有动，说："吃完了，咱们就得走回家了，你可别怪我，我只是想在分手前再和你一起饿一回、苦一回！"

男人一声不吭，低头大口大口吞咽着，连汤带水，吃得干干净净。他放下碗催促女人道："快吃吧，吃好了

我们走回家！"

女人说："你放心，我说话算话，回去就签字，钱我一分不要，你和哪个女人好，娶十个八个，我也不会管你了……"

男人猛地大声喊了起来："回去我就把那张狗屁离婚协议书烧了，还不行吗？"说完，他居然号啕大哭，"我错了，还不行吗？我脑袋抽筋了，还不行吗？"

女人面带笑容，平静地吃完了半碗馄饨，然后对服务员说："姑娘，结账吧。"

一直在旁观看的老板张先锋猛然惊醒，快步走了过来，挡住了女人的手，却从身上摸出两张百元大钞递了过去："既然你们回去就把离婚协议书烧了，为什么还要走路回家呢？"

男人和女人迟疑地看着张先锋，张先锋微笑道："咱们是老熟人了，你们二十年前吃的馄饨，就是我卖的，那馄饨是我老婆亲手做的！"说罢，他把钱硬塞到男人手中，头也不回地走了……

张先锋回到办公室，从抽屉里取出那张早已草拟好的离婚协议书，怔怔地看了半晌，喃喃自语地说："看来，我的脑袋也抽筋了……"

（题图、插图：谭海彦）

（本栏目欢迎来稿。来稿可从邮局寄发，也可从网上传递。如为电子邮件，请发以下信箱：hangfan1102@126.com）

一宗连环失窃案轰动全城，揭开重重迷雾后，真相却是……

魔术大师

□ 何洪金

连环失窃

牛大山十几岁起就跟着著名魔术大师马飞学艺，他聪明又勤奋，没几年工夫，魔术手法就练到了出神入化的地步。徒弟有出息，师傅自然喜欢，不久，马飞大师便将自己的爱女马燕许配给了牛大山。

经过多年闯荡，中年的牛大山事业日益风光，他成立起了自己的魔术团，手下收了二十多名弟子。也就在这时，传出了他和小他二十多岁的女弟子王小凤的桃色新闻。

这王小凤，身手敏捷，人也漂亮。桃色新闻是真是假无人知晓，不过牛大山本来就很少回家，这下就更不回去了。

这天，牛大山的魔术团在一个城市演出，当他带领弟子们在雷鸣般的掌声中频频谢幕时，台下突然响起了一阵阵尖叫声：有的叫手机没了，有

的喊钱包丢了，其中更有一位慕名前来看演出的外商，他丢的是一只价值几万元的劳力士手表。

盗窃案牵连重大，立刻引起了各方的关注。盗窃案侦破专家杨标亲自带队，立即对演出现场进行了搜索，但没发现任何有价值的线索。

然而，就在当晚演出时，又发生了涉及人数更多的失窃案。接二连三出状况，牛大山早没了演出的心情，但为了配合警方破案，只能坚持下去。

经过几天的调查，终于，有个可疑的小贩落入了警方的视线。这个小

贩，每场都提个大篮子贩卖饮料和零食，他会不会是作案嫌疑人？

在警方的要求下，牛大山决定半价酬宾，再加演一场。这次，警方在观众中安插了多名便衣，连守门的保安，也是警察装扮的。

演出开始后，那小贩果真提着大篮子来了，十多双眼睛死死地盯着他，可是他只是正常地在卖东西，规规矩矩的，并不见丝毫异常。

一个便衣故意把自己的手机放在小偷最容易得手的裤袋里，然后叫来小贩买了一瓶可乐，还故意拿出一张百元大钞。那小贩摸出身上的零钱，一五一十地找了钱，没有一点引人怀疑的动作。

演出结束后，小贩随着散场的人流走了。警察们有些失望，三三两两地聚到一起准备退场，这时，忽然又听到了观众们惊呼失窃的尖叫声。

这次演出后，警方经过仔细分析，不由得把怀疑目光集中到了魔术团的内部。

朱砂涉嫌

案件的负责人杨标单独找到牛大山，开门见山说："你看到了，这个小偷不同寻常，他老是出现在你的演出现场，你能不能给点解释？"

牛大山沉思了一会儿，不无担心地说："我现在也怀疑是出内鬼了，我手下有个弟子叫朱砂，最近他爹得了

尿毒症，急需一大笔钱换肾，他是有作案的动机的。这个朱砂学艺极刻苦，为了练基本功，他不顾危险硬是在滚水里捡硬币，练出了快如闪电的手法。你想，他要是在演出现场偷个钱包、手机什么的，还不是手到擒来。不过，到底是不是他，还得你们去调查。"

杨标一听有戏，忙说："听起来这个朱砂确实值得怀疑，可是你手下的人不是在台上，就是在后台，怎么可能出现在观众席呢？"

牛大山笑了起来："这个你就有所不知了，其实我们的很多节目，都是需要弟子在台下冒充观众配合的。比如，'耳朵听字'这个节目，就是由朱砂在台下配合完成的。"

杨标忙问："'耳朵听字'是什么？"

牛大山解释说："就是挑十名观众，让他们随便在纸条上写一句话，然后将纸条都揉成团，我就要用耳朵听出所有纸上写的内容。"

"具体说说看，我保证不外传。"杨标来了兴趣。

牛大山侃侃而谈："是这样的，其中有一个纸条是朱砂假扮观众写的，内容是我们事先说好的，并且上面有记号，这个纸团要放到最后才听。我会先随便拿起一个观众写的纸团，假装用耳朵去听，然后说出朱砂纸条上的内容。这时，朱砂就会在台下高喊

'是我写的，完全正确'。我便将这个纸团展开，表面上是验证，实际上是看这张纸条所写的内容。然后，我再拿出一个纸团，说出刚才看过的那张纸条的内容，自有观众会来确认，以此类推，说穿了其实很简单。"

杨标听完后，很佩服地点点头，说："的确如此，神秘的东西被揭穿后，也就很普通了。回头说案子，虽然不能排除对朱砂的怀疑，但我总觉得这事没有那么简单。这样吧，你们接着在这里加演下去，我们会抓紧时间尽早破案的。"

牛津投案

两天后的第四场演出异常火爆，人数比上一场至少翻了一番。

警方有意在朱砂的前后左右安插了好几名便衣，但大家发现，朱砂整场都在全身心地配合演出，并没有任何多余的动作。然而，这次又有几名观众丢了东西，甚至连一个便衣的手机也没了，真让杨标他们目瞪口呆。

这下案子更加复杂了。杨标这个盗窃案侦破专家，觉得自己就像是被人玩弄于股掌之中。

前几个嫌疑人一一被排除后，杨标认定小偷是冲着牛大山来的。于是，他开始对魔术团的内部进行明查暗访，很快就发现，牛大山和女弟子王小凤关系暧昧，而前不久，牛大山的儿子牛津还来演出现场找过父亲，希望他回心转意，结果被牛大山轰走了。而自从牛津走后，牛大山的演出现场便开始频频发生失窃案。

于是，杨标亲自带队来到了牛大山的老家，找到了牛津。

牛津很快就承认全是他干的。他说之所以这么做，就是想让父亲失去观众，好回家和母亲生活在一起。接着，他爽快地说："你们把我送进监狱吧，至于赃物，我已经全扔进河里了。因为我不需要钱，只是需要一个不抛弃我们母子俩的父亲。"

案子到这儿似乎有了着落，牛津被警察带走了。

牛大山接到通知后，立即赶到看守所。虽说和老婆关系冷淡，但他对这个独生儿子还是有些感情的。一见到消瘦了很多的儿子，牛大山叹了口气说道："哎！我做梦也没想到，会是你这娃娃在暗地里拆你老爹的台。把你老爹整得没市场了，对你有什么好处？孩子，你这样做，会付出代价的呀，何苦呢？"

牛津说："现在说这些已经没用了，只是请你理解儿子的一片苦心，回去看看妈妈吧。她的日子已经不多了，她……现在已经是癌症晚期了。"

听到这话，牛大山大惊失色："你为什么现在才告诉我？"

牛津说："我也是最近才知道的，妈妈一直瞒着我们，直到有一次我无意中发现了一张化验单。因为是晚期，她便放弃了治疗。只是，她希望最后的这段日子，能够看到我们一家三口团团圆圆地生活几天。"

说完这话，牛津哭了。牛大山的眼角也滚出了泪珠，他说："可惜，就算我现在赶回去，我们一家三口也无法团圆了。这次，是你不能回去了。"

探视时间到了，牛大山临走时，牛津似乎还有不少话想说，但最后只变成了一句话"爸，很多东西不要等到快失去的时候才珍惜，好好对待妈妈吧。"

牛大山无心演出了，他把魔术团交给了弟子，自己则登上了返回家乡的火车。

挥泪团圆

牛大山回到家，看到躺在床上的妻子马燕，瘦得只剩下一层皮。牛大山又一次落泪了，他抓住妻子的手，说："燕儿，我回来了！"

马燕听到这熟悉而又陌生的声音后，猛地睁开了眼睛，可当她认出是牛大山时，又痛苦地闭上了眼睛，并迅速抽开了被牛大山握住的手。

过了好一会儿，马燕眼角挂着浊泪有气无力地说："你还回来做什么？反正我是快要入土的人了，你还是去经营你的魔术团吧！"

"燕儿，我不是人，我不应该抛下你们母子俩。"

说到这儿，牛大山的思绪又回到了二十多年前，那个时候的马燕总是扎着马尾辫，穿一件花裙子，像一只美丽的蝴蝶在牛大山的身边飞来飞去。很快，他俩相爱了，而且爱得深、爱得专一。结婚后，牛大山经常随团演出，但不管多忙，他总会抽空回家跟马燕团聚。

现在，马燕已经不是当年那个美丽的花蝴蝶了。她像一片干枯的黄树叶，哪怕一点轻微的小风，也能将她从枝头刮落。

牛大山想了很多，马燕似乎也想到了过去，两人就这么相视着，默默

无言，连一个老人走进来，他们也没察觉。老人没有惊动他们，只是静静地站在门口，打量着牛大山。

过了好一阵，马燕说话了："过去的事情就不提了，我也谈不上什么原谅不原谅你，好不容易你回来了，可是儿子被警察带走了，我们一家三口团圆的愿望，怕是只有在阴间才能实现了！"说到这儿，马燕又哭了。

那个老人见马燕哭了，便也摇着头离开了。

十多天后，在牛大山的精心照顾下，马燕的精神和身体状况都有了明显的好转，她要求牛大山推她到公园

去透透气。牛大山推来轮椅，扶马燕坐上去，然后向门外走去。可是他们刚一离开，一个小伙子风尘仆仆地赶回来了。

居然是牛津！

他一见家里没人，便向邻居打听，然后向公园赶去。

马燕一见到牛津，兴奋得要从轮椅上站起来，牛大山一见儿子，却惊讶得张大嘴巴，心想：难道儿子为了一家三口团圆而越狱了！这可是罪加一等的呀！

牛大山赶紧小声对牛津说："儿子，你不要一错再错了，难道你要让老爹我内疚一辈子吗？赶快回去吧，妈妈的身体再也禁受不起任何风浪了。"

牛津声音沉重地说："爸爸，我不是自己跑出来的，是被他们释放的，因为，真正的盗窃嫌疑人自首了。"

牛大山大惊失色地问："什么，不是你？那你当初为啥要背黑锅？"

一旁的马燕叹了口气，缓缓地说："那是因为，他想保住他的外公，也就是我那七十多岁的老父亲，你早就不放在眼里的师傅——马飞。"

一听此语，牛大山惊讶得目瞪口呆。

马燕继续说道："我们也是在警察来家里调查的时候，才感觉到的。因为老爹前些日子连招呼都不打，就出了远门，后来才知道，他那是忍无

《故事会》三大工程正式启动

一、为鼓励多出优秀作品,《故事会》杂志社决定继续举办2008年《〈故事会〉最有影响力的故事》征文大赛,并对优秀作品实行四大奖励措施:

1. 入选作品除在杂志上发表外,还将收入2008年《〈故事会〉最有影响力的故事》一书。2. 入选作品可得两笔稿酬:在《故事会》杂志发表的作品,首发稿酬每千字400元;获《最有影响力的故事》优秀作品奖,每千字再追加1000元。3. 入选作品均颁发奖励证书。4.本刊将邀请有关作者参加5月在上海举办的第十三届"故事创作研讨班"、10月在外地举办的优秀作品改稿会以及年底的颁奖大会,所有费用均由编辑部承担。

征稿范围:1.具有现实感、新鲜感且可读性强的中短篇及超短篇原创作品;2.故事性强、有口传性、能引起读者兴趣的推荐作品。

来稿方法:1. 从邮局寄发,请在信封上注明"征文大赛"字样,本刊地址:上海市绍兴路74号《故事会》杂志社,邮编:200020。2. 从网上传递,请在主题上注明"征文大赛"字样,寄至各个责任编辑的电子信箱。本期责任编辑电子信箱:hangfan1102@126.com。

二、为培养故事创作的骨干力量,《故事会》杂志社将于2008年5月在上海举办"第十三届故事创作研讨班",按原定计划将邀请30—40位有培养潜力的新作者来沪学习。凡录取者,差旅食宿等费用均由编辑部承担。报名时间至2008年4月15日结束。

来稿方法:1. 从邮局寄发,请在信封上注明"参加研讨班"字样,本刊地址:上海市绍兴路74号《故事会》杂志社,邮编:200020。2. 从网上传递,可寄各个责任编辑的电子信箱,并请在主题上注明"参加研讨班"字样。

三、2008年《故事会》杂志社还将在各地举办小型笔会,邀请当地的作者参加。有基础的地区请及时与杂志社红版、绿版编辑部联系。

可忍拆你的台去了。唉,可怜天下父母心呀!"

真相总算大白了。

不久,案子移交到了法院,马燕在丈夫和儿子的陪同下,去参加了旁听。

只听审判长一声"带被告",七十七岁的马飞马老爷子,由两名警察一左一右搀扶着坐到了被告席上。

在长长的宣判词中,有一段案情介绍大意是这样说的,犯罪嫌疑人马飞为了让其女婿牛大山回到女儿马燕身边,不惜数次行窃,造成了很坏的社会影响。不过,考虑到马飞认罪态度比较好,年纪也大了,决定对其监外执行。

这下一家子终于团圆了。

可惜,半年后,马燕离开了人世。怀着悔过的心,牛大山断绝了和女弟子王小凤的关系,并且卖掉了魔术团。现在他的主要工作,就是和儿子牛津一起,照顾在家服刑的老丈人马飞。

(题图、插图:魏忠善)

□ 王金龙

女儿，

你在哪里

这天中午，阿根刚捧起饭碗，"丁零零……"门外传来了自行车铃声，邮递员在喊："阿根，你的信！"

阿根连忙放下饭碗跑出去，从邮递员手里接过信，一看信封，就认出是女儿小玉的笔迹。小玉是阿根夫妻俩的宝贝，三年前考上了外地的一所重点大学，夫妻俩的希望可全放在她身上了。

阿根心想：这孩子大学快毕业了，这时候寄信回来该不是有什么好消息吧！于是他笑着向屋里喊："小玉她妈，小玉来信了！"

妻子连手也顾不上洗，赶紧从厨房间跑出来说："信上写些什么？快念念！"

阿根迫不及待地拆开信封，一看，顿时呆若木鸡，原来，信上只有一句话：爸、妈，女儿急需动手术，速寄8000元！

夫妻俩一看这信，都惊呆了。小玉的胃从小就不太好，这次肯定是出了大问题，但穷得叮当响的阿根，到哪里去筹措这8000元呢？为了小玉上大学，家里已经掏空了所有积蓄，还欠了一屁股债。有道是，有借有还，再借不难。如今前债没还，怎么好意思再向人家开口呢？

妻子在一旁急得直掉泪，阿根只

得安慰道:“别急,为了孩子,我明天厚着这张老脸再去想想办法。”

第二天,阿根走遍了亲朋好友,求爷爷,告奶奶的。可是一天下来,筹集到的钱还是杯水车薪。

阿根突然想到用血可以换钱,他就跑到医院去卖血,可医院检查下来,说他身体虚弱,最好不要献血。阿根好说歹说,医生才勉强同意。就这样,也只凑到2000多元。

阿根垂头丧气地回到家里。妻子着急地问:“钱凑齐没有?”阿根苦笑着摇了摇头。

这时,门外又“丁零零”地传来自行车的铃声:“阿根,加急电报!”

阿根从邮递员手中接过电报一看,又是女儿发来的,上面只有六个字:要女儿,快汇款!

阿根夫妻俩看完电报,心急如焚,女儿的病情一定很严重,否则不会发加急电报的。小玉是他们俩唯一的希望,要是有个三长两短,这个家岂不完了!

阿根只得拖着疲惫不堪的身体,再次走出家门。他心中暗暗盘算:这家借过,那家已借过几次,这穷乡僻壤,有谁能拿得出钱呢,想帮助你,也心有余而力不足啊。镇上人家的生活要好些,是不是那里会有点希望。

阿根这么想,人也不由自主地向镇上走去。走啊走啊,不知走了多少路,终于到了镇上。可是阿根在镇上举目无亲,别说借,就是讨也没有门路啊。

这时,一个男子匆匆擦肩而过,阿根觉得这人好像在哪里见过,急忙赶上几步,拉住仔细一看,原来是卖葱姜的阿生。阿生见阿根如此模样,就问:“阿根,出什么事了?”阿根连忙把女儿要开刀,家里还缺钱的事说了一遍。

阿生是个头脑活络的人,他想了想,说:“阿根,现在唯一的办法就是求得社会的援助。”阿根点点头,他自

己也捐过钱，觉得这是个办法，于是就叫阿生写了张告示，自己跑到人群最多的百货商场门口告起了地状。

这时，一个穿着一般的老先生走了过来："老兄弟，怎么啦，是不是身体不好？"阿根听到这热乎乎的话，像碰到了亲人一样，把肚子里的苦水一下子全倒了出来，周围的人也围了上来，七嘴八舌议论着，大部分人都很同情阿根的遭遇。

有个中年妇女却插上来说："谁知道是真是假，现在骗子多得很，有的人说得比这还像呢，我最近就被人家三嚷两嚷，上当受骗了。"围观的人听了妇女的话有的点头，有的摇头，不一会儿，陆陆续续都散开了。

那个妇女倒不走，她看了看阿根又说道："如果你真想救女儿也不是没有办法。医院里现在躺着很多急需换肾的病人，现在肾源紧缺，你可以考虑去捐个肾。"

阿根听了，连忙腾地站起身来，拉住那妇女的手问："真的？在什么地方？"那妇女说："就在县中心医院。"阿根听了，拔腿就朝县中心医院跑去……

三个月后，阿根家里来了位年轻美貌的姑娘，长发披肩，双眼皮，高鼻梁，薄嘴唇，脸颊红艳艳的。阿根搜尽脑中的记忆，实在不认识。阿根想，这一定是小玉的同学，为什么小玉不回来？难道小玉手术中出了什么问题？

想到这里，他浑身发抖，一把抓住姑娘的肩头急问道："闺女，快告诉我，我家小玉怎么了？是不是出什么事了？"

姑娘却连声娇嗔："爸，你怎么啦，认不出我了，我就是小玉呀！"

"不，闺女，你别骗我了，我家小玉没你那么漂亮，你快告诉我，她到底怎么了？是不是做手术出了事？小玉写信告诉过我，她说手术很成功，不会有事的，对吗？"阿根声音颤抖着说。

"爸，我是小玉呀！我是做了手术，但我做的是整容手术。爸，我的脸虽然变了，可我的声音没变，难道你听不出来？"

阿根惊讶地看着眼前的女儿："这、这8000元钱，就是拿去做整容手术的？！"

小玉不以为然地笑了笑："这有什么好大惊小怪的，我毕业后要找工作，找对象，都得有个好容貌，这关系到我一辈子的幸福。"

小玉突然瞥见阿根的脸色蜡黄，忙问："爸，你怎么啦，身体不舒服吗？"

阿根的脑子"嗡"的一声，瘦弱的身子再也支撑不住，像一根枯木一样，重重地倒了下去……

（题图、插图：谭海彦）

难做的

□柳春寒

神医

竖子行医

明朝成化年间，山东济南大明湖畔有位名医，姓刘名大魁。这天，刘大魁踏青时，遇到个放牛娃，刘大魁一见，便觉得这孩子聪明伶俐，寻问之下，得知孩子父母双亡，身世可怜，刘大魁顿时心生怜悯，把孩子带回了家中，平时让他帮忙做些杂活儿，偶尔教他些医术。

没想到，这孩子聪明过人，读起书来过目不忘，没两年工夫，居然把《千金方》、《神农百草经》等背得滚瓜

烂熟。刘大魁暗暗吃惊，心想：此子如此悟性，将来定能成大器啊。刘大魁本也膝下无儿，便正式将放牛娃收为关门弟子，还给他取名刘中规。

这天，刘大魁见中规读书有些漫不经心，便把他叫到跟前，命他背诵刚教的汤头歌。谁知，刘中规竟一字不漏地背了出来，还说："师父，您就别考我这些了，医书都是死的，这世上恐怕没有人会照着医书生病吧，这些都只能做个参考，治病时还得随机应变。"

一听这话，刘大魁的脸就白了：这孩子小小年纪，这才学了几天，竟然就如此狂妄。他当即狠狠地教训了中规一通："虚心成材，不虚心成柴。医者仁术，你手中可握着他人的性命，千万马虎不得啊。"

话虽如此，但刘大魁心里却觉得

这孩子不同寻常，便暗暗多留了一份心。打那以后，刘大夫出诊时，总要带上刘中规，目的是要他多看多学，日后能有所作为。

有一回，刘大夫带着中规出诊回来，半路上就被几个人拦住了。原来这家的妇人难产，请了附近最有名的稳婆去，用尽办法都不能顺产，眼见产妇性命难保，便希望刘神医能去救人。刘大魁急忙带了刘中规赶到患者家中。

按规矩，男大夫是不能进产房的。刘大魁便在外面隔着窗指点，由里面的稳婆接生。可是，刘大夫医治了半天，胎儿只露出了个脑袋，小脸儿憋得青紫，眼见活不成了。只听里面的稳婆高呼："产妇又晕了！实在使不上力气，再迟疑，恐怕两条命都

要丢……"

刘大魁在窗外也急出了一身汗。这时，刘中规悄悄对师父说："徒弟有个法子，师父不妨试一试。"说着，附耳如此这般把主意说了，刘大魁听完不住地点头。

刘大魁吩咐里面将产妇臀高头低，倒仰着垫起来，又让稳婆为产妇捏腿捏脚。

突然，刘中规在院子里失声大叫："大老虎啊，闯进院里了，救命啊！"

这些日子，村里正闹虎灾，这柴篱小院，哪能挡得住下山的猛虎！屋里人听说老虎进院，顿时慌乱成一团，刚要四处逃匿，就听"哇——"的一声啼哭，婴儿生下来了！

其实哪有什么老虎，都是刘中规急中生智，想出来的办法。他料到产妇昏迷，乃是力气用尽，便让她倒仰着，谎称老虎入院，这当母亲的，保

护孩子乃是天性，昏迷中听到有老虎，必然会想到保护胎儿，下意识爬起，借着倒仰的姿势，拼足最后一点力气，孩子自然就能生出来了！

师徒入宫

这件事不久就传遍了济南城，甚至传到了京城的皇宫里，皇上降旨，加封刘大魁为六品医官，随旨入朝为贵妃治病。

这加官进爵，本是天大的好事，却把个刘大魁吓得魂飞魄散！

原来成化皇帝朱见深是个奇人，后宫佳丽三千，却单单看上了比他大十九岁的乳娘万氏，还将她封为贵妃！不久前，万贵妃染了重病，整日不思饮食。宫中太医对此都束手无策，皇帝震怒，山东地方官员为了邀功，就举荐了刘大魁。

刘大魁心想：朝中那么多名医都没办法，我去了，不是自讨苦吃吗？说不定还要掉脑袋！

可刘中规却对师父道："朝中太医都是有官职之人，怕丢了饭碗，给万贵妃治病，更是小心翼翼，不求有功，但求无过，哪敢放手医治？师父只要取来太医的方子，反其道而行之，必定有效。"

刘大魁迟疑着说："一旦治不好贵妃，我岂不是灭门之罪？"

"可师父若是不去，就是抗旨不遵，又能好到哪里去呢？"刘中规反问道。

刘大魁盘算了许久，终于一咬牙，师徒二人上了京城。到了宫里，刘大魁拿来太医们开的药方，发现上面都是大滋大补之品，只能养生，不能治病。他又看了看万贵妃的脉像，觉得刘中规猜得的确有几分道理，便给开了一剂猛药。

太医们一见这个药方，都吓坏了，说这药万万不能用，否则必会伤害娘娘的身体。那万贵妃心想：与其躺在这病榻上遭罪，不如冒一次险，说不定真有效果呢！

万贵妃服下刘大魁的药，竟然连着几天狂泻不止，直把这贵妃弄得奄奄一息。此时，刘大魁才开了几服调养的方子，让她服下，没过一个月，贵妃竟好了，这下太医们都哑口无言了。

皇帝龙心大悦，要加封刘大魁为四品御医。刘大魁忙奏道："这都是刘中规的功劳，请求圣上赏赐他吧。"

这下，刘中规便从一个放牛娃，一跃成了朝中的六品医官！从此，师徒俩便一起在京城住了下来。

一转眼，两人在京城住了大半年。刘中规在宫中治好了不少疑难杂症，深得皇上与万贵妃的赏识。只是那刘大魁日渐不安，常常对中规说："这荣华富贵，都是过眼云烟，咱爷俩见好就收，回去过平常的日子吧！"

刘中规感到很奇怪："师父何出此言？"

刘大魁叹了口气道："你年轻气盛，只晓得大展宏图，却不懂伴君如伴虎啊。此刻不激流勇退，恐怕后悔就来不及了。"

刘中规想了想，说："师傅教诲，徒弟记下了。可咱爷俩一同退隐，恐会招人猜疑。这样吧，师父您先走，徒儿在这儿应付一阵，自会去找师父。"

"那好吧，"刘大魁沉思片刻，叹了口气，"我曾经遇到过高人，他算定我是无子之命。自从收留了你，我就一直视为己出，你可要万事小心啊。"

刘中规握住了师父的手，说："师父只管放心，徒弟自会小心。"

刘大魁便告病还乡去了。

难逃一劫

可是，刘中规并没把师父的提醒当回事。他觉得师父是不如自己受器重，失了面子，才想要拉他回家，而此时正是自己扬名天下的好时候。

这天，刘中规正在家中休息，突然，宫中来人召他即刻入宫治病。原来，前几日万贵妃做了一个梦，梦见有一只鸟儿飞入怀中，醒来后，依然觉得肚中有东西在动。本以为这是吉兆，预示着可能怀上了龙种。然而，太医诊断并没有喜脉的迹象。这下，万贵妃觉得肚子里整天有个东西在动，吃什么都会吐出来。成化皇帝着急了，忙传刘中规入宫。

刘中规听了万贵妃的病情，当下已经明白了几分。他暗暗吩咐太监们照他的话行事。接着，刘中规命人煎好药，让万贵妃服下。过了一盏茶的工夫，万贵妃只觉得喉头发紧，接着

就哇哇大吐！正吐着，只听太监们喊道："抓住它，抓住它，哎呀，它逃了！"这时，就听刘中规说："你们不必捉了，娘娘心善，就放了它吧。"

接着，太监们纷纷奏道，刚才娘娘呕吐出一只小鸟，入钵即飞，众人捕捉不成，被它逃走。你一句，我一句，说得有鼻子有眼的。贵妃一听，登时觉得胸口舒畅，病好了！

其实，万贵妃肚子中哪会真的有鸟？这不过是她的心病。刘中规知道，这万氏妒忌心极重，总想着有朝一日能生下子嗣，母凭子贵，篡夺后位，但自己的肚子总不争气。时间长了，就积了心病，借那梦一吓，便发作了。刘中规让太监们这么一咋呼，便去了万氏的病根。

刘中规得了很多赏赐，派人带回老家给师父。刘大魁捎来家书，不提赏赐，只是劝他及早回乡。刘中规想再过几年吧，待我做到朝中品位最高的太医，那时再衣锦还乡也不迟。

没过几年，万贵妃又染了重病，急召刘中规诊治。刘中规一搭脉，眉头立刻就皱了起来，贵妃这是死脉，再也无药可医！但他还是强作笑脸安慰万氏："娘娘，只需安心静养，待到来年春天，这病自然就会好起来的。"

万贵妃摆摆手，让宫女用玉盘托上一盏茶来，说道："这几年，先生为哀家奔忙，劳苦功高，让哀家敬你一杯茶吧。"

刘中规忙跪地谢恩，把茶喝了。万贵妃又道："先生一直追随哀家，可曾有怨言？"

刘中规叩头有声："微臣不敢，微臣肝脑涂地，也不能报答娘娘的大恩。"

"那就好，你不必回去了……"

刘中规心中一惊，觉得万贵妃这话里有话。只见万贵妃纤指一挥"你不必再操心让我喝苦水啦，我自己也知道，大去之日已到。哀家死后，入了地府，如再有病痛，有谁能为我分忧呢？你既然如此忠心，不妨随我一同去吧。"

"娘娘！"刘中规紧张起来，"微臣还有恩师在乡下，无依无靠……"

"大胆，你那小小恩师怎能跟我比，"万贵妃冷笑一声，道，"忠孝不能两全，我看你还是随我去了，尽尽忠吧……"

刘中规还要说什么，只觉腹中绞痛，嘴角流出一缕血丝，他知道，娘娘在那盏茶里下了毒……

几天后，一骑快马飞奔济南，向刘大魁报丧。刘大魁呆了半晌，颤抖着双手，从里屋捧出一个黑绸布包裹的东西，打开，里面裹着一块刻好的灵位。老人将灵位供在桌上，泣不成声："中规啊，贪心害人性命哪。你若是仍在放牛，现在该娶媳妇了吧……"

（题图、插图：黄全昌）

该死的
战争

□ 冯利刚

美梦破灭

俗话说，打仗亲兄弟，上阵父子兵。二战期间，有两个法国兵就是对亲兄弟，哥哥叫杰米，弟弟叫卢德，在战争中两个人冲锋陷阵，英勇善战，不久就双双荣升了中士。

这天，弟弟卢德趁着打仗的休整间隙，猫着腰，沿着战壕走到哥哥杰米这边，要了根香烟抽了起来。杰米提醒弟弟："注意狙击手！"说完自己也点了根香烟。

"知道！"卢德笑了笑说，"哥哥，德国人快要完蛋了！"

杰米点点头说："是的，彻底完蛋了！"忽然，他像是想起什么似的，说，"仗打完了，你打算做什么？"

"我想继续读完大学，你呢？"

"我要像爸爸一样，做个钟表

匠。"说着，两个人大笑起来。

"我们说好的，不许反悔……"说到这里，卢德下意识地站了起来。杰米忙伸手去拉弟弟："危险——"话音未落，只听"砰"的一声，卢德摇晃着身子，一头栽倒在地。

一颗子弹击中了卢德的眉心。

"卢德！"杰米大叫一声扑了上去。卢德的嘴微微张着，像是要说什么，但永远也说不出口了，只是把眼睛睁得大大的，望着远处的天空……

杰米"哇"的一声哭了起来，悲伤地喊道："卢德，卢德——"

两个月后，联军攻占了柏林，战争宣布结束！杰米从德军俘虏那里获知，那个杀害卢德的狙击手叫黑格尔。他还从德军档案中调出了黑格尔的照片：一双眼睛阴森森的，眼角还有一块刺眼的伤疤。

寻找凶手

杰米从部队退伍回到里昂，但他却怎么也安不下心，他忘不了弟弟卢德，忘不了他那望着天空的眼神！

带着不捉到凶手绝不罢休的意念，杰米来到了德国。战后初期的德国放眼望去，到处都是战争的伤痕，杰米发誓要从这片废墟中找出那个凶手。可是德国很大，整个二战的退役士兵有一千多万，要找到一个人，谈何容易？

一转眼，三年过去了。这天，杰米走在科隆大街上，他感到心力交瘁，三年里凶手就像失踪了，他甚至开始怀疑自己当初判断的正确性，但他还想做一下最后的尝试。

经过街心公园的时候，一个十来岁的小女孩走上前递给杰米一张卡片，说："先生，相信您也一定热爱和平，请您在卡片上签个字吧！"

杰米接过卡片，只见上面写着：战争的阴霾刚刚过去，和平来临了，让我们这些幸存者为和平祈祷吧！

杰米看完后，想了想，就在下面写道：我讨厌该死的战争，它毁了我的家园，夺走了我的兄弟，并使我为此而流浪，愿它永远都不要再回来——杰米。

杰米把卡片递还给小女孩说：

· 域外传奇 环球万象 ·

"小姑娘，你叫什么名字？你在做一件了不起的事情。"

小女孩笑了笑回答说："先生，我叫爱斯。"

"爱斯，多好听的名字，"杰米停顿了一下，说，"爱斯，我还有一个兄弟，我可以替他也签一张吗？"

"当然可以。"爱斯带着甜甜的微笑又递上了一张卡片。

杰米想起了卢德临死前说的话，想起卢德那望着天空的眼神，几乎要流泪了。他写道：那场该死的战争，它夺走了我的大学，我的一切，我厌恶它，愿世界永远和平——卢德。

爱斯接过卡片说："谢谢您，先生！我爸爸在前面的广场演讲，祈祷和平，您能来参加吗？"

"对不起，爱斯，我还有事。"杰米现在一心一意要找到那个凶手，别的什么都不想做。

"那太遗憾了，愿上帝保佑你，再见。"爱斯冲杰米挥挥手，跑开了。

此后，杰米去过柏林，汉堡，波恩，慕尼黑，法兰克福……他几乎找遍了整个德国，可是始终没有找到那个凶手。但杰米非但没有放弃，反而更加意志坚定了，他想就算是把整个德国翻过来，也要把那个凶手找出来——他必须接受惩罚！

再次相遇

这一年，当时的东德开始修建柏

林墙，局势异常紧张，有人鼓噪要再发动一场新战争。

杰米来到了鲁尔，他还在寻找那个凶手。到处都有反战演讲，鲁尔也不例外。杰米走在大街上，甚至能嗅到一种特殊的火药味。

突然，有人递上一张卡片，说："先生，为和平祈福，请您在这张卡片上签个字。"杰米抬头一看，递卡片的是位二十来岁的金发美女。

杰米接过卡片，读了起来：十六年前，我们经受了一场残酷的世界大战，可现在却有人在策划新的战争，让我们这些幸存者为和平祈祷吧！

杰米心里一阵激动，他拿起笔，不假思索地写道：我讨厌那场该死的战争，是它吞噬了我的家园，我的兄弟，愿上帝保佑世界永远和平——杰米。

杰米递过卡片，问道："我能替我的兄弟再签一张吗？美丽的小姐！"

"当然可以！"说着，金发美女又递过一张卡片。

杰米继续写道：该死的战争，它夺走了我的一切，我愿它永远离去——卢德。

金发美女接过卡片，看了看，忽然高兴地叫了起来："杰米先生，我是爱斯，我们见过的，你还记得吗？"

"爱斯？"杰米思索片刻，模模糊糊有点印象，"是不是在哪里你也给我发过卡片？"

"是呀，在科隆的时候，十三年了呢，想不到还能在这里遇见您。"

杰米也很惊奇："也许这是上帝的安排吧！"

爱斯突然想起了什么，疑惑地问："您每次都签两张卡片，能问一下为什么吗？"

爱斯的话刺痛了杰米的心，杰米哀伤地说："一张是给弟弟签的，他是二战快结束时死的，死得很惨。"

"噢，对不起，"爱斯抱歉地说，"我父亲也参加了那场战争，亲眼目睹了许多的惨状，他现在是个反战人士。他就在前面的广场做反战和平宣传，我再次邀请您参加，希望您不要再拒绝了。"

"是吗？那好吧。"杰米这次答应了。

冤冤相报

还没有走到广场，杰米就听见有人在高声演讲："……那是一场可怕的灾难，它毁了我们的国家……现在我们刚刚摆脱战争的阴影，可和平的生活又受到新的威胁，有人想要挑起新的战争……我们应当用一切力量去阻止这些，保卫我们的和平……"

演讲很生动，台下听众热烈地鼓掌，很多人都争着和演讲人握手，杰米也挤上前去。

当快要到跟前时，杰米突然停住了脚步——这人怎么看起来这么面熟，那块刺眼的伤疤——对，就是他！他就是那个杀人凶手，找了十六年的黑格尔！杰米下意识地握住了腰间的手枪，又从人群中挤了出来……

不一会儿，黑格尔和爱斯父女俩离开广场，拐上了一条僻静的小道。杰米紧跟几步，"霍"地用枪顶住了黑格尔的脑袋。

爱斯慌张地问："你，你想干什么？"

杰米没有理睬她，只是用枪顶了一下黑格尔的脑袋，恨恨地说："你这个杀人凶手，我整整找了你十六年。你杀了我的弟弟，他打了三年仗，眼看着战争就要结束了……那年他才二十岁……"十六年的辛苦总算没有白费，杰米悲愤交加，忍不住都哭了出来。

黑格尔低下了头："我犯下了不

可饶恕的罪行，但那是战争，我也无能为力。这些年我一直在从事反战工作，为我的罪行忏悔，请你理解我，原谅我……"

杰米望着黑格尔，恨不得立即将他碎尸万段。但听了他的话，再想想自己十六年的所见，却颤抖着下不了手。"啊——"杰米大叫一声，甩下枪跑开了……

"谢谢你，杰米先生。"爱斯在后面高声喊道。杰米没有理会她，发狂般奔跑起来，也不知跑出去多远，一直到一个无人的小巷里，杰米才收住了脚步。回想起刚才的一幕，他开始伤心地自责起来："卢德，我是个蠢货，明明找到了仇人，却没能为你报仇……"

杰米痛苦地流着泪，完全沉浸在沉重的悲伤中。

就在这时，有一个黑影在慢慢地向杰米靠近。"不许动！"杰米猝不及防，慌忙转头时没料到有一支手枪顶住了他的脑壳。

"你是谁？""我是谁？你记得吗？十七年前，你杀死了我的好朋友，你这个杀人凶手！"

"不，那是战争……你听我说……"杰米又惊又急，有点语无伦次了。

这时，枪响了，杰米最后只看到了一双仇恨的眼睛。

（题图、插图：佐　夫）

说个谜语
你来猜

□ 杨家辰

有一对结婚不久的小夫妻，丈夫叫康达成，在一家私营企业跑业务，妻子许芳芬是商场的售货员。两口子工作辛苦，挣钱却不多，好在两人和和睦睦，日子过得倒也舒心。

这天，早饭还没吃，康达成公司的老板打来电话说有重要业务。康达成不敢怠慢，抓起一个馒头就往公司赶。也是忙中出乱，下楼梯时一不小心摔了下去，这下把腿给摔伤了。

康达成忍着疼给老板打电话解释，不想老板没好气地说了一句"你以后都不用来了"就挂了电话。康达成暗自叫苦，只好给许芳芬打电话，第一句是："芳芬，我摔伤了。"第二句是："对不起，我的工作丢了。"

许芳芬闻讯慌忙喊来邻居把康达成送进了医院。万幸的是康达成腿伤不是很严重，一个多月后就出院了，医生叮嘱他在家静心休养。

许芳芬松了口气，在家养伤的康达成却担忧起来，自己一个大男人在家养伤吃闲饭，能不焦心吗？

许芳芬知道丈夫的心思，便安慰道："留得青山在，不怕没柴烧。你先在家好好养着，等身子骨好了再去找工作也不迟呀！"

安顿好康达成，许芳芬本想在家陪他几天，可康达成催她说："我没事，你上班去吧，你的工作要是再丢了，咱们可就要喝西北风了。"许芳芬这才去上班。

中午的时候，康达成刚吃过饭，

就接到妻子的电话，许芳芬问："午饭吃了没有？"康达成说他拄着拐杖给自己做了个疙瘩汤，还挺合口的呢。

许芳芬笑着说："可怜啊，晚上等我回来给你做好吃的吧。"接着就要康达成猜一个谜语："多一点能吃，少一点能用——打一字。"

康达成想了想，就说："应该是'手术'的'术'字，怎么突然考我这个？"

电话那头的许芳芬呵呵一笑后，神秘地说回家后你就知道。

下班回家，许芳芬买了一篮子的菜，一回来就扎进厨房忙开了，说要做几个好菜给康达成增加营养。

一会儿工夫，热腾腾香喷喷的饭菜就上桌。许芳芬指着红烧排骨和炖鸽子说："快吃，这是你的病号餐。"又指着一盘炒青菜，笑嘻嘻地说："这是我的美容减肥餐。"

康达成皱了皱眉头说："我这都快成坐月子了。你以后不要买这些东西了，贵死了，你一个月就那点工资！来，你也吃啊，一起吃！"

许芳芬把丈夫夹到自己碗里的排骨又夹了回去，死活不愿意碰"病号餐"，她吃着自己碗里的青菜，说："嗨，实不相瞒吧，我今天中午吃得可好了，去我们商场对面的'陶然居'吃的鹅肝豆腐。所以，晚上我要吃点粗纤维的东西，我可不想把自己吃成大胖子，丑死了。"

康达成不相信："'陶然居'？鹅肝豆腐？你骗我的吧？"

许芳芬瞪大眼睛，一脸认真地说："骗你做什么？我们商场的几个姐妹带我去的，她们说'陶然居'搞优惠酬宾活动，我就去了。"

康达成问："什么优惠活动？"

一说到优惠活动，许芳芬马上来了精神，一脸兴奋地说："嗨，就是猜谜语啊，今天能吃到免费的午餐，还全靠你的功劳呢！"

原来"陶然居"饭店每天中午都有一个猜谜语送菜品的活动，这天的谜语恰好就让康达成给猜出来了，所以许芳芬吃了顿免费的大餐。

康达成一听，心里又高兴又觉得不踏实，说："占人家的便宜不合适吧？"

许芳芬说："大老板才不在乎呢！人家还欢迎我们常去，你想想，没人猜中他的谜语才叫扫兴呢！"

康达成想了想，说："说的也是。"

许芳芬趁机给康达成碗里夹了块排骨说："所以呀，你吃好点，一是补你的身体，二是奖励你的聪明脑瓜。"

过了几天，许芳芬又在中午打来电话要康达成帮她猜谜语，这天的谜语是"四边残缺——打一字"。康达成想了半天，不敢确定地说："应该是'匹'字吧。"

许芳芬下班回家告诉康达成，谜

语猜对了，她吃到了免费的芦荟南瓜卷。晚饭的时候，许芳芬给康达成做了鲫鱼汤，她自己还是吃青菜。

许芳芬一边吃着青菜，一边夸康达成："我们商场的姐妹都羡慕我呢，有个聪明的老公，就凭你的脑瓜子，不愁将来找不到好工作。"

康达成喝着鱼汤，心里甜滋滋的。就这样，在养病的日子里，猜谜语成了康达成生活中最大的乐趣，他觉得通过自己的智慧能为妻子挣得一份丰盛的午饭是件开心的事情，并且也感到自己不是个挣不来钱吃闲饭的

负担。

这天，康达成又猜中了，他不禁有些得意了，自己的脑瓜真是好使啊！

晚上，许芳芬回家时，提着一只鸡和几本书，说："不能老补你的胃了，你的脑子也该补补了，再聪明的脑袋也要充电呀！瞧，我借了几本经济学方面的书，你闲了翻翻。"

康达成高兴地接过了书。此后，康达成除了做一些恢复运动外，读书也成了他每天的必修课，当然，猜谜也没有间断。

大约一个月工夫，康达成的伤基本痊愈，他再也闲不住了，他想马上找一份工作。

许芳芬倒是不着急，她要丈夫再观察两天，还说："磨刀不误砍柴工，等彻底好了也不迟呀。"

康达成说不过她，只能趁许芳芬上班了，偷偷跑出去找工作，没想到还挺顺利，得到了一家大公司的工作机会。康达成得知好消息后，兴奋得想马上见到许芳芬。

起了这个念头，康达成拔腿就朝许芳芬的单位奔去。人逢喜事精神爽，一会儿工夫就到了许芳芬工作的商场门口。康达成一眼就看到了街对面的"陶然居"，他感觉特别亲切，心里暗想：陶然居啊陶然居，以后，我就不猜谜了，我要用自己挣的钱请我老婆到你们馆子吃饭。

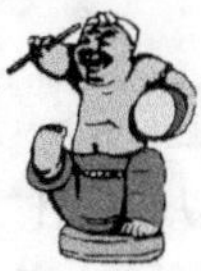

康达成一看表，快到午饭时间了，心想：许芳芬也快吃饭了吧，反正找到工作了，今天好好吃一顿，庆贺一下。康达成进了店，找了个座位坐下来，就要给许芳芬打电话，见服务员过来了就随口问了一句："今天的谜语有人猜中吗？"

服务员摸不着头脑，但还是很有礼貌地问康达成："先生，对不起，我听不懂您在说什么。"

康达成说："你们不是一直在搞活动吗？猜中谜语就免费送菜品呀！"

服务员说："先生，您恐怕搞错了，我们这里从来就没有搞过这样的活动。"

这时候，康达成的手机响了，是许芳芬："呵呵，我在'陶然居'，又有个新谜语。你说'耳朵藏在嘴巴里'是什么东西啊？一定要猜出来呀，今天的菜是我最爱吃的糖醋鱼哦。"

许芳芬在撒谎！这些日子她天天吃青菜，却骗自己说她在吃美味佳肴。

康达成突然想到，商场里午饭时间是很忙碌的，她们根本没有时间到街对面来吃饭。

康达成感觉鼻子酸酸的，他对电话那头的许芳芬说："芬芬，咱们今天不猜谜了，我马上给你送饭过来！"

康达成挂了电话，对服务员说："来份糖醋鱼和肉末莲菜，我要打包带走。"

糖醋鱼和肉末莲菜是许芳芬最爱吃的两道菜，这个，康达成不用猜都知道。

（题图、插图：谭海彦）

·本刊信息传真·

故事中国网评选 2008 最佳笑话段子

新春佳节，故事中国网首先祝大家鼠年大吉！故事中国网(www.storychina.cn)和狗乐福网（www.dogwww.com）有奖征集"爱犬故事"，讲述爱犬故事，感受爱犬真情，让爱犬故事永流传！比赛起止时间：1月28日－3月14日。本次爱犬故事比赛作为狗乐福网主办的户外秀狗盛典的一部分，活动详情可登陆上述网站查看。

在新的一年里，故事中国网(www.storychina.cn)推出评选2008最佳笑话段子活动，将发布每月最新、最有趣的笑话段子，并在月底评出当月最佳，参与年底总评。凡在网上推荐精彩笑话段子的读者将有机会获得丰厚奖金和奖品！

另外，故事中国网开设"故事点评"栏目，欢迎对每期《故事会》的作品进行点评，凡入选在网站发布的故事评论将获得50到100元的稿费，优秀评论还有机会在《故事会》上发表。投稿方式：发送邮件到 tougao@storychina.cn 或直接登录故事中国网论坛发布。2008年，让故事中国网（www.storychina.cn）伴你高飞！

盛满爱的房子

二娃天生又聋又哑，一直悄无声息地成长。父母十分疼爱他，因为害怕他找不到回家的路，他们不让二娃单独出门。可他天生好动，总爱跑到村西的小河边玩耍。

父母就把新房子建在了村庄的最西头，并把房子全部涂成了红色。在青砖绿瓦的村落里，红房子格外显眼，它像是一个路标，指引着二娃回家的路。

在二娃十四岁那年的夏天，他突然失踪了。父母急坏了，发动所有力量到处寻找，可几个月过去了，毫无音讯。

父母亲一夜间苍老了很多，邻居安慰他们说，听说一些黑心人开的工厂，专门抓一些聋哑人做工，干上十年八载的，再放他们回家。二娃机灵，说不定哪天能跑回家呢！

父母亲忽然来了精神，呆滞的眼睛里溢满了惊喜，幻想着他们的二娃突然跑回家来。

等待，成了父母每天的功课。为了让二娃回家时，能够从远处就一目了然地找到家的位置，父母把房子涂得更红了。可是，冬天过去了，春天到来了，二娃也没有回来。

一年后，父亲去城里一边打工，一边寻找他。父亲把寻人启事贴遍了城市的大街小巷。寻人启事很特别，上面有照片和电话，还画了一座红房子。父亲相信，无论二娃失踪了多少年，他的记忆里都会有一所红房子。

而独自守在家里的母亲，每年都会求人把房子漆刷两次，让房子一直保持耀眼的红色。

一直等了十二年，在打掉了那个闻名全国的黑窑主后，二娃终于回来了。而这个又聋又哑的"煤奴"，之所以在多年后还能找到家，正是因为他看到了寻人启事上的那栋红房子。

那栋盛满了爱的红房子。

（推荐者：蓝献伟）

（插图：安玉民）

欺人者自欺

军队训练营内，正在组织一次赛跑，长官非常重视这次比赛，他们决定从中挑选几个人去执行一项艰巨的任务，为此赛跑选了一条十分考验人的路线。

赛跑还在继续着。士兵卡尔身材瘦小，他已经多次感到体力不支，眼看着自己越来越落后了，而他却发现，似乎越往后路线越复杂，到后来他已经是步步难行了。

不过，有一个念头始终支撑着卡尔的双腿，那就是"不论第几名，哪怕是最后一名跑到终点，我也要完成这次比赛"。

就在卡尔感到体力快透支的时候，他的面前出现了一个岔路口，旁边竖立着两个指示牌，分别标出两条道路：一条是军官跑道，一条是士兵跑道。

凭着过去的经验，卡尔知道通常军官跑道要比士兵跑道更平坦，更容易到达终点。虽然心中有一些不平，但卡尔依然朝着士兵跑道的方向继续跑去。

同卡尔一样，很多士兵也看到了指示牌，可是大多数人选择了军官跑道。

可奇怪的是，卡尔感到脚下的路似乎平坦了许多，跑起来也更轻松。更令人惊奇的是，卡尔没跑出多远，居然在通过一个黑暗的隧道之后就看到了前方飘扬的彩旗，还有设在终点处的主席台——他已经跑完了整个路程。

当卡尔跑到终点时，他看到麦克逊将军亲自过来与自己握手，并且祝贺他跑出了前十名的好成绩。卡尔感到不可思议，过去他甚至连前五十名也没有取得过。

他问起麦克逊将军那些选择军官跑道的士兵都在哪里，麦克逊将军告诉他："他们还在路途中，不知道天黑之前能不能到达。"

原来，当初设置指示牌的目的，并不是要让军官和士兵分开赛跑，因为这次越野赛根本就没有一名军官参加，之所以要这样设置，完全是为了考验士兵们的诚实度。

结果，卡尔以其绝对的诚实赢得了比赛，同时也获得了执行那一项艰巨任务的机会。

你对生活表现出的态度越是真诚，生活给你带来的快乐和成功也就越多。不欺骗生活的人，生活终会优待他。

（推荐者：蓝献伟）

学写作文，从读故事开始

·东方夜谈·

天下第一嗓

□ 缤华

清初年间，江南有个说书艺人，名叫萧树生。萧树生嗓子特别，说起书来，抑扬顿挫、张弛有度，时娓娓道来，时慷慨激昂；说人时听者如见其人，说境时听者如临其境。因此，当地人送了萧树生一个美誉：天下第一嗓。

萧树生说书还有一个特点，故事头一开，无论台下怎么喧哗吵闹，也不管台下人多人少，照样说下去，直说到下回分解，这才打住。

这天，萧树生受邀到一家新开张的酒馆内说书，清清嗓子唱开场白："不说前朝往代的人，单说那南宋岳飞爷……"

萧树生说的是岳飞大破金兵的故事，一连数天，酒馆内天天爆满，听众听得如痴如醉。有个叫李之健的商人，听萧树生说过一回书后，生意也无心过问了，只是交给伙计打理，自

己则每天前来酒馆捧场。萧树生说到激动处，他击掌叫好，说到悲伤处，他便掩面垂泪，十分投入。

这天，酒馆内萧树生正说到秦桧以"莫须有"的罪名，害死忠臣岳飞一段。萧树生说得泪光闪闪，声音悲切，闻者无不落泪。李之健听了一阵心酸，又禁不住咬牙切齿，痛骂大奸臣！

这时场内有一个尖嘴猴腮的人，似乎不忍听下去，捂着脸急急离去。这人名叫牛三，是当地一个游手好闲、偷鸡摸狗之辈。牛三来酒馆听书，无非是想浑水摸鱼。离开酒馆前，他已经从一个衣着华丽的客人怀中摸走了一件东西。

牛三离开后不久，酒馆忽然大乱，一伙清兵把里面的人团团围住。原来台下有一个客人，是微服私访的满清王爷。刚才牛三摸走的东西，正是王爷的一面金牌。金牌乃是当朝皇

48

上所赐，王爷发现金牌不见，十分震怒，立即暗调官兵前来，下令把在场听众围住，逐个搜身。

不多时，清兵把酒馆内的听众搜了个遍，男女老少，无一幸免，只剩下台上的萧树生。一个清兵头目向王爷请示"禀告王爷，台上的说书人还没有搜身，要不要搜他？"

王爷阴着脸，点点头说"那个说书人回过后台，有可能是帮盗贼转移赃物的同党，给我搜！"

此时的萧树生对台下发生的一切，完全视若无睹，全然沉浸在说书中。几名清兵领命冲上来搜身，萧树生奋力反抗，说什么也不肯脱下长袍。他这节书还没有说完，断然不肯就此打住。可清兵哪管这些，就有两个人抓住他，"啪啪"地左右开弓，赏了他几巴掌，然后把他按在地上，扯掉了长袍。

李之健见清兵不分青红皂白，连台上的萧树生都要羞辱，心中十分气愤，抬腿便想冲上台去。可周围都是清兵，他只往前走了两步，便被几把明晃晃的大刀拦住。

可怜萧树生满嘴鲜血，趴在地上，口中仍在喃喃不止。几个清兵没在萧树生身上搜出什么，却意外地发现萧树生原来是女儿身……

"哈哈，这个说书人原来是个女子……"清兵轻狂的笑声传来，台下的李之健愣住了，在场的人也觉得十分愕然，想不到这天下第一嗓，竟然是个奇女子！

清兵散去后，李之健忙上台，解下外衣，披在衣冠不整的萧树生身上，搀扶她起来。萧树生微微欠了一下身，道了个谢，便推开李之健，在众人惊诧的目光中，踉踉跄跄而去。

回家之后，萧树生大病了一场。

萧树生的确是个女子，父母早年死于战乱，她从小浪迹天涯，与小叫花子为伴。后来，一个说书的老江湖艺人收留了她，让她干些杂活，也教她读书识字，却从不教她说书。可萧树生天性聪颖，又擅长模仿。老艺人说的每一个故事，她都记得清清楚楚，能够从头到尾复述出来，无一错漏。老艺人见萧树生天生异禀，嗓声奇特，心中暗暗称奇。

这天，老艺人对萧树生说道："可惜你是女子，否则我必收你为徒。"萧树生听了，从书架上拿下一本书，说"书中记载，宋有张小娘子、陈小娘子等讲史家，元有说书艺人高秀英，我怎么就不能像她们一样说书呢？"

老艺人摇摇头，说道："乱世当前，你一个女子抛头露面，要不得！"萧树生灵机一动说："那我女扮男装，行不？"老艺人仍是摇头。

直到有一年，老艺人重病不起，自知时日无多，这才把一本呕心沥血整理出来的说书笔记交给萧树生，并细细传授了一些说书秘诀……老艺人去世后,萧树生为谋生计,开始女扮男装,说起书来。

被官兵羞辱后,萧树生数天没有出门。直到有一天,她发现家中米缸空空,这才走出门外。不料,她女扮男装的事早传遍了,刚走出家门不远,一群市井无赖便围了上来,对着她指指点点,放肆地嘲笑,还有人乘她不注意,在她身上乱摸了两把。

萧树生心中愤然,返身回家之后,再也没有迈出大门半步。

李之健知道萧树生是女儿身后,心中更加敬佩。他打听到萧树生家地址后,提笔写了一首诗,想亲手送给她,表达自己的仰慕之意。无奈萧树生整天足不出户,李之健一直无缘得见,只能经常在她家附近流连,希望能遇见这个奇女子。

可萧家大门深锁,再也没了动静,只是在夜里,旁边的住家经常听到萧树生那悲愤激昂的说书声。

时间一晃,一个月过去了,李之健开始觉得奇怪,萧树生这么久闭门不出,难不成她能不吃不喝?于是他便时不时前去拍门,但每次都吃闭门羹。

两个月后,李之健忍不住了,他担心萧树生在家积郁成疾,重病不起,便报了官。

几名差役强行撬开萧家大门。进去一看,众人大吃一惊:萧树生恢复了女儿家的打扮,一支银钗插在发髻上,但她素衣里的身体早已干瘪,显然已死去多日。李之健十分悲痛,全力料理了萧树生的后事,这才黯然离去。

萧树生死后,没有留下遗嘱,于是房子被官府收了去拍卖。然而,没人敢买这房子。因为每到夜里,空置的屋内,时不时传来说书声,声音悲哀凄婉,令人听了毛骨悚然。

萧家怪事传出,有个人心里十分

害怕。此人便是牛三，当初满清王爷的金牌便是被他盗去的，这才引来祸端。有天晚上，牛三拿了些纸钱，跑到萧家门外。他一边烧纸钱，一边忏悔，请求萧树生的亡魂原谅。

正在这时，一阵风吹来，牛三忽然听见屋内一声怒喝："狗贼，我必将你千刀万剐而后快！"牛三头皮一麻，吓得魂不附体，撒开腿便跑，惊慌中摔了一个大跟头，脑门正好撞在一块石头上，当即向阎王爷报到去了。

天明时，有人发现牛三的尸体，便去报了官，差役从他怀中搜出了王爷的那面金牌，众人这才知道牛三是罪魁祸首。由于牛三死得离奇，一些人都说这是萧树生死得冤，所以冤魂不散，才取了牛三的性命。

萧树生冤魂复仇的事传出，她那房子更无人问津了，但有一人却是例外，那便是李之健。他听说这事，欣喜之下，重回故地，心想：就算是萧树生的亡魂在说书，也要去捧场。

一连几夜，李之健在萧树生故居外静候。果然，在午夜时分，依稀听到里面传来说书声，声音时高时低，嗓声特别，极像萧树生的声音。

几天后，李之健把萧树生的老宅买了下来。他怕惊扰萧树生的亡魂，没有动屋内的任何东西，只在夜里，才搬一张椅子坐下，静候故人出来说书。可令李之健失望的是，搬进来后，屋内说书的声音便消失了。

有天晚上，李之健在屋内拱了拱手，自言自语道："树生小姐，既然你不肯出来与我相见，我也不便打扰。此后，我就在你门外搭一个茅屋，我们做个邻居吧。"次日，李之健果真在外面搭了一间简陋茅屋，长住下来。

有一夜，萧树生故居又响起说书声音，说的仍是秦桧以"莫须有"的罪名，害死忠臣岳飞的一段。李之健听着听着，只觉悲从中来，心神恍惚间，失手打破一盏油灯，茅草房顷刻间燃烧起来。情急之下，李之健冲出茅屋，躲入萧树生故居内。

火光冲天起来，萧家旧屋中的一群老鼠也被逼逃出来，惊慌失措地乱窜。其中一头身形肥胖、浑身雪白的大老鼠，在逃窜中嘴唇一张一合，口中发出的声音，竟然是一段杂乱无章的说书，而且那声音，竟和萧树生的嗓音如出一辙。

若非亲眼所见，李之健简直不敢相信，世间居然会有说人话的老鼠！他惊喜地喃喃自语："树生小姐，鼠辈也偷学得你的绝说，你可知道吗？"说完，他脱下衣服，向那白老鼠扑去……

第二天，李之健变卖了家业，远走他乡。每当夜深人静的时候，他才揭开身边的一个竹筐，聆听里面传来的娓娓动听的说书声。

（题图、插图：黄全昌）

在西方风俗中，"666"是一组魔鬼数字，由此还衍生出这样一个说法：每个世纪第一个6年的6月6日是魔鬼重生的时刻，而这天出生的小孩儿就是魔鬼转世……

魔鬼666

□ 邹殿伟

恐怖的魔术

最近，靠旅游而闻名遐迩的小镇"地狱之堡"，传出了让人惊恐的事，说是魔鬼将转世降生在这里。眼看着2006年6月6日马上就到了，小镇的居民们惶惶不安，镇长汉斯也显得忧心忡忡。他心想：传说沸沸扬扬，闹得小镇游客日益减少，可是反过来思考，这也是一个百年一遇的机会，何不主动出击，在这个凶日上做篇发财的大文章呢？

与镇上居民取得一致意见后，镇长汉斯在电视台以"魔鬼日地狱狂欢节"为题大做广告，镇上居民也日夜赶制出各种魔鬼面具，他们要将这次狂欢节变成一场魔鬼盛宴。

汉斯的策略果然有效，6月6日前夕，大批的游客就已经蜂拥入小镇，那些千奇百怪的魔鬼面具也被抢购一空，一时间，小镇街道上群魔乱舞，呈现出一派光怪陆离的"地狱"奇景。

正式的狂欢活动从5日晚上就开始了，到了6日凌晨1点达到了高潮。这时，汉斯的独生儿子大卫拉着女友丽莎的手，穿过疯狂的人群，来到最热闹的游戏场。游戏场里面安装了一扇特别的大门，好似魔鬼张开的血盆大口，上面写着"地狱之门"几个大字，进门后则是一个迷宫，灯光忽明忽暗，十分诡异。

大卫披着血红色斗篷，脸上戴着青面獠牙的凶恶面具。而女友丽莎则化装成古希腊神话中的女妖，戴着丑陋宽大的面具，但她那一头飘逸的长发如同金色的瀑布飘垂而下。

"地狱之门"前搭有一个舞台，正在进行魔术表演。头戴食尸鬼面具的女巫推出了一个大铁箱，两名化装成炼狱使者的助手晃动着铁链走下台来，阴鸷的目光从每个观众的脸上扫过，最后落在了丽莎身上。

丽莎被他们用铁链套住脖子拉上台来，女巫打开铁箱门，助手松开铁链将丽莎推进了空箱，随即"砰"的一声关上了箱门。接着，女巫手捧着几柄寒光闪闪的利剑，一步步走到铁箱前，在毛骨悚然的乐曲映衬下，观众们都不由自主地屏住了呼吸。

当女巫将利剑从箱体的空隙处插入时，箱里突然传出了女人的惨叫声，这逼真的惨叫令所有观众都暗自心惊，就连女巫也被这凄厉的声音给惊呆了。

女巫呆立了一会儿才恢复了镇静，她面对观众做了一个轻松的动作，人们绷紧的心才渐渐松弛下来。观众们喜欢刺激和惊吓，他们为即将度过一个不同寻常的魔鬼节日而兴奋不已。因此，谁也没注意到女巫转身握剑柄时，手在微微颤抖。她深吸了好几口气后，用力拔出利剑，人群中立刻发出一片惊呼，那剑尖上还在向下滴着鲜血！

女巫急切地拉开箱门，铁箱里空无一人，但四壁却喷溅着大量的鲜血，空气中弥漫着一股令人作呕的血腥味，正对观众的一面赫然写着三个血红的数字——666！

女巫再也无法镇定了，她浑身颤抖着奔到右侧一个柜子前，一把拽开柜门。按照表演程序，丽莎这时应该出现在这个柜子里，可是，里面除了一张带血的面具，什么也没有！

大卫好像察觉出了情况不妙，他跳上台一把揪住女巫，愤怒地质问她丽莎哪里去了。可怜的女巫吓得哆嗦成一团，说不出一句话。大卫狠狠地一把将她推倒，呼喊着丽莎的名字，焦急地四处寻找，也没见到丽莎的踪影。情急之下，大卫一把推开"地狱之门"冲进了迷宫。

还没等台下的观众从惊愕中回过神来，猛地迷宫里传来了大卫凄厉的嚎叫声，那声音透着极度的恐惧和绝望，人们惊得面面相觑：难道魔鬼真的降临了！

降生与死亡

过了好一会儿，终于有几个胆大的青年跳上台，冲进了"地狱之门"后面的迷宫。他们搜遍了每一条通路，都没有发现大卫，只是在一个拐角处找到了他那染血的红斗篷，还有地上用鲜血写的三个触目惊心的数字——666。

很快，镇长汉斯匆匆来到现场，他脸色苍白，但却镇定地向游客们解释，刚才的一幕不过是他们事先安排好的，胆战心惊的游客们这才松了口气。

等游客们散去后，汉斯的脸一下子阴沉起来，他迅速叫人报了警。

一小时后，经验老到的警官查里带人匆匆赶来，他一边叫人提取鲜血样本，一边询问女巫。

女巫说，在铁箱中有个夹层，丽莎进去后，触动里面的机关，隔板经过旋转就会将她送到后面去。那里有个通道，丽莎可以从通道悄悄溜到另

一端，钻进另一个小木柜里。这是她与丽莎早就商量好了的。

这时，一个女人急匆匆跑来，贴在汉斯耳边嘀咕了几句。汉斯的脸色顿时骤变，他用不安的语调向查里报告说："警官先生，镇上的私人妇产医生琳达报告说，她刚刚帮尤娜接生了一个男孩儿，那孩子刚一降生，额头上就、就印着三个'6'！"

此言一出，犹如晴天霹雳，人们在惊惧之余，很快就将丽莎和大卫的离奇失踪与男婴的出生联系到了一起，难道那些古老的传说是真的？这个男孩儿真的是魔鬼转世？

尤娜是丽莎的姐姐，她的预产期在六月初。当时就有人担心，说预产期与魔鬼日如此接近太不吉利，劝她提前做剖腹产手术将孩子取出，但尤娜不相信这话，坚持要自然分娩。

这个孩子的降生似乎带来了所有的灾难，人们感到不安，有人甚至提议：除掉这个恶魔之子!

这时，在一旁静静观察的查里警官开口了："大家不要过于紧张，现在并没有确凿的证据表明大卫和丽莎已经遇害了，警方会全力查清一切的。"

汉斯点点头，情绪悲痛地说"查里警官说得对，我们大家要相信警方，那大卫和丽莎就拜托你们了。"

很快，警局送来了血液鉴定，证实游戏场现场留下的确实是人血，但由于没有两名失踪者的血样进行对

比，还无法确定是不是他俩的。

此时的小镇，仍到处是狂欢的人群，每个人都隐藏在面具之下，警方的工作开展得很是艰难。

这时，镇外忽然传来消息：一个农夫在池塘里捕鱼时捞到了一具女尸！查里急忙带人赶过去，经辨认，死者正是丽莎！

查里不禁感到惊诧：此处距离小镇至少10公里，而镇上到处是狂欢的人群，尸体是如何穿过喧闹的人群被运到这里的？难道真的是魔力所为？

法医经过一番勘验后，对查里耳语了几句。查里心中更是疑窦丛生，他觉得这起案件很不简单，这里面一定隐藏着一个惊人的阴谋。

查里刚刚处理完镇外的现场，小镇又传来了惊人的消息，在地狱广场新立的巨型十字架上，突然吊死了一个女人。

真是一波未平一波又起，此时的小镇已经完全失控了，一系列恐怖而又不可思议的事情传扬开来，惊恐的游客都认为魔鬼真的降临了，他们争先恐后地逃离小镇。

电话中，警员焦急地向查里汇报说："如果是外来者制造的案件，那么凶手极有可能随着逃离的游客溜掉，那样的话我们就很难破案了。"

查里想了想问道："有没有查明吊死的女人是谁？"警员说："死者就是为尤娜接生的那个医生，琳达。"查里一听，惊出了一身冷汗。

罪恶的真相

查里立即带人赶回小镇，眼前的小镇仿佛真是一座人间地狱，原本热火朝天的街道上，此时已见不到一个人影，地上到处散落着人们丢弃的各式面具，镇上的居民突然之间也不知都躲到哪里去了。

查里一行穿过空旷的街道，肃杀的寂静让他们也不由有些紧张。这时，一名警员走来，递给查里一件东西："我们在琳达身上发现了这个。"

查里接过来一看，是一根长长的金黄色头发。查里知道琳达是褐色的短发，这让他不由想到了丽莎那头让人羡慕的金色长发。他心里一动：难道她们之间有什么联系？

警员又递过来一份验尸报告，查里看着，陷入了沉思。突然，他眼中亮光一闪，兴奋地叫道："我明白了！"当即一挥手叫过两名警员低声吩咐了几句，然后带领其他人往尤娜的家赶去。

尤娜的房子周围聚满了人，原来，镇上的居民都跑到这儿来了。人们愤怒地叫喊着，要求将那个不祥的男婴处死。

查里连忙分开人群挤进去，只见尤娜满脸泪水，正坐在地上抱住镇长汉斯的大腿，苦苦哀求着。汉斯则面色铁青，双手抱着一个嗷嗷啼哭的婴儿，一副不为所动的样子。

查里冲着激愤的人群挥着双臂说："大家请听我说！"人们暂时安静下来，查里继续说道，"所有的罪过和这个男婴无关，他是无辜的！"查里边说边从汉斯手中夺过婴儿送到尤娜怀里。

汉斯脸上的肌肉颤了颤，问："警官先生，你、你这是什么意思？"

查里冷冷地说："镇长先生，不要演戏了，你看看那是谁？"汉斯顺着查里手指方向，朝远处一望，只见两名警察押着一个年轻人出现在街口。待走近了，人群中不由发出了一阵惊

呼，这个年轻人竟是失踪的大卫！汉斯一见儿子顿时面无人色，险些瘫软在地。

两名警察把大卫带到查里面前，查里用威严的目光逼视他，厉声问道："丽莎和琳达的死到底是怎么回事？"

大卫绝望地看了一眼面如死灰的父亲，冷汗一滴滴顺着脸颊淌了下来，喃喃地说："我有罪，可我不是故意的，我只是一时冲动……"

大卫的声音越来越低，一旁的尤娜放下孩子，两眼喷火地扑了上来，对他又抓又咬："你、你还我的妹妹！"警员忙上前将她拉开。

查里又把头转向汉斯，语气里透着不可抗拒的力量："镇长先生，你为了保住儿子，就苦心导演了这起魔鬼复生杀人的闹剧，还不惜杀死了琳达，我说得对吧！"

汉斯见事已败露，冷笑道："没错，这一切都是我策划的，琳达也是我杀死的，因为她实在太贪婪……"

原来，汉斯父子贪污镇上税收款的事，被财务员丽莎发现了，大卫在与丽莎的争执中失手掐死了她，并抛尸池塘。汉斯知道后，便开始考虑如何拯救自己的独生子。

他先让人到处散布魔鬼重生的传言，借机大搞魔鬼狂欢日。然后，买通了琳达，让她戴上面具和金色的假发，冒充丽莎。所以，"丽莎"和大卫

编读往来：你的问题我来答

四川读者丁丽丽： 我很喜欢1月下的《借刀杀人》，故事中提到的"扬州三把刀"之一的"剃头刀"令人大开眼界，很是过瘾，请问是否真的有"扬州三把刀"一说呢？

绿版编辑部： 确有其事。《借刀杀人》这个故事虽然是虚构的，但"扬州三把刀"不能造假，那可是扬州响当当的金字招牌。"扬州三把刀"，即天下闻名的扬州厨刀、修脚刀和剃头刀。说起这"三把刀"，在扬州有着悠久的历史渊源。早在明代，朱元璋、朱棣两位皇帝就先后从扬州征调大批厨师到南京和北京，到清嘉庆年间，"扬州三把刀"更是名闻遐迩。"三把刀"在扬州人手中不仅是一门技术，还是一门艺术；不仅有精湛的理论，规范的技艺，而且人多艺高，青出于蓝而胜于蓝。如今，"三把刀"已经成为独具地方特色的扬州文化的一部分，是扬州悠久历史的重要象征，并且扬州人还带着"三把刀"手艺走出了本土，到全国各地做生意，甚至还漂洋过海到了国外。

河南作者罗辉： 我是一名故事写手，我想问一下《故事会》今年的"故事创作研讨班"是什么时候？能不能详细介绍一下呢？

绿版编辑部： 好的。"故事创作研讨班"是本刊的一贯传统，迄今为止已经成功举办了十二届，反响一直不错，大家普遍认为参加研讨班对自己的故事理论和创作水平都有很大的帮助，从中也确实涌现出了一大批优秀的故事作者，很多更成为了我们的骨干作者。今年的"故事创作研讨班"已经是第十三届了，预计将于5月份在上海举办。离研讨班还有两个月的时间了，希望有意向参加的作者朋友，赶紧把手头的得意之作寄来，说不定我们能在研讨班上见面！

本期责任编辑的的邮箱是：hangfan1102@126.com。

的离奇失踪都是人为安排好的，而尤娜所生男婴额头上的"666"也是琳达偷偷印上去的。

不料警方发现了丽莎的尸体，贪婪的琳达借机勒索，于是汉斯残忍地勒死了她，将尸体偷偷挂上了十字架。这样一来，怀疑的视线都转移到了男婴身上，汉斯就带着不明真相的小镇居民冲进尤娜的家里，要求将"恶魔之子"处死。

令人万万想不到的是，精明的查里警官，从琳达身上发现的一根金色长发中发现了端倪，法医检验池塘中的丽莎已死亡多日，更使查里豁然开朗。他推断魔术舞台上的丽莎是假扮的，这里面有阴谋，那大卫肯定是知情者，他也肯定没有失踪，便派人去汉斯家里搜查，果然发现了躲在家里的大卫。

真相公布于众后，小镇上的居民在惊愕之余，纷纷愤怒地谴责汉斯："你这个披着人皮的家伙，才真正是世上最邪恶的魔鬼！"

（题图、插图：佐　夫）

祸起玉麒麟

□ 楚横声

祸从天降

明朝末年，朝廷腐败，盗贼蜂起。偏偏连年大旱，这一年，竹河县竟然颗粒无收，百姓们实在过不下去，纷纷举家逃亡。

就在这时，竹河县的首富伍东魁仗义疏财，命人造了十口大锅，每日里蒸饭熬粥，赈济灾民，救活了无数百姓。

这一日，伍家的大院里又挤满了人。突然，一个乞丐急匆匆地闯进来，嘴里喊着："伍老爷，有人叫我送东西给您。"

伍东魁一看，乞丐手里抱着一个檀木盒子，不禁心里疑惑，有人送东西给他并不奇怪，但为何偏偏要找个乞丐来送？伍东魁打开盒子，只见里

面静静地躺着一块玉佩，他一眼便认出，那是爱子伍知书身上的玉佩。伍知书今年十六岁，聪明好学，是家中的独苗，也是他的命根子。这块玉一直是爱子的贴身之物，怎么会出现在这个盒子里呢？

伍东魁心中一紧，一把抓起玉佩，发现下面有一张字条，上面写着：贵公子正在舍下作客，愿阁下独自携玉麒麟前来换人。黄昏时分，西山脚下，若阁下失约，恐令公子多有不测……

伍东魁心里不安，脸上却不动声色，他问那乞丐，是什么人要他送这盒子来的？乞丐回答说，是一个戴着大草帽的人，只是那人的草帽遮挡了大半边面目，他并未看清那人模样。伍东魁知道从这乞丐嘴里问不出东西

来，便叫人赏了他，打发走了。

伍家这尊玉麒麟，是祖传之宝，玉质极佳，雕工精美，可是伍家对此一直秘而不宣，谁会打它的主意呢？可字条上流露出的杀机，让伍东魁心里一阵阵发寒。

他想报官，但又想竹河知县林清学只会搜刮百姓，让他对付绑匪绝不可能。自己的手下，也多是胆小怕事之徒，断断不能把希望放在他们身上。

转眼黄昏已至，伍东魁单身匹马来到西山脚下。早有两个蒙面人等在那里，其中一个粗壮的家伙手按刀把问道："玉麒麟带来了吗？"

伍东魁不动声色地说："我要先见我儿子。"

另一个人冷笑一声，说道"你儿子还没死，可如果你不交出玉麒麟的话，他的小命就难保了。"

听了这话，伍东魁不由得打了个寒噤。他定了定神，说："玉麒麟早就没了。我今天前来，是想与你打个商量，我愿以白银五万两，换回我儿性命，不知可否？"

那人大怒，叫道："伍东魁，你是来消遣我们的吧？如果你没带玉麒麟，便请回吧。我会让你知道骗我的下场。"说完，他带着壮汉上马就走。

伍东魁大喊"等等，玉麒麟真的没了，但赎金我们可以再商量……"

那两人根本不理他，策马扬鞭而

去。伍东魁长出了口气，喃喃地说："小三子，现在全靠你了。"

势不两立

小三子是伍东魁的家人，长得瘦瘦小小，为人机灵，而且有一身好轻功。伍东魁料定和这些人是谈不拢的，于是事先安排了小三子在远处藏起来，趁着天色昏暗，只要小三子能偷偷跟踪这两人到老巢，他就可以带人出其不意地杀进去，救出儿子。

可一个晚上过去了，始终不见小三子回来。伍东魁一夜没睡，第二天清晨，他忍不住倦意，刚合上眼睛，突然听到外面乱了起来，一个下人气喘吁吁地跑进来说："老爷，不好了，小三子死了。"

伍东魁冲到门外，只见小三子倒在血泊之中，浑身上下都是刀伤，嘴巴张着，只剩下了半截舌头，看舌头上的伤口，竟像是小三子自己用牙齿生生咬断的。看了这副惨相，伍东魁忍不住流下泪来。

在小三子尸体旁边，放着和上次一样的檀木盒子，伍东魁小心翼翼地打开盒子，忍不住发出一声惨叫。

盒子里面，放着一根戴着戒指的断指，伍东魁一眼认出，那是儿子伍知书的手指。

盒子里面同样有一张字条，上面写着一行血字：今日黄昏，西山脚下，

不见玉麒麟，你子必死。

伍东魁脸色煞白，捧着盒子落下泪来，好半晌，他才命下人去报官。小三子死了，这事想瞒也瞒不住。

不一会儿，林知县带着差役赶来，伍东魁把事情说了一遍。林知县不高兴地问："绑匪如此猖獗，你为何不早点向本官禀报，自作主张，以至于害了一条人命？"接着，林知县发号施令，命令差役们分头去调查。

伍东魁沉默良久，突然脸色沉了下来，咬了咬牙，深吸一口气说："不劳知县大人了，我儿的事情，还是我来处理吧。"

说完，他不再理林知县，大步来到屋外。伍家大院里早已站满了等待施舍的穷人。伍东魁冲着人群大声说道："我伍东魁行善积德，从未做过亏

心事。可有人贪图我家宝物，绑架了我的儿子，还杀死了我的家人。事已至此，伍某决不屈服。我请大家帮忙传个消息：有能将绑匪捉拿归案的，可得我十万赏金，有提供绑匪线索的，可得五万，若绑匪敢杀我儿，替我报仇者可得十万。伍某以我儿的性命发誓，我与绑匪势不两立。"

院子里一下子乱了起来，人们纷纷咒骂绑匪。林知县吃惊地说："伍老板，你不想要你儿子的命了？这消息传出去，岂不是逼着绑匪撕票吗？玉麒麟虽是你传家之宝，但你难道要为此而牺牲令公子的性命吗？"

伍东魁的神色一下子黯淡下来，仿佛是苍老了十岁，他苦笑着说："玉麒麟虽是传家之宝，但终是身外之物，我怎么可能为了它而害了自己的儿子？但玉麒麟确实已经不在我手

60

中，你说，我还有其他办法吗？我相信重赏之下必有勇夫，一定会有人替我找出绑匪的。即使我儿死了，也会有人替他报仇。"

毁诺之举

悬赏擒匪的消息很快传了出去，大家都在寻找绑匪的踪迹。伍东魁相信，这样下去，伍知书已经成了绑匪的烫手山芋，他们最好的选择就是收他的钱，放回伍知书。

可事情并非如此，傍晚时分，有人将一封信射入院内，信上血迹斑斑，字迹潦草，依稀可辨出自伍知书之手："爹爹，我快被他们折磨死了。求您赶紧把玉麒麟给他们吧。"

伍东魁脸色惨白，一双手抖了半天，突然大喊："所有人都听着，我宁可失去儿子，也不会让绑匪得逞，谁要能救出我儿，抓到绑匪，我再出十万赏金。"

消息马上传了出去，整个县城都开了锅，大家都在找绑匪，据说，一伙土匪也悄悄加入了寻找伍知书的行列，二十万两白银的诱惑力实在太大了。

第二天中午，三骑快马冲进伍家大院，走在前面的两匹马上各坐着一名差役，是县衙的韩、方两位捕头，马后各拴着一根绳子，绳上绑着的两个人，已经死了。另一匹马上伏着一个人，在马上摇摇欲坠，身上都是血，一

看正是伍东魁的宝贝儿子伍知书。

伍东魁闻讯冲出来，抱住儿子大声呼叫。伍知书虚弱地说："爹，多亏了两位差役大哥，要不我可能就见不到您老人家了。"

伍东魁命人将儿子送进房去，然后向两位差役施礼："韩捕头，方捕头，多谢你们了，请下马来，容伍某摆酒为二位庆功。"

韩、方两人欣然下马。原来，他们也被伍家悬赏所动，暗暗寻找伍知书的下落，凭着多年办案经验，他们找到了绑匪巢穴，然后冲进去出其不意地杀死两个绑匪，救出了伍知书。

伍东魁安排了酒席后，来到儿子房间。伍知书早已换下血衣，在他的前胸后背，布满了凌乱的鞭痕，但让伍东魁最心疼的是，儿子肋骨处血肉模糊，已经没有一处完好的皮肉。

伍知书哭诉道"爹，他们说你交不出玉麒麟，就拼命折磨我，他们用一双木手在我肋部又搓又刮，还说要把我身上的肉一点点搓下来……"

伍东魁看着儿子的样子，一双眼里几乎喷出火来。他稍稍冷静了一下，又回到宴席，再次给韩、方二人敬酒，恭敬地说："伍某有一事要向两位请罪，还望两位多多担待。近年来天灾人祸，百姓受苦，伍某为了百姓能有口饭吃，家财几乎散尽。所谓二十万两白银的悬赏，伍某根本没有能

力拿出来，所以……"

韩捕头霍然变色，说道："伍……伍老爷……何……何出尺（此）言？你是赏（想）赖账吗？"

伍东魁解释说，当时救子心切，只好出此下策，这笔钱是一定要给的，可现在无论如何拿不出这么多钱，只好请他们等上几年。

韩、方二人如何肯信，大怒之下，拂袖而去。半个时辰后，两人又转回来，二话不说，用锁链锁了伍东魁，径自将他押到县衙。

林知县坐在大堂上，一拍惊堂木，大喝："大胆刁民，你口口声声说

要悬赏捉贼，岂能说赖就赖？伍东魁，你若不交出二十万，休怪本官对你不客气。"

伍东魁哈哈大笑："伍某一言既出，驷马难追，何曾说话不算话过？但这二十万我是不会拿出来的，其中的缘故，两位捕头自然明白，想必林知县也心中有数吧？"

林知县脸色大变，冷笑道："大胆，竟敢在公堂上胡言乱语，来人呀，给我重打八十大板。"

"何必要用板子？"伍东魁大声说，"听说衙门新添了一件刑具，叫木手刮肉，堪称一绝，小儿已经领教过了，何不在伍某身上再试一次？"

官逼民反

众人闻言大惊，林知县恶狠狠地瞪着伍东魁，说道："一派胡言！什么木手刮肉？"

伍东魁哈哈大笑，说道："知县大人恐怕和绑匪是一路的吧。三年前，大人听说我家有玉麒麟，曾要求一看，被我拒绝了，想必一直念念不忘。我伍某人施饭舍粥，为百姓所拥戴，料想大人也看不顺眼。绑架我儿，一方面大人是想得到玉麒麟，另一方面恐怕是想借机报复伍某。"

"大胆伍东魁，竟敢诬蔑本官，你有什么证据？"

"开始我没有怀疑过你，"伍东魁说，"据我所知，朝廷发放的赈灾银

两，全都被你们私吞了，但伍某敢怒不敢言。我只是可怜百姓，为了救活几条人命，不惜散尽家财，本以为此举可以替你分忧，不想却招来了仇恨！"

伍东魁停顿了一下，继续说道："当我看到我儿身上的伤痕时，什么都明白了。先前我曾亲自去木匠铺为小三子打造棺材，恰好看到王木匠拿着一双木手，正准备送往县衙，那木手制作精细，巧夺天工，所以我的印象极为深刻，如今看到我儿遭受木手酷刑，终于知道这木手是用来干什么的了。"

林知县听完，突然哈哈大笑起来："那是本县穷尽心力，发明出来的'搜神手'。任他是钢筋铁骨，也抵不住这木手的三搓两刮，实在是绝妙的刑具啊。不过，这算不得证据，你怎么肯定令郎的伤一定是木手弄的？"

伍东魁恨恨地说："看到我儿的伤后，我突然想起了小三子临死前的样子。当时我并不明白，为什么他会咬断自己的舌头？现在我终于知道，他是想告诉我，绑匪就是韩捕头啊。"

韩捕头结巴地反问："他……他……咬断……鞋（舌）头，怎……么就……能到（告）诉你鹅（我）的身份？"

"因为他曾经对我说过，你是个天生的混蛋，老天让你少长了半截舌头，让你说话跟放屁一样，"伍东魁鄙夷地说，"所以他咬断了自己的舌头，想暗示我，你就是杀他的人。可惜了小三子，竟死在你这杂种手里。"

林知县放肆地大笑："你够聪明，这么说，玉麒麟根本就是在你手里，只是你不想交出来吧？"

"你错了，"伍东魁长叹一声，"我家虽号称竹河首富，但近年来赈济灾民，开销庞大，早已无力支撑。半年前，我已将玉麒麟变卖，换回银两救济灾民。否则，我一定拿它来赎回我儿。"

林知县愣了半天，凶狠地说"既然你知道是我们设的局，你还想活着出去吗？来人，伍东魁以赈济灾民为名，收买人心，意在图谋不轨，谋反朝廷，经本官查证属实，将其收监。"

伍东魁被押入大牢，他买通狱卒捎出话去，让儿子伍知书尽快带领家人逃离县城。

可正当他担心家人安危之时，却听见外面一阵大乱，接着就是差役们狼哭鬼嚎的声音。不多一会儿，冲进来一群衣衫褴褛的百姓，他们打开牢门，喊道："伍老爷，林知县和他的爪牙已经被我们打死了，连你这样的善人他们都容不得，干脆，咱反了吧。"

伍东魁思索片刻，无奈地摇摇头，说"官逼民反，那就反了吧……"

（题图、插图：黄全昌）

一条军纪，一句承诺，一名战士，一腔热血……

□ 黄胜

生死军纪

1. 借驴

1939年冬天，日寇进攻登州，八路军某部和登州的国民党守军配合，在凤凰山一带阻击日寇。联军血战两昼夜后，抵挡不住日军的进攻，开始撤退。

这天夜里，远处的枪炮声响了一夜，刘家庄的刘瘸子心惊胆战，一夜未曾合眼。几天前，得知日本人马上就要打过来了，不少乡亲抛家舍业，外出避难。刘瘸子腿脚不方便，又舍不得扔下苦苦挣下的家业，竟不顾危险，让家人外出避难，自己留下来看家。

天亮后，刘瘸子开门出屋，远处的枪炮声仍时断时续，空气中弥漫着一股呛人的火药味儿。他先到牲口棚，给牲口加了草料，然后，他就站在一旁，爱惜地看着它们吃草，心里头惴惴不安地猜测着它们跟自己今后的命运。这两匹马，再加上旁边圈里的那头小黑驴，都是刘瘸子的心肝宝贝。两匹马是用来驮货的，刘瘸子的家业大都是靠它俩给挣下的。那头小黑驴是刘瘸子的坐骑，刘瘸子瘸了一条腿，这驴就相当于是他的腿。一人一驴，感情深厚着呢。

刚喂完牲口，墙外传来一阵急促的脚步声，接着门板被"咚咚"擂响，有人在大声吆喝："开门，开门！"

刘瘸子的心就提到了半空中，他

不敢出声，一步步挨近门口，凑到门缝往外看。只见门口站着两个背着枪的国民党大兵，满脸凶气。

"老子知道里面有人，快开门！再不开就开枪了！"见里面没反应，两个大兵"咣咣"用脚踹门，又"哗哗"拉动枪栓。

刘瘸子见躲不过去，只得卸下门闩。"嘭"的一声，门被撞开了，两个大兵冲进院子，瞪着眼四下打量，看到牲口棚的两匹高头大马后，两人欢呼一声，径直奔过去，跟牵自家牲口似的，伸手就去解缰绳。

刘瘸子心知不妙，慌忙抢上去拦住他们，满脸堆笑，央求道："两位老总，行行好，我还靠它们过日子呢。"

一个大兵横了他一眼，眉毛一竖，喝道："让开，国军要征用你的马。"

刘瘸子急了："你们不能硬抢啊，行行好……"说话间，腿上就挨了一脚。一个大兵骂骂咧咧："老子打鬼子连命都不要了，你他妈的连匹马都舍不得，是不是想留给日本人啊？哼，要不是看你是个瘸子，老子一枪崩了你，快滚开！"

说着，手上一使劲，将刘瘸子推开到一旁。两人牵着马，扬长而去。

刘瘸子哪里甘心，一瘸一拐地紧跟在后面，一直追到村口。大路上挤满了从前线撤下来的国民党残兵。那两个抢马的大兵把马分别牵到两个当

官的身前，两个当官的一见，喜出望外，赶紧骑上马，指挥着队伍："撤，跑步前进！"带领着残兵败将，匆匆向南去了。

刘瘸子眼睁睁地看着自己的两匹马不见了踪影，心疼得眼泪都流下来了。

整整一天，村口的大路上不断有撤下来的部队经过。先是穿黄军服的国民党官兵，后来又是穿灰军服的八路军将士。

刘瘸子怕小黑驴也被抢走，干脆把它从棚里牵到正房里，怕它叫唤，又给它戴上了笼头。

傍晚时分，枪炮声虽然渐渐稀落下来，却越来越清晰。显然，鬼子越来越近了。

刘瘸子正心神不定时，突然，院门又被敲响了，有人喊："哥，快开门，是我。"刘瘸子先是一喜，而后一惊，心想：前几天就让弟弟二贵出门避难了，他又回来干什么？

刘瘸子出去打开了门，一怔，二贵的身边还有两个人，一个伏在另一个的背上。

二贵对那人说"小张，你先把赵团长放下，在这儿稍等一会儿。"然后他就进了院子，一看牲口棚里空荡荡的，就焦急地问"哥，咱家牲口呢？"

刘瘸子恨恨地说："被国民党兵抢走了。二贵，你咋又回来了？"

二贵说"我根本没走，这两天跟

着八路军打鬼子呢。哥，一头牲口也没剩下？"

刘瘸子想到门外的那两个人，留了个心眼，问道："你找牲口干什么？"

二贵伸手指指门口，说"受伤的是八路军的赵团长，走不得路，警卫员好不容易才背着他突围出来，他们想找匹马骑着去追赶部队。"

刘瘸子心中一沉，果然是打自己牲口的主意，赶紧说："让他们上别家去找吧，咱家没牲口了。"

二贵刚要转身出去，就在这时，正房里传来一声响。二贵停下脚步，狐疑地问："谁在里面？"

刘瘸子慌忙掩饰道："没人，也许

是猫吧。"

二贵看了哥一眼，突然两大步跨过去，推门进了正屋。看到小黑后，他欢喜地说："哥，这不是还有头驴吗？"说着，牵着驴就往外走。

刘瘸子急了，一把拽住缰绳："不行，咱家就剩下这一头牲口了，以后还得靠它干活呢，你不能牵走它。"

二贵说"顾不得那么多了，鬼子很快就追上来了，赵团长再不走，就会落在鬼子手里，现在救命要紧！"

刘瘸子堵住门，高低不让二贵出去："二贵，哥以后就指望它了，你就留下它吧……"

外面的八路小张听到里面争吵，进来一看这场面，马上就明白了，他抱歉地对刘瘸子说："老乡，事情紧急，我们现在确实需要这头驴，这样吧，我们买下它，不过……"他顿了顿，窘迫地说，"我身上现在没带钱，等以后给你行不行？"

刘瘸子坚决地说："我不卖！"心想：别说你没钱，就是有钱我也不卖，我这驴又聪明又听话，我上哪儿再找去？他看了一眼这个八路，见他也就十七八岁的光景，满脸的灰尘掩盖不住稚嫩之气。

小张又恳求道："这样吧，算是我们八路军借你的，将来还你行不行？"

"不行！"刘瘸子紧紧握着缰绳不撒手，心说：借？说得倒好听，肯

定是有借无还，这跟抢有什么两样？

二贵见状，急了，上前从大哥手里一把夺下缰绳，塞到小张手里，说："小张，你们快走吧，再迟就来不及了，这儿你就甭管了。"

刘瘸子慌忙去抢缰绳，身子却被二贵一把给抱住了。他拼命挣扎，吼道："二贵，快放开我，你这吃里扒外……"二贵抬起右手，把他的嘴也捂住了。

枪声越来越近，小张见情况紧急，容不得再多说了，便满怀歉意地说："大哥，实在对不住了，我向你保证，这驴我以后一定亲手还给你。"

刘瘸子受制于二贵，说不出话来，愤怒之下，脸也涨得有点歪了。

小张知道这头驴在对方心中的分量，他心中歉疚，冲着刘瘸子深鞠一躬，郑重地说："大哥，我们八路军有纪律，借了东西一定要归还。我叫张多福，你记住了，我一定会回来还驴的！"

说完，他牵着驴就往外走，"得、得、得……"蹄声渐渐远去了。

二贵松开手，刘瘸子回转身，一拳打在弟弟的胸脯上，骂道："你滚！我没有你这样的弟弟！"

二贵被打得一趔趄，他站直身子，劝说道："哥，都这时候了，身外之物再重要，也不如人的命重要。鬼子马上就来了，你快收拾东西，出去躲一躲吧。"

刘瘸子怒气冲冲："我不躲！啥都没了，就剩烂命一条，我还怕谁？"

二贵见他主意已定，只得挥泪告别，也去追赶队伍去了。

一天后，日寇途径刘家庄，疯狂抢掠之后，一把火烧了刘家庄，刘瘸子的院子化为灰烬。

刘瘸子变得一无所有，他在废墟中一瘸一拐兜了半晌，猛地，他用手中的拐棍狠狠地在地上一捣，头也不回地上了山间的小道。

2.护 驴

八路部队一直在转移。

张多福牵着毛驴小黑，疲惫不堪地走着。伏在驴背上的已经不是赵团长，而是一个断了腿的战士。

此时，距登州阻击战已经一个多月，赵团长的伤已经好了。张多福想起那天借驴的情形，心中一直不安。他心里清楚，说是"借"，其实跟"抢"差不多。所以，等赵团长伤一好，行军赶路不再需要骑毛驴了，他就跟团长提出，要将毛驴送还回去。

团长听他说完那天借驴的经过，沉吟了一下，说："按道理是应该马上归还，不过，多福，现在咱们距离登州已这么远，中间又全是敌占区，想送回去也不是件简单的事情。再说，咱们还有不少伤员行动不便，目前留着这头驴还有用。"

张多福觉得团长说的也有道理，现在部队伤病员很多，这头驴真的能起很大的作用。他犹犹豫豫地说："可是我们有纪律，借的东西一定要归还……"

团长笑了，说："纪律当然要遵守。咱们不是不还，只是要过一段时间再还，我相信，咱们总有一天会赶走日本鬼子，打回登州的，到时候，再把驴还给人家，好好补偿他一下，你看怎么样？"

张多福想了一下，认真地说："反正我答应人家要亲手把驴还给他！团长，这驴得有人饲养照顾，交给别人我不放心，这一个多月来我也跟它熟识了，以后还是由我照顾吧。"

团长自然一口答应。

从那以后，无论是行军、打仗，还是休息，张多福跟小黑都是形影不离。

此时，抗日战争已经到了最艰苦的阶段，形势越来越严峻。根据八路军总部的命令，张多福所在的部队奉命转入敌后，化整为零，开展敌后游击战。张多福依然把小黑带在身边。

这天，张多福所在的游击分队正在一个叫卧虎沟的山村休整，不知怎么走漏了消息，鬼子纠集人马，气势汹汹地向卧虎沟杀来。

发现敌情后，老百姓和游击队迅速撤离，下地道的下地道，进山的进山。游击队的战士们则全部藏进了半山腰的一个山洞中。

这个山洞是村里的民兵队长进山采药时偶尔发现的，由于所处位置地势陡峭，洞口又被杂草、巨石遮挡着，非常隐蔽，连不少本地人都不知道这儿有这么个山洞。

鬼子进村扑了个空，便开始大规模地搜山。可是搜了个遍，也没发现游击队的踪迹。鬼子不甘心，丧心病狂地放火烧山。

大火从山脚开始烧起，不久后，就烧到了半山腰，火势熊熊，山上的飞禽走兽东奔西窜，大多葬身火海。鬼子们守住下山的道路，观望着冲天大火，嘻嘻哈哈地说笑着。

幸亏游击队藏身的洞口周围多是岩石，可燃之物并不多。大火虽然烧不到洞内，但洞内热浪灼人。战士们大汗淋漓，都光了膀子，尽量躲到山洞深处。可是，浓烟还是从洞口的石缝间蹿入洞内，呛得人止不住要咳嗽。战士们便用尿液浸湿衣襟，捂在口鼻之上，尽量克制忍耐，不敢发出一点动静。

但人咬紧牙关可以忍耐，张多福身边的毛驴小黑却渐渐暴躁起来，开始尥蹶子打喷嚏，要不是套着笼头，早"咳儿咳儿"叫起来了。

见此情景，大家的脸色都变了。鬼子就在洞外不远处，虽然隔着一道火墙，看不到影子，但鬼子的说话声依稀可闻，要是被他们听到这里有动静，后果不堪设想。

小分队的队长姓梁，他见势不妙，当机立断，左臂抱住驴的脖子，右手拔出匕首，一挥，向小黑的脖子抹去。

张多福不及多想，低呼一声"不要！"扑过去，抱住了梁队长的手腕。

梁队长低声喝道："松开手，不杀它，就把咱们暴露了！"

张多福自然明白这个道理，此时此刻，除了杀掉小黑，别无良策。情急之下，他搂紧小黑的脖子，一咬牙，说："队长，你先不要杀小黑。我这就

出去把鬼子引到对面山上去。"说罢，提着枪就要钻出洞去。

梁队长一把拉住他，沉着脸道："你不要命了？漫山遍野全是鬼子，你出去只有死路一条。再说，你现在出去，把洞口也就给暴露了。"

张多福的眼泪流了出来："要不咋办呀？小黑不能死，我答应过它的主人，一定亲手把驴交还给他的呀。"

梁队长皱紧眉头："你怎么这么死心眼？到时候赔钱给他就行了，要不就另买一条驴给他。"

张多福摇摇头，说："借驴的时候，我跟他说咱们八路军有纪律，借的东西一定要归还，如果不还回去，人家会说咱八路军不讲信用的。队长，再等一下吧。"

梁队长看着张多福，又看看其他战士，见大家眼里都有不忍之色，叹口气，说："只能拼一拼了。多福，你抱紧驴嘴，别让它叫唤。"又吩咐大家，"来，大家都过来，按着它，千万别让它弄出动静。"

大伙一拥而上，按身子的按身子，抓腿的抓腿，抱脖子的抱脖子，将小黑牢牢按在地上。小黑自然不肯就范，拼命挣扎，闹出了一连串动静，声音虽然不大，但听在众人耳里，仍是惊心动魄。情急之下，张多福跪在地上，将嘴唇贴在小黑的额头上，轻轻地摩擦着。奇迹出现了，小黑的眼里

滚出一滴泪，似乎明白了主人的心意，竟然渐渐地安静下来。

梁队长这才松了一口气，他担心大火熄灭后，鬼子还要上来搜山，就将匕首交到一个战士手里，自己趴在洞口，密切观察外面的动静。他心里打定主意，如果鬼子搜山，就必须杀掉小黑，除掉隐患。

大火过后，鬼子果然散开队形，踏着灰烬，开始往上搜索起来，眼看一步步接近洞口了。

梁队长的心提了起来。小黑的四肢虽然不能动弹，但粗重的喘息声却难遮挡。事不宜迟，必须马上动手了。他不敢再犹豫，冲身后做了个手势，立刻，持匕首的战士举起了匕首。

张多福紧紧闭上了眼睛，大颗大颗的泪水滑落。这一次，他没有阻拦，毕竟，一条驴即使再重要，和躲在洞里的十几条人命相比，也是微不足道的。

就在这时，"叭叭"，对面山上突然传来两声枪响。

众人一震，那柄匕首也停在了半空。

接着，外面的枪声响成一片，鬼子们在兴奋地喊着："八路，八路游击队在对面山上。"纷纷掉转头，一窝蜂地冲下山，向对面山上跑去。

事后得知，是卧虎沟的民兵队长带着两个民兵躲在对面山上，他们远远看到鬼子在一步步接近游击队藏身的山洞，危急关头，他们不顾自身安危，开枪将鬼子吸引了过去。

3. 送 驴

游击队脱险后，梁队长考虑到此时小黑留在队伍里不但没有什么作用，反而成了累赘，于是，他就建议张多福暂时将小黑寄养到老百姓家里，等形势好转后，再把它领回来。

张多福舍不得，但心里明白，梁队长的决定是正确的。只得同意将小黑暂时寄养在老百姓家里。

小黑不在身边，张多福怕它出什么意外，天天为它担心。小黑一日不还回去，他的心就像压着一块巨大的石头，一日不得轻松。张多福连做梦都想尽早把小黑归还给刘瘸子，实现自己的诺言。

机会来了。这天，游击队接到上级命令，北上到大青山一带跟另一支游击队会合作战。大青山是张多福的老家，那里距离登州不过二百公里路程。

出发时，张多福到老乡家里领回小黑，老乡告诉他一件好事：小黑已经怀孕了，有三个多月了呢。这个喜讯着实让张多福高兴了好一阵，也使他更细心照料小黑了。

部队北上。到达大青山后，张多福找到梁队长，再次请求前往登州还驴。张多福很有把握地说："梁队长，我是本地人，我知道一条小路，可以绕过鬼子的封锁线。"

梁队长听他仔细一说，觉得可行，就同意他快去快回。临行前，梁队长特意嘱咐："说一千道一万，驴的命再要紧，也不如你自己的命要紧。要是碰到什么危险情况，人第一，驴第二，你明不明白？"他补充道："这是命令，你小子必须记在心里。"

张多福点头答应。第二天，他便装扮成一个贩运药材的小贩，牵着驴上了路。

张多福不敢走大路，一路翻山越岭，尽量避开城镇，避开鬼子的据点、岗楼。

一天中午时分，张多福经过顺河县城。此地盛产煤炭，鬼子在这里驻扎重兵，大肆掠夺。张多福不敢穿城过去，顺着小路绕城而行，不料，翻过一道土坡后，他忽然发现前面一个小小的三岔路口处，竟然有日本兵在设卡检查。他注意到，鬼子已经抓了不少人，集中在旁边的一块空地上。

张多福见形势不妙，赶紧牵着驴拐入路边的庄稼地中。不料，已经迟了，一个鬼子发现

了他，吆喝一声，几个伪军就端着枪追过来，边追边喊："站住，再跑就开枪了。"

"啪！"一颗子弹贴着张多福的头皮飞过去，张多福见跑不脱了，佯装害怕，"哎唷"一声蹲在地上，抱着头瑟瑟发抖。

伪军冲过来，盘问道："干什么的？想跑？是不是八路的探子？"

张多福双手乱摆，结结巴巴地道："老、老……老总，我是来收药材的，看到日本人，怕他们没收我的药材，所以想躲一躲。老总，饶命啊……"

伪军乐了："看你这个熊样，也不像是八路的探子，好了，起来，跟我们走。"

伪军将张多福押到哨卡，向鬼子报告道："太君，抓到一个壮劳力，还

有一头毛驴，这毛驴能顶好几个壮劳力呢。"

"幺西。"鬼子看了看张多福，又看看驴，点点头，将手一摆，那伪军立马一推张多福"去，牵着你的驴到那边集合去，老老实实等着。"

张多福赔着笑脸，问："老总，日本人要那么多人干什么？"

那伪军看了他一眼，"嘿嘿"笑道："当矿工，下煤窑挖煤。"

张多福的心顿时沉了下去，看来，自己是被鬼子抓差了。幸好毛驴还在身边，现在只能走一步是一步了，以后再找机会逃吧。

但是，等到了煤矿，张多福看到围在四周的层层电网，以及高高的炮楼，还有炮楼上荷枪实弹的鬼子兵，他才明白，鬼子的这座煤矿竟然比监狱的戒备还要森严！

张多福后来知道，鬼子管理得这么严格，是因为矿工中除了被抓来的民工外，还有许多战俘。日本兵将煤矿改建成战俘集中营，逼迫战俘们下井挖煤，充当劳工。

另外，最近日寇的侵略战线拉长，物资紧张，为此新增加了不少煤窑。为了解决劳工短缺的问题，他们就采用抓捕手段，将普通百姓弄到煤矿充当廉价劳工。张多福就是碰上鬼子设卡抓劳工，不幸被抓了进来。

张多福沾了小黑的光，没有做最苦最累的采煤的活儿，他负责牵着小黑，将煤从井下驮运到地面。

在这里，张多福遇到了一个熟人，就是当初跟他一起借驴的刘二贵。刘二贵是一名八路军战俘，已在这里关了一年多时间。

这天在井下，张多福正好去刘二贵挖煤的坑洞里装煤，四下无人，两人就互诉别来之情。

刘二贵听说张多福此次回登州只是为了还驴，惊讶得张大嘴巴，半天没有合上。他听张多福说完经过，连连摇头："你太冲动了，一头小毛驴，不值得你冒这么大的险。"虽然他从心里不赞成张多福的做法，但对他重信守诺的行为，却不能不佩服。

刘二贵告诉他说："这里说是煤矿，其实就是监狱，鬼子对我这样的战俘，看管得极严，而对你们这些抓来的劳工，相对宽松一些，你不暴露你的身份，行动可以方便一点。"

张多福从被抓起，就天天想着如何逃出去，他问二贵："难道我们只能在这里老老实实等死吗？你们在这里关了这么长时间，就没想过逃出去？"

二贵苦笑一下，说："鬼子看管得太严了，你也看到了，煤矿四周围了三层电网，鬼子的巡逻队不分昼夜地巡逻，连只苍蝇也别想飞出去。"

张多福问："那能不能在井下挖地道逃出去？"

二贵摇摇头，说："鬼子早有防

备，井下一天二十四小时都有监工巡查监视，稍有异常，就会被他们发现。"

张多福想了半天，说："要是上下井鬼子不点人数就好了，咱就可以留一个人在地下，藏在监工看不到的地方，偷偷挖地道。"

二贵说："其实这个方案我们也想过。上个月，左面那条巷道出煤不多，鬼子废弃不用了。当时我们算计过，从这条巷道的尽头斜着往上挖一条地道，出口就会在鬼子的封锁范围之外。于是，我们就打算在这条巷道伪装一起塌方事故，将两个战友藏在里面，让他俩秘密挖地道。"

张多福一吓："那会不会憋死呀？"

二贵说："当然不会，我们会提前留好通气口。"

张多福很是兴奋，问："好主意啊，那你们为什么不做？是怕鬼子发现他俩吗？"

二贵说："那倒不是，鬼子肯定会以为他俩死在里面了。鬼子的眼里只有煤，根本不把矿工的安全当回事，几乎每天都有事故发生。塌方埋掉几个矿工，在鬼子眼里稀松平常，不会怀疑。"

张多福接了句："那就照这法子干呀。"

二贵接着说："但是，最难以解决的就是食物和水，挖这条地道多则一

月，少也得一二十天，两个人藏在里面那么多天，吃什么，喝什么？鬼子管得紧，矿工下井，除了领一盏矿灯，什么东西都不许带，别说没有吃的东西，就是有，也绝对带不下来。"

张多福不由泄了气，是呀，吃喝问题解决不了，这个方案就绝难实现，看来，想要逃出去，还得另想办法。

4. 用 驴

张多福和二贵正商量着，一个监工远远地用矿灯照过来，呵斥道："喂，你们两个，赶快干活！"

两人赶紧站起来，张多福在小黑身上拍了一巴掌"小黑，走吧。驾！"

话音刚落，他忽听到身边二贵的呼吸突然急促起来，似乎激动不已。等监工走开，二贵几步追上张多福，兴奋地说："多福，我想到一个好主意，可以解决吃的问题了！"

张多福大喜，忙问："什么主意？"

黑暗中，二贵的眼睛闪闪发光："多福，咱们现在有小黑了呀。"

张多福一呆，不明白他是什么意思。

二贵说："咱们安排事故的时候，把小黑也埋在里面，它这身肉，足够两人吃个十天半个月的。"

张多福浑身一紧，想都没想，脱

口道:"不行,绝对不能这样做,小黑我要还给你哥呢。"

二贵说:"张多福,你再想想,是井下几十条人命重要,还是一头驴重要?你是八路军战士,这点觉悟都没有?"

张多福刚想开口,二贵的声音严肃起来:"多福,你还是战士吧?我可是排长了,咱们军纪第一条就是一切行动听指挥,你必须服从命令。"

张多福一呆,呼吸粗重起来,结结巴巴地争辩说:"我……我……可军纪里也有一条,借了东西一定要归还呀,小黑是我借的,我不能让人说咱八路军不讲信用。"

二贵略一沉吟,轻松地说:"这个好办,驴是我哥的,将来我就跟他说你把驴还给我了,这不就成了?"

张多福还没有转过弯来,却突然想起一事:"可光吃驴肉也不行呀,水怎么解决?"

二贵一怔,刚才光顾高兴了,竟然把水的问题给忘了。要知道,水对人的重要性不亚于食物。刹那间,满怀希望破灭,就像一盆凉水兜头浇下……

张多福暗暗松了一口气,不过,见刘二贵失望不已的样子,他心中不忍,安慰说:"咱们另想办法吧。"

说完,整了整小黑背上驮煤的架子,爱怜地抚了抚小黑微微隆起的圆肚子,突然他想到了一件事,转身对刘二贵说:"我有办法解决食物和水了。"

刘二贵不相信地问:"你有什么主意?"

张多福说:"小黑现在已怀孕五个多月了。再过五六个月,小黑就能把吃的喝的带到井下去了。"

二贵听得稀里糊涂,纳闷地问:"你到底什么意思?"

张多福笑嘻嘻地说:"等小黑做了妈妈,身上就有奶水了啊。"

二贵这才明白过来,是啊,驴奶可是好东西,又管饱又解渴,小黑每天都要下井,到时候只要挤下奶,再想办法交给躲在下面挖地道的战友,吃喝就全解决了。二贵狂喜不已,一把抱住张多福"太好了,你小子太聪明了。"

五个多月一晃过去了,小黑终于做了妈妈了。条件已经成熟,二贵和张多福他们事不宜迟,立刻按计划行动。在等待的日子里,他们反复研究,对行动的每一个步骤、每一个细节都设想了千百次,对可能出现的任何问题都做了周密细致的准备,整个行动计划力求完美无缺。

一切都按计划顺利地进行,二十天后,大功告成,一条通往自由的地道挖到了地面。

这天,矿工们下井后,杀死了日本监工,然后一齐动手,挖通坍塌的巷道，露出了地道口，然后，一个接一个，进入了地道。

因为怕外面的鬼子发现异常，在大家逃生的时候，张多福牵着小黑，一趟一趟地继续往井上运煤。

最后，当张多福再次回到井下，里面只剩下二贵一人了。二贵是在等张多福，并负责点燃导火索，引爆炸药。那些炸药是大家偷偷积攒的，数量并不大，但足以炸塌这条巷道，掩盖住地道口。他见到张多福回来了，催促说："大家都出去了，咱们快进地道吧。"

张多福看着地道口，没有动弹，低声问："小黑咋办呀？"地道非常狭窄，仅能容一人矮身爬行通过，小黑根本出不去。

二贵说："顾不上它了。快走吧，鬼子很快就会发现了。"

张多福双手搂着小黑的脖子，依依不舍，片刻后，他抬起头，眼里闪着泪花，对二贵说："你先上去吧，我再跟小黑呆一会儿。"

二贵心急如焚："别婆婆妈妈了，我要点火了。"他怕张多福再啰嗦，就点燃了地上的衣服，这些衣服连接起来被当作导火索用，衣服的另一端，就是雷管、炸药。

衣服上沾满了煤灰煤面，一见火，立马噼啪作响，燃烧的速度非常快。

二贵催促说："几分钟后就要爆炸了。快，你跟上我。"说完，他率先钻进了地道，向外爬去。一路上，他不敢停顿，手脚并用，等他爬出地道，却发现，张多福却并没有跟出来。

井下，张多福看到二贵钻进了地道，心中犹豫不决，他不想死，可也不愿意扔下小黑独自逃生，即使抛去自己跟小黑之间的感情，小黑也不能死，因为他还没有完成诺言，把小黑还给刘瘸子呢。

他心怀侥幸，也许，这次留下来，以后还会找到跟小黑一起逃出去的机会。想到这里，张多福一咬牙，掉转头，拉着小黑就往井口方向奔去……

地面上，二贵盯着地道口，望眼

欲穿。突然，脚下一阵剧烈晃动，那是下面的炸药被引爆了。

二贵胸口猛地一疼，他知道，不必等了，张多福不会出来了。

5.还 驴

1944年秋天，抗日战争进入了战略反攻阶段，八路军解放了登州，建立了民主政权。其时，城外凤凰山摩天岭上盘踞着悍匪刘瘸子一伙，占山为王。为此，八路军派出一个营的兵力进山围剿。

凤凰山共有三十二峰一十八岭，其中，以摩天岭最为险峻，岭上到处是悬崖峭壁，怪石林立，嵯峨陡峭，易守难攻。

刘匪一帮虽然不过百人之众，凭借着这狭关险隘，盘踞固守，与八路军对峙着，拒不投降。战斗打了三天，依然没有攻下来。

营长罗山虎见强攻不成，打算围而不攻，将刘匪困死在山顶之上。但是，从下山投降过来的匪兵口里得知，山上不仅弹药充足，而且，吃的、用的、穿的，也是一应俱全，储备充足，足可支持一年以上。

罗山虎气得骂了一声"妈的，这个刘瘸子，也算是个人物！"他从当地人口中，了解到刘瘸子的历史。

匪首刘瘸子，本名刘大贵，他虽然瘸了一条腿，但足智多谋，凶狠狡

诈。刘大贵本是登州城外刘家庄的一个农户，日本人入侵登州那年，他受战争所累，多年积攒的家产化为乌有，连房子都被日本人烧为灰烬。一贫如洗的刘大贵无路可走，投奔了盘踞在凤凰山上的一股土匪。

刘大贵遭此变故，性格大变，变得心狠手辣。他信奉武力，觉得手中有枪便不会被人欺负。刘大贵上山入伙两年后，匪帮大掌柜去世，他便被众匪奉为首领。

刘大贵痛恨日本人，在日寇占领登州期间，他打过鬼子，杀过汉奸。为此，前些日子，国民党派人找到刘瘸子，将他捧为抗日英雄，意欲招安，却被刘瘸子痛骂一顿，说国民党与他有抢马之仇，决不合作。

这一次，八路军剿匪之前，也曾派人上山劝降，承诺对方如果投降，只要不是罪大恶极，均可不念旧恶，宽大处理。刘瘸子却一口回绝，说他对共产党的承诺，以前就领教过，绝对不会相信。而且，当年，共产党与他有夺驴之恨。

罗山虎心中纳闷，那"夺驴之恨"，到底又是怎么回事？

事情有了转机。这天，罗山虎正在为打破僵局苦思良策，忽闻一阵马蹄声，顺着山间小道，一人两骑来到摩天岭下。人是一名八路军战士，而那两骑，一骑是他胯下的骏马，另一骑却是一头黑驴。这人是兄弟部队的

一位连长，这里剿匪遇到困难，特意赶来帮忙。

罗山虎有些不大痛快，心里说：谁说我遇到困难了？老子谁也不用帮，照样拿得下摩天岭。

对方一笑，说："我姓刘，叫刘二贵，山上的匪首刘大贵，是我大哥。"

罗山虎一怔，这才明白上级派他来的用意。他当即派人向山上喊话，说刘二贵想见他大哥刘大贵。

不一会儿，山上传下话来："掌柜的说了，他没有弟弟，不见。"

刘二贵脸上露出一丝苦笑，看来，哥还在为当年"借"驴的事情怨恨他。二贵从自己的马背上解下一个包袱，拎在手里，另一手牵着黑驴，走到岭下空地后，他站住，解下佩枪，冲山上大声喊道："哥，我上来了。"一人一驴，往山上攀登而上。

走到半山腰，一声枪响，子弹打在二贵脚下的石头上，火花四溅。

二贵停下脚步，举起手里的包袱，朗声说道："去告诉你们掌柜的，就说当年借驴的八路还驴来了。"

等了一会儿，上面传来一声吆喝："上来吧。"

刘二贵又往前走了几十米，一名土匪从石头后闪身出来，搜了刘二贵的身后，用眼罩蒙上他的眼睛，押着他，七绕八拐，进入一个巨大的山洞。

摘下眼罩后，刘二贵一眼看到了自己的哥哥。相隔五年，哥哥的外貌变化不是很大，只是脸上多了一股凶悍暴戾之气。亲人相见，二贵心中激荡，喉头哽咽，喊道："大哥……"

刘瘸子眼睛里闪过一丝温情，但一闪即过，他冰冷地说："二贵，你如果是上来劝降的，我劝你不要开口，对共产党的话，我不会相信。"

刘二贵激动的心情平复下来，淡淡地说："我不是来劝降的，只是替当初的那个八路军战士来实践诺言的，他答应你会亲手把小黑还给你，现在，我把小黑带回来了。"

刘瘸子用眼角扫了扫洞口的驴，哼了一声："你以为这样说我就相信

了？既然是亲手还给我，那我问你，他人在哪里？"

刘二贵举起手中的包袱："在这里！他……他为了回来还驴，把自己的命都丢了。"

接下来，二贵就把张多福还驴的事情从头说了一遍。刘瘸子听完，愕了半晌，半信半疑地问："你是说，在日本人的那个煤窑里，他本来有机会逃出来，就是因为小黑，他自己放弃了？"

刘二贵点点头："是的，他不肯丢下小黑，就是为了当初对你的承诺，想着有朝一日还能亲手把驴还给你。"

刘瘸子久久没有说话，他低垂着头，眼前浮现出张多福那张带着稚气的脸，耳边似乎又听到了他的话"我向你保证，这驴我一定会亲手还给你。"

良久，刘瘸子叹息一声，问弟弟："他就是那一次死在煤窑里的？"

"他没有死在井下。前些日子，我们打下了那座煤矿，从矿上其他人嘴里得知，那一次，他和小黑都从井下活着出来了，后来鬼子查到井下的矿工是挖地道逃走的。为了杀一儆百，鬼子就残忍地将张多福杀害了，而小黑，却由其他矿工照看着活了下来。"

刘二贵说完，将包着张多福遗骨的包袱轻轻放在地上，对着它立正，敬礼，一字一句地说道："多福，你的心愿我给你完成了，我们共产党有纪必遵，言出必行，现在物归原主，你可以安息了。"

他又抬起头，看着哥哥，说"哥，我下山去了，你好好保重。"

刘瘸子没有说话，他神情恍惚，目光迟滞，也不知道在想些什么。

刘二贵迈步下山，还没走到半山腰，忽听到身后人声喧哗。他回头一看，只见土匪们纷纷扔掉枪支，高举双手往山下跑来，嘴里喊着："不打了，不打了！投降了！"

刘二贵心中一喜，忙拦住一人："怎么不打了？"那土匪高兴地说："掌柜的说了，共产党言出必行，可以信赖，大家的命能保住，还打个啥劲？不打了，投降了！"说着，一溜烟跑下去了。

刘二贵心中激动，急忙冲着人群喊："你们大掌柜呢？"

一个土匪回答："大掌柜说，他罪孽深重，没有必要下山了。"

刘二贵心中一颤，他慌忙掉转身，迎着下山的人流，飞奔上山。但是，等他气喘吁吁地赶到山洞，已不见哥哥的影子。

二贵慌忙跑出山洞，高声喊着："哥，大哥——"群山回荡，没有人回答他，回答他的，是一声清脆的枪响。

"叭——"

刘二贵的眼泪"刷"地流了下来。

（题图、插图：杨宏富）

·开卷故事·

冤死的
话务员

　　——战中期，妄图统治世界的希特勒气焰正盛，罪恶的魔爪不断伸长。在战争中，德军利用无线电通讯进行联络的作用日显重要，前线报告战果、下达命令，大都由话务员通过无线电台来完成。

　　一天，德军某军团司令部的无线电台工作室里一片嘈杂，呼叫声和机器的运转声交织在一起，显得特别忙乱，话务员波诺克也忙得不可开交。

　　这时，军团参谋长匆忙进来，要求波诺克立刻把一封特急电文发出去，电文的内容是命令前线师团部队迅速从阵地上撤退。

　　波诺克赶紧调好电台，准备发报。可就在这时，无线电耳机里却一点声音也没有了。

　　"哎呀！耳机怎么变成哑巴了？"波诺克反复与对方联系，可仍然毫无音讯。他又急忙检查仪器，可仪器运行十分正常。

　　耳机里没有一点声音，命令就无法下达。波诺克心急如焚，不断改变着频率，声嘶力竭地呼叫着，但还是没有收到半点响声。时间一分一秒地过去了，波诺克与前线的德军始终未能联系上。

　　再说前线德军因为失去了与军团司令部的联系，不知道下一步的战役布置，未能及时撤退，结果成了盟军的瓮中之鳖，整个师团全部被歼。

　　这次战役以德军的失败而告终，希特勒的嚣张气焰受到了一次狠狠的打击。话务员波诺克被德国军事法庭以渎职罪判处死刑，临死他还是不明白，那天到底出了什么事。

　　后来调查发现，这次事件并非话务员的失职，而是太阳开了一个玩笑。

　　原来，波诺克正要发报时，突然发生了猛烈的太阳耀斑爆发。耀斑爆

发能发出很强的射电，这些射电扰乱了地球大气电离层，这样一来，无线通讯就受到骚扰，甚至中断。这就是造成波诺克无法发出电报的真正原因。

有道是，天有不测风云，有如此天兵神助，德军的电报哪能发出去呢？

（推荐者：李建文）

关键词：太阳耀斑

拍照的学问

有个摄影师，给大会拍集体照有些年头了。

照着照着他就发现了这样一个问题：开会的人大多有些上了年纪，一排排坐着、站着，时间稍长不免犯困，即使不是闭目养神，也不时会眨眼睛。

几十人，甚至上百人，"咔嚓"一声照下来，有的睁眼，有的闭眼。闭眼的人看见照片，自然不高兴，心说：我大部分的时间都睁着眼，你为什么偏偏挑我最没精打采的时候？这不是歪曲形象吗？

就拍照而言，形象是头等大事，全靠后期修片也难。于是摄影师便喊："一、二、三！"但很多人往往坚持了老半天，却恰巧在"三"字上前功尽弃，上眼皮找到下眼皮，又是做闭目状，真难办啊。

这位摄影师灵机一动，想出了个办法，结果大获成功。他请所有与会者全闭上眼，听他的口令，同样是喊"一、二、三"，但喊"三"字时一齐睁开眼睛。

果然，照片冲洗出来一看，一个闭眼的也没有，全都显得神采奕奕，比本人平时更有精神，真是皆大欢喜。

生活中的很多难题，其实只要你换一个思路，都可以迎刃而解。

（推荐者：小　鱼）

关键词：拍　照

根据〔俄〕作家维·科卢帕耶夫的小说《卖报姑娘》改编

□ 高席生 改编

明天的报纸

个阴冷的冬天，工程师叶戈罗夫从莫斯科赶到圣彼德堡参加全国无线电波传播会议。为了不至于听某些无聊的发言而浪费时间，他决定买份报纸带到会场上看。

叶戈罗夫来到一个售报亭前，叩了叩报亭的小窗，一个年轻的姑娘将窗子打开了，她叫卡佳。叶戈罗夫望着卡佳的脸不禁一怔：这姑娘怎么有点似曾相识？

而卡佳看到叶戈罗夫也是一愣，又见他嘴唇冻得发紫，便连忙热情地招呼他进报亭来暖暖身子。叶戈罗夫走进报亭，和卡佳聊了一会儿，觉得暖和多了，便站起身，说要赶去开会。

卡佳笑着说"您急什么，还早着呢，想赶去挨批吗？"叶戈罗夫一

惊："什么？赶着去挨批？这话是什么意思？"

卡佳"扑哧"一笑，递给叶戈罗夫一张报纸说："你看报上就是这样写的，你将在今天的会议上挨批，被大家称为空想家。"

叶戈罗夫拿过报纸一看，只见那上面写道：12月24日下午1点，全国无线电波传播会议在圣彼德堡电机厂俱乐部正式开幕……

叶戈罗夫一下子被弄糊涂了，心想：现在才24日中午11点，会议要在两小时后才开幕，这到底是怎么一回事啊？

见叶戈罗夫满脸惊疑不解，卡佳便告诉他，她卖的是明天的报纸。叶戈罗夫又是一惊，急忙把报纸翻过来

一看，竟是25日的《红旗报》。这简直令人难以置信！

叶戈罗夫想：假如我不去参加会议呢？但卡佳好像猜透了他的心思，笑眯眯地告诉他，一切都不可能改变。

叶戈罗夫将信将疑，他和卡佳约好，等开完会再来报亭，看事情的发展是不是真如报上所说。然后，他就急匆匆地赶往会场。

傍晚时分，叶戈罗夫如约来到报亭。卡佳狡黠地微笑着问他会开得怎样。叶戈罗夫沮丧地说："唉！挨批了。"接着他便禁不住好奇地问，"你这报纸是从哪儿来的？"

卡佳说是直接从报社印刷厂拿的。叶戈罗夫又问："为什么会有明天的报纸？"

卡佳回答说，也有当天的，但印刷厂送来的各种报纸日期和消息不完全相同，一般情况下，她只挑明天的报纸出售。

叶戈罗夫问："那你怎么知道上面的消息都是真的？难道你具有预知未来的能力？"

卡佳神秘地一笑说："我也说不上来，但凡是我挑中的，那上面的消息大都会变成现实。"叶戈罗夫目瞪口呆，就像在听天方夜谭。

第二天一大早，叶戈罗夫急匆匆地赶往会场，路过报亭时，他情不自禁地想起了那谜一样的姑娘，和她出售的那些奇怪的报纸。他走近报亭前，发现报亭的小窗还未打开，便大声叫着卡佳的名字，却没有听到回答，这时从里面传出一阵轻微的搓揉报纸的沙沙声。

叶戈罗夫推门进去，发现卡佳正在挑选那些刚刚送来还散发着油墨味的报纸，她的脸色十分难看，好像正为什么事情而难过。

叶戈罗夫急忙问她是不是出了什么事。卡佳一见他，忙把手中一张搓成一团的报纸扔到桌底下，说："你来得正好，今天中午11点钟韦尔希宁大街幼儿园要发生火灾！"

叶戈罗夫大吃一惊："你是怎么知道的？"卡佳没有回答，而是从报纸堆中抽出一张，朝他扬了扬手。

叶戈罗夫本来不信，可昨天发生的事，由不得他怀疑。他刚想从卡佳手上拿过那份报纸，卡佳却忙把手一缩，把报纸放在桌子上说："不用看了，我们快到幼儿园去，救人要紧。"说着，就急匆匆地冲出了报亭。

叶戈罗夫也顾不上开会了，跟在卡佳的后面，两人跑步来到韦尔希宁大街幼儿园。

这是一幢新建的两层楼房，一切都很正常，丝毫没有要着火的迹象。他们走进楼里的时候，孩子们正坐在餐厅里准备吃饭。

卡佳向两个正在忙碌的保育员招手示意。其中一个走过来问有什么事。卡佳告诉她11点钟左右这幢房子要发生火灾，保育员一脸不相信，转身就走。

叶戈罗夫便往消防队挂电话。对方认真地询问起火时间。叶戈罗夫告诉他："这个，暂时还没有着火，但11点钟会着的。"对方认为他在开玩笑，不满地挂了电话。

这时，幼儿园主任来了，当她得知叶戈罗夫和卡佳的来意后，虽说心里有些疑虑，但还是命人迅速把孩子们转移，并叫清洁工去把灭火器提来。卡佳请保育员赶紧给孩子们穿衣服，可她们仍旧不太相信，动作犹犹豫豫的。

谁知就在清洁工提了两只灭火器跑进来的时候，一股浓烟涌进了楼道。冻住了的灭火器起不了多大作用，木板很快烧了起来。幸好大多数孩子已经被转移到了安全地带。20分钟后，消防车来了。消防队员刚一冲进楼道，只听"轰隆"一声巨响，楼道的木隔板被大火烧得坍塌下来。

这时，叶戈罗夫和卡佳正领着最后一批孩子转移，他们见状，同时冲上前去，想托住坍塌下来的木隔板。但卡佳却把叶戈罗夫猛地一推，大声命令他到室外的窗台上去接孩子。

所有的孩子都得救了，但卡佳却没来得及跑开，着了火的木隔板把她紧紧压在了下面……

叶戈罗夫坐在疾驰的救护车里，紧紧握着卡佳冰凉的手，回想着两天来发生的一连串的奇事，不禁眼眶发红，心头发颤，手心渗出一层冷汗。

卡佳送上手术台不久，便永远地闭上了双眼。但她的嘴角却挂着一丝微笑，无影灯照射着她那年轻的脸庞，折射出一抹圣洁的光芒。

叶戈罗夫最后看了卡佳一眼。走出医院时，他脚步蹒跚，脑子里一片混沌。不知不觉中，他又来到了卡佳的报亭前。当时由于情况紧急，他和卡佳竟忘了将门锁上。

叶戈罗夫轻轻推开那扇虚掩的小门，一走进去，便看见了卡佳出门时放在桌上的那张报纸。他拿起报纸，立刻在事故栏里读到了一则简讯，上面写道：昨天中午11点，韦尔希宁大街幼儿园由于电路故障而发生火灾。

说话千万别着急

人们说话时，有时是心不在焉，有时是慌不择言，产生了一些有趣的口误……

◆ 向女同事借钱，原打算说取了钱就还她，结果说成了"等我有了钱就取你"。

◆ 语文课上，老师开口就说："请同学们把书翻到120块钱。"

◆ 好友结婚，塞给他红包。好友客气地说："不用了。""那哪行，一年就一次，快拿着。"

◆ 去面包房，想买两个黄梨派和一个蛋塔，便对着店员说："给我来两个黄鹂鸣蛋塔。"

◆ 家里闹耗子，奶奶买来了耗子药，撒在四周的墙角。第二天大清早，奶奶看着墙角的耗子药，自言自语道："这药怎么就没有人吃啊？"

◆ 大热天打麻将，突然停电了，只好买了蜡烛继续战斗。过了半个小时，一哥们实在受不了："还是开电风扇吧，热死了。"另一人赶紧接口道："不能开，开了会把蜡烛吹灭的。"

◆ 在公司，接到制衣公司的推销电话，冲对方喊了一句："不用了，我们公司统一不着装！"

◆ 爸爸看儿子写作业，发现有个很简单的字写错了，便冲着妈妈说："我发现你儿子很笨。"妈妈急了，大声反驳道："你儿子才笨呢！"

◆ 刚搬进新房，进小区时保安总会查问。本来想说"我是业主"，不想脱口而出一句"我是楼主"。

（推荐者：张志国）

在抢救孩子的过程中，见义勇为的市民卡佳·斯米尔诺娃牺牲了。

叶戈罗夫看完后难过地低下头来。可就在他低头的一瞬间，突然瞥见桌子底下有一张被揉皱了的报纸，他猛然想起好像听到过卡佳搓揉报纸的声音。叶戈罗夫急忙把报纸打开一看，原来这也是一张明天的报纸，也有关于这场火灾的报道，但上面说的牺牲者不是卡佳，而是他——德米特里·叶戈罗夫。

叶戈罗夫呆了几秒钟，但紧接着他就明白过来了：原来卡佳在他未到报亭之前，就已看过这两张内容截然相反的报纸。在木隔板被大火烧得坍塌的一刻，卡佳那义无反顾地一推，就把生的希望留给了他，而她自己却选择了牺牲。

顿时，叶戈罗夫的太阳穴"咚咚咚"地跳了起来，报纸从手中滑落到地上，接着大颗大颗的泪珠从他眼眶里奔涌而出，滴到那张报纸上，发出"吧哒吧哒"的声响……

（题图、插图：佐 夫）

逮住一辆冒牌车

□ 胡忠军

这天，大刘借了朋友的面包车兜风。正转悠呢，忽然发现了情况：一辆红色面包车，竟然和自己开的车牌号一模一样，都是"1235"。

大刘早就听说过，现在有些人为了逃避交警的处罚，故意冒用别人的车号。大刘一时火气上来了，就紧跟

了上去，红面包似乎发现了有人跟踪，越开越快，还七拐八拐的。不过，大刘是老师傅了，这点事哪能难得住他？

跟了一会儿，红面包出了市中心，直奔高速公路。大刘也跟着上了高速公路，一直跟了一百多公里，红面包在一个匝道下了高速，开进了一个小县城。在一个建材市场停下，车主下来买好东西后，又开车原路回到了市里。大刘暗想：好啊，你小子给我摆迷魂阵呢。

就这样，大刘连续跟踪了三个多小时，连加油钱带高速通行费，足足花掉了两百多块钱。不过，令他高兴的是，工夫没有白费，红面包在郊区的一处独院前停下。终于找到老窝了，大刘立即拨打了报警电话。

不大一会儿，一辆警车开来了。几名交警向大刘问明情况后，要去了他的驾照，然后敲开了大院的门。

又过了一会儿，交警从院里出来了，对大刘说："把车钥匙交出来吧！"

大刘交出钥匙，奇怪地问道："要我的车钥匙干啥？冒牌车抓到了吗？"

交警笑了笑，说道"抓到了，我现在正式通知你，你的车已经被扣留了，跟我走一趟吧！"

大刘一听，顿时目瞪口呆：天哪，原来朋友开的才是冒牌车！

逃避骚扰

□李 平

方双环是个年轻的富婆，特别注重打扮，可一身赘肉，让她苦不堪言。她听说游泳是减肥的好方法，便乐颠颠地跑到一家游泳馆报了名，开始学起了游泳。

可才没几天，她就打起了退堂鼓，丈夫问她为什么？她扭捏了半天，说："老公，人家害怕嘛！"丈夫觉得很纳闷："你怕什么呀？不是有

教练保护吗？"

方双环娇声娇气地说："傻瓜！人家怕的是教练嘛！这教练全是男的，每天挨挨擦擦的，多羞人呀！特别是他们看我那眼神，全都怪怪的。"

于是，丈夫在附近又给方双环找了一家游泳馆，对她说："老婆，这下你放心去练吧，清一色的女教练，不怕被骚扰了！"

可没想到，方双环去了没一个星期，就又不去了。

她还气呼呼地说："我烦的就是那些女教练，简直太可恶了！心思都用在男学员身上了，那个腻劲儿，可看到我这女学员就恶声恶气，应付了事。一样花钱，两样待遇，你说这地方我还能去吗？！"

丈夫听了，说："没关系，咱可以再换一家嘛。"谁知一连换了许多地方，方双环都说不好。

这天，丈夫在一家新开的游泳馆为方双环买了月票，还专门用车把她送到门口。方双环下了车，回头给了丈夫一个飞吻，扭扭搭搭地进去了。

丈夫刚要上车，就听"砰"的一声，游泳馆的门被撞开，一群身着泳装的男人慌慌张张地跑了出来，方双环丈夫忙过去打听出了什么事。

一个小伙子用手往馆内一指，说："你没见刚才进去的那个胖女人吗？在很多游泳馆都遇到过她，大家都被她骚扰怕了！"

·幽默世界·

谁最抠

□ 逄坤煜

刘老抠得了轻微脑血栓，右手的五指都并不拢了，儿子刘三就把他接到城里来住。

刘老抠一到，儿子家的生活水平顿时倒退七十年。儿媳妇实在受不了了，领着孙子回娘家了。

这天，刘老抠跟楼道里的声控灯干上了，他觉得这灯胆子太小，有点动静就亮，他就把灯泡给摘了。

这么一来，邻居不乐意了，刘三忙说："爹啊，这楼道里的灯每层一个，电费不是咱一家交，大家平摊的。"

刘老抠把眼睛一瞪："啥？你住一楼的跟他们平摊？"刘老抠一琢磨，咱的钱也不能白交。他就找来两块木板替代不能拍巴掌的手，一边爬楼一边打板，规定自己每天上下十趟。

这天，刘老抠从二楼下来，没走几步"咕咚"一声栽倒在门口。

等他醒来的时候，发现自己躺在医院里，闺女刘巧姐在身边抹泪呢。刘巧姐说："爹啊，都是我弟不好，你咋累成这样？"刘老抠看看儿子不在，便问："你弟呢？"刘巧姐道："他看你拿着木板从楼上下来，以为你被人打了，就去找人理论，说着说着打起来了，现在正在派出所呢。"

到了晚上，儿子刘三气呼呼地找到病房，问刘巧姐："姐，你干啥害我？"原来警察把事情调查清楚了，刘三原来下午就能出来，可刘巧姐不知哪根筋搭错了，对着警察说："我这弟弟不孝顺啊，对我爹非打即骂，这样的人真得多关他几天！"

刘老抠一听也懵了，就问刘巧姐："闺女，你这唱的是哪出啊？"

刘巧姐说："爹啊，你忘啦？去年你女婿推了我一把，被我添油加醋地一说，结果我硬是在村妇女主任家里白吃白住了三天呢。弟弟好歹进一趟局子，怎么着也得多混几顿饭吧！"

带鱼的菜

□ 李大勇

这天，大家为新来的林局长举行接风宴。张主任拿着菜谱请林局长点菜，林局长一再推辞，张主任一看这情形，便说："林局，要么这样吧，我帮您把菜点了，但请您拿主意点个带鱼的菜，您看行不？"

林局长想了一下说道"那好吧，就来个红烧带鱼吧。"大伙一听，心里都觉得怪怪的，林局长怎么点了这么个菜？

等红烧带鱼上了桌，张主任端起杯子说："林局，我们这里喝酒有个规矩，叫'头三尾四'，就是鱼头冲着的主宾要喝三杯，尾巴对着的人要陪着喝四杯。您点的是红烧带鱼，也分不出什么头不头尾不尾的了，那我们大伙同敬您三杯吧！"

大伙儿听张主任一分析，这才回过味来，敢情林局长头一次和大家喝酒，就留着一手，点了个带鱼，没头没尾，没主没次的，表明自己"一碗水端平"，这姜到底是老的辣。

打这儿之后，大家发现林局长每次点菜都爱点带鱼吃，什么红烧、干炸、椒盐，各种不同做法都吃遍了。

这天吃饭，林局长把小孙子也带上了，点菜时他笑眯眯地对小孙子说："来，帮爷爷点个带鱼的菜。"

小家伙张口就说："那就鱼香肉丝吧。"众人哈哈大笑，张主任也笑着说："这可不是带鱼的菜啊？带鱼的菜里面得有鱼，像鲤鱼，草鱼，青鱼……"

张主任话还没说完，林局长的脸色就变了："搞什么搞？人家都说'有鱼的菜'，哪像你说什么'带鱼的菜'？我还以为是你们这里的规矩。"

说着，他转过头对孙子说："咱今天就不点带鱼了，给爷爷点条鳜鱼行不行？"

我也来试试

□ 李博华搜集整理

话说一个河东人和一个河西人结伴行路，走了半晌，两人的肚子都饿了，便决定买点干粮充饥。

来到一个小摊前，两人看着油饼直咽口水。一合计，就买它了。

摊主忙招呼："要几张油饼啊？"

河东人眼珠滴溜溜一转，计上心来，连忙抢在河西人前头，冲着摊主一伸巴掌说道："老板，给我来五个。"

河西人站在一旁，也没有发话，看起来没什么意见。

摊主麻利地包好了五个油饼递给他们。付钱的时候，河东人和河西人自然是分摊，各出了一半钱。

然后，两人往旁边一蹲，就开始吃油饼。河西人拿起一张油饼用力地闻了一下，却见河东人捧着一张油饼左看右看，就是不吃。河西人觉得很奇怪，便问："咋啦，怎么不吃？"

河东人装做思考问题的样子说：

"老兄，这平时都是一张油饼拿在手里，也不知道两张油饼叠在一起吃，是个啥滋味。"说完，他就不客气地又拿起一张油饼，叠放在原来的油饼上，大口大口吃了起来。

这下可就只剩下两张油饼了，毫无疑问这是要一人一张均分的，看起来河西人要吃亏了。

这河西人却不温不火，毫不在意地吃着手里的这张油饼，边吃还边看河东人狼吞虎咽的样子。由于河东人是两张油饼叠在一起吃的，所以等河西人吃完了，他还剩着一大半呢。

河西人看着吃得津津有味的河东人，问了一句："怎么样，叠在一起吃，很好吃吗？"

河东人话都说不出来了，只是满意得连连点头。

"那我也来试试！"河西人说完，拿起了剩下的两张油饼。

艰难的面试

□ 杨乐斌

大李去一家公司应聘，来到面试考场，里面却没有人。大李正犯嘀咕，就听桌上的电话响了起来。

大李犹豫了一下，抓起话筒，只听电话那头叫道："是小王吗？你们这楼的纯净水我给送来了，你搬上去吧。"说完就挂了电话。

大李被弄糊涂了：明明是招聘办公室啊，怎么成送水办公室了？可转念一想：别是在考验我吧？

这么一想，大李"噔噔噔"就奔到了楼下，一看可就傻眼了：地上摆了足有十二桶水。没办法，大李一咬牙，捋起袖子就搬起水来。

等回到面试考场，他已经累得两腿发软，还没歇口气，就听有人敲门。大李一个激灵：准是考官来了！他忘记了身上的酸痛，赶忙起身开门，却见一个清洁女工站在他面前，手里还拖着一大袋垃圾。大李先是一阵失望，但马上反应过来：准是考官看我

勤快，又来考验我了！

大李赶忙招呼："大姐，您歇歇。"说完，也不等清洁女工答应，扛起袋子就走。这袋垃圾也不轻，好歹咬牙硬搬到楼下，大李已经精疲力竭。

清洁女工这时也赶了过来，她看着大李摇摇头说："小伙子，你是来应聘的吧？"大李一阵激动，心想终于到正题了，便连忙回答说"是啊！可是怎么没看到考官呢？"

清洁女工把手向西一指："小伙子，面试考场临时搬到西楼去了，你没接到通知吗？我刚才就是要来告诉你，谁知道你没等我开口就帮我干了这么多活儿，真是个热心肠啊。"

"啊？！"大李顿时傻了眼。

清洁女工同情地拍拍他的肩，转身离去："唉，已经第三个了，一个比一个卖力气……"

（本栏题图、插图：顾子易 包丰一）

412

2008
SEMIMONTHLY
上半月版

4月
STORIES

欢迎登录本刊主办的"故事中国网"（www.storychina.cn）

百姓话题

故事会
STORIES

2008 年 4 月
上半月·红版

主 编：何承伟
常务副主编：吴 伦
副主编：姚自豪（上半月·红版）
副主编：夏一鸣（下半月·绿版）
本期责任编辑：郑继文
电子邮箱：zjw002@vip.163.com

红版发稿编辑：
姚自豪 吕 佳 周 吟 叶小萌

特约编辑：
范大宇 崔新三 申之珉

美术编辑：李宝强
电脑制作：郭瑾玮
通 联：归依玲

本社办公室电话：021-64375030
上半月刊编辑部电话：021-64332325
下半月刊编辑部电话：021-64336469
（上海市绍兴路 74 号 邮编：200020）

主管、主办：上海文艺出版总社
出版单位：《故事会》编辑部

────────────

制作、发行总监：张 凯
电话：021-64313938
广告业务：上海故事会文化传媒有限公司
广告总监：张 淮
广告业务：021-34010383
广告投诉：021-64333738
广告经营许可证
沪工商广字 3100320050022 号
发行：中国图书进出口上海公司

公公的账本

这天，儿媳无意间看到了公公的账本，看到自己上次明明送了只火腿，公公记的却是一只猪脚爪，而小姑只送了一听铁盒子装的月饼，公公却记成一箱月饼。

儿媳明白了：要想公公的记录好看，送的东西外包装得好。

又到过节时，儿媳给公公买了两支人参，特地缝了一个漂亮的布袋，把人参装进布袋，送给公公。

过了几天，儿媳找了个机会，悄悄翻开了公公的账本，一看，她傻眼了——公公在儿媳名下记的礼品是：一袋萝卜干。　　　　（苏　童）

（本栏插图：包丰一）

今天想迟到

妈妈给贝贝买了套新衣服，十分漂亮，贝贝高兴极了，穿着新衣服在镜子前照了又照。

眼看不早了，妈妈催促说："贝贝，别臭美了，快去学校。"

贝贝答道："妈妈，今天我想晚点去学校。""为什么？"

贝贝说："如果我去晚了，站在门口大喊一声'报告'，同学们都会朝我看，就能看到我的新衣服了……"

　　　　　　　　（梅纪国）

贤妻和男人

老张："那天去你家，你称你爱人'贤妻'，她却喊你'男人'，怎么回事？"

小王："这是我们家最准确的称呼，我老婆在家什么事都不干，是个地地道道的'闲妻'；我呢，上班、买菜、做饭、洗衣服、送孩子……一天到晚忙得团团转，做得好难，是个名副其实的'难人'。"

　　　　　　　　（惠浩浩）

4

推荐信

彼得接到通知，说他被公司解雇了，连忙去见人力资源部的主管，说："我在公司干了这么久，现在让我走，至少该给我一封推荐信，让我好找工作呀！"

主管点点头，马上为他写了一封推荐信，彼得拿过来一看，只见上面写道："彼得在我们公司干了十年，当他离开的时候，我们都很满意。"

（佚　名）

耐　用

在结婚50周年纪念日的家宴上，杰克回忆起结婚时的情形，说："那时候，我们都没有太多的钱，更困难的是，我还面临这样一个选择：是为我的汽车换一次轮胎呢，还是用那点钱去结婚。"

杰克停了一下，愉快地说"现在我不得不承认，我当初的投资完全正确。你们想想看，再过硬的车胎，也不可能用到50年！"（叮　当）

乞丐训人

码头上，一个乞丐向一个搬运工要5块钱，搬运工不给，那乞丐就朝搬运工大声训斥："你是怎么混的？连个要饭的都打发不起！"

（宋　敏）

奇怪的吩咐

一位骑马的旅行者在大冷天赶路，赶上下雨，又湿又冷地来到一家小客店时，客店的火塘边已经挤满了人。于是，他把客店老板喊出来，说："你烧盘鱼，端去喂我的马。"

老板问："你的马吃鱼吗？"

"请按我的吩咐去做！"

正在烤火的客人听了，都觉得非常奇怪，火也不烤了，全都跑到马厩去看马吃鱼，于是，旅行者在火塘边坐下，独自烤火。

后来，出去的人都跑了回来，客店老板说："你的马根本不吃鱼。"

旅行者说："马不吃鱼吗？没关系，你把鱼放在桌子上，等我把衣服烤干了，我来吃。" （吴享莲）

我的爹呀

一位美眉从外面回来，刚走到家门口，保安就跑过来告诉她："你们家楼上的水管破了，漏了不少水，有可能殃及你们家。"

美眉赶紧把门打开，一开门就直奔书房，边跑边喊："我的爹呀，呜呜……我的爹呀……"

保安一听，糟了，出人命了！连忙跟着冲进去，突然，他看见美眉抱着一堆碟片又跑了出来，边跑边哭："我的碟呀，我的碟呀……"

（惠浩浩）

无权决定

妻子生了个女孩，丈夫抱怨说："我们不是说好要个男孩的吗？你怎么偏偏生了个女孩？"

妻子说："生男生女是男人决定的，这能怨我吗？"

"在别人家可以这么说，可在咱们家，我买盒香烟都得请示你，生男生女这么大的事，我有权决定吗？"

（宋 敏）

谢谢合作

有两个姓谢的人结婚了，过了不久，女的就怀了孕，快生孩子的时候，好多亲戚过来看她，凑在一起给孩子取名字，可讨论了好几个，没一个满意的。

这时，旁边一个小孩子说"取个名字有什么难的，我看就叫谢谢合作，你们说好不好？"（吴享莲）

客气了一天

有个女子参加工厂产品发布会，忙了一整天，傍晚一回家，朝着她丈夫就是一通大喊大叫。

丈夫糊涂了，摸摸女子的额头，问："你还好吧？"

女子这才松了口气，说："我还好，只是在外面跟别人客气了一整天，现在只想说些用不着客气的话。"

（黄海飞）

勇气可嘉

一位女士和她丈夫一起去看牙医，她说："你拔牙能不能不打麻药？我们来旅游，时间很紧。"

牙医大为感动："你真是一位勇敢的人，我能做到！你要拔哪颗牙？"

女士转过身，一把将丈夫拉到前面，说："亲爱的，快给医生看你要拔哪颗牙。" （蒋宁贤）

军人的家书

某国，有个家庭的儿子参加了军队，几个月后，家里的父母终于收到了他的来信："我在这里睡得很好，身边还有一个水瓶，书报都放在我够得着的地方。可以看电视，吃饭也在床上，你们就放心吧！"

父亲没明白儿子说的是啥，母亲把信接过来，仔细一瞅，下面还有一行小字："又及：我的双腿打着石膏。" （周莲华）

十双新鞋

妻子外出购物，带着十件新衣服回来了。丈夫一见，忍不住大喊起来："我的天啦，十件衣服！你这回总够了，不会再买了吧？"

妻子朝丈夫看了看，平静地说："衣服还得鞋来配，明天我还要去买十双新鞋。" （周莲华）

医院的名称

这天，妈妈带着刚学会认数字的女儿上医院，到了医院门口，女儿问妈妈："妈妈，这是不是第十医院？"

妈妈一听，开心极了，这家医院的确是第十医院。

这时，女儿又说了："妈妈，我发现每家医院都是第十医院。"

这下妈妈糊涂了，忙问为什么。

女儿说："因为每家医院的房子上都用红笔写着大大的十字！"

（张 好）

本栏欢迎来稿，读者、作者可将有新鲜感、有精彩细节的笑话佳作投寄给我们。来稿一经采用，最高稿费为一则100元。本期责任编辑电子信箱：zjw002@vip.163.com。

一幅名画
是怎么被盗的

□ 吕　方　改编

　　这天上午，席先生走进董事长的卧室，见董事长今天的气色特别好，正神采奕奕地靠在床头欣赏明代大画家仇英所作的一幅《雪景》，这画是他委托别人从国外一家拍卖行买来的，连佣金一共花了3850万元人民币。董事长有钱，前不久一位拍卖行的人劝他投资艺术品，说动了他。

　　董事长一见席先生，笑逐颜开地打起了招呼："来来来，都说你是'百科全书'，我今天要考考你——保管书画应该注意些什么？"席先生坐下后不慌不忙地开了口，头头是道地说了起来，什么防潮防霉、防蛀防折、防污防熏、防火防晒，董事长听了，佩服得五体投地。

　　席先生说完这些，又说："其实，刚才说的这些还不是最重要的，我说件事，您听了后就知道收藏这么一幅价值几千万元的名画，最应该注意的

是什么了。"

　　有个大盗叫罗平，他专门盗窃富豪巨贾收藏的珠宝和名画，可让人迷惑的是——几乎没有一个失主能说清他们精心保护的珍宝是怎么失窃的，令警方十分头疼。最近，罗平又接受了一个棘手的任务：一位买主愿意出五百万美元购买一幅画，那是大画家戈雅的名画《港口》，这画现在就存放在一家私人博物馆里，这家博物馆拥有世界上最先进的报警系统，每一个入口、每一间展室都有警卫把守，每一幅画背面都装有防盗装置，谁想把画从墙上取下来，警报器马上

就会响的；再退一万步，即使能设法把画从墙上取下来也没办法带出去，因为所有拎包在门口都要接受检查；到了晚上，博物馆关门后，红外线报警系统就会全面开启……看来，要想把《港口》这幅名画从这家博物馆盗走，那简直比登天还难！

罗平到达这个城市后，立即装成一个普通游客的模样去踩点，可他一走进博物馆，保安部主管马上认出了他，虽然不知道罗平此行的目的，但保安部主管立即命令全体警卫全副武装、严阵以待，看来罗平此行无疑是火中取栗、刀口舔血了！

这天，罗平又来到了博物馆，当然，他是来动手的，他先来到挂着《港口》这幅名画的展室，展室里，只有一个头发花白的驼背老头正摆着自己的画架，在专心致志地临摹大师的画作——这是博物馆允许的。一个警卫站在展室的门口，警惕地注视着展室内的一切。

罗平看了看驼背老头，驼背老头也望了望罗平，接着，罗平就走进了隔壁的展室，在那里，一位女画家也在临摹一幅名画，罗平就站在她旁边看了起来。一会儿，一群中学生拥进来参观，他们唧唧喳喳，打闹不休，就在这个时候，一个学生从罗平面前走过，罗平好像是被那学生推了一下，正好撞到了那位女画家，颜料撒了一地，罗平一边道歉，一边上前帮忙收

拾，他笨手笨脚的，两只脚把颜料踩得一塌糊涂，那些学生见出了意外，也纷纷围过来看热闹，展室里顿时骚动起来……

这间展室的警卫是个二十出头的小伙子，他知道眼前这个人叫罗平，是个大盗，所以他一见罗平进了这间展室就十分紧张，他不相信罗平会无缘无故打翻什么颜料，这肯定是一个诡计，于是便把隔壁展室的同伴叫了过来，两个警卫四只眼睛，罗平的一举一动全在严密的监视之中！

两分钟后，清洁工人赶到了，另一个警卫回到了自己负责的展室，只见那个驼背老头还静静地坐在那里临

摹，所有的画都好端端地挂着，这就是说，一切都安然无恙，当然，那幅《港口》也平安无事……

一个星期后的一天早晨，一个世界著名的鉴定师来这家博物馆参观，那人姓韩，因为他名气实在太大，所以由博物馆周馆长亲自陪同。韩先生一路走着，不时对一些作品点评上一两句，他的点评十分精到，周馆长连连称是。一会儿，两人来到陈列《港口》的那间展室，韩先生在那幅画前停住了脚步，他看了看画，说出了一句让周馆长魂飞魄散的话："绝妙的伪作。"

周馆长一把抓住韩先生的胳膊：

"您……您刚才说什么？"

"我说这是一幅绝妙的赝品。"

这怎么可能？这幅画可是周馆长亲自从一家著名的拍卖行买回来的，而且经过十多位顶级鉴定家的鉴定，一致认可是戈雅的真迹！

韩先生笑着告诉周馆长：戈雅有一位学生叫帕第拉，他画了几百幅戈雅的仿作，出于自尊心，他总是在画上签上自己的名字，但后来为了卖个好价钱，他又把自己的名字覆盖了，签上了戈雅的名字。

周馆长沉吟了半晌，最后还是决定检验一下签名，他用一个小棉花球蘸了调制好的溶剂，轻轻抹在戈雅签名的"G"这个字母上，渐渐的，"G"这个字母淡去了，清晰地露出了一个"P"，这正是帕第拉签名的头一个字母！

周馆长简直不敢相信自己的眼睛，他脸色苍白，可还是继续机械地涂着溶剂，慢慢地，戈雅签名的一个个字母全隐去了，而帕第拉的签名完全显现了出来！周馆长觉得天要塌了，地要陷了，他知道这事会很快传扬出去，用不了多久全世界都会知道，于是大家都会怀疑这个博物馆的其他藏品会不会全是赝品，他不敢想象博物馆的董事们会作出什么反应！

这时，韩先生同情地看着周馆长，说：他有一位朋友，专门收藏这类仿作，而且是个守口如瓶的人，如

果博物馆方面愿意，他可以从中说合，把这幅画卖给那人。周馆长觉得除此之外没有更好的办法，于是立即向董事会报告了这事，董事会召开了紧急会议，为了保住博物馆的"面子"，大家都赞同尽快把这画悄悄处理掉，就这样，当天下午便拍板成交，韩先生用一张五万美元的支票拿回了《港口》这幅画。

其实，这个韩先生正是罗平雇用的，没错，他是世界著名的鉴定家，但罗平给了他一大笔钱。韩先生出了博物馆后就去见了罗平，罗平拿到画后，用蘸了一种溶剂的棉花轻轻擦在帕第拉的签名上，帕第拉的签名淡去了，下面露出了戈雅的签名！

没错，这确实是戈雅的真迹，其实，一切的关键在于那个警卫离开的两分钟里：警卫听到隔壁同伴喊他就过去了，他一离开，罗平的帮手——也就是那个驼背老头马上动作起来：他先用一层上光油把戈雅的签名遮盖上，起到保护作用，接着用一种快干颜料写上了帕第拉的签名，然后再涂一层清漆，接着在最上面写上戈雅的名字，如此一来，最上面的假的"戈雅"签名被擦掉后就露出了"帕第拉"的签名，如果周馆长再进一步擦的话，就会发现最下面戈雅的签名真迹了，当然，他根本没想到应该这样做……

事后罗平说："其实，从那家博物馆盗画是根本不可能的，所以，我换了一个思路，让他们自己把这幅画送掉……"

董事长听完了这个故事后对席先生说："你是说收藏艺术品，最重要的是'防盗'？"

席先生慢悠悠地端起茶杯，喝了一口，不紧不慢地说："是的，而且您不要以为这是杜撰的'故事'，我是听一个新加坡商人讲的，他说这事就发生在他们那里，是真事。"

董事长笑吟吟地说："席先生说的道理固然是对的，不过，你说的是美国作家谢尔顿小说中的一段……"

席先生听了这话，神情略微有点窘了，他尴尬地一笑，说："董事长读的书真多呀……"

（题图、插图：安玉民）

征稿启事

"新一千零一夜"是本刊"红版"2008年新推出的栏目，希望广大读者能够喜欢。该栏目的来稿，优稿优酬，"红版"编辑部热忱欢迎作者惠赐原创佳作，要求：1.题材不限，能以较新的视角反映生活，立意独到；2.核心情节新鲜、奇巧、生动；3.篇幅在2000字左右。来稿可从邮局寄发，也可发电子邮件，请在信封或电子邮件的主题栏内注明"新一千零一夜"字样。"红版"编辑部各编辑邮箱见第14页。

见了局长
摁喇叭

□ 陈艺文

前不久，我买了一辆私家车，虽然只是辆价格很便宜的QQ小型车，但对我这个大学毕业刚两年的人来说，已经很不容易了，现在我好歹也算有车一族，跟我们局长一个级别。

我每天开着这辆QQ车上下班，每次很准时地与局长在机关楼前相遇，局长见我开过来，就摁一声喇叭，提醒我注意避让。每到这个时候，我都会在心里暗笑：真是个局长，车技不高不说，连市区不能摁喇叭的交通规定都不懂。但他毕竟是局长呀，我只好宽容地朝他笑笑，把车慢下来，让他先过去。

这天下班时，我拿着车钥匙兴冲冲地往楼下跑，在拐弯处与同事王锋撞了个满怀，他看了看我一脸得意的样子，偷偷把我拉到一边，严肃地说："又忙着去开车吧？瞧你这副兴冲冲的样子，你开车开出麻烦来了，知道不？"

我听了个一头雾水，问："什么麻烦？"

"局长每次见你都摁喇叭，你却对他理都不理，刚才局长在支部会上说你了。他说，我们局有个别年轻同志，我看他是有些目中无人，领导跟他打招呼他都懒得理，连喇叭都不摁，难道摁个喇叭能累死人？"

我吓了一跳，这才明白，原来局长每次见了我摁喇叭，并不是要我避让他，而是在跟我打招呼，多么平易近人的局长呀！我竟以为他是要我避让他……

我满是歉意地把车开出来，刚要拐弯，局长的车就来了，他又朝我摁了声喇叭，我连忙跟着给局长摁喇叭，可一摁不响，再摁还是不响，一直摁得我眼冒金星，却一点用也没有。不知什么时候，我这车子的喇叭已经坏了。

眼看着局长看了我一眼，径直开着车子走了，我连回家的心情也没了，直接就把车开到汽车修理店，一下车，就对店主说："快，赶紧替我把这不出声儿的破喇叭换了，给我换个嗓门最大的喇叭！"店主不敢怠慢，连忙照办，换好后，我一按，嘿！这叫一个响亮，就像帕瓦罗蒂在粗着嗓子喊"局长好"！

第二天，我特意起了一个大早，开着车子上了路，准备遇上局长把车开来的时候，好好按它一喇叭。哪晓得人算不如天算，没想到今天局长来得比我还早，他已经到了，正在将车子往停车位上靠。就在我发愣的当口，局长已经停好车子下了车，连车门都关了，再不摁就来不及了。说时迟那时快，我一踩油门把车子开上去，使出吃奶的气力，对着喇叭狠狠地摁了下去。

只听"叭"的一声，一股强烈的气流从我的车喇叭冲了出来，像颗炸弹呼啸着打破了清晨的寂静，连空气都被这尖利的喇叭声扯破了，把我自

己也吓了一大跳。再看局长，只见他先是愣了一下，接着身子猛地一哆嗦，朝着我这边翻了个白眼，然后就像一截木头，慢慢地倒下了……

同事们看到这一突发情况，纷纷跑了过来，我飞快地停好车，一把推开车门，冲过去抱起局长，大叫："局长——"

局长躺在我怀里，虚弱地说："我有心——心脏病，快——送我——上医院——"

我和同事们一起，七手八脚把局长送到了医院，经过抢救，局长总算转危为安。

这几天，我在局长的病床前殷勤

非罚不可的驾驶员

◆ 车子一停，胡子拉碴的从车上下来，拉着警察的手直摇晃，作小孩撒娇状："警察大叔，请你放过俺这回吧，俺下回真的改！"

◆ 车子一停，气冲冲从车上下来，掏出名牌钱包在警察面前晃来晃去，嚷道："怎么了怎么了？干吗拦我？是不是没钱花了？不就是罚款吗？你罚呀，爱罚多少罚多少！"

◆ 车子一停，笑嘻嘻地从车上下来，说："算了吧，哥们儿，你也别太认真了，我和你们队里好多人都熟。再说，美眉已经约了我，别人正等着我去呢……"

◆ 车子一停，满不在乎地从车上下来，说："我说算了吧，哥们儿，我和你们领导熟着呢！你叫什么名字？要不我跟我大哥说一声，提拔你一下呢？"

◆ 车子一停，神色暧昧地从车上下来，四顾无人，把警察拉到墙角阴影处，掏出一张皱巴巴的纸币，小声说："哥们儿，你就别罚我了，这里有5块钱，你拿去先买包烟抽……"

◆ 车子一停，立马掏出手机满世界找人，震耳欲聋地大嚷："喂！大哥吗？我的车子被拦了，你跟他们说一声，叫他别罚我……"

（推荐者：梁新运）

地跑前跑后，比他儿子还尽心。局长缓过这口气，总算对我露出了笑脸。这天，他问我："看你平时挺文静的一个人，那天怎么把喇叭摁得那么响？"

我红着脸，说："我听人说，你摁喇叭是在跟我打招呼，所以，我也用喇叭跟你打招呼……"

"这都哪跟哪呀！我刚学会驾驶，车技不行，给你摁喇叭，是提醒你注意避让呀！"

我恍然大悟，突然想到王锋那家伙本来也是有车一族，每天开着小车上下班，别提多风光了。可前段时间他借了别人的钱去炒股，亏得一塌糊涂，只好把车子变卖了还债。他这是看不惯我开车的得意劲儿，故意捉弄我一下，哪晓得差点弄出了大事。

（题图、插图：安玉民）

红版编辑部各编辑邮箱：

姚自豪：yaobianji@126.com;

郑继文：zjw002@vip.163.com;

周 吟：keyin118@163.com;

吕 佳：lujia411@yahoo.com.cn;

叶小萌：xiaomeng.ye@gmail.com。

可怜的 稀奇

规矩，就不会有人再来笑话和捉弄自己了。

可他想错了。他大学毕业工作后，不论是老板还是同事，都喜欢拿他的名字开涮，连换几个单位都是这样，有些人还把"稀奇"挂在嘴巴上，成了口头禅。

终于熬到了退休的时候，稀奇想，这下总算解脱了。可他又错了，每当他走在大街上，总是会有人上来跟他打声招呼，大喊一声"稀奇先生"，更加难以忍受的是，他不时听到有人在他背后指指点点，兴奋地告诉同行的人："快看呀，这就是那个叫稀奇的人！"然后就是一阵刺耳的笑声。

稀奇终于老了，走到了生命的尽头。临终之际，稀奇对妻子说："我这一生只剩下一个愿望了，你能帮我实现吗？"

有一对夫妇结婚多年，一直没有孩子，后来总算在快五十岁时生了一个儿子。夫妻俩开心得不行，他们决定给儿子取一个别致的名字，一个别人从来没有取过的名字！丈夫想，我们年纪这么大才生下这小子，可算是件稀奇事，那就叫"稀奇"吧，这名字肯定跟别人不重样。

从此，夫妻俩不论把稀奇带到哪儿，只要报上儿子的名字，都会马上引起人们的大笑。老两口颇为得意。

稀奇渐渐长大了，从小学到中学，从中学到大学，稀奇的同学只要听到他的名字，就会大笑，还有人故意喊他的名字来取笑他，这让稀奇很难受。他想，等大学毕业参加了工作，那时打交道的都是成年人，大家都懂

妻子问："你有什么愿望？"

稀奇说："你知道的，就因为我这倒霉的名字，我这一生受尽了别人的嘲弄。等我死后，你千万不要把我的名字刻在墓碑上。我只想静静地躺在坟墓里，再也不想听到别人喊我的名字。"

妻子向他保证："我一定满足你的愿望，等你下世后，我不在你的墓碑上刻你的名字，以后，再也没人知道你的名字，更不会有人喊你的名字了。"

稀奇放心地咽了气。他的新墓落成不久，有几个外地游客从他的墓地路过，一个人突然看到了他的墓碑，喊道："快来看呀！这个墓碑好奇怪，上面只有死者的生卒年月，却没有他的名字。"

同行的人凑过来一看，都觉得奇怪，齐声喊道："稀奇！"

稀奇好不容易在墓地安静地躺了几天，又听到有人喊叫他的名字，气得大吼了一声，这些游客听到地下突然发出这一声狂叫，吓得撒腿就跑。

从此，外地游客只要在稀奇的墓碑前说出"稀奇"二字，就会听到地底传出一声怒吼。这事儿越传越广，好多人听说后，为了听到地下发出的吼声，不远千里专门跑到稀奇的墓前，大喊一声："稀奇！"

（推荐者：郑衍文）

（题图、插图：刘斌昆）

"第一推荐"面向全社会征稿

本刊"第一推荐"栏目面向海内外读者征集"最好听的故事"。除发行量较大的文摘类杂志（如《读者》、《青年文摘》、《特别关注》等）外，凡公开或内部发表的作品均可推荐。推荐作品要求故事性强，有口传性，能引起读者的兴趣。推荐稿务请注明原作者、出处，一经采用，每篇付稿酬100—200元。

来稿方法：1. 从邮局寄发，请在信封上注明"第一推荐"字样，本刊地址：上海市绍兴路74号《故事会》杂志社，邮编：200020。2. 从网上传递，可直接发至各责任编辑的电子信箱，请在主题上注明"第一推荐"字样。本期责任编辑的电子信箱：zjw002@vip.163.com。

打不开的
手铐

□ 吴治江

你在哪里

何大锤是十里八乡有名的铁匠，钣金手艺也是一等一的棒，他喜欢搞些小发明，是村里少有的能人。可这么一个能干人，却有个不让他省心的儿子。他儿子名叫何亮，已经是二十四岁的人了，种田打铁他嫌累，开铺子又嫌钱少，一年四季在外面混，连影子也见不到。

这天中午，何大锤正在铺子里忙活，邻居送来一封挂号信，何大锤一看，是几千里外的阳明市公安局寄来的，心里一沉，急忙拆开，只看一眼，就昏倒在地：信上说何亮在阳明市结成团伙持刀抢劫，这伙人中已有两人落网，但何亮和另外三名同伙在逃，警方希望家属能配合公安机关，告知疑犯行踪，或是督促其自首。

妻子在一旁吓得大叫，闻讯赶来的乡亲急忙一番救治，何大锤才悠悠醒来，他两眼含泪，说："老天爷，我怎么就养了这么个东西？"

经过这次打击后，何大锤一下苍老了许多，四十七八的汉子，突然变得白发苍苍，看上去像有六十大几。他铁也不打了，干啥都觉得没意思。

这样过了一阵子，何大锤又拿起家伙打起了铁，他足足花了一个月时间，打好了一副手铐。这手铐他用了特别的钢材，设了特别的机关，却少了一样：没有配钥匙。

这天晚上，何大锤家的电话响了，他妻子一接就哭了，说："儿啊，你在哪里？"

何大锤知道是何亮来了电话，连忙夺过话筒，只听儿子在电话里说："妈，我在一家砖厂打工，挺好的，你别担心。"

何大锤问："你在哪里的砖厂打工？我和你妈想来看你。"

何亮一听是他爸的声音，没再吱声，一声不响挂了电话。

何大锤对妻子说："我要找到那小子，把他送到公安局去。"

妻子说："中国这么大，你怎么找得到？"

"找不到也得找！"

没配钥匙

第二天，何大锤带着那副手铐上了路。他先去电信局查了何亮打的电话号码，查出是从内蒙古的一个地方

打出。他坐了火车转汽车，奔波了四天五夜，终于来到那个地方，一打听，这地方也就四五家砖厂，他知道何亮肯定隐姓埋名，就一家家偷偷地打探，却没找到。他一想，那小子精着呢，没准是换了地方打的电话，就扩大范围，在方圆百里一家家砖厂找过去，终于在一家砖厂找到了何亮。

何大锤突然出现在何亮跟前时，何亮惊讶得一双眼瞪成了铜铃，说："爹，你怎么来了？"接着就往他爹身后瞧，见只有何大锤一个人，这才松了一口气，把何大锤拉到工棚内，倒了一杯水。

何大锤喝完杯子里的水，掏出阳明市公安局的信，递给何亮，说："是它叫我来的。"何亮展开一看，顿时脸色大变，一下站起身，问："你大老远跑来，就是想把你亲生儿子送进去？"他边说边往门口移动，准备开溜。

何大锤像头豹子样蹿起来，扑到门口关上门，说："我都打听过了，你这种情况要是给抓了，可能判无期徒刑；要是自首，就能轻很多。你才二十几岁，后面还有机会。听爹的，我就你一个儿子，我不会害你的——"何大锤说着说着，眼泪流了下来。

"不！"何亮一下跪倒在地，"爹，我怕坐牢，你让我避过这阵子。"

何大锤气得一巴掌扇在何亮脸上："我都能找到你，你还逃得脱公

安？快跟我走！"何亮被何大锤一耳光打在地上，蹿起就想夺门而出，何大锤扑过去抱住他，父子俩在地上滚成一团。到底是何亮年轻力壮，几个回合后，何大锤被儿子按在身下，何亮咬咬牙，说："爹，你别怪儿子不孝。"一掌打向爹的脑门，何大锤被打得眼冒金星，抓紧的手也松了，何亮翻起身扑向门口。何大锤一下扑过去，一把抓住儿子的右腿，一使劲，又把何亮拖倒在地，一下骑到儿子身上，从口袋里掏出那副手铐，迅速把自己的右手和儿子的左手铐在一起。

何亮大吃一惊："爹，你还带着手铐？警察连这个都给你了？"

"嘿嘿，"何大锤得意地说，"这是我自己打制的，没钥匙。现在你有三条路：一是带着你爹逃，一是剁了我的手，还有就是跟我回去自首！"

何亮无奈地低下了头。

半个小时后，父子俩手牵手，上面搭着一件衣服，一起到厂部结算了工钱，然后又手牵着手离开了。

走在路上，何大锤长长地舒了一口气。何亮闷头不语，一脸苦相，说："爹，你看这样走起路来多不方便。别人看着算什么嘛？你把铐子打开吧，我跟你走就是。"

"你乖乖的，到时我自会打开。"

何亮根本不信他爹的话。这天晚上，父子俩住进一家小旅馆，弄了点酒菜，边喝边聊，爷俩越说越动情，最后都喝得趴在桌上。

何亮在外面混了这几年，哪是这么容易醉的？只见他坐起来，摇着他爹叫了几声，见毫无反应，便把他爹的旅行包翻了个底朝天，又把他爹浑身上下里里外外摸了个遍，连鞋子和裤子都脱下来仔细地看，连钥匙的影子都没见着。

何亮叫来服务员，请她帮着买来三根钢锯条。他费九牛二虎之力锯了老半天，那铐子只是在表面起了几道白印子。

何亮哀叹："想不到我何亮一世英名，最后竟然栽在亲爹手里。"

这时，何大锤突然抬起头，说：

"你要是把这手铐弄开了，那才真是完了。我说了，这副手铐没有钥匙！"

只好陪着你

五天后，何大锤带着何亮走进了阳明市公安局。警察一见两个人戴着手铐，眼睛都瞪大了："你们这手铐哪来的？私用械具是违法行为，知道吗？"

何大锤红着脸，说了事情经过。警察们得知原委后，就不再指责何大锤，反而称赞何大锤明白事理，请何大锤把手铐打开。

何大锤说："这手铐没钥匙。"

何亮在一旁大叫："爹，你连警察也敢骗？"

"我知道你小子鬼点子多，打开始就没配钥匙。"

警察找来钢锯，把锯条弄断了好几根，根本锯不开，又把阳明市的开锁专家请来，试了老半天，还是打不开，又换了好几个，每个人上来捣鼓一阵子，最后都摇着头走了。一位专家说："开这手铐的法子倒是有一个，就是用气割机烧开铐子，可铐子离手太近，一烧必然伤到人的手。"

警察对何大锤说："天下没有开不了的锁。这手铐是你做的，你一定有打开的法子，就别为难我们了。如果让我们为这点事上省城跑北京，浪费时间和金钱，还耽误案子。"

何大锤忙说："警官，你们千万别上省城和北京，案子要紧，赶紧先审这小子吧，别误了破案。开手铐的法子肯定有，容我慢慢想。"

因为何亮还有三个同伙在逃，如果他们知道何亮被捕，肯定会改变藏匿地点，重新潜逃，这样就会给抓捕增加难度。所以，让何亮马上交代案情和同伙行踪，是必须赶紧进行的工作。何大锤与案子无关，按规定不能与犯罪嫌疑人一起被审，但手铐一时又打不开，公安局专门为此事向上面作了汇报，有关部门根据这一情况，特批审讯时何大锤可以在场。

这样一来，何大锤跟儿子一起被关进拘留所，陪着儿子受审。这天晚上，何大锤悄悄对儿子说："你只要不交代，这手铐就不会被打开。我这当爹的，只好陪着你一起坐牢！"

何亮看着四十几岁就变得白发苍苍的父亲，想着在家苦苦守候的母亲，良心终于被触动了，彻底交代了犯罪行为，很快，另外三个同伙也被抓捕归案。

何大锤见儿子真心悔罪，终于露出了开心的笑容。他请警察弄来一小瓶硫酸和一支细滴管，用滴管吸了些硫酸，往手铐上的一个小孔滴了几滴硫酸，不一会，里面一个用特殊材料制作的构件被硫酸腐蚀，只听"咔"的一声，手铐开了。

（题图、插图：魏忠善）

丑婆婆要见俊媳妇

□ 路 华

郭云忠的女友小梅是个职业粉丝。啥叫职业粉丝？其实就是专门在现场为电视节目里的超级女生、靓车宝贝、美食宝贝等制造人气，并获得报酬的人。你可别小瞧了这些人，她们整天和帅哥美女打交道，一个个长得花一般，说的是新词，玩的是新花样，用个时髦的话说，这叫站在生活最前沿，时尚着呢。

郭云忠找到这样一个女朋友，让周围的人羡慕得不行。不过，最近郭云忠却为这个女朋友犯愁了，为啥？这得从郭云忠老家说起。郭家在农村乡下，条件不太好，所以郭云忠一直不敢带小梅回去，哪晓得有一次说漏了嘴，让小梅知道他家就在一个著名风景旅游点旁边，小梅高兴坏了，说自己一直想去那里玩，这下好了，不仅可以去看风景，还能顺便去看看郭云忠的老家，而且当场就定好了时间：农历八月十八。

把小梅这么漂亮的女朋友带回去，这是多么风光的好事！郭云忠却不这样想。因为他家里有一个老妈，五十几岁的人，一脸的皱纹，又黑又瘦，鼻子、嘴巴、牙齿，没一样能挑出来让小梅看的，万一小梅看到老妈这个模样，说出什么难听的话，做出什么不好的举动，他这个当儿子的多么难堪！

丑婆婆也得见俊媳妇，郭云忠没法子，便趁着"五一"长假，偷偷跑回家，找了个借口，把老妈带到县城医院，挂了个牙科门诊，准备先给老妈来一个牙齿整形。郭云忠老妈正好有两颗蛀牙，便跟着儿子看了牙科医

生，等到交费时，她看到竟然要交两千块手术费，吓了一跳，死活不肯做手术，还一定要儿子说个清楚明白。郭云忠没有办法，只得把小梅八月十八要来的事情一五一十地说了，接着又拿出小梅的一张彩照，说："老妈你瞧瞧看，你儿子找到这么漂亮的姑娘多不容易，你要是不好好包装一下，只怕她多半不肯做你的儿媳妇。"

郭云忠妈妈拿过相片，看着看着，她高兴得嘴巴更加合不拢了，说："儿子，你行啊！瞧你担惊受怕的样子，准是对她喜欢得不得了。她是干啥的？"

郭云忠把小梅的工作一说，老妈

恍然大悟，思谋一会儿，一把将照片塞进口袋，大声说："走，儿子，咱回家。你让姑娘快来吧，老妈保准让她来了还想来……"

虽说老妈给自己交了底，但郭云忠还是不放心。他又买了一大堆护肤霜、保湿膏、羊胎素之类的化妆品，交到老妈的手上，叮嘱每天一定得涂抹个四五遍，老妈接过化妆品，只瞅一眼，便不以为然地说："我以为是啥好牌子，连SOD蜜都不是，这就打发你老妈了？"

郭云忠疑惑地问："妈，你怎么连SOD蜜都知道？你从哪弄来的这些新词？"

"别老把你妈当乡下人。你们城里时兴的那些玩意儿呀，我都在电视里瞅着呢，这叫'大宝，天天见'，懂吗？"

过了一个来月，郭云忠想看看老妈用了化妆品后的效果，又请假回到乡下，一看，老妈还是满脸皱纹，没有一点使用过化妆品的痕迹，一问，原来老妈把那些化妆品都送给了村里的女孩子。

郭云忠这下火了，说："妈，你为什么老跟我作对呀？难道你不希望你儿子有老婆？"

老妈搓了搓手，说："傻儿子，当妈的哪有不希望儿子有老婆的？你就放心吧，只要你媳妇来，我包管她喜欢我……"

看老妈胸有成竹的神态，郭云忠就问老妈是不是有什么绝招，老妈一听就笑了，说："我哪有啥绝招，到时候她来，我就躲起来，你就说我去了亲戚家，好不好？反正她也住不了多久，等你们结婚之后，我再让她看到我，到时不论她怎么瞧不上我，也还得是我儿媳妇！"

嘿！这算什么办法。郭云忠哭笑不得，既感激老妈的大度，又有点可怜老妈，就说："妈，你就别躲了，要是她真的看不起你，我就跟她分手。哪怕她是金枝玉叶，也不可以看不起我妈！"

老妈听儿子这么一说，好不开心，乐呵呵地说："傻儿子，有你这句话，我保准让你女朋友高兴得眉开眼笑。你别管我，只管把她带来便是。"

转眼到了八月十八，郭云忠忐忑不安地带着小梅坐上了开往乡下的班车，经过几个小时的颠簸，总算到了郭云忠老家，两个人下了车，手牵着手朝村里走去，还没到村口，就看见村口站满了男女老少，全都满脸笑容地看着他俩。小梅好不奇怪，问："怎么会有这么多人？"

郭云忠也不知道村里的人在干啥，他想了一想，说："可能是他们听说你要来，都想来看看你！"

郭云忠说完，正要和乡亲们打招呼，突然看见老妈从人群里挤出来，一下站到队伍前面，变戏法似的从身后拿出一张大木牌，高高举起来，大喊一声："耶！"

随着老妈这一声喊，村口这一大群人"呼"地一下，一齐扬起了手中的鲜花和彩旗，异口同声地齐声高呼："小梅小梅你真美！我们永远支持你！耶——"

小梅一下惊呆了，她看到这些花是从山上采来的野花，五彩缤纷，彩旗也是五颜六色的，领头那人举着的木牌上贴着她的巨幅照片，旁边还有一条红色的横幅，上面写着：小梅小梅你真美，我们永远支持你！

小梅激动得双颊绯红，她捅了捅郭云忠，说："原来你们村里的人这么浪漫有趣，真好！那举牌的老太婆是谁呀？"

郭云忠头一扬，自豪地说："那就是我老妈！"小梅一听，大叫一声"耶"，扑上去，一把抱住郭云忠的老妈，猛地亲了一口……

老妈乐呵呵地看着郭云忠，伸出手指，朝儿子做了个"V"字。郭云忠猛然间明白了：原来老妈早就想好了这一招，怪不得她一直胸有成竹。小梅是职业粉丝，经常捧那些明星和偶像，现在老妈客串一回粉丝，让小梅当一回受人捧的偶像，她能不高兴吗？这样一来，不仅不会觉得老妈长得土气难看，只怕心里会认为她是天底下最可爱的婆婆……

（题图、插图：安玉民）

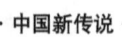

丢失的手机

□ 梁红美

手机没了

这天中午，李敏有事要给丈夫打电话，却怎么也找不到自己的手机，她突然想起上班乘公交车时，车上很挤，一个长相猥琐的男子狠狠挤了她一下，不吱声就下了车，肯定是他偷走了手机。

那只手机李敏已经用了好几年，却一直不肯换新的，因为那是丈夫送给她的第一件礼物，一直当宝贝样地爱惜着，现在被偷了，就像丈夫被人偷走了，心里一阵阵难受。

李敏试着用公司的电话拨打自己的手机，没想到自己的手机还开着，对方竟然还接了电话，只是不吱声。

李敏连忙叫道："喂，你——是不是你偷了我的手机？快还我——"

对方一声不响，挂了机。

李敏赶紧再拨，又通了，但小偷让手机一直响着，不接。李敏一连拨了十几次，那小偷既不关机也不接电话，似乎在考验李敏的耐性。

李敏慢慢冷静下来，盘算怎样才能打动这个小偷，说服他把手机还给自己。既然这小偷没关机，说明还是有希望的。突然，李敏脑子一亮，想到了一个法子：自己的手机不是设定与QQ绑在一起吗？手机信息可以发到自己的QQ上，QQ信息也能发到手机上的！小偷不接电话，短信总会看吧？她心里一阵激动，连忙在公司的电脑上用另一个QQ号登陆，向自己

the手机发了一条信息:

"我不知道你是谁,也不知道你为什么走上这条路,你也看到了,我的这个手机早就过时了,就是拿到二手店也卖不到100块钱,但这个手机对我却意义重大,如果你肯还我,我愿意给你200块钱。"

李敏想,你既然不关机,电话可以不接,信息肯定会看的。但信息发出后,李敏的QQ上没有收到回复,她就又拨打手机,仍然通着,但小偷仍然不接,于是,李敏又给他发了条信息:

"看来你还不相信我,怕我设圈套来诱你。你放心,我不会报警的,因为我真的只想拿回自己的手机。如果你不想同我见面,我们可以约个地点,我先把钱放上去,你拿了钱再把手机放上去。"

满腹心事

那小偷还是不理睬李敏,李敏继续给他发信息,打电话,试图说服他,来来回回折腾了好几个小时,小偷硬是为所不动,丝毫没有回应。李敏气得直想报警,又知道这点小事,没有线索,警察也没办法。她又给丈夫打电话,希望丈夫能帮着想想法子,可电话打回家,没人接听,又打丈夫的手机,通了,却一直没接。李敏快烦死了。

办公室刚好只有李敏一个人,最近工作正处在空当期,不太忙,她正好把全副心思放在手机上,想着如何跟小偷对上话,把自己的手机要回来。可这个小偷油盐不进,她一咬牙,继续给那个小偷发信息:

"也许你觉得我的做法有些可笑,但你知道吗,我和丈夫是在大学里认识的,这只手机是他用一个暑假做家教赚的钱为我买的,是他送给我的第一件礼物,我当时感动得都流了泪,马上就答应了他的求婚。我们毕业后就结了婚,日子过得很清贫,但很快乐。后来他和别人合伙开公司,钱多了,很快就有了房子和车子。我听他的话,辞了工作,留在家里一心一意服侍他。想不到,他回家的时间却越来越少,经常在外地出差,不出差时也说在外面的应酬多,老是对我说很忙,其实我知道他是在外面有了女人。我非常痛苦,也非常慌张,不知道该怎么办。我想过跟他撕破脸,想过找出那个第三者,揍扁她!可我爱我的丈夫,舍不得放弃他!我没有另外的办法,只能忍了,接着装傻、装糊涂,让他以为我什么都不知道,继续骗我。

"你一定在心里嘲笑我是个傻女人,可有什么办法,我心里只有他,而且,只有我懂他。他只是一时糊涂,经不住外面花花世界的诱惑,只是一个贪玩的孩子,一时忘了回家,如果我

故事会2008年4月上半月刊·红版 **25**

不要他了，我怕他想回家的时候，却无家可回。那时候，没人疼他，关心他，他就太可怜了。我的丈夫我最懂，这是我一眼就能够看到的结局，我又怎么舍得他受这样的苦呢？

"不过现在好了，就算他的心没回来，人已经回到我身边了，因为他的生意垮了，公司破产了。他整个人跟着垮了，提不起一点精神，我看在眼里，心里比中了大奖还高兴。我真没想到他回来得这么快。

"他放不下老板的架子，不肯出去找工作，我就让他呆在家里，自己重新出来工作，赚钱养家，回到家再体贴入微地服侍他。我只想他安安静

静地在家呆着。男人就像一头猎豹，在外面受了伤，得有个养伤的地方，得有伴儿替他舔伤口，得花点时间养精蓄锐。将来，他有的是时间出去冲杀。"

李敏写着写着，触动了心里的伤心事。她打一行字，流一行泪，还是不停地打，已经忘记对方是一个小偷，也忘记了自己写这些文字的目的，她像是突然找到一个倾诉对象，一下子打开了自己心灵的闸门，把压抑了这么久的心思全部释放出来，写在QQ上，给对方发过去：

"不过我的猎豹真是个小心眼儿，自己以前在外面拈花惹草不说，对自己老婆却一百个不放心。因为我现在的老板也是大学同学，在校时曾追过我，就以为我的心思也跟着活络了，我晚上回家稍迟一点，他都会大发无名火，还偷偷查看我的手机短信。男人在这方面，永远都是个孩子，小心眼儿，不过，我并不生气，因为我看到他又开始在乎我，重视我，我心里其实蛮高兴的……"

出乎意外

李敏把心里闷了很久的话说出来后，一下子畅快起来，再也不提手机的事了。

突然，桌上的电话响了，李敏连忙拿起话筒，却没有声音。她连问两声，还是没有动静，正要挂下，对方

《故事会》三大工程正式启动

一、为鼓励多出优秀作品,《故事会》杂志社决定继续举办2008年《〈故事会〉最有影响力的故事》征文大赛, 并对优秀作品实行四大奖励措施:

1. 入选作品除在杂志上发表外, 还将收入2008年《〈故事会〉最有影响力的故事》一书。2. 入选作品可得两笔稿酬: 在《故事会》杂志发表的作品, 首发稿酬每千字400元; 获《最有影响力的故事》优秀作品奖, 每千字再追加1000元。3. 入选作品均颁发奖励证书。4.本刊将邀请有关作者参加5月在上海举办的第十三届“故事创作研讨班”、10月举办的优秀作品改稿会以及年底的颁奖大会, 所有费用均由编辑部承担。

征稿范围: 1.具有现实感、新鲜感且可读性强的中短篇及超短篇原创作品; 2.故事性强、有口传性、能引起读者兴趣的推荐作品。

来稿方法: 1. 从邮局寄发, 请在信封上注明“征文大赛”字样, 本刊地址: 上海市绍兴路74号《故事会》杂志社, 邮编: 200020。2. 从网上传递, 可寄至wulun@vip.sohu.net, 请在主题上注明“征文大赛”字样, 也可寄各个责任编辑的电子信箱。本期责任编辑电子信箱: zjw002@vip.163.com。

二、为培养故事创作的骨干力量, 《故事会》杂志社将于2008年5月在上海举办“第十三届故事创作研讨班”, 按原定计划将邀请30—40位有培养潜力的新作者来沪学习。凡录取者, 差旅食宿等费用均由编辑部承担。报名时间至2008年4月15日结束。

来稿方法: 1. 从邮局寄发, 请在信封上注明“参加研讨班”字样, 本刊地址: 上海市绍兴路74号《故事会》杂志社, 邮编: 200020。2. 从网上传递, 可寄各个责任编辑的电子信箱, 并请在主题上注明“参加研讨班”字样。

三、2008年《故事会》杂志社还将在各地举办小型笔会, 邀请当地的作者参加。有基础的地区请及时与杂志社红版、绿版编辑部联系。

突然讲话了: “老婆——”

是丈夫打来的! 李敏吓了一跳, 问: “怎么是你? 我打你好几次电话都没接。晚上你想吃什么? 我下班时带回去。”

丈夫没有接李敏的话, 他哽咽着, 轻轻地喊: “老婆——”

李敏愣了, 忙问: “老公, 你这是怎么了?”

“老婆, 对不起, 我让你受了这么多的苦, 你却一直对我这么好, 我太糊涂, 太混蛋, 太对不起你了!其实你的手机没丢, 是我在你上班前偷偷从你包里拿出来的, 想看看会有什么人给你打电话, 发短信。你刚才的话, 我都看到了。”

李敏吓了一跳, 万万没想到“偷”手机的是自己的丈夫, 又一想, 她开心了, 乐呵呵地说: “老公, 你这么啰嗦干啥? 快告诉我你晚上到底想吃什么, 我好买回来……”

(题图、插图: 佐 夫)

·中国新传说·

贼喊捉贼

□ 章 玺

李永是个小偷，这天，他在公共汽车上给一个女孩子"开天窗"，被女孩子的男友发现了，一巴掌扇得李永嘴角淌血，还不依不饶地抓住李永的脖领子，要拉他去派出所。

这时，车子里有个人出来劝道："算了算了，得饶人处且饶人，我看他也不像是惯犯，教训一下就行了。"女孩子的男友又踹了李永一脚，这才下车走了。

李永抹了一把嘴角的血，看清为他讲情的是位四十来岁的男子。这人西装革履的，一副大老板派头，上来拍拍李永的肩膀，说："走，我们喝两盅去。"

李永一愣："请我喝酒？为什么？"

大老板拿出张名片递给李永，说："我是安全门窗厂的老板，姓唐，想请你到我的厂子担任一个职务。"

这真是天上掉下馅儿饼，瞌睡时有人送枕头。李永将信将疑，跟着唐老板来到一个大排档，叫好菜，唐老板问："刚才人家打你，怎么没同伴帮你？"

李永两杯酒下肚，说了真话"我一直是单干。这行当成天提心吊胆的，早就不想干了。"

唐老板说："那你到我的厂子来吧，既省力，还挣钱。"

李永说："做工太苦了，我做不来。"

28

"放心，我会给你安排一个合适的岗位，苦不了你。要不，今天晚上你就实习一次？只要让我满意，绝对亏不了你。"

唐老板见李永一脸不相信的神情，便从包里抽出几张大钞，说："这是500块钱报酬，你先收好。"

李永接过钱，算是应承下来。唐老板满意地点点头，压低嗓子对李永说："今天晚上我要你替我捉我老婆的奸。那婊子背着我偷偷养了个小白脸，我要收集证据，让她吃不了兜着走！"

李永吓了一大跳，唐老板却像没事人一样，不动声色地为他布置着晚上的活动。

当晚，李永跟唐老板来到一个居民区。这小区不大，只有几栋半新不旧的楼房，唐老板指着一间二楼的房子，说："那就是我家，你顺着暖气管道跳进阳台，给我打开门，然后我从外面冲进去，抓他们一个现行。"

李永借着月光一看，暖气管道装在二楼阳台下面，像一架天然扶梯，对他来说，登上那地方根本没难度。他跳过二楼走廊，踩在暖气管道上，准备划开窗户上的玻璃，把手探进去打开窗户，悄无声息地跳进阳台。他掏出划玻璃的刀正要动手，下面突然有人大喊起来："有小偷啊！快抓小偷啊！小偷要进阳台了！"

李永大吃一惊，慌忙顺着原路跳到地面，一个黑影冲他跑过来，边跑边喊着"抓小偷呀"，李永大惊，撒开脚丫子就跑，黑影在后面紧追不舍，眼看距离渐渐拉大了，那黑影突然开了口，说："你别跑了，我是唐老板。"

李永停下来，唐老板气喘吁吁地赶上来，拍了拍李永的肩膀，说："好，很好，干得不错，今天我们干完活了，收工！"

他的话把李永弄愣了："这就收工了？不抓现行了？"

唐老板笑嘻嘻地说："今天动静太大，已经惊动他们了，我们以后再找机会。"

第二天,唐老板把李永带到厂里,先带他参观了车间,然后把他带到办公室,当场任命他为保安队副队长。

李永这个副队长其实是个虚职,平常没什么事做,他过了两天喝茶看报的悠闲日子,憋不住了,就来找唐老板,正好唐老板要找他,一见他就对他说:"今晚我们还得跑一趟,接着干咱们上次没完成的活。这一回,是我老婆背着我跑到那个小白脸家去鬼混。"

这次李永要上一家三层楼的阳台,虽说有点高,不过外面墙体上各种各样的管道层层叠叠的,好像专门为他准备着,根本没难度。李永不费吹灰之力,就攀到了这户人家的阳台外,一推,阳台窗户竟然开了,他正要往里跳,楼下又有人大喊起来:"快抓小偷啊!来小偷了,小偷要跳进阳台了!"

李永连忙回到地面,刚落地,就见一个人影冲他跑过来,这回他没忙着逃,一动不动站在原地,等这个人影跑近了,就问:"是唐老板吧?"

跑过来的果然是唐老板,他喘着粗气,说"快跑,联防队过来了……"

两个人一起跑出居民小区,李永停下脚步,说:"唐老板,今晚我请你喝酒。"

唐老板停下脚步,奇怪地问:"你才上班几天?赚了几个钱?就要请我喝酒了?"

李永说:"我是没有钱,不过我得跟你好好谈谈价钱。这一阵你可是赚了不少。我在你的销售部都看见了,真是生意兴隆呀。我们一起唱这一出双簧,你出的这点价低了些……"

唐老板干笑两声,说:"你怎么都知道了?"

李永哈哈一笑,说"刚才你在楼下这一喊,我突然明白过来,根本就没有什么老婆奸情,你不过是贼喊捉贼,让我专门在居民小区溜门撬锁扒阳台,把居民们吓得心神不宁,为了安全,只好咬着牙买你的防盗门、防盗窗……"

唐老板说:"这一招被你轻易看出来,看来也不能瞒别人太久。你如果真想多得点报酬,就赶紧帮着我再想新招……"

(题图、插图:魏忠善)

村主任被吓着了

□金 一

山前嘴村又要进行民主选举了，张二牛为了能连任村主任，上上下下忙着拉选票。在张二牛眼里，别看山前嘴村只有弹丸大，可山高皇帝远，村主任就是个土皇帝！

这天中午，张二牛在自家备了一桌酒席，请来王赖子、李小眼和赵铁蛋三个"重要"人物一起喝酒。

酒过三巡，四个人喝了个脸红耳热。山前嘴村历来有在酒桌上说顺口溜的习俗，张二牛喝得来了劲，就提出照他的格式说顺口溜，要是对不上来，就罚酒一碗。请来的三个人也来了劲，满口答应。

张二牛眨巴眨巴眼睛，说道"俺是一个鬼，走在山前嘴。俺想吓谁就吓谁，想吓几回吓几回。"

王赖子略一思索，跟道："俺是一只狗，趴在村门口。你让咬谁就咬谁，让咬几口咬几口。"

李小眼慢慢地抽一口烟，仰着头吐了会烟圈，接着说："俺是一个贼，藏在村民堆。你让偷谁就偷谁，让偷几回偷几回。"

接下来轮到赵铁蛋了，哪知道赵铁蛋一下子没了词，张口结舌说不出话来，旁边的人等着看他洋相，可着劲儿催他，赵铁蛋小眼一眨，嚷着说："不行，俺要去撒尿！""哧溜"一声下了炕，提着裤子跑到外边去了。

三个人瞧着赵铁蛋逃跑的背影，哈哈大笑，张二牛拿手戳着赵铁蛋的背影，舌头打着转，说："你小子，等会定要灌你一大碗！"

三个人边喝边等着赵铁蛋，可过了好大一会儿，也没见赵铁蛋来，正在纳闷，赵铁蛋跌跌撞撞跑进来，拿

手指着张二牛，慌慌张张地说："不好了！村委看门的老张头说，乡政府的人连夜赶到了村里，说是要查你的问题！这酒俺不喝了，先走了。"说完，一溜烟逃了。

张二牛坐在炕沿边，已喝得云里雾里，听说乡里的人连夜来查自己，吓得大惊失色，身子一歪，一头栽倒在地上。在场的人顿时傻了眼，连忙上前拉张二牛，张二牛已经站不起来了，王赖子和李小眼拉了半天拉不动，一番折腾，总算把张二牛又弄到了炕上。张二牛这一跤摔得确实不轻，不一会左膝盖就肿得像馒头，轻轻一摸，便疼得他杀猪似的叫唤。

第二天一早，张二牛老婆上了赵铁蛋家的门，指着赵铁蛋破口大骂："你小子吃了熊心豹子胆，睁着眼睛说瞎话，竟敢吓唬俺男人！"

赵铁蛋哭丧着脸，说："嫂子，完全是误会，俺哪敢吓唬村主任呀。你借俺一百个胆儿，俺也不敢哪！"

张二牛老婆的手指捣着赵铁蛋的脑门子，瞪着豆包眼继续骂道："俺问你，你说乡里的人要来查二牛，那咋到现在连个人影也没有？你还说是老张头说的，俺都问了，老张头根本不知道这回事儿。你说，你骗谁？"

赵铁蛋吭哧老半天，说："嫂子，俺喝不过村主任，昨天俺要是不骗他一下，只怕要被他灌到炕底下。"

张二牛老婆火冒三丈，拧着赵铁蛋的耳朵就往外走，一边走一边嘴里还嚷道："混小子，走，看你把俺男人都吓成啥样了！"

赵铁蛋跟着张二牛老婆去了她家，张二牛正躺在炕上哼哼。他见了赵铁蛋就说，刚才邻村那个老中医来看过了，说是膝盖骨碎了，得到洛阳那边的正骨医院去治。赵铁蛋一听，吓得腿都软了：妈呀，这医疗费得赔多少钱啊！

赵铁蛋心思重重回到家里，叹了一口气，自言自语地说："俺是一个人，站在猪圈门。你让喂谁就喂谁，让喂几盆喂几盆。"一说完，他猛地捶一下自己的头："真是孩子饿死又来了奶，要是昨晚就想起这些个，还用得着编瞎话吗？"

说来也巧，张二牛前脚被送往洛阳，乡里的人后脚就到，只花了一天时间，便把张二牛贪污腐败的问题查清了。真是不查不知道，这些问题比他摔断腿可严重多了！

赵铁蛋好几天才醒过神来：原来自己一句瞎话就吓得张二牛从炕上摔下来，是因为张二牛心太虚。看来，人把坏事做多了，老天总会让他意想不到地受惩罚……

第二天，山前嘴村的儿童们不约而同地唱起了顺口溜：

铁蛋铁蛋，瞎话一串，

吓倒主任，钓出贪官……

（题图：谭海彦）

· 中国新传说 ·

送走父亲

□ 葛锦杰

在一家医院的重症监护室里，一位病人已经处于弥留之际了，但家属却迟迟没来。院方多次催促后，总算来了位秘书模样的人，这人气喘吁吁赶到医生办公室，说："对不起，我们陈总真的很忙……"

主治医生扬扬手，没让来人再说话，他带着来人到重症监护室，指了指身上插满管子的病人，说："老爷子很难捱过今天晚上了，家属再不来，最后一面也见不着了，就是再忙，也得送老爷子最后一程吧？"

秘书连连点头，然后走到病房走廊，拿出手机拨通一个号码，说："陈总，老爷子捱不过今天晚上了，你快过来吧。就算公司真的垮了，你也甭管了！这么大一家国企，你接手才几个月？老爷子只有你一个亲人，他提着一口气，等的就是你来呀……"

秘书打好电话，又站了好一会，这才摇摇头，离开了医院。

约摸半个小时后，秘书又急匆匆赶到医院，跟在他后面的是个高高瘦瘦的年轻人，这年轻人气度不凡，一身成功人士的打扮，他坐到病床边，对着老人轻声呼唤："爸，爸！"

喊了好几遍后，病人终于有了些反应，费力地想睁开眼睛，但他实在太虚弱了，最后只是眼皮动了几下，没有睁开，又颤巍巍地抬起一只手来，年轻人见了，急忙伸出两只手，紧紧地捧住父亲的手，眼泪一颗颗滴在老人枯瘦的手上。

秘书的眼睛跟着也湿了，他悄悄退出房间，轻轻关上了病房的门。

年轻人坐在父亲的病床边，把老

人枯瘦的手贴在自己脸上，不时跟父亲说些话，如果看到父亲的嘴在动，就把耳朵贴上去，一边还"唔唔"地应着，他手上拿着块洁白的手帕，不时擦拭着老人眼角的泪水，不知什么时候起，他在老人的耳边哼起摇篮曲，随着摇篮曲舒缓轻柔的旋律，年轻人的眼泪一颗颗落下来，落在老人干枯的脸上……

年轻人就这样陪了老人一整晚上，老人是在黎明时走的，走得很安详，脸上是心满意足的神情。这位年轻人一直等到父亲的手完全变冷了才慢慢松开。他站起身，走出病房门，看到守在门口的秘书，轻轻地叹了一口气，说："可怜的老人，他走了！"

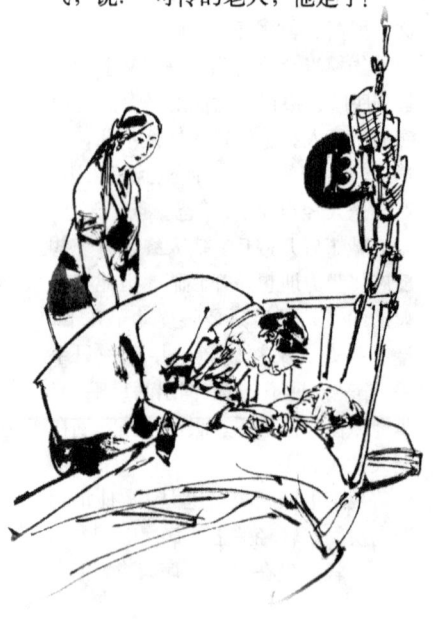

秘书从包里抽出三百块钱，递给年轻人，年轻人看了看，没接，反而问道："怎么才三百块？"

"昨天说好的呀！"

"昨天你没说要陪他一整夜，陪着老人的时候，我想起自己父亲走的时候，我没陪在身边，我是真的把他当成我父亲，流了好多泪，老人一定以为陪他的就是他儿子，这才心满意足地走的。"

秘书叹了一口气，又从包里抽出两张百元钞票，递给这位年轻人。年轻人接过钱，转身要走，突然，一个人直冲过来，与年轻人撞了个满怀。这个人顾不得给年轻人道歉，只是压低声音，冲着秘书吼道："我爸呢？我爸在哪？"

秘书摇摇头，推开重症室的门，指了指安详地躺在床上的老人。

这人冲过去，伏在老人身上号啕大哭："爸啊，您怎么走得这么急，就不等等儿子啊……"

秘书在旁边对着老人深深地鞠了三个躬，说："老爷子，不是陈总不想来，实在是这场谈判关系到我们企业的命运。那几个谈判的老外订的是第二天的飞机，因为价格一直谈不拢，陈总硬是拉着他们又谈了一个晚上。他争的不是几个钱，是国家的利益和几千号人的饭碗啊！您的在天之灵知道了，也会为这样的儿子骄傲！"

(题图、插图：刘斌昆)

爱情留言

□ 一　冰

一万元钱

阮小九是个小偷，这天夜里，他到一栋住宅楼行窃，走到四楼拐角时，忽然听到门锁扭动的声音，连忙停下脚步，只见四楼一户人家的门开了，一个瘦高个男人走出来，背着个旅行包，手里还拎着个袋子，显然是要出远门。

阮小九看见瘦高个男人关上门，下了楼，大喜：这男人要赶车出远门，却没有人送，屋里连句话都没有传出，显然没人。他轻手轻脚走到这家门口，敲了敲门，屋里果然没人应答，于是拿出工具，没几下就把门打开了。进屋一看，里面果然没人。阮小九胆子大了，索性把屋里的灯全打开，干起活来方便。

一开灯，阮小九有些失望了：这是一套二室一厅的房子，屋里空荡荡的，没有一点住人的气息，他翻了床、床头柜及壁柜，什么值钱的也没找到，累得一屁股坐在沙发上，这时，旁边有件东西"刷啦"响了一下，他扭头一看，墙角的茶几上压着一张纸，在随风颤动，他随手取了下来，一看，是一封短信，上面写道：

"亲爱的牛牛：我这次回来，是想向你道歉的，可你不在，我知道你一定又出差去了。我这半年在外面干得挺好的，只是非常想你。有句话说得真对呀，得到了不知道珍惜，失去了才知道宝贵。我真不该那么粗鲁地对待你，请你原谅我！这次我只请了一个星期的假，没能等到你回来，心里觉得空落落的。我上班去了。再过三个月，我争取再请一次假回来看你。另，我留下一万元钱，放在电视机旁边的饼干盒子里，你拿着用吧。祝你平安、开心！爱你的虎虎。"

看样子，这是一对闹了别扭的小两口，阮小九看完信，就冲向电视机，拿起旁边那个饼干盒子，打开一看，里面放着簇新的一叠钞票，整整一万元！

阮小九喜疯了，这可是他出道以来最大的一次收获啊！

拿了钱，阮小九就溜了，临走时，他顺手把信也拿走了。

这一万元让阮小九好好潇洒了一阵子，钱用光后，他又开始寻找下手目标。这天，他不知不觉中又溜到那个叫虎虎的家门口，那个叫虎虎的在外地工作，而那个牛牛又经常出差，屋里很可能又没人。想到这里，阮小九按了按虎虎家的门铃，果然没人回应，他迅速打开门，屋里依然如故，他又下意识地走到电视机前，打开那个饼干盒，没想到，里面居然又装着一万元钱！

阮小九忙转头看茶几，上面果然又搁着一张纸，走过去拿起来一看，又是一封短信，内容和上次差不多，

虎虎告诉牛牛：这次出差路过，匆匆忙忙又回来一次，仍然没见到她，非常伤心难过。他这个月又加了薪水，留下一万元给牛牛用。他把自己新的手机号码留下来，并要牛牛也留下手机号码。

阮小九看了看信上的日期，是一个多月前的，他心里有点纳闷了：这对小夫妻怎么了？生一次气，几个月都不见面？看来那个叫牛牛的女人有一个多月没回来，她在干什么？难道不是住在这里？这家的小两口到底怎么了？

三个月后，阮小九再次光临了虎虎的家，这次他又拿到一笔钱，居然有一万五千元！虎虎又给牛牛留下一封信，说，他这次在家里等了她半个月，没想到还是没见到她。她的手机也打不通，看来早就换号了，虎虎十分牵挂她，除了路费，把身上所有的钱都留下了……

真是情深意重呀！这信让阮小九看得眼泪都流出来了，这个让虎虎如此牵挂的牛牛好几个月都没见着踪影，看来处境不妙，自己拿了别人的钱，还拿走了信，弄不好就拆散了一对恩爱夫妻，太缺德了。他决定这次把信和钱留下来。

转眼一个月又过去了，阮小九放心不下，又去了一趟虎虎家，他发现那封信和钱仍然原封不动地放在那里，看来，那个叫牛牛的女人还是没

回来!

寻找牛牛

阮小九忽然产生一个强烈的愿望:帮虎虎找到牛牛,让他们见一面,沟通一下,让这对小夫妻重归于好。花了人家的钱,为人家做点事,落个心安理得吧。

阮小九想了一阵子,敲开虎虎邻居的门,自称是牛牛的表弟,路过这里来找她。虎虎邻居说,牛牛因为经常出差,有人说她跟单位的领导有不正当关系,老公开始怀疑她,两人天天吵架,后来就离婚了。离婚后,牛牛老公去上海打工,牛牛没多久也不住这里了,不知去了哪儿。不过牛牛以前在昌盛汽车公司工作,可以到那里打听一下。

阮小九立即去了昌盛汽车公司,还是冒充牛牛的表弟,公司的人告诉他,牛牛离婚没多久就辞职走了,至于去了哪里,谁也不知道。办公室的一个女孩子见阮小九一副很着急的样子,便说:"我前天上网时在QQ上碰到她,她说她在上海,但具体在哪里,就不知道了。"

阮小九向这个女孩子要了牛牛的QQ号,然后到网吧上网,搜索牛牛的QQ号,但显示牛牛不在线上。没办法,阮小九只好守株待兔,天天泡在网上,好在有虎虎的钱垫底,花虎虎的钱给虎虎找老婆,他觉得也是应该的。

这天,阮小九又泡在网上,旁边两个小青年合用一台机子,正聊着天,一个说:"那妞现在在十字路口的月亮网吧的58号机。"另一个不相信地问:"你确定?"前面那个不屑地说:"我的技术你还不相信?你敢赌的话,我在网上拖住她,你现在就去月亮网吧找她。"另一个"嗯"了一声,走了。

阮小九听得眼睛都直了,他忙凑过去,讨好地问:"你真能在电脑上看出对方的位置?"

"小菜一碟!"

阮小九忙问:"外地的能看不?"

"不论哪儿都能看到。你不知道吧,国外有个中学生,通过电脑进入了美国国防部的五角大楼。"

故事会2008年4月上半月刊·红版 **37**

阮小九说："我请你帮个忙，你给我把这个人的详细地址找出来，我给你100元钱。"

这个小家伙接过QQ号，信心十足地说："没问题，只要她一上线，我能把她电脑里的所有东西都搞出来。"

一直等到第二天中午，牛牛终于上线了。那个小青年三下五除二，马上弄到了牛牛的详细地址，是上海徐家汇的一栋写字楼。阮小九记下地址，把钱交给那个小青年，出了网吧。

阮小九拿着牛牛的地址，决定赶到上海，找到牛牛，把虎虎的钱和信交给她。

破镜重圆

地址很详细，阮小九没费什么劲就找到了牛牛的公司，他对前台接待小姐说他是来找牛牛的，那小姐一个电话打进去，不一会儿，一个气质高雅的女孩出现在阮小九面前，她胸牌上的姓名栏里写着"刘柳"两个字，阮小九一看就知道找着人了，就把三封信和余下的钱都交给了她，说是虎虎让他送的。

牛牛一口气把虎虎的三封短信看完，眼睛不知不觉就湿了，看着阮小九，好半天没说话。这时，一个瘦高个男人急匆匆赶来了，正是虎虎。原来阮小九来之前，给他打了电话。牛牛和虎虎都没想到能在这里见面，简直不敢相信自己的眼睛，愣了半晌，两个人紧紧地拥抱在一起。

牛牛说，她从来没做过对不起虎虎的事，她原来那个领导对她有意思不假，但每回都被她严辞拒绝了，于是，那个领导就四处散播谣言，坏她的名誉，弄得连虎虎也不信任她。她着急、生气、伤心，最后意气用事，与虎虎不停地争吵，以致各奔东西，后来，她想起了虎虎的好，慢慢后悔起来。她到上海来，就是为了找虎虎的。

两人哭够了，才想起一旁的阮小九，连忙向阮小九致谢，阮小九红着脸，苦笑着说："你们不用谢我，我只不过是个小偷——"说着，他把这件事的来龙去脉讲了一遍，末了又从口袋里摸出一张欠条，递给虎虎，说："不好意思，我把你留在家里的钱花了，但我会通过正当劳动，一点点挣了来还给你。"

虎虎一把将欠条撕得粉碎，说："好兄弟，有你这份心就够了。走，我帮你找一份工作！"

阮小九紧张地说："你、你找的工作，我怕、怕干不了。"

虎虎哈哈一笑，说"我现在是一家公司的副总经理，手下管着几十号人，别人说我有本事，可我连自己的老婆也找不到，你却替我找到了。就凭你这份毅力、聪明和善良，没有事情能难住你的！"

（题图、插图：谢 颖）

烦人的

敲门声

□ 湛鹤霞

美在荷花小区买了套二手房，是一套顶楼的房子。她这样做是有原因的，因为她是个作家，有一个很特别的习惯，一旦进入写作状态后，就不能被人打扰，否则就得停下来，连前面写的都可能废掉。这个时候，她连房间外路过的脚步声都怕听到，如果有人来敲门，简直就是硬生生把她从椅子上拉起来，推到门外去。所以，她什么都能不讲究，就一样得特别讲究：安静。

事情就是这么巧。这天中午，王

美正在家里赶一篇稿子，坐在电脑前好半天没理顺思路，好不容易进入状态，正写得顺手时，门口突然传来"咚咚咚"的敲门声，一下打乱了她的思路。她急了，自己刚搬进来没几天，为了赶稿子连朋友都没告诉，是谁在这个时候来敲门呢？她气呼呼地从椅子上站起来，冲到门口，猛一下拉开门，一看，门口站着一位中年妇女，说："刚才物业公司来了通知，让我们单元派两户代表去开会，你是新来的，我想请你去参加，顺便跟大家熟悉一下。"

这位妇女王美倒是认识的，她刚搬来那天，挺吃力地拎着个大箱子上电梯，当时这位妇女跟着也进电梯，顺手帮着王美把箱子拎了进去，王美感激地朝她笑笑，她也朝王美笑笑，大家都没吱声。

虽说这个人敲门打乱了王美的思路，让她很生气，可上回别人帮了自己，自己还欠着她一个人情，也不好意思冲着她发火。但王美紧绷的脸一下又松不下来，进也不是，退也不是，卡在那里。突然，她灵机一动，既然话说不出口，就装一回哑巴吧。于是，

她用手指指自己的耳朵，又指指自己的嘴巴，比比划划地"说"："你好，我正要出门去办点事情，不知道你在敲门，请问你有什么事吗？"

中年妇女一见王美比比划划的样子，恍然大悟，说："原来你是个聋哑人呀，怪不得我老半天都敲不开门。既然你是这种情况，那就别参加了，我另外找人。"

王美装出一副很茫然的样子，不好意思地朝中年妇女笑了笑。

中年妇女突然明白自己说的王美根本听不懂，也朝王美笑了笑，转身下了楼。

"耶，成功了！"王美好不开心，马上回到房间，重新在电脑前坐下，开始写作。

没想到，王美磕磕碰碰老半天，好不容易刚刚写顺手，"咚咚咚"的敲门声又响了起来，她的思路又一次被打断了。这里的人怎么这样烦啊！她火死了，一下冲到门口，正要拉开房门，心里突然一个激灵：不好了，刚才跟那个中年妇女装了回聋哑人，如果现在突然又能跟人说话了，这不是要穿帮了吗？得，还是硬着头皮，继续装下去吧！

王美悄悄退回去，换上一身外出的衣服，把挎包挎在肩上，手上拿着一串钥匙，一把拉开房门，装作突然看见敲门人的样子，露出非常吃惊的表情，用手指指自己的耳朵，又指指

自己的嘴巴，比比划划地"说"："你好，我正要出门去办点事情，不知道你在敲门，请问你有什么事吗？"

这回敲门的又是一位女人，她一看就明白王美是位聋哑人，话都没有说，只朝王美点点头，笑了笑，转身走了。

王美一直见她下了楼，马上故意把门"砰"地一声，关得很响，让别人以为她出了门，家里已经没人了，然后悄悄退回书房，坐在电脑前，重新开始她的写作。

没想到，王美只写了半个来小时，"咚咚咚"的敲门声又响了起来。王美心里这个火啊：这里的人太不文明，太没教养了！敲门干扰人本来就不对，还将门敲得这么响，恨不得把睡得打鼾的人都敲醒过来，我是来写作的，不是来听你们敲门的，你们这样一会来一次，这让人怎么做事情呀！但她现在是聋哑人，又不能扯开嗓子训斥别人不礼貌，只能呆呆地坐在书房生着闷气。

正在这时，她听到门外有人说："别敲了，这位新来的邻居是位聋哑人，她听不见的……"

后来，断断续续又响起三次敲门声，每次王美都听到有人对敲门者说："别敲了，新来的是位聋哑人，她听不见的……"

总算写好那篇稿子了，王美伸了个懒腰，舒了口气，突然觉得有些饿了，就把桌上的东西收拾了一番，准备到外面去吃点东西。没想到，她拉开房门时，突然看到自己家的门上贴了好几张纸条：

"妹子，前天物业公司出了通知，说今天要停水，你刚搬来，我怕你不知道，给你说一声。我家住三楼，是城市管道直接供上来的，你要是没存上水，就到我家来取吧。301杨紫琼"

"姐姐：我发现你是一个人住，你害怕吗？要是害怕，你别发愁，我可以来给你做伴的，我喜欢有人做伴儿。202张晨雨"

"天气预报报今天有雷阵雨，我看你在楼顶晾了被子，记得早点收哦。701刘姐"

"孩子你爱吃饺子吗？我今天包了韭菜馅的，我也是一个人，你要是想吃，就过来吧。902刘奶奶"

王美看着这一张张还粘着胶水的纸条，突然尖着嗓门叫了起来："啊——啊——我能听见啦——我能讲话啦——"

接着，她一家一家去敲门，"惊喜"地告诉每一位邻居："太好啦！我突然能听得见了，突然能讲话了！这里真是个好地方，让我的毛病突然好了……"

（题图、插图：魏忠善）

（本栏目欢迎来稿。来稿可从邮局寄发，也可从网上传递。如为电子邮件，请发以下信箱：zjw002@vip.163.com）

公公 救媳妇

□ 程继荣

茅家湾是个小山村，坐落在大山岙里，在县级地图上都找不到。不过，几十年前，茅家湾出了个人物，远近闻名。谁？一位草头郎中，名叫茅长根。这茅长根得了高人传授，会一手绝活：十里八乡的，谁家的儿媳妇分娩时要是遇上难产，只要请到茅长根，用几根细细的银针，针到娃出，从不失手，人称茅神针。

这茅神针不但医术高，人品也好，请他的不论是穷人还是富人，当官的还是要饭的，也不论刮风下雨，落雪下冰雹，他都随叫随到。

这天，茅神针刚从外面出诊回来，还没进家门，便见家门口闹哄哄围着一群人，这才知道自己的儿媳妇已经临产，而且是难产，附近三个村子的接生婆都被请了来，忙得满头大汗，儿媳妇痛得呼天抢地地叫，自己的老伴、亲家母在产房外急得团团转，儿子急得直跺脚。

茅神针救过无数像儿媳这样难产的产妇，如果今天换作别人，他只要几根银针下去，就能解除产妇痛苦，让娃儿顺顺当当生出来，可现在遭罪的是自己的儿媳妇，自己却无能为力。不然，自己的儿媳妇今后咋做人？自己这张老脸又怎么能见人？

产房里儿媳妇痛苦的喊叫像尖刀直刺他的心，让茅神针在心里直骂自己，怎么就没带出一个徒弟来。

茅神针听着儿媳妇时长时短、时高时低的呼叫，对她的情况已经一清二楚。随着儿媳的喊声越来越微弱，他的心情也越来越紧张、焦急。儿媳妇的生命已经危在旦夕，如果任由这样下去，小孙孙也将性命不保。

茅神针再也不敢往下想，他提起

药箱，一把将亲家母拉到一旁，说："这样下去不得了，我得进去救人！"

这亲家母平时见了茅神针两眼眯成一条缝，笑嘻嘻的蛮客气，可今天面孔冷得像铁板，说："世上哪有公公给儿媳妇接生的？你这一进去，让我女儿今后怎么做人？"

茅神针的老伴正在菩萨跟前烧高香，听了茅神针的话大吃一惊，连忙跑过来，拉住老头子，说："老头子，你还不嫌乱啊？快快收起你的箱子，回自己房间蒙上被子睡觉去。"

真是妇人之见！茅神针心里这个急啊，一把推开两个老太婆，便要推开产房，想不到，他的胳膊又被人死死拉住了，回头一看，竟是自己的儿子。儿子红着眼，说："爸，为了这个家，你不能——"

突然，儿媳妇在产房里不叫了，一下子全静了下来。只有茅神针明白这安静有多可怕，儿媳妇肯定是昏过去了，再不扎针，神仙也难救了。说时迟，那时快，只见茅神针突然拿出一根针，对着儿子后颈的风池穴就扎了下去，顿时，茅神针牛高马大的儿子坐倒在地，再也动弹不得……

茅神针一把推开产房门，大叫："囡囡，别怕，爹爹救你来了！"

好个茅神针，只见他拿出银针，对着儿媳妇右手合谷穴"嚓嚓嚓"三针齐下，紧接着又在内关穴扎进一支长针，然后对着小腹部位的肾俞穴手

起针落……旁边三个接生婆看得目瞪口呆，一个个木桩似的说不出话来。

世上的事，你说神还真就神了。茅神针这几针一扎，他昏迷中的儿媳妇不一会就醒了过来，接着，一个已经憋得全身发紫的大胖小子顺顺当当地从他娘肚里钻了出来，茅神针接过孩子，倒提起来，在孩子脚掌的涌泉穴"啪啪啪"连拍三掌，这孩子便"哇"地一声哭了出来。外面的人一听，都明白两条人命被茅神针救了回来，可是，大家全都心事重重的，谁也高兴不起来。

茅神针深深看了一眼小孙子，在小孙子的胖脸蛋上亲了又亲，把他交给身旁的接生婆，走出产房，弯下腰，从儿子颈后的风池穴取出银针，又在儿子胸前的膻中穴拍了两下，看到儿子能动弹了，这才一声不吭走到自己家大门外，当着围观的众人面，突然取出两支寒光闪闪的三棱银针，朝着自己的双眼刺了下去……

从此，茅家湾少了个茅神针，多了一位双目失明的老人，这位老人常端着一壶茶，靠着墙根闭目养神，他的身边，是他那虎头虎脑的孙子……

这都是几十年前发生的事了，现在的茅家湾早跟以前大不一样了，但茅家湾的人说起茅神针来，一个个心里都充满了敬重……

（题图：谢 颖）

做不得的买卖

□ 李宗儒

一批便宜货

李强是位个体运输户。这天，他接到朋友程蒙的电话："你说过臧村的旧电器生意很火，我现在正好有一批进口旧电脑，你帮我运到那里去吧。"

李强说："那地方我还是五年前去过，不知道现在怎么样了。"

程蒙说："这批货便宜得论吨卖，保准没问题，就算放了空，我照样付你运费。"

五年前，李强到臧村送过一回旧电脑，这一去让他开了眼：这个山肚脐眼里的小村子，竟然是个经营旧电器的大市场，专门收购旧的电脑、电视、冰箱和洗衣机。这些收来的旧货好一点的改头换面，冒充品牌机再低价批出去；差点的拆零拼凑，也按杂牌机往外走；实在攒不成个的，就把机器里的电路板砸碎，回收里面的贵

重金属。这一进一出，废物变宝，臧村发了大财，农舍盖得赛别墅，每户门前都停着汽车，让李强羡慕得要流口水，一回来就跟程蒙好一番说道。没想到做生意的程蒙一直把这话记在心里，这回见到了一批旧电脑，马上就准备下手。

程蒙带上李强先去拉那批电脑，没想到那批洋破烂还挺抢手，等他们赶到时，满满一货柜的旧电脑已经批发得差不多了，程蒙把剩下的全要下来，还不到两吨。李强说："我八吨的车子才拉这一点，还要跑一百多里山路，这生意能做吗？"

程蒙一挥手，说："没事，这么便宜的东西，亏不了。就算赚不到钱，还能趟个熟道儿。"

再便宜也不要

程蒙既然这样说了，李强就不再说什么，稍作准备，把车开上了路。

一百来里的路程虽不算远，可盘山路不好走，等他们赶到臧村时，已是午夜时分了。不愧是个旧电器市场，老远就闻到一股呛鼻的酸臭气味，临近村口，公路两侧各堆了一座几十米高的垃圾山，堆着废弃的电器壳子和元器件，朦朦胧胧看过去，山上好像还有不少人在上面忙活。程蒙兴奋地叫道："真是名不虚传，这么晚了还有人在加班干活。咱们算是来着了！"

这时，突然跑过来几个村民，横挡在车前，李强急忙刹住车。

一个村民问："你们是干什么的？"

程蒙探出头，大声说："这是臧村吗？我们是送货的，车上是旧电脑。"

"这里是臧村不假，但我们不收电脑了，你们回去吧！"

"车上一水的外国货，便宜呀！"

"再便宜也不要了。你们回吧！"这个村民口气硬邦邦的，毫无商量的余地。

程蒙急了，跳下车就嚷起来"我们烧油费力好几百里地送来了，你们

凭啥不收？"

"就是不收！这些破烂货，坑死人！"

眼看吵起来了，李强怕程蒙吃亏，也跟着下了车。

那边垃圾山上忙活的人听到动静，呼啦一下全跑了过来，把车子围了个密实。这些村民一个个眼冒凶光，恶狠狠地盯着李强和程蒙。李强一看形势不对，连忙说"我们是来送货的，做生意和气生财，你们能收就收下，实在不收，我们走人就是。"

"这还算句人话。实话告诉你们吧，我们村早就不收这破烂玩意了。你们回吧。"

程蒙还是不甘心，动手就解车上的毡布，说："你们连货都不看，咋就知道是破烂玩意？"

村民们不耐烦了，吼道"你这人咋这么啰嗦？我们不看，更不要！你们快走！"

程蒙难过得蹲在地上，一把抱着头："完了，这回赔到家了——"

这时，村民中出来一个人，问："你们一台电脑要多少钱？"

李强打量一下这人，觉得有些眼熟，可这人缩头弓腰，只裹着身破烂的地摊西服，实在想不起哪里见过，就问："你是——"

"我是臧有亮，村子里管事的。"

李强记起来了，臧有亮是臧村的支书，五年前他来的时候见过，那时

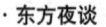

的臧有亮一身名牌，趾高气扬，除了嘴角一颗瘊子碍眼，其他地方怎么看都是个大款派头，哪里会是现在这个样子！他再一细瞅，这人嘴角的瘊子在暗夜里发着蓝光，不是臧有亮是谁？李强连忙说："臧总，我五年前就见过你了，算是老朋友了。我们这次送来的电脑，都是国外升级刚淘汰下来的，成色特好，保证你能大赚。再说货也不多，半车都不到，你就发句话，收下吧。"

臧有亮听李强这一说，似乎来了

精神，又问："你们到底多少钱一台？"

一见有门了，程蒙连忙抢过话头，说："最少也得二十块吧！"

李强担心价要高了事情要黄，忙给程蒙使了个眼色，程蒙赶紧说："少点，也行。不过，臧总你最好先看看货，就知道我要价高不高。"

臧有亮说："这样吧，给你每台四十块，怎么样？"

臧有亮这一说，人群顿时爆发一片吵嚷声，臧有亮回头摆摆手，吵嚷声一下静下来。

程蒙连说："行、行，你叫人马上卸车吧。"

臧有亮摇摇头，说："不是卸车，是装车！"

程蒙和李强都蒙了："啥？装车？"

"对，是装车！"臧有亮说，"我不要你的货，而是贴钱把臧村的旧电脑送给你们，一台电脑四十块钱。你们车子不是还空着一多半的地方吗？"

货白送不说，还带贴钱，天下有这等好事？程蒙怕自己听错了，一字一顿地问："臧总，你是说，白送我电脑，还外带给钱，每台四十元，能装多少算多少？"

臧有亮说："没错。还不用你出力，我们负责给你装车。"

李强拉程蒙到一边，悄声提醒：

"我看这事有点悬，天下哪有这样做买卖的？别被便宜咬着了。"

程蒙抑制不住兴奋，悄声说："哪有见了便宜躲着走的？听我的，你就看好吧！"他转过身，又对臧有亮说："臧总，你的电脑质量咋样？别砸在我手里整不出去啊。"

臧有亮笑了："你可真是个生意精。贴钱给你电脑，还要讲什么质量成色？"

程蒙也笑了："臧总，你是商海的老舵手了。这样好不好？我也不挑成色了，你一台再给加十块。"

臧有亮的确有大老板的气魄，手一挥，说："好，那就一台五十块。乡亲们，装车！"

程蒙又说："臧总，为了多装你的货，我把车上的旧电脑全卸下来。"

"不行，不行。"臧有亮急忙制止，"你带来的货，一件也不能卸。车上能装多少就装多少。"

李强从没见过这么做买卖的，心想自己也管不了这么多，就对程蒙说："我太困了，在驾驶室迷糊一会儿。"

程蒙说："行，我盯着装，你睡会吧！"

昨晚收的钱

李强一觉醒来，天已放亮，扭头一看，程蒙不知啥时也在一旁睡着了，他斜着身子歪着头，一脸笑容。再

瞧车外，已没有一个人影。

他轻轻打开车门，下车活动一下身子，突然听到不远处传来"叮叮当当"的敲击石头的声音。大清早的，这是干啥？李强忍不住好奇，走了过去。

转过垃圾山，就见一堆散乱的花岗石中，几个老人正在凿石碑。一个老人见李强走过来，就问："你是干啥的？"

李强说："我是来送旧电脑的。"

"送旧电脑的？咋没听见车子响？"

"我们是昨天半夜里才到。"

"有人要吗？"

李强说："我们的旧电脑没人要，却从你们村民手里收了半车旧电器。"

几个老人一听这话，全都停下了手中的活。

李强感到很奇怪，老人笑着往远处一指，说："你瞧瞧，我们村里好多人都躺在那里……"

李强一看，那里是一大片坟地，大小坟头密密麻麻的，有的长满荒草，有的还插着魂幡。他猛然想到昨天夜里在垃圾山上的人，天那么黑，又没开个灯，能干什么活？莫非……

他不敢多想，忙问这位老人："大爷，你们村子——"

老人叹口气，说"我们村前些年靠倒腾废旧电器发了财，可也毁了村子。自从堆满那些破玩意，村子里就

老是有人得怪病，一个好好的后生，说个有病，眼瞧着就绿了脸，瘦成骨头架子，花多少钱也治不好，三天两头地死人，连墓碑都刻不过来。从此，村里砸了公司的牌子，见了送货的汽车都轰走。半夜里，村民经常在夜里听到垃圾山上有响动，说是那些受害过世的人在清理搬运垃圾，碰到一些想来找便宜的送货车，还给他们装上一些让带走。"

李强听了个毛骨悚然，心底里又不肯相信，就问："你们村的支书臧有亮呢？"

老人说："他头年也死了。祸事是他弄起来的，乡亲们恨透了他。死后下葬时，人们扒了他的衣裳，想叫他光着屁股走。是他媳妇磕破了头，才勉强给套了身破西服遮体。"

李强再也不敢问下去，急忙跑回车子上，使劲把程蒙推醒，向他说了刻碑老人的话。

程蒙睡眼蒙眬的，根本不相信，李强说："不信你自个去问呀！"

程蒙说："你听一个老头瞎白话啥？咱们还是赶紧走，省得人家后悔了，又找我们要钱。"

程蒙叫李强先发动车，自己再看下货，他绕着车子走了一圈儿，看到车子上装得满满的，就得意地说："你瞧，车上都装着呢，咋会有假？"

李强提醒他："你看看昨晚收的钱还在不在。"

程蒙打开腋下夹着的皮包，掏出一沓钞票，得意地朝着李强扬时，忽然看到李强变了脸色，一愣，忙瞅手上，吓得一把将手里的钱扔了出去。

这些钱根本不是真的钱，而是一沓花花绿绿的冥币！

李强把那些冥币从地上捡拾起来，对着周围那些坟地烧了。又指指车上的旧电器，问程蒙"这些东西怎么办？"

程蒙说："我们运走吧，交给政府统一处理……"

（题图、插图：谭海彦）

京城刺客

□ 韦凤新

北宋末年，汴梁城有一家叫做"聚德斋"的酒楼，因为掌柜朱老六经营有方，在京城很有名声，是达官贵人经常聚会的地方。

这天，聚德斋来了位衣着华丽的少年，要了个包间，点了店里最贵的酒菜，说是有几位朋友要来。可菜都上齐了，却迟迟不见客人来。这位公子等得不耐烦了，把一桌子酒菜风卷残云般吃了个精光，然后对店小二说："叫你们掌柜的来一下。"

店小二马上叫来朱老六，这位公子拿出一颗珠子，对朱老六说："我今天被朋友耍了，他们说好请客，叫我先来点菜，这些人却不来了，我身上

没带足银子，想先将这颗珠子放你这儿押着，明天再拿银子赎回。你看可好？"

朱老六接过珠子，细细一看，便知道它不是一般人能有的，就说："行，我这就给你开一张字据。"

公子一挥手，说："字据就不用了，我信得过你。"

朱老六客客气气将这位公子送到酒楼门口，回来经过大厅时，两个正在吃饭的大汉看到他手中的珠子，顿时脸色一变，站了起来，说"掌柜的，你手中的珠子可是罕见的宝贝啊！"

朱老六笑道："这是刚才那位公子忘了饭钱，押在我这的。"

"那公子呢？"

朱老六说："刚走出去呢！"

一个大汉突然拔出刀，架在朱老六的脖子上，叫道："三天前，皇宫里丢失了一批珍宝，其中便有这颗珠子，走，跟我们去衙门一趟！"

正在吃饭的客人听见这边吵嚷，

全都围了过来。一个大汉掏出写着"尚书府"字样的腰牌，朝着众人一晃，众人一看，马上一声不响，全都回到了座位。

朱老六大声喊冤，两个大汉不由分说，拿绳子将他套了，把他带到了尚书府，将他锁在一间房子里，说："等大人回来了，自会审你！"

朱老六想逃也逃不了，只得乖乖呆在房里，可整整两天没人理他，一直呆到第三天，才进来一名大汉，对朱老六说："我们已经抓到盗窃皇宫珍宝的人了，果然与你无关，你可以走了。"

朱老六心里窝着气，又不敢在尚书府撒野，一声不吭，回到了聚德斋。

第二天，城东布庄的吴掌柜来到聚德斋，朱老六放下手头的事，将吴掌柜带到一间雅座，亲自陪着喝酒。吴掌柜喝了两杯，就问："听说你被叫到尚书府去了？"

朱老六说："是呀，真不知撞了什么霉运，无缘无故把我抓去，关了两天，又莫名其妙地放出来。"

吴掌柜奇怪了："问都没问一句，就放你回来了？"

朱老六摇摇头，说："关了我三天，除了送吃的，没人来问我一句话。"

吴掌柜盯了朱老六一眼，说"皇宫里失窃，怎么会是尚书府的人来破案呢？"说完，就冲朱老六作了一个

揖，走了。

第二天上午，朱老六正在店里忙着，突然听到两位客人在说："城东布庄的吴掌柜昨夜被人杀死了。"

朱老六大吃一惊，急忙叫来一个伙计，让他前去打听。

那伙计去了不久就回来了，说，昨天吴掌柜离开聚德斋后，又去拜访了两个朋友，回到店里已是深夜，今天早上，伙计发现他被人砍死在房间里。

又过了一天，中午时分，聚德斋里来了一个大汉，找了个靠窗的位子，独自喝着酒，看到朱老六从大堂走过，他突然站起来，手一扬，一枚飞镖朝朱老六飞过来，朱老六大吃一惊，抓起身旁一张椅子向那人扔去。飞镖被这一阻，失了准头，"扑"地一下，插在朱老六身旁的柱子上。

那人一击不中，便从窗口跳了出去。店里的伙计抄起家伙，大叫着追到楼下，这时，一位巡街的军官正好经过，连忙把这些店伙计喝住，朱老六连忙上前，说了刚才发生的事，军官听了，说："看来你是惹上仇家了，他一击不中，肯定不会罢休。这样吧，我派两名士兵来店里保护你。"

朱老六急忙推辞，军官说："你只管他们饭就行了，别的不用操心。聚德斋是吃饭的好地方，可不能少了。"军官说着，叫来一高一矮两名士兵，换了装束，留在酒楼里。

朱老六推辞不得，只好接受了军官的安排。这一高一矮两个士兵每天都有一个人站在门口，观察进店的客人，另一个总是在朱老六身旁，朱老六叫士兵不必盯得这么紧，士兵说："不行啊，你要是出了事，我们的脑袋就保不住了。"

过了两天，又来了一个人想刺杀朱老六，高个子士兵及时出手，将刺客的兵器打落在地，却是一把弯刀，朱老六吓得脸色都变了。

从此，两名士兵看守更紧了。

这天夜里，睡梦中的朱老六被一阵响声惊醒，外面传来激烈的兵刃相交的声音。突然，矮个子士兵撞进门来，一把拉起朱老六，叫道："快走！"

朱老六吃了一惊，急忙问出了什么事，矮个子士兵叫道："这次来了好

几个人，我们顶不住了，你快跟我走！"果然，外面的厮杀声越来越近，朱老六还在犹豫时，"呼"地冲进一个蒙面人，手持弯刀向朱老六砍来。

矮个子士兵架住蒙面人的刀子，飞起一脚，将他踢了出去，反手将门关上，又将屋内的柜子推倒，顶在门后。外面的人开始撞门，士兵拉着朱老六，叫道："快走，从窗口跳下楼。"朱老六吓得胆战心惊，跟着矮个子士兵，纵身跳下去。

这时，另一扇窗口也跳下来一个人，却是那个高个子士兵。两个蒙面人跟着也跳了下来，高个子士兵马上挥刀冲上去，与他们斗在一起。

这时，楼上又接连跳下几个蒙面人来，矮个子士兵拉着朱老六就跑，

刚跑不远，就听到身后高个子士兵一声惨叫，矮个子士兵身子一颤，喊了声"兄弟"，拉着朱老六继续跑。

几个蒙面人在后面拼命地追，眼见就要被追上了，前面突然过来一队巡夜的士兵，矮个子士兵连忙大叫："兄弟们，快帮我，后面有刺客！"

这些士兵一听，马上跑了过来，迎着蒙面人冲了过去。几个蒙面人一看情势，马上四散逃走。

带着这队士兵巡逻的正是上回遇见的那位军官，朱老六连忙上前感谢救命之恩，军官看了他一眼，说："你一个开饭店的，怎么惹上这么厉害的仇家？看这架势，这些人来头不小，不是我能对付的，你要想活命，跟着我一起去见见赵将军吧！"

朱老六听说有活命的机会，连忙答应。

经过这一阵折腾，天已渐渐亮了，军官带着朱老六来到赵将军府，门丁一见他们就说："将军早就起床了，正在等你们，快去吧！"

军官带着朱老六见过赵将军，刚刚坐下，外面又进来一位军官，禀报说，聚德斋那里有三具尸体，其中两个是蒙面人，身上有狼头刺青，另一队巡街的士兵还抓到一位蒙面人，已经审出来了，他招认自己是金人，受指派专门来刺杀朱老六。

朱老六一听，吓得魂飞魄散，大叫："将军，救救我！"

赵将军说："你一个开饭店的，怎么会招这些金人来杀你？不讲清楚，我又怎么能救你？"

朱老六"咚"地一声朝赵将军跪下，说："将军，我也是金人，是金国安插在汴梁的探子。"

原来，两年前，金国与宋朝签约，联合抗辽，但金国早就不安好心，计划灭辽后继续南下，吞并宋朝。他们派了不少探子来到汴梁，以各种身份作掩护，在汴梁形成一个庞大的探子网络，朱老六就是其中一个。

朱老六说："都怪那个盗了皇宫珍宝的强盗，害得我被关了三天。布店吴掌柜也是我的同伙，见我被关了，对我有些疑问，可他见了我一回去便被人杀了，你们的士兵天天守着我，我没法跟同伙说清楚，这样一来，那些同伙肯定认为我生了异心，这才不停地派刺客来杀我灭口。"

赵将军说："你只有将那些探子全指认出来，才能救你自己的性命。"

朱老六点头称是，将他知道的所有探子写了张名单，交了上来。

将军将名单递给那位军官，说："马上把上面的人全部抓起来！"

朱老六问："将军，我怎么办？"

赵将军哈哈大笑："你主子并没派人来杀你，一切全是我安排的。你就放心地吃我们大宋的牢饭吧！"

（题图、插图：黄全昌）

突然冒出的儿子

□ 范国清

没有男人的家

民国初年，鄂西有个叫歇马垸的村子，村里有个叫马九的人，突然出家做了和尚。

这马九才三十出头，老婆颇有姿色，儿子都三岁了，家里还有两亩多地，日子怎么也说得过去的，可他不知扳错了哪根筋，硬是去村外不远的百雀山当了和尚。

马九出家了，他老婆却不肯走，仍带着儿子住在马九留下的三间老屋里。从此，村里人把马九的老婆称作"和尚老婆"，称他的儿子为"和尚儿子"。

和尚老婆是个小脚，马九在家时，她很少干农活，只是在家做做家务，纺纱织布，如今丈夫当和尚去了，家里的两亩多田地就得靠她耕种，可犁田她不会，插秧经常摔在水田里，滚一身烂泥，孤儿寡母的，真是可怜。

真是天无绝人之路，和尚老婆年轻，长得漂亮，村里不少男人来帮和尚老婆干农活。很快，歇马垸出了个怪现象：和尚家地里的庄稼长得好，收割得快，新一轮的庄稼种得也早。

这一下村里的女人犯了嘀咕，都不放心自己的男人帮和尚老婆干农活，但她们又不敢公开反对，因为马九在菩萨手下做事，得罪不起。

渐渐地,和尚老婆开始爱漂亮了,抹雪花膏,涂胭脂,把全身弄得香喷喷的,越活越年轻,平时她都呆在家里,到农忙时,就拎把茶壶,打一把花洋伞,立在地头,不一会就会有二牛哥小狗哥石头哥们颠颠地跑过来,在她家的地里忙碌开来……

除了地里的农活,和尚老婆家中还有一些需要男人干的事,如挑水劈柴啥的,也有不少男人上门去做。

一晃就是三年,马九在百雀山上当着和尚,家里住了几辈子的土砖老屋被他老婆掀掉了,盖了三间亮堂堂的青砖瓦屋,更奇的是,和尚老婆又生了一个儿子!

花钱买个教训

和尚老婆生二小子时,利索得像从肚子里滚出粒汤圆,这小子也不怕丢他娘的丑,哇哇直哭,把全村的人都引到家里来看热闹。

一个守活寡的女人生孩子,这叫咋回事呀!村里顿时热闹得像一锅煮开的粥,男人紧张,女人愤怒,那些爱帮和尚老婆干活的男人,一个个被老婆骂得狗血淋头。随后,村妇们拥到和尚老婆家,撕开往日怕菩萨的脸皮,在和尚家门口说着难听的话。

不一会,大麻子村长也来了,这人一向注重村风民俗,一来就虎着脸,问和尚老婆:"你这二小子是哪个野男人下的种?"

和尚老婆一见村长脸上的大麻子一粒粒膨胀起来,吓得要哭,却一声不吭。大麻子村长照着她脸上就是一巴掌,骂道:"死不要脸的女人,你男人在菩萨手下做事,你却在家里偷汉子,再不交待,我把你沉了猪笼!"

和尚老婆吓得直哆嗦,说"我是喝……喝了石头哥挑的水,才怀上了二小子。"说罢,可怜巴巴地看了村长一眼,低下了头。

和尚老婆一说，村上的女人和大麻子村长一起松了一口气，因为石头是一个死了老婆的男人，快四十岁了还没续弦，这个人看上去老实巴交的，想不到竟跟和尚老婆有一腿。

大麻子村长命人把石头绑在村公所前的木柱子上，说："马石头，人家男人出门当和尚，在菩萨手下做事，你竟敢睡人家的媳妇，还睡出个孽种来，你狗胆不小啊！"

石头不会说话，直喊冤枉，说从没睡过和尚老婆。

大麻子村长一巴掌扇在石头脸上："和尚老婆都招了，你还不认？"

石头在柱子上被捆了一天一夜，第二天才松了绑。大麻子村长念他初犯，罚了他十块大洋，让他花钱买个教训。

马石头松了绑就直奔和尚家，想找和尚老婆问个清楚明白。可和尚家门上一把锁，谁也不知道和尚老婆在哪里，只好快快地回了家，他一到家就哭：家里只剩一亩活命的地，一间破草屋，把这些全卖光了也换不来十块大洋。可要是把这些全卖了，他怎么活呀？他觉得冤死了，又想不出法子，只好跑到百雀山庙里求菩萨。

菩萨帮帮忙

百雀山离歇马垸只有五六里路，庙建在半山腰上，不大，香火却挺好，石头带着香烛刚走到庙门口，就遇上了马九。

马九光着脑袋挑着一担水桶，见了马石头就打招呼："石头哥，你来行香啊？"

石头一见马九，一下牵动了肚里的愁肠，长叹一口气，说："马九啊，你家里出了事，也连累着我出了事。"

马九一愣，忙问："我家出了什么事？"他毕竟是半路出家，嘴巴上还挂着自己从前的家。

"这几年你在山上做着和尚，你老婆却在家生了二小子。"

马九怔了半晌，红着脸，说："阿弥陀佛！这个不要脸的婆娘！当初我要是让她改嫁就好了。石头哥，你知道二小子是谁生的吗？"

马石头痛苦地说："我要是知道就好了！大麻子村长硬说二小子是我的种，要罚我十块大洋，还捆我，打我的嘴巴，我没法子，才来庙里求菩萨帮我化解化解。"

马九愣愣地瞅着石头，问大麻子村长为啥要这么审，得知是他老婆亲口说的，气得把挑水的扁担往地上一扔，奔进庙里，拿着个槌子直敲木鱼。

这时，一个老和尚从庙门里出来，双手合十，问石头："阿弥陀佛，施主何事惹得他动怒？"

石头连忙把事情向这位老和尚细细说了……

不一会，石头进庙里来了，他烧过香烛，往功德箱里丢了几个铜钱，

然后跪在菩萨面前磕头，磕完三个响头后，他凑到仍在敲木鱼的马九身边，说："马九，我在菩萨面前发过誓了，二小子真不是我的，可大麻子村长要罚我十块大洋，我就得把我家的地和房子卖了，你明白不？"

马九仍敲着木鱼，没作声。

石头接着说："你要是忙着念佛，空不出嘴跟我说话，我问你话，你就点头或摇头表示一下，行不行？我问你，大麻子要罚我钱，菩萨能不能保佑我不交？"

马九摇了摇头。

"那我交了罚款，二小子就算是我的儿子？"

马九点了点头。

"我算是二小子的爹？"

马九又点了点头。

"这么说，你那老婆也是我的了？"

这下，马九梗着脖子，不吱声了。

石头说到这里火起来了，大声嚷道："我不管，以后我夜夜上你家去，睡你的老婆！我不能这么冤枉地被罚十块大洋。"

大洋换老婆

石头回到村上时，太阳已下了山，路过和尚老婆家门口时，看见和尚老婆坐在屋里给二小子喂奶，他很想冲进去问个清楚明白，可看到和尚老婆白白的奶子，只好收住脚步，拐个弯走了。

天黑尽后，石头悄悄从家里走出来，来到村西头的和尚老婆家。他看见有个人影在和尚家门口的榆树旁晃了一下，就不见了。石头便轻手轻脚走到榆树前，细细一瞅，看到马九正

偷偷趴在地上，就大喊一声："是马九啊？你趴在这里干啥？"

马九从地上爬起来，气愤地说："石头，你问我？我还要问你呢！深更半夜你来我家门前干什么？"

马九的声音比石头的还大，这时村上的人还没睡着，全都一骨碌从床上爬起来，拥到榆树底下。大麻子村长披着衣服叉着个腰，也来了。

马九对大麻子村长说"我三年没回家，老婆却在家生了二小子，这石头白天跑到百雀山庙里喊冤，说村长糊里糊涂罚他的钱，我心里搁不下，就回家来瞧瞧，刚到门口就看到有个人影子晃动，我估摸着是二小子的爹来了，便伏在树下观察，却原来是石头。深更半夜的，他来我家门前干啥？我看就是罚他一百块大洋，也一点不冤他……"

大麻子村长听了这话，点点头，然后冲石头吼道："马石头，你个狗日的居然说我糊涂，你深更半夜跑到和尚家门前干啥？你十块大洋还没交呢，是不是又想再睡出个三小子来？来人，把他绑起来！"

几个保丁正要上前捆人，石头忙说："且慢，今晚我跑到和尚家门前来，不为别的，我是来捉马九的奸……"

村人一听，全糊涂了。石头说："我白天遇上百雀庙的老和尚，老和尚听我说了和尚老婆的蹊跷事后，就说马九在庙里根本不守庙规，每过几天就要偷偷下山一趟，而且功德箱里的钱经常被人偷走，山门重地，除了庙里的和尚，没人能偷……"

村人得知这一情况，全都大吃一惊，大麻子村长又吼道："马九，石头说的可是真的？"

马九气得脖子通红，拿手指着石头，结结巴巴地说："你——你——血口喷人！"

石头说："你不承认是不？行！我认罚十块大洋，请村长和乡邻给我作主，让马九的老婆给我当老婆。"

大麻子村长一听，说："嗯，这是个好法子，你既然认罚，说明马家二小子是你的种，你娶和尚老婆为妻，名正言顺。"

马九在一旁听得大汗淋淋，说："别，千万别这样，我栽了石头哥的赃，我认……"

大麻子村长气得朝着马九就是一脚："我说你怎么突然就当了和尚？污染了佛门净地不说，还差点让石头背上黑锅。现在，我要罚你三十块大洋，让你花钱买个教训！"

马九从庙里偷回的钱刚盖了房子，现在哪来三十块大洋？大麻子村长见他不交，便带着保丁把他抓起来，绑在村公所前的柱子上，绑了一天一夜后，和尚老婆将新砌的青砖瓦房拆了，正好卖了三十块大洋。

（题图、插图：黄全昌）

最后一笔

生意

□ [美] 埃里克·加西亚

华登喜 改编

一幅油画

罗伊是个老骗子，他带着徒弟弗兰克一起行骗，跑遍整个美国，从来没有被警察抓到过，骗了很多钱。这天，他告诉弗兰克，准备做完最后一笔生意，然后收手，到英国乡下躲起来，过悠闲自在的日子。

这最后一笔生意是弗兰克找到的，他打听到一个古董商准备出手一幅油画，这幅油画价值一百多万美元，经过策划，决定让弗兰克以油画商的身份，约古董商在环城河上的一艘游船上交易，时间定在星期天中午十二点。

到了星期天中午，那位古董商带着两个保镖，提着一只黑色的箱子，来到游船上，弗兰克已经到了，正抱着只牛皮箱子在等他。古董商将箱子

打开，弗兰克确认箱里装的是那幅油画，便把自己的牛皮箱子打开，让古董商确认箱子里装的全是真钞，然后合上牛皮箱，正要与古董商交换，突然，上游冲下来一股强烈的水流，把游船冲得猛烈摇晃起来，古董商与保镖毫无准备，全被晃得摔在甲板上。说时迟那时快，弗兰克也趁势假装摔倒，一把将手里的牛皮箱扔进河里，迅速从身边的甲板下抽出一个一模一样的牛皮箱。

接着，弗兰克扶着古董商站起来，说："肯定是上游水库突然开闸放水……"古董商摇摇头，将装着油画的箱子交给弗兰克，接过弗兰克手里的牛皮箱，带着保镖离开了。

古董商一走，弗兰克马上在船甲板上跺了几脚，一个身穿潜水服的人拎着牛皮箱，从水里冒了出来。

不用说，从水里出来的人正是罗伊，他匆匆换下潜水服，迅速和弗兰克赶到停车场，弗兰克马上开动车子，直奔机场，去赶飞往英国的航班。

父女相认

弗兰克把车子开得飞快。为了掩人耳目，他们选择的是另外一个州的飞机场，走的是一条小路，车子刚开到一处山脚时，只听罗伊大喊一声："当心……"弗兰克一看，山坡上滚下来一块大石头，弗兰克急忙转动方向盘，同时踩下了刹车，可还是避让不及，车子靠近罗伊的一侧猛地擦上了那块大石头，罗伊只觉眼前一黑，脚上一阵剧痛，昏了过去……

罗伊醒来的时候，发现自己躺在一个简陋的诊所里，弗兰克在一旁焦急地看着他。弗兰克见罗伊醒了，一阵高兴，说："我们的车子撞上了那块落下的大石头，你的腿被撞骨折，出了很多血。幸好发动机没坏，车子还能开，我就把你带到这家乡下诊所躲了起来。你放心，我给了医生很多钱，堵上了他的嘴，警察就算在通缉我们，也不可能找到这里。"

罗伊听弗兰克这么一说，庆幸自己捡回了一条命，脸上露出欣慰的笑容。这时，医生走进来，对罗伊说"你整整昏迷了两天两夜，虽说现在醒过来了，但你失血过多，必须输血，不然，后果非常严重。可你的血型——"

罗伊点点头，说"是的，我的血型是非常罕见的RH型，你是想说血库里没有这种血型的血吧？没关系的，只要你能为我找到合适的血型，我再额外付给你十万美金……"

医生摊开手，无奈地说"我已经给附近的各大血库打了电话，都没有RH型血浆，现在只能暂时先给你输些O型血，但如果不尽快找到RH型血浆，你将性命不保！"

罗伊又急又怕，将头转向弗兰克，弗兰克拍了拍罗伊的手，说："罗伊，你放心，血库里没有，我去找RH型血的人……"

过了两天，弗兰克把一位十几岁的小女孩带到罗伊跟前，高兴地说："罗伊，这个女孩是RH型血……"

罗伊朝女孩子点了点头，说："孩子，如果你救了我，我会重重地报答你的。"

女孩子怯怯地看了罗伊一眼，没吱声。弗兰克马上带着她来到医生的办公室，过了一会，医生拎着一袋鲜红的血浆进来，输入罗伊的身体里。

罗伊补充了这袋血浆后，精神好多了，又让弗兰克把女孩叫到身边，和气地说："孩子，感谢你救了我，你叫什么名字？"

女孩子还是怯怯的，不敢开口，弗兰克在一旁说："她叫安吉拉，今年刚刚十六岁，住在一个叫谢里的小村

子里，父亲是位木材商人。"

"一个叫谢里的村子？"罗伊眼睛动了动，又问，"是洛科镇的谢里村吗？"

女孩眨巴着眼睛，点了点头。

罗伊又问："孩子，能告诉我你父母叫什么名字吗？"

女孩说："我父亲叫哈里，不过我没见过他，因为打我出生后，他就没回过家。我妈妈叫吉拉，去年生病死了……"

罗伊突然激动起来，一把搂住安吉拉，说："孩子，我就是你的父亲哈里，想不到我抛弃了你们母女，你却救了我的命！"

接着，罗伊大声对弗兰克说："你还记得吗？我给你说过的，我十六年

前曾到过洛科镇一个叫谢里的村子，结识一位名叫吉拉的姑娘，弄大了她的肚子，便偷偷逃了。我那时用的正是哈里这个名字，自称一名木材商人，而这孩子正好有跟我一样的稀有血型，她正是我的亲生女儿啊！"

罗伊继续搂住安吉拉，热泪滚滚，说"孩子，我对不起你和你妈妈，现在我要全部补偿给你，我要带你去欧洲，让你上大学，进上流社会……"

接着，罗伊吩咐弗兰克赶紧替安吉拉去办签证，等身体一恢复，就一起去英国。

安吉拉突然遇上生身父亲，也非常高兴。她又坚持给罗伊输了两次血，罗伊看着女儿鲜红的血浆一滴滴进入自己的身体，心里欣慰极了。

过了两个来月，罗伊的身体基本恢复了。这天，他化好装，亲自带着安吉拉去买了飞往英国的机票，回来一推门，便被一支枪顶住了脑门，一看，弗兰克被人绑在凳子上，古董商冷笑着从门后闪出来，一个高个子保镖一把抓住安吉拉，把她拖进房间。古董商一脚把罗伊踹倒在地板上，说："快给我把钱和画交出来，不然，我一枪崩了你女儿！"

罗伊见弗兰克一个劲地朝身边的金鱼缸使眼色，心里一动，说："钱和画我都可

以给你，但我想知道，你是怎么找到我的？"

偷天陷阱

古董商得意地笑道："你们能收买那个乡村医生，他当然可以为了更多的钱，跑来向我告密……"说完，古董商拉住安吉拉，把枪指着她。

罗伊从口袋里掏出一把钥匙，说："放了我女儿！这是保险箱的钥匙，你们拿去……"一位胖保镖走过来要拿钥匙，罗伊突然手一抖，钥匙掉进了手下面的金鱼缸里，罗伊连忙把手伸进缸里，装作拿钥匙的样子，突然从缸底的沙子里掏出一把手枪，扣动扳机，正中胖保镖胸口。紧接着，弗兰克用尽全身力气，一下将古董商撞倒在地，高个子保镖见状，一枪打中了弗兰克，安吉拉在一旁猛地咬住高个子保镖的手，高个子保镖一声惨叫，枪掉到了地上，罗伊手疾眼快，对着他就是一枪，高个子保镖像截木头，倒在地上，这时，古董商从地上爬起来，对着罗伊扣动了扳机，只听"砰"的一声，古董商的胸前流出了鲜血，安吉拉握着高个子保镖掉在地上的手枪，惊恐地对着古董商，古董商惊讶地看着安吉拉，说："你……你开枪……"倒在地上。

古董商因为中弹在先，所以射向罗伊的子弹偏了方向，罗伊惊出一身冷汗，走过来抱住安吉拉，说："孩子，你又一次救了我……"

这时，室外响起尖利的警笛声，警察在外面吆喝着要冲进来，罗伊拿过安吉拉手里的枪，仔细擦掉她留在枪上的指纹，说："孩子，你赶快从后窗逃走，我留在这里，扛下所有的罪责……"

安吉拉泪流满面，怎么也不肯走，罗伊一把抱起她，卷起床上的被单系住她的腰，并塞了张银行卡给她，郑重地说："我所有的钱都存在这张瑞士银行卡里，密码是你的生日。晚上有趟去英国的航班，有空座，可以临时买票，你赶得上的！"

说完，罗伊把安吉拉抱到窗口，牵住被单的另一头，把安吉拉放了下去。

看到安吉拉的身影消失在屋后的树丛，罗伊松了一口气，可警察这时并没有冲进来，反倒是躺在地上的弗兰克和古董商，还有一胖一高两个保镖，一个接一个地站了起来。弗兰克拿枪顶住罗伊的嘴巴，狞笑着说："这一系列事件都是我安排的，安吉拉根本不是你的女儿，也不是RH型血，输给你的是早已备好的RH型血浆。多亏你这些年一直在教我行骗，这是你的最后一笔生意，也是我自己单干的第一笔生意……"

（题图、插图：佐 夫）

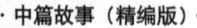

道理有曲直，人世多是非。一个小玩笑，竟然曲里拐弯演出了一场大戏……

有话好好说

□梅纪国

1. 开个玩笑

老吴是一家电子厂的门卫，他性格开朗，爱和人开个玩笑。这天，老吴听人说二车间石大民的女儿考上一所名牌大学，就寻思着要让石大民请客。眼看快下班了，老吴走进自行车棚，偷偷把石大民的自行车推出来，藏在传达室后面的杂物间，得意地想："石大民呀石大民，你要是不答应请客，休想取回自行车。"

藏好车子，老吴拎着暖水瓶跑到食堂打了开水，泡了壶茶，刚美滋滋地喝了两口，忽然听到车棚那边传来激烈的吵闹声。正好这时有人下班从传达室门口经过，老吴连忙喊住这个人，问："车棚那边怎么了？这样吵吵

嚷嚷的？"

"二车间石大民的自行车不见了，他怀疑是赵青山偷的，赵青山不认账，两人打起来了……"

老吴心里暗暗叫苦：好你个石大民，车子不见了，我在门口值班，怎么就不找我问问，就往赵青山身上泼脏水呢？他连忙关上传达室的门，急急忙忙往车棚赶。等他赶到时，石大民和赵青山已经被人拉开了，赵青山一手捂着流血的头，一手指着石大民骂道："姓石的，你他妈的不要血口喷人！就你那辆破自行车，白送我都不要！"

石大民也不甘示弱："你说你没偷，刚才我问你去哪儿了，你怎么就

说不清楚？"

"我去哪儿了还得向你报告？你算老几？"老吴连忙上前拦在两人中间，连声说："有话好好说，有话好好说，别伤了和气……"

老吴一边劝架心里一边纳闷：这两人虽说脾气躁了点，总不至于为一辆自行车打起来吧？

原来，石大民和赵青山两家是邻居，石大民的女儿石然然和赵青山的儿子赵同是同班同学，今年高考，石然然考上了名牌大学，赵同却连个大专也没考上。这两天，赵青山一见石大民兴高采烈的样子心里就有气，觉得不争气的儿子丢尽了他的脸。今天快下班时，赵同又跑过来找赵青山，张口就要一百块钱，说是等着急用，赵青山一听，气不打一处来，把儿子大骂了一通，没给钱。他看看到了下班时间，就气呼呼地到车棚取车子，正碰上石大民在车棚里到处找车子。

石大民见赵青山刚从外面进来，就问赵青山有没有见到他的自行车，赵青山正在生闷气，当下没好气地说："我哪还有闲工夫管别人的车子！"

石大民见赵青山不开心，就呵呵笑着说："怎么回事？谁惹着你了？你放心，我们家然然走的时候，我请客一定少不了你。"

赵青山一听这话，心头顿时涌出一股无名火来："你这说的叫什么

话？是不是怀疑我偷走了你的车子？"

石大民见赵青山把话说得这么冲，不禁也来了气："那你刚才去哪里了？"

"我去哪里，你管得着吗？"

两人说着说着，竟然一拉一扯动起了手。赵青山被石大民一推，头磕在车棚的柱子上，破了个口子，血都流出来了……

老吴眼看自己的玩笑开大了，知道两人都在气头上，就是把事情说明白了也不顶事，就想先把两人的火气消了，再找个机会把自己藏车的事说清楚，就对石大民说："你的车子真不是赵青山推的，我见他出去过，可人家是空着一双手去，又空着一双手回

来的。"

一听这话，赵青山不干了："老吴，你的好意我心领了，但我出去时你并不在传达室，你咋能证明我没推车子出去？这事今天还是当面锣对面鼓地说清楚，不然，我要是真被人当成了偷车贼，还有脸在厂子里呆？"

赵青山出去时，老吴正好去食堂打开水了。他之所以这样说，是因为他知道赵青山没有推人家的车子，就想先证明赵青山的清白，解开两个人的误解。谁知赵青山今天一根肠子直到底，只好对赵青山说："事情总是能说清楚的，也不急在这一时，走，我陪你去医院，先止了血再说。"

赵青山说："你还是在门口值班吧，医院我自己会去的。"说完就推着自己的车子走了，石大民跟着也出厂门回了家，人群渐渐地散了。老吴走到杂物间，准备把自己藏着的自行车推出来，明天再对石大民说清楚。没想到，他推开杂物间的门，顿时傻了眼——里面空空如也，那辆自行车不见了！

2. 车子送回了

自己亲手放进来的自行车，怎么就不见了呢？杂物间平时是不上锁的，哪晓得小偷就溜进来把车子推走了！老吴急得直跺脚：小偷呀小偷，你偷什么不好，咋就偏偏偷走那辆自行车呢？你让我咋给人家交待啊！

第二天中午，刚交了班，老吴就急匆匆地往旧货市场跑，他知道小偷偷了东西，一般都会卖到旧货市场。老吴想，如果能把那辆自行车再买回来还给石大民，这事就好说了。可老吴在旧货市场溜达了大半天，就是没看到石大民的那辆车子，回到传达室，看到石大民下班回家，有心上前打个招呼，又不知说什么好，只得摇头叹息，但愿明天能把那辆车子买回来，化解他和赵青山之间的误会。

再说石大民，这一天他过得也挺郁闷，想想自己和赵青山既是同事又是邻居，为了一辆破车子闹成这样，真不值得。下班回到家，就喝上了闷酒，这时，他老婆回来了，一进门就大声嚷嚷"你一个小工人，咋就忙得连说话的时间都没有了？你把自行车放在我小吃摊上，再忙也要给我说一声吧？"

石大民老婆在街上开了个小吃摊，石大民经常去看看。一听这话，惊讶得刚喝进嘴里的一口酒"噗——"的一下喷了出来："你说什么？我的车子在你的小吃摊上？"

他老婆一看他那样子，乐了，说："咋啦？那车子不是你的还能是谁的？我都给你推回来了，就在院子里放着。对了，车锁咋坏了？是不是你把钥匙弄丢了？"

石大民放下酒杯就往院子里跑，

64

一看，自己的自行车正停在那里，只是车锁被人撬坏了。石大民愣了半天，问老婆："我的车子怎么跑到你摊子前去了？"

他老婆说，这两天街上正在搞文明创建活动，路口不让摆摊，她就早早收了摊回家，收好东西就看到他的自行车在摊子前停着。石大民就把车棚丢车、还把赵青山的头打破了的事给老婆说了。他老婆一听傻了眼："这是咋回事？难道车子真是赵青山偷的，然后又送到我的摊位上？"

过了一会，石大民老婆又猜测："会不会有同事和你逗着玩，把车子藏起来，后来见你和赵青山闹成这样子，只好用这个办法把车子偷偷送回来？"

这个情况也不是没有可能，可真要是同事间逗着玩，绝对不会把车锁撬坏。再说，把车子直接放在车棚里就行了，没必要绕个大圈子送到老婆的小吃摊上啊！他转念又一想，会不会有人别有用心，知道自己为了车子把赵青山的头打破了，就把车子送回来，证明自己冤枉了赵青山。这不是煽风点火吗？

石大民越想越觉得不对，他一把抓住老婆的手，说："这车子说什么咱也不能要了，要了这车子咱就说不清了，别人会以为咱是故意找个由头跟赵青山过不去。"

石大民的老婆一时也没了主意："那你说该怎么办？"

石大民想了想，说："趁别人没注意，赶紧把车子卖了……"

第二天天刚蒙蒙亮，石大民的老婆就推着那辆自行车到了旧货市场，找到一个偏僻的旧货摊，问老板："你们这里收旧自行车吗？"

老板是一个胖胖的中年男子，见石大民的老婆慌里慌张的，车锁又被撬了，心里已猜准是怎么回事，故意把手一伸，问："有发票吗？"

石大民老婆很不自然地笑笑，说："买回来好些年，发票早丢了。"

胖老板等的就是她这一句话，夸张地说："没有发票啊？那只能卖三十元。"

"行！"石大民的老婆接过胖老板递过来的三十元钱，停好自行车，逃也似的走了。

中午回到家，石大民听老婆说车子处理掉了，顿时松了一口气。这时，门铃响了，开门一看，老吴笑眯眯地站在门口，一见石大民就说："大民，我给你送车子来了！"

石大民一看，眼珠子差点没掉出来：老吴手里推的，赫然就是自己那辆自行车！

老吴把车子停好，进门就说"你们这些年轻人啊，就是性子急！啥话不能好好说？我刚去旧车市场，替你把车子买回来了。我还专门问过那个卖车子的摊主，他说卖车子的是一个中年妇女。现在你该知道了吧？人家赵青山根本就没动你的车子。"

石大民哭笑不得，他老婆给老吴递上一杯茶，说："吴大哥，您喝茶。"

老吴喝了一口茶，又说："好了，现在车子也找回来了，再怎么说，你把人家的头打破了，这事是你不对。我看，你得去给人家赔个不是。"

石大民说："老吴，你是个好人，可到底是不是赵青山偷的还不确定，我又因为这事把他的头打破了，现在让我去给他赔礼道歉，我，我拉不下这个脸……"

老吴一摆手打断石大民的话，说："我就知道你要这样说，卖车的虽然是个女的，但赵青山的偷车嫌疑也不能排除。不过你放心，那个偷车贼早晚会被抓到的，只要找到那位卖车的妇女，什么都清楚了。"

石大民和他老婆一听这话，暗暗叫苦不迭。石大民说："我也知道为这点小事伤了和气不值得，我给赵青山赔个不是，也不是不可以。就是不知道他是怎么想，毕竟我把人家的头打破了……"

一见石大民松了口，老吴高兴了，笑呵呵地说："赵青山那边你不用操心，他头上只是碰了个小口子，不碍事。你要是不好意思张嘴，我去！你们两家是邻居，低头不见抬头见的，这个结一定得解开……"

老吴走后，石大民对老婆说："老吴这几天肯定会拉上那个摊主找卖车子的人，这两天你少出门。"

他老婆长叹一口气，说："你说你，这都干的什么事啊！"

3. 他在找茬

赵青山和石大民两户人家只隔着两幢房子，老吴去的时候，赵青山正斜躺在沙发上看电视，一听说老吴从石大民家来，就没好气地说："老吴你说说，我赵青山是那种小偷小摸的人吗？他不分青红皂白把我打成这个样子，这事不能这样算完！"

老吴好言相劝："人家也没有明说是你偷了车子，怪就怪你俩都是急性子，两句话没说完就动了手。石大民已经知道错了，他请我来给你赔个不是。"

"他知道错了？咋，偷车的小偷找到了？"

老吴说："小偷还没找到，不过已经有了点眉目。"接着就把旧货市场遇上的事给赵青山说了。

赵青山听老吴把卖车女子的模样一说，顿时生了疑惑："不对啊，你说的那个卖车的女人咋像石大民的老婆呢？"

老吴摇着头大笑，说："亏你想得出来，石大民有病啊？丢的车子找回来，又让他老婆拿去卖掉？"

赵青山也觉得这事太过荒唐，就说："现在偷车贼有了线索，也就没我什么事了。只要他石大民明白我不是那种人就行。当时我也有点冲动……"

老吴和赵青山闲聊了一会，起身告辞，临走时，他对赵青山说："这个星期天，你和石大民都去我家，我让老伴弄两个菜，到时我给你和大民说说，其实，这件事背后还有故事……"

老吴眼看这纠葛就要圆满化解了，心里有一种说不出的轻松，开心地泡了一壶茶，又把这两天发生的事，从头到尾理了一遍，想着想着，自己都忍不住笑起来。

他正自顾自地乐着，不料赵青山铁青着脸从外面走进来，不由分说，拉起老吴就往外走，边走边说："老吴，姓石的欺人太甚！走，你跟我找他说理去！"

不是都说好了吗？赵青山这又是怎么了？老吴慌忙拉他坐下，让他有话好好说。

赵青山好不容易才稳住情绪，说："老吴，这事你可得给我做主，他石大民把我当猴耍！"

原来，老吴走后，赵青山就到了旧货市场，找到老吴说的那个旧货摊主，又仔细问了卖车女子的模样，这一问不打紧，他越想越觉得那卖车的妇女就是石大民的老婆。

赵青山好说歹说，央着旧货摊主跟他一起，去了石大民老婆的小吃摊，旧货摊主只远远地看了一眼，就非常肯定地告诉赵青山："没错，卖自

行车的女子就是她！"

赵青山心里那个气啊！直接就跑来找老吴。

老吴跟着也糊涂了："卖车的真是石大民的老婆？这怎么可能呢？"

赵青山冷哼一声："怎么不可能？姓石的肯定早有预谋，他早就在找我的茬了。"

老吴打死也不相信石大民早有预谋，可那车子怎么会跑到石大民老婆手里，她又为什么要去卖掉呢？

老吴费了好多唇舌，总算把赵青山劝了回去，接着，他又赶到了石大民家，开门见山地问："大民，你给我说实话，那车子是不是你让你老婆卖的？"

石大民红着脸嗫嚅老半天，最后还是点了点头。见石大民承认了，老吴气不打一处来："石大民啊石大民，你到底想干什么？难道真像赵青山说的，你在找他的茬？"

石大民连连摆手："绝对不是，老吴，我……"最后，他费了好大的劲，才把他老婆如何捡车，他又为什么要把车子卖掉的事解释清楚。末了他又说："老吴，我也不是有意想瞒着你，实在是卖车这事，我，我没法和你说啊……"

听了这番话，老吴跟着也糊涂了："你刚才说，车子不知是谁偷偷放在你老婆摊子前的，哪有小偷偷了车子又送回来的道理？再说，小偷怎么

会知道你老婆的摊位呢？这小偷还真是个熟人哩……"

石大民接口道："我就说嘛，这个人不但是熟人，肯定还用心险恶，他先把我的车子藏起来，等我和赵青山打起来后，他又把车子给我送回来，这是想逼我和赵青山闹啊！"

这话说得老吴一愣，车子是自己藏的，可自己绝对没有让石大民和赵青山闹的意思。可是，这事现在无论如何也说不清，还是等事情水落石出再说吧。

4.说个明白

老吴又来到赵青山家，赵青山正一个人坐着生闷气，满屋子烟雾缭绕，烟头扔了一地。

老吴叹了一口气，把在石大民那里了解的情况给赵青山说了。赵青山一听就急了："啥？照这样说，偷车人还是没找到？我的嫌疑还是没排除？"

老吴连忙说："石大民不是这个意思，他刚才还说，你不是那种人。"

"他现在当然这样说了，人也被他打了，车子也找回来了，得了便宜还卖乖！"

正说着，赵青山的儿子赵同从外面回来，一见到两人促膝交谈的样子，就调侃说："爸，你和吴伯伯这是干什么？在探讨什么人生大问题？"

老吴说："就你爸这火暴性子，还

探讨人生大问题？以后你可别学他。"

赵同说："刚才我在院子里都听到了，是不是因为大民叔自行车的事？不就是辆车子吗？你们大人就是这样，什么事都要争个你高我低。"

赵青山一见到这个不争气的儿子就来气，不耐烦地摆着手说："去去去，一边玩去，连个大专都没考上，你还教训起老子来了？"

赵同撇撇嘴，说："大专考不上咋啦？我都想好了，明儿学厨师去，等你老了，我照样挣钱养活你。"说着，又把手往赵青山面前一伸"不过，老爸你得先借我一百块钱。"

"还要钱？上次就因为你来厂子要钱……"

"哎呀，上次你不是没给我吗？"

赵青山把手里刚点着的烟猛一摁，指着赵同的鼻子说："上次我还没顾上问你要钱干什么，今天你得给我说清楚，你要一百块钱到底干啥用？"

赵同一屁股坐到沙发上，说："我说老爸，江湖规矩你懂不懂？这是江湖救急，你懂吗？你到底借还是不借？"

赵青山一拍茶几，骂道："小兔崽子，我今天给你说明白了，不说清楚钱怎么用，老子就没有钱。"

赵同一赌气，起身就走。老吴连忙追了出去，在院子里拉住赵同，从口袋里摸出一百元钱交给他，问："这钱你想怎么用？告诉吴伯伯没关系吧？"

赵同想了想，有点不好意思地说："其实也没什么，石然然不是考上大学了吗？我们几个要好的朋友想凑钱找个地方，给她庆祝庆祝。"

老吴说"这是好事，怎么不给你爸爸说清楚呢？"

赵同朝着屋里一撇嘴，不屑地说："我和他有代沟，没有共同语言。"说完转身就走，可走了没两步，赵同又转回来，故意大声对老吴说："吴伯伯，我看你老人家挺够意思，我有个小秘密想跟你说。但我们先说好了，这事你可不能告诉我爸。"

老吴被赵同的话逗乐了，说："好，你告诉我，我不让你爸知道。"

赵同压低声音，附在老吴耳边

说："前两天我差点犯了个大错误，我去厂子里找我爸要钱时，他不给不说，还把我大骂了一通。他走后，我跟在他后面，希望他能改变主意，哪知他理都不理我。后来，我看到你传达室后面有个小杂物间，就想进去找点值钱的破烂卖了，凑点钱为石然然送行。可我在里面看到一辆自行车，心一急犯了糊涂，就把车子推了出来，准备先卖点钱，等以后有了钱再买个破车子还回去。我想那屋子堆的都是杂物，一时半会也用不着……"

老吴一听这话，惊讶得张大了嘴巴，指着赵同，气得话都说不出："你，你，原来是你……"

赵同一看老吴急了，马上接着说："车子推出来后，细一瞅，发现是石然然爸爸的车子，每天得骑着上下班的，就把车子送到石然然妈妈的小吃摊上。怎么说我这也叫悬崖勒马吧？吴伯伯，你可不能怪我……"

赵同说完，见老吴的脸色越来越难看，赶紧一溜烟跑了。

这时，赵青山从家里走出来，见老吴一个人站在院子里发呆，就问："怎么了老吴？是不是那小兔崽子惹你生气了？"

老吴拉起赵青山就往外走，边走边说："要是没有你那个小兔崽子，有些事情我们这些老家伙只怕一辈子也弄不明白。"

赵青山被老吴弄糊涂了，问："我们这是要去哪里？"

老吴笑呵呵地说："咱们这就去石大民家，这事儿，我要好好地给你们说个明白……"

（题图、插图：杨宏富）

·本刊信息传真·

欢迎来《故事会》的客厅做客

杂志的网站好比是杂志的客厅，为读者朋友们提供交流沟通的场所，在这里可以畅所欲言，对杂志评头论足、出谋划策。故事中国网(www.storychina.cn)就是《故事会》的客厅，这里汇聚着四海宾朋，全国各地的故事迷。

2008年，故事中国网开设"故事点评"和"咬文嚼字"两个栏目，前者欢迎大家对每期《故事会》的作品进行点评，凡入选在网站发布的故事评论将获得50到100元的稿费，优秀评论还有机会在《故事会》上发表；后者则是将你在《故事会》中发现的任何语言文字上的错误，通过网站"举报"，就有机会获得《故事会》的合订本。

故事中国网还推出了2008最佳笑话段子活动，发布每月最新、最有趣的笑话段子，并在月底评出当月最佳，参与年底总评。凡在网上推荐精彩笑话段子的读者将有机会获得丰厚奖金和奖品！

此外，故事中国网的网上商城也于近日开张了，目前提供图书杂志、学习用品和数码产品，欢迎来淘一淘你喜欢的东东哦。

皇帝和神医

□ 刘祖光

1．首辅染病

明朝万历九年冬天，内阁大学士张居正给万历皇帝上了一道奏章，说是身染重病，不能视事，请求在家歇养。

万历皇帝看了张居正的奏章，没吱声。不一会儿，总领太监章多福带着人把一大堆公文从张居正的办公处所搬来，请万历皇帝处置。万历皇帝瞅了这堆公文一眼，还是不吱声，袖子一甩，进内室歇息去了。

接下来几天，万历皇帝都没上朝，他呆在宫中，懒洋洋斜躺在暖床上。各地文书和奏章不停地送进来，总领太监章多福站在一旁，一件接一件地拿着奏折，扯着嗓子念给万历听。万历眯着双眼，脸上木木的，毫无表情。

章多福从上午一直念到傍晚，直念得口干舌燥，也不敢有丝毫懈怠，眼看天色渐渐暗下来，万历皇帝这才坐起来，伸了一个懒腰，说："你们成天只把这些鸡毛蒜皮的小事拿来烦朕，张先生已经病了好几天了，怎么就不去问问他的病况呢？"

章多福正拿着几位大臣联名弹劾张居正的奏章要念，听了皇上的话，吓得浑身一激灵，连忙把这奏章压在下面，顺手拿起另一份奏章，只扫了一眼，浑身又是一个激灵，结结巴巴地说："不好了，张——张——大人，他——"

万历见章多福慌里慌张的样子，不禁皱起眉头，问："你怎么了？"

章多福一副如丧考妣的样子，

说："张大人，他——患的是——肺痨——"

万历"咚"地一声跳下床，一把推倒面前的宫女，疾步走到章多福面前，夺过奏章，急急扫了一眼，说："张先生怎么患上这么重的病？快，备驾！朕要去看他。"

章多福连忙跪下，阻拦万历："皇上，肺痨传人，皇上不能去……"

万历急得捶胸顿足，喊道"张先生都病成这样了，你们还拦朕！快，把所有太医全叫来！"

不一会，太医院的太医都来了，万历又冲他们喊："你们统统到张先生家，给张先生悉心诊治，要是张先生有个好歹，朕诛你们九族。"

太医们齐刷刷跪在宫门外，一个劲地磕头，却谁也不敢接旨。谁都知道肺痨是绝症，这种病就算华佗再世，只怕也是束手无策。

万历见太医们都不敢接旨，更急了，吼道："你们都是千挑万选的名家，难道连个肺痨都治不了吗？"

太医们还是不吱声，只是一个劲地磕头，不少人额头都磕出血来，还是捣蒜般不停地磕。万历急得团团转，突然，他看到刚才被自己推倒在地的宫女站在边上，满脸都是泪水，他心里一动，问道："紫云，刚才朕失态了，你——疼不疼？"

这位叫紫云的宫女说"皇上，奴婢不疼，奴婢是为张大人难过。当年，张大人为我爹平反冤狱，救了我爹和全家性命……"

万历说："难得你对张先生有这一片心，朕想让你去服侍张先生，你可愿意？"

紫云"扑通"一声跪倒在地，重重地点点头，说："为了张大人，奴婢万死不辞。"

万历说："你代朕去服侍张先生。他病成这样，朕连皇帝也不想做了。要是没有了张先生，朕都不知该怎么办了。"

宫外的太医直听得胆战心惊。谁都知道，万历登基时年仅十岁，那时朝野纷乱，外族侵扰边关，安徽水灾，贵州内乱，朝廷内部乱成一团，这时，李太后把目光放在了礼部尚书、武英殿大学士张居正身上，擢升张居正任内阁首辅。张居正一上任，首先解决了长期以来的党争，然后大刀阔斧地进行改革，巩固国防，整顿吏治，改革税制，实行"一条鞭法"，在减轻农民负担的同时，增加了国库收入，积弱已久的大明王朝又重新振作起来。更难得的是，张居正不顾公务繁忙，还担任帝师，亲自给万历讲课，教万历皇帝怎样做一个好皇帝。张居正对万历要求非常严格，就像是一位严父。现在，万历长大成人，刚刚执掌朝纲，张居正却患上肺痨，难怪把万历急成了这个样子。

万历走到门口，朝外面跪着的太医们说："你们统统都给朕到张先生家，给他诊治。要是张先生有个三长两短，你们就摸摸脖子上的玩意儿长得硬不硬吧！"

太医们不敢抗命，他们一起来到张居正家，战战兢兢候在张居正的病室外，不一会，里面就传出话来，说肺痨是传人的绝症，张大人不许太医近身，以免传染。

近不了张大人身，"望闻问切"四招中，只能用"望"这一招了，太医们隔着两道门槛，远远地"望"了张居正一眼，根本望不出一个子丑寅卯，只好垂头丧气地回皇宫复命。

万历皇帝知道张居正不让医者近身的事情后，急得直跺脚，说："任由这样下去，只怕神仙也难救了。不行，他不管自己，朕要管。"

紧接着，万历皇帝颁了一道圣旨，搜求天下名医，谁能治好张居正的肺痨，就让谁掌管太医院，尽享一生富贵。

圣旨颁行天下，很快，成百上千的名医接二连三地赶到张居正家，他们或是当地官府推举，或是毛遂自荐，但他们和太医们一样，只能隔着两道门远远地看张居正一眼，最后只能开一个治不了病又伤不着身子的应景方子。这一来，上门诊治的医生日渐稀少了。

就在众人绝望之际，一个草头郎中出现在张府门前。

2. 神医现身

这个草头郎中戴一顶破帽子，背一个破药箱，浑身上下邋里邋遢，他大大咧咧走到张府大门口，用力拍拍背着的破药箱，冲守门的家丁喊道："喂，听说这家有人得了肺痨，我是来治病的！"

门丁见这人口气很大，忙进去禀报，张府总管亲自出来，倒也不嫌他邋遢，和气地问他姓名，这人不管三七二十一，先一屁股坐下，把桌上的茶水端起一口喝了，这才擦擦嘴，说"我姓华，华继祖，许昌人氏，世代行医，我有位祖上还有点小名气，名叫

华佗。"

总管听来人说是华佗之后，吓了一跳，连忙走到张居正病室前，叫出专门从宫里来服侍张居正的紫云，请紫云禀告张居正，让华继祖入内诊治，不一会儿，紫云出来传话说，张大人说了，因肺痨传人，所有人均不得入内。

这边华继祖早等得不耐烦了，他打开药箱，拿出一根细细的蚕丝，说："我不用进去的，你把这蚕丝搭在张大人的手腕上就行了。"

悬丝号脉？这也太奇了！华继祖号了下脉，提笔写了个方子，又从包里拿出几片皱巴巴的膏药，说："把这

膏药贴在病人脐下，一天一副。"

家人张罗着给张居正贴上膏药，又让他喝下华继祖开的草药，不到一个时辰，张居正的咳嗽就停了；又过了两个时辰，张居正居然下了床，能在病室走动了；三天一过，张居正已与常人无异了！

这也太神奇了！消息传到万历皇帝那里，万历大喜，命人传来华继祖开的方子，他粗通医药，一看，方子上竟然只是些祛寒养胃的药，真是神奇。他马上驾临张府，看到张居正面色红润，精神健旺，大叹一声，说："先生，老天保佑，你终于又回到朕的身边了。朕需要你，大明需要你！"

张居正涕泪交加："感谢皇上惦记。老臣看到皇上丰姿英伟，心里大慰，皇上已不需老臣了……"

万历说："你是朝廷的擎天之柱。当下边关频遭滋扰，朝鲜那边也在告急，江南发了蝗灾，湖广也是歉收之年……请先生赶紧出来主持大局吧。"

张居正赶紧跪下，说"想不到老臣才病了几天，便多出这些事来，皇上但请放心，老臣这就出面料理。"

君臣二人互诉衷肠，一旁站立的紫云也跟着抹眼泪，万历说："紫云在这里代朕服侍先生，她做得可好？"

张居正连忙说："紫云做得非常尽心，多谢皇上。"

万历满意地点点头，对紫云说："先生痊愈，你功不可没。过会你跟朕

一起回宫，好好服侍朕……"

紫云连忙跪下，谢了皇上隆恩。

万历回到宫中，马上召见了华继祖。这回华继祖身份变了，人也跟着变了，在皇上跟前唯唯诺诺的，连大气也不敢出。万历皇帝倒也没难为他，命他掌管太医院，官居五品，并赐给他一个"神医赛华佗"的牌匾。

华继祖突然间老母鸡变成了金凤凰，每天都有三三两两的官员过来串门子，套近乎，把他乐得都差点忘了自己姓啥。这天，张居正发来一张请帖，请他赴宴。这可是天大的人情！他还听说张府家宴奢华无比，连皇宫都及不上。于是一狠心饿了自己两顿，这才乐呵呵地赶往张家。哪晓得一到张家，他心里就凉了半截。原来张居正招待华继祖的只是一碗糙米饭，一小碟咸菜，摆在一间小厢房的破桌子上。一旁的家丁说，相爷吩咐了，这晚饭得华继祖独自享用，不用人陪。华继祖虽然已经好久没吃这样的饭食，但张居正安排的，他又不敢不吃，好不容易刚把这碗饭咽下，张居正便踱着方步走了进来，进门就说："华大夫，京城柴米贵，吃碗饭不容易，可及不上你当初闲云野鹤的日子啊！"

华继祖擦擦额头上的汗，说："是，是。"

张居正叹了一口气，又说"做你们这行的，性命交关，哪天一个不小心，害了别人性命不说，只怕也要连累自己性命。你要处处小心，千万莫要出了差池！"

华继祖额头还在一个劲地冒汗，嘴里不停地说着"是"，连说了好几个"是"后，才敢抬起头来，这时张居正早就没影子了。

第二天一早，华继祖就给皇上呈上一个奏章，说是一直在外行医，多年没回故乡，家中老母已年近八十，跟前无人照料，乞求皇上恩准回乡，侍奉老母。

万历皇帝看了华继祖的奏章，轻轻一笑，拿起朱笔一点，恩准了。接着，张府也多有馈赠，让华继祖风风光光地辞官回了乡。

张居正重掌内阁后，又恢复了雷厉风行的作风，他很快与外族达成和议，同时委派大将带兵进入朝鲜，一举击溃二十万侵朝日军，日本幕府将军丰臣秀吉气得吐血而死。同时，他在大力赈灾的同时，继续实施"一条鞭法"，保证国库的收入……很快，明朝又重现生机，出现歌舞升平的可喜局面。万历高兴地对张居正说："先生，你真是我大明的擎天之柱啊！"

张居正说："臣惟有鞠躬尽瘁，才对得起太后和皇上的隆恩。"

万历点点头，说"真得感谢华继祖，要不是他……他在老家过得怎么样？前些时安徽发了水灾，很多流民拥到京城，露宿街头，不少人得了肺瘠，朕想让华继祖到京城来一趟，治治这些灾民……"

张居正说："华继祖有祖传秘方，治疗肺痨很有一套……"

万历马上召来章多福，命他速带圣旨到河南许昌，召华继祖来京。

过了十来天，章多福从许昌回来，说："华继祖带着一家老小，逃离了许昌，谁也不知他逃到哪里去了。"

万历和张居正一听，同时站了起来，问："华继祖因何而逃？"

章多福说："听说，他在许昌治死了病人，连夜带着全家人逃了。"

万历摇摇头，说："他不是神医吗？怎么会治死人呢？再说，他还有朕赐的五品职衔，地方官员不敢拿他怎么样，怎么就逃了呢？"

3. 一场好戏

接着，万历又对张居正感叹一声，说："天下的事充满变数。前些时替朕服侍先生的紫云，在昨天死了。"

张居正"啊"地叫了一声，问"紫云因何而死？"

万历说："前段时间她母亲病故，朕特许她回家奔丧，哪知道几个月后，竟然发现她有了身孕，昨晚，她投井自尽……"

张居正怔了一下，说了一声"可惜"，便告辞了。

万历看着张居正出了门，这才转过身子，对章多福说："你马上带上锦衣卫，哪怕上天入地，也要给朕找到华继祖，把他抓到京城来，朕要请他来看一场好戏……"

再说华继祖，他回到许昌后，先挖了个坑把那只破药箱埋了，接着就大张旗鼓地买房置地，过上了逍遥日子。他把皇上赐的"神医赛华佗"的匾额藏起来，尽管每天有很多病人慕名而来，请他诊治，他一概闭门不纳，只接诊五品以上的官员和家属，诊金贵得吓人，并且只治肺痨，不治其他病症。每天收的诊金要用箩筐装，着实让他发了笔横财。

这天，一位不远千里慕名而来的肺痨病人因得不到华继祖诊治，绝望地躺在华府门前哭嚎，华继祖的老婆实在看不下去，偷偷拿出几帖华继祖藏着的膏药，送给这位病人，让他赶紧贴在肚脐上，哪知道这位病人贴了膏药，第二天竟然双脚一蹬，死了。这下病人家属不干了，一张状纸告到了县衙，县太爷眼一瞪，说："华神医是皇上钦点的神医，他怎么会治死人？你是皮发痒了还是不想活了？"病人家属一看这架势，吓得赶紧溜了。

华继祖知道这件事后，朝着老婆破口大骂："你发的是哪门子善心？差点害死老子了！"

没过几天，河南巡抚亲自带着小姨子来找华继祖诊治。华继祖给巡抚的小姨子配了草药和膏药，可用了药没过三天，巡抚的小姨子就死了。华继祖得知消息，没等巡抚上门问罪，就连夜带着全家人逃了。

这天，一家人逃到一座大山脚下，在一块大石头后歇脚避风，华继祖的儿子刚过几天好日子，现在竟然要受这种罪，十分不情愿，他哭丧着脸，说："爹，你不是皇上封的神医吗？我们为什么会落到这个田地，到处逃命？"

华继祖说："我算哪门子神医？实话告诉你吧，我就是一草头郎中，这些年一直靠蒙人混口饭吃。"

儿子又问："那你怎么就治好了张大人的肺痨呢？"

华继祖苦笑一声，说"我要是有那本事，还会让你们这么多年一直跟着我吃苦吗？"他接着说，有天晚上，他蜷缩在一座破庙里，冻得发抖，突然来了位衣着华丽的中年男子，对华继祖说："你只要按我说的去做，转眼间就有享用不完的荣华富贵。"

华继祖想，这事好歹就是一榔头，没准真能得到富贵。第二天，他就按照那个人说的，找到了张居正家，接下来的事比他想的还要顺利，他很快就名利双收，大富大贵。直到后来张居正以吃饭为名敲

打了他一下，这才让他明白京城是个是非之地，赶紧辞官回了乡。

他生怕露馅，连妻儿也一直瞒着，更不敢轻易给人看病。但他还想依仗皇上赐的名号再捞一把，又知道有钱人家的人一向娇生惯养，偶感风寒，咳嗽的天数多一些，就以为是大不了的事，再遇上个庸医瞎诊一气，有些人会以为患上了肺痨，其实他们生活优越，处所洁净，根本不会轻易染上肺痨。这些人最好糊弄，又舍得出钱，于是，他只给这些人看病，而那些真正患了肺痨的穷人，一概闭门不纳。哪知道一个不小心，药不对症，治死了巡抚大人的小姨子……

华继祖跟儿子说得出神，根本没注意在他说话的当口，几个人已经悄悄地来了，偷偷躲在石头的另一面，等他刚说完，章多福就带着人走出

来，一边拍着巴掌，一边说："精彩，实在是太精彩了。"

华继祖一见章多福，连站起的气力也没有了，叹了一口气，说："我知道这一天迟早要来，章公公，你带我回京吧……"

万历听说章多福抓到了华继祖，马上让章多福带华继祖过来。

华继祖一进来就跪在地上，哆哆嗦嗦地说："皇——皇上，草民——草民不是神医——"

万历哈哈一笑，说："朕早知道你不是神医。朕第一回见你便知道你是在演戏！"万历得意地说，"因为朕也在演戏！这多年等下来，朕好不容易等到今天，应该尝尝当皇帝的滋味了，可他什么都捏在手里，朕稍作提醒，他就上表称病，撂挑子不干。哪晓得他一撂挑子，大事小事全来了，还真少不了他。可他知道朝廷出了这些事后，竟然诈称患了肺痨，分明是以死相挟。要朕明白朕离不开他，朝廷少不了他。朕只好顺着他的意思，跟着他演戏，让他明白朕的确很在乎他，需要他。他在朕身边安插了不少宫女太监，朕演的戏，紫云不告诉他，其他的人也会告诉他。他用装病摸到了朕的底，知道朕必须倚重他，依赖他后，他这才找到你，把你打扮成一个神医，把他'救'过来，然后出来，重新独揽朝纲……"

华继祖听得冷汗直冒，万历继续说："他独断专行也就算了，可恨的是半点不把朕放在眼里，朕根本没让紫云回家奔丧，是那个老混蛋弄大了她的肚子！你们见过这样侮辱皇上的臣子吗？他这么多年竟然在朕面前道貌岸然地摆老师的臭架子……"

一年之后，一直处在焦虑和惊恐中的张居正在家中病逝。章多福私下联络大臣，又在一夜之间扳倒了朝中张居正一派的官僚，万历皇帝当即下诏查抄张家，并削尽张居正的官秩，追夺生前所赐玺书、四代诰命，以罪状示天下，还差点开棺戮尸。

万历皇帝终于手握权柄，当上了实实在在的皇帝，他全面否定了张居正的改革。很快，国家又重新陷入衰败，国计民生的问题堆积如山，不可收拾。这天，焦头烂额的万历总算想起了张居正，叹道："国家病得太重了，只有张先生，才是治疗国家痼疾的神医啊！"

这么一说，他又想起了还关在牢里的华继祖，就对章多福说："把那个华继祖放了吧，他只是颗棋子……"

章多福说："没法放，他死了。"

"怎么死的？"

"监狱里阴暗潮湿，疾病流行，他患上了肺痨……"

万历又叹了一口气，说："成也肺痨，败也肺痨！"

（题图、插图：杨宏富）

画师与木匠

从前，有一个技艺高超的木匠做了个木头女孩，与世间女子毫无差别。有一个画师听说后，非常敬仰，就备好酒食，去木匠家拜访。两人喝酒到深夜，木匠说："夜已深，就让侍女陪您就寝吧。"说完，自己进屋去了。

画师见这女子容颜娇好，便招手让她过来，但女子还是站着不动，画师便上前拉她的手，一拉方知是个木头人，这才明白受了木匠的捉弄。

次日一早，木匠过来看画师的洋相，他悄悄走到门口，一看，不禁大惊失色：画师竟然悬梁自尽，脖子上还停着一只鸟，正在啄食画师的尸体。

木匠急忙取刀砍绳，哪知一刀砍在墙上，这才发现，上吊的画师不过是画在墙上的画。

木匠顿时羞愧难当。画师从暗处走出来，说："你捉弄了我，我也捉弄了你，现在我们互不相欠了。"

捉弄对方的同时，往往会招来对方的捉弄，人生何妨坦诚相见。

（推荐者：阳　光）

让猫吃辣椒

公司总裁准备提拔一位高管，他向几位提拔对象提了一个问题：如何让猫乖乖地吃辣椒？

这几个提拔对象都愣住了：让从来不吃辣椒的猫乖乖地吃辣椒，这怎么可能呢？

这时，有个提拔对象说，他有一个办法：把辣椒涂到猫屁股上，猫屁股很辣，它不得不去舔，这样，它就会心甘情愿地吃下涂在它屁股上的辣椒。

这的确是个让猫吃辣椒的方法，大家一致认为，这位对象将如愿被提拔。想不到的是，那个人出乎意料地落选了。

总裁说，那个人的确想出了让猫吃辣椒的方法，但这个方法很残忍，从中能看出他的为人。我们固然看重方法，也不能丢了做人的原则。

（推荐者：杨治威）

百年誓约

1898年，磨坊主都伦老爹和盖诺兄弟签了一份协议：都伦老爹拿出1000法郎，帮助盖诺兄弟开办面包工厂，盖诺兄弟在工厂投产后，每周免费供应都伦老爹50磅糕点，并随着工厂增产相应增加。

1000法郎在当时是一笔很大的数目，人们都觉得都伦老爹吃了大亏。

一百年后，盖诺兄弟面包公司早已是法国南部最大的面包供应商，这家公司一直遵守着当年的协议，每周免费向都伦老爹后人经营的面包房供应近万磅的糕点，都伦老爹的后人跟随这些供应商，在好几个城市开了分店。

几十年前，都伦老爹的孙子向盖诺公司提出废止那份协议，但盖诺公司一直坚持执行这份协议。后来，公司几度转手，早已和盖诺兄弟的后人没有任何瓜葛，而一代接一代的老板全都不打折扣地履行这份承诺。

2002年，美国一个大财团有意并购盖诺公司，继续履行百年前的那份协议是这次并购谈判的重要内容，最后，这家美国财团郑重承诺，继续履行这份协议。他们认为，盖诺公司的这份百年誓约，正是这家公司延续百年的基石。

（推荐者：青 芯）

买皮鞋

男孩与女孩谈了很长时间的恋爱，甜言蜜语少了，还经常闹些不愉快，男孩心里就有了分手的想法。

这天，男孩约女孩出去逛街，两个人走在街上，男孩看到前面有家鞋店，就对女孩说："我给你买双鞋吧。"

鞋架上陈列着各种颜色和款式的皮鞋，两个人试了一双又一双，不是嫌太贵，就是嫌颜色和款式不好，把眼睛都挑花了，也没挑到中意的。

这时，鞋店老板走过来，说："小伙子，每双鞋都有它的缺点和优点，这世上只有比较适合你的鞋，不可能有你完全满意的鞋。"

男孩听了一怔，他思忖良久，对老板说了声"谢谢"，然后带着女孩离开了鞋店。

一个月后，鞋店老板收到一封喜帖，上面写着："您好！我们诚邀您参加我们的婚礼，是您让我们明白，鞋没有十全十美的，人也一样。人生相伴，理解和包容最重要。所以，请您一定参加我们的婚礼……"

（推荐者：栾大鹏）（本栏插图：安玉民）

学写作文，从读故事开始

还债狗

□ 朱美洪

五十两银子

乾隆年间，范家垸有个叫范三皮的人，他做着皮货生意，从乡间收购狗皮、牛皮和驴皮，再送进县城卖掉，没几年工夫，就发了家。这天，范三皮推着一辆独轮车，带着从外乡购进的皮货回家，这时，村里一个叫端端的孩子牵着一条黑狗走过来，大大咧咧地说："三皮叔，你欠我家的五十两银子什么时候还啊？"

范三皮一愣，打量一眼这孩子，说："端端，我啥时欠你家五十两银子了？"

端端今年刚十岁，不会讲道理，只说："我爹说，你五年前借了我家五十两银子，一直没还，我爹也没向你讨。现在我家出了事，我爹快要死了，

连买棺材的钱都没有，你快把那五十两银子还给我吧！"

说起端端爹，那可是村上有名的大好人，他种着两亩田地，还烧了个青瓦柴窑，算是村子里有钱的人家，村民有困难向他借钱，他都会借给人家，连借条也不用写。没料到，上个月他家的青瓦柴窑塌了，还砸伤了好几个做工的人，端端爹花了很多钱给那些被砸伤的人医治，还给砸残废的人赔上一大笔钱，这样一来，端端家倾家荡产了。由于这个变故，端端爹一病不起，已到弥留之际。

范三皮转动着眼珠子，说："端端，我想不起什么时候向你爹借过银子，你爹既然告诉你了，那他有借条吗？"

端端摇摇头，说"我爹借钱给别人，从来不向人要借条。你要是真没借，怎么不上我家跟我爹对质？"

范三皮把车停下来，摆弄着车上的皮货，生气地说："你这狗屁孩子，

咋就这么不相信你叔呢？一定是你爹病得快死了，犯了糊涂……"

他正这么说着，端端牵着的那只黑母狗突然盯着范三皮"汪汪"叫起来，范三皮更火了，对端端说："你找我家要钱还带着狗？我真没借你家的钱，如果我骗你，就是这只狗娘下的崽，这回你该相信了吧？"

端端见范三皮跟他赌了咒，又不愿上他家跟爹对质，就打算回家再问问爹。哪知道回家一看，他爹已经闭了气，正穿着寿衣放在一把椅子上，等着钱买回棺材入殓。端端站在爹的尸体旁大哭："爹，你死了，三皮叔又赖了账……"

端端正哭着，范三皮来了，他见端端爹死了，便双膝跪下，抱着端端爹的一只腿，放声大哭："大哥哇，你打发端端上我家讨银子，我啥时借过你五十两银子啊？我白天忙着事儿，想晚上来你家一趟，跟你把这事儿说个清楚，哪想到你现在不能开口说话了啊……"

端端眨巴着眼儿看着范三皮哭，正看不明白，突然，他爹的尸体"霍"地一下站了起来。

跪在地上的范三皮以为诈了尸，吓得屁滚尿流，赶紧从地上爬起来，准备逃。端端见范三皮想跑，急忙上前搂住他一只脚，说："别跑，你借没借我家的银子，跟我爹当面对个

质！"

端端爹是听了范三皮的话，又气得活了过来，他气冲冲地站着，盯着范三皮看了片刻，忽然转怒为笑，弯下腰拍拍端端的头，说："端端，快放下你三皮叔，他没有借咱家的银子，往后你别再提这事儿了。"

端端一愣，松开了范三皮。范三皮冷汗淋漓，爬起来就往外跑，却不小心一脚踩在蹲在门槛边的黑母狗的肚子上，绊倒在地，那只黑母狗被范三皮踩得大叫了一声，跳到院子里，不一会，就从它的屁股后滚出一只小狗崽来。

范三皮栽倒后，直挺挺地躺在门外。端端去扶，却怎么也扶不起来。端端爹忙赶过来查看。村民们听到动静，都提着灯笼走过来，见刚才已经死去的端端爹穿着寿衣，正忙着掐范三皮的人中，在救范三皮，全都大惊失色。

村民们七手八脚把范三皮抬回家，把他放在床上。从这以后，范三皮一直昏沉沉地睡着，一家人围在床边，不停地呼唤他，十几天都过去了，一点用也没有。

这只狗太坏了

再说端端家，那只黑母狗一胎只生出一只小狗崽，奶水足得直往外冒，那只小狗崽长得胖乎乎的，让端端好不喜欢，经常搂在怀里玩耍。

一晃过去半年，范三皮仍沉睡不醒，那只小狗崽已长成一条半大的狗，特别机灵，一会儿跟黑母狗逗着乐，一会儿就跑得不见了。

这天，小黑狗一大早就跑出门，等到了吃早饭时，竟然叼着一锭银子回了家，径直放在端端爹脚边，然后又出去了。端端爹捡起银子，大惊。不一会儿，小黑狗又叼回一锭银子，还是放在端端爹脚边，又转身出了门。端端爹忙叫儿子跟着小黑狗，看它是从哪儿叼回的银子。

端端跟在小黑狗身后，穿过几条村巷，忽地一闪就不见了。端端找了半天，没找着小黑狗，便转头往家走，刚走到家门口，便看见小黑狗又叼着一锭白亮亮的银子跳进了家门。它刚一进门，就猛地挨了端端爹一棒子，在地上扑腾一会，四肢一伸，死了。端端见小黑狗被爹一棒子打死了，难过得"哇"的一声哭了起来。

端端爹手里拿着木棒，看看死去的小黑狗，对端端说："这只狗竟然把外面的银子盗回家，太坏了，咱们家不能养这样的狗！"

这时，那只黑母狗跑了过来，嗅嗅躺在地上的小黑狗，"汪汪"叫了一阵，用嘴叼着小黑狗，把它拖出了门……

过了不一会儿，端端家里突然来了一个背着一捆柴的人，这个人低着头，苍白的脸被柴禾遮着，一进门就

"嗵"地一声跪在端端爹跟前，端端爹吓了一跳，一看，居然是在床上躺了半年的范三皮！

范三皮哽咽着，说："大哥，三皮给你负荆请罪来了，你是我的救命恩人啊！"

端端爹忙把范三皮扶起来，问是怎么一回事。范三皮说，这半年多来，他一直躺在床上做着一个恶梦，梦里有很多人指着他的鼻子大骂，要他变成一只狗，说他做了昧心事，还敢赌咒说变狗，那就必须变成一只狗。多亏端端爹刚才用木棒砸了他的头，这才把他从恶梦里砸醒过来，他醒来就从家里背上一捆柴禾，来向端端爹赔罪。

范三皮愧疚万分地说："大哥，五年前，我向你借过五十两银子。"

端端爹笑着说："你借过我家的银子吗？我咋想不起来哩。"

"我的确借过的！"范三皮告诉端端爹，五年前，他从端端爹手上借了五十两银子做生意，后来发了家，却一直拖着没还。上次端端爹出了事，病得快要死了，他就想把这五十两赖掉。那天晚上，他听说端端爹死了，就装模作样跑到端端家来哭，其实是哭给端端看的，没想到却把端端爹哭活了。

一分不少

端端爹瞅着范三皮，叹息一声，说："三皮啊，我活过来后，看见端端搂着你的腿不放。知道你是横了心不想还，我又没个借条，这样下去只会两家生怨，反而要祸及后代，得不偿失，这才说你没借银子，并不是真的忘了。"

范三皮一听这话，更加愧疚，立即转身回去，从家里扛起一把锄头，领着儿子到了自家的菜园地。没想到，竟然在菜园地看到端端家的那只黑母狗正用爪子扒着土，在埋那只小黑狗，已经埋得只剩一条狗尾巴露在外面。范三皮惊慌地大叫："我在这里埋着五十两银子，这狗娘咋在这里埋狗崽？我埋的银子呢？"

这时，端端爹带着端端，拎着一大包银子过来了。端端爹把银子交到范三皮手上，告诉范三皮，小黑狗一共叼了五十两银子回家。范三皮看看这些银子，正是自己埋在坑里的那些，叹息一声，说："原来这只小黑狗是替我还债的。"

两家人一起动手，为小黑狗垒一个坟，还在旁边立了一块碑。

后来，范家垸的人要是谁遇上个急事要用钱，有余钱的人肯定会借给他，根本不用打借条，借钱的人都会如期归还，从来没有发生欠债不还的事。

（题图、插图：安玉民）

被狗抢劫

□ 马新敏

这天晚上，巡警赵刚在路上巡逻，突然接到"110"指挥中心的指令，说有人在绿城广场被抢劫了，他放下电话，急忙开着车子，和搭档一起赶了过去。

报警的是一个中年男子，赵刚还没走近，就闻到他身上一股浓浓的酒味。这个报警的男子说，抢劫他的是一只狗，刚才他和朋友喝完酒，走到绿城广场时头好晕，就趴在花坛上睡着了，正睡得香呢，忽然跑来一条狗，从他的裤兜往外掏手机，他一把抓过去，抓住了狗的尾巴，狗一使劲挣脱了，他只落下一手狗毛，手机却被狗抢走了。

赵刚一听就乐得笑了：狗能抢劫一个大活人？这兄弟喝得也太多了！那男子见警察不相信自己，连忙把手伸到赵刚跟前，说："你们瞧，我手上还有狗毛呢。"赵刚凑上前仔细一看，呵，这人手掌上还真有几根狗毛。

赵刚掏出手机，让男子说了他的手机号码，试着一拨，竟然通了，对方说，她是一家饭店的服务员，有位客人把这部手机忘在饭店了，她正等着失主来认领呢。赵刚连忙问清了饭店的地址，带着报警的男子一起赶了过去。

服务员一见那男子就乐了，将一只手机交给了他。男子接过手机细瞅了几个来回，疑惑地问："我的手机明明被一只狗抢走了，怎么会到了你的手里？"

服务员说："刚才你喝完酒走的时候，我在后面提醒你手机忘在桌上了，你转过身拿起根肉骨头，往裤兜里一塞，头也不回地走了，怎么喊都喊不回……"

生气的原因

□ 张 丽

刘旭东的老婆吴芳不仅人长得漂亮，而且特别爱干净，把家里打扫得一尘不染，不仅强迫刘旭东改掉了不讲卫生的毛病，还给刘旭东制定了许多条条框框。

这天，刘旭东在单位接到吴芳的电话，说家里进了小偷，让他赶紧回家。刘旭东跑回家一看，还好，除了

抽屉里的十多块钱被小偷拿走，其他的东西一件不少，不由得松了一口气。

刘旭东回头看吴芳，见她正坐在沙发上生气，便劝道："你别生气了，不过才丢了十多块钱，损失不大。"吴芳摇摇头，说："我不是为这事生气。"

刘旭东拍一下头，说："我知道了，你是为小偷进来把家里弄脏了在生气，你放心，收拾屋子的事包在我身上，我这就开始做，你千万别气坏了身体……"

没等刘旭东说完，吴芳就白了他一眼，说："你知道什么？我根本不为这个生气。"

"那你到底为什么啊？"

吴芳用手指一下茶几，说："你自己看吧。"

茶几上搁有半截黄瓜，是小偷没吃完扔下的，刘旭东不由得笑了，说："这么一根黄瓜值几个钱啊？看你气成这个样子。"

吴芳又生气地指指黄瓜，说："你再细细看。"

刘旭东拎起那半截黄瓜，左看右看也没看出名堂，摇摇头，说："我什么也看不出来呀！"

"你可真够笨的，你再仔细看看，这根黄瓜放了好几天，一直就没洗过。我真想不通，这黄瓜洗都没洗，怎么能吃呢？那个小偷怎么就一点不讲卫生呢？"

特殊人才

□ 陶柏军

大刘上班时，发现公司门口围了一大帮人，过去一看，那里贴着张"招聘启事"：总经办要招一名助理。

大刘只瞄了一眼就走了：能当经理助理的，不是能写会画的笔杆子，就是熟悉软件硬件的电脑通，自己只是销售部一名业务员，根本没指望。

没想到，中午去吃饭时，总经办徐主任一把拽住大刘，问："我们招聘经理助理，你怎么不报名？"大刘"嘿嘿"笑笑，说："我报也没用。"徐主任踮起脚，用手摸摸大刘的脑门，问："你有多高？"大刘说："我身高一米八五，篮球排球都能玩，这有用吗？"徐主任点点头，说："不错，你是特殊人才，赶紧去报名吧！"

大刘想，报名就报名，谁怕谁呀，跑过去就报了名。回到销售部，同事们一起帮他分析徐主任的意思，最后一致认定：徐主任亲自点拨大刘报名，说明大刘是这次竞聘真正需要的人才，没准总经理早就定下他了。大刘的特点是什么？是高大、帅气，公司里找不出第二个来。总经理呢？该有的全有了，只有家里那个高高大大的女儿还没对象，从这方面说，大刘真是不折不扣的特殊人才……

大刘听着大家一本正经的分析，乐呵呵地傻笑，根本没在意。没想到，这天晚上，徐主任悄悄把大刘约出来，偷偷交给他一张纸，鬼鬼祟祟地说："这是考试的题目和答案……"

三天后，大刘从一大群竞争者中顺利胜出。

第二天，销售部设宴欢送大刘，同事们一个个站起来给大刘敬酒，真诚地提醒大刘：到了总经办，注意多接触总经理家人……

大刘听着大家的话，心里偷偷直乐：都说的啥呀，徐主任说了，总经理长得太高了，公司里只有我的个儿够高，下雨时可以给他打伞……

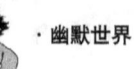

过生日

□ 邱同强

自从家里开始攒钱买房后，李巧琳已经两年没过生日了。眼看今年的生日又要到了，她想，这回说什么也得让老公给自己过一个生日。

吃过晚饭，李巧琳特意从书架挑了一本书，故意把书页翻得哗哗响，可丈夫王诚只顾看电视，像是没听见。李巧琳气得把书往地上一扔。

书掉在地上，发出"啪"的一声

响，终于惊动了王诚，他把书捡起来，一看，奇怪了："你怎么看起《牛郎和织女的故事》了？"李巧琳一见机会来了，连忙说"你还记得不？牛郎和织女相会的日子是七月初七，正好是我的生日！"

王诚恍然大悟，说"原来再过几天你的生日就到了，都两年没给你过生日了，今年好好给你过一次吧！"

没想到接下来几天，王诚根本不提过生日的事，眼看明天就是生日了，李巧琳急得又在旁边"哗哗"翻起书来，王诚装作没看见，蒙上被子睡了。急得李巧琳一把将王诚推醒："今天已经是七月初六了，你想想看，明天是什么日子？"

王诚坐起来揉揉眼睛，不耐烦地说："什么日子？不就是星期五吗？快睡觉吧，明天还上班呢。"说完又躺下，拉上被子蒙住了头。

李巧琳气坏了，第二天，她借了一位男同事的手机，偷偷给王诚发了条短信："哥们，今天是你老婆的生日，我想晚上请她吃餐饭，可以吗？"这同事王诚认识，长得很帅。

不一会，李巧琳收到王诚的手机短信："我知道有位男同事要请你过生日，我就不准备了，要是那小子吹嘘他有钱，你就趁机向他借点，我们的购房款还差一截子……"

李巧琳看完短信，哭笑不得：这下生日过不成，晚饭也没着落了。

心理问题

□ 焦淳朴

麦可的儿子汤姆刚上幼儿园，就能画一手好画，他每天把在幼儿园画的画带回家，让爸爸夸夸。

这天，麦可突然从儿子的画中发现一个重大问题：很长时间以来，汤姆的画一直只有黑和灰两种颜色，本来是红的花、绿的草、白的云，在儿子的画笔下，却全部是黑和灰的。

不好，孩子出了心理问题！

麦可马上带着汤姆看心理医生，医生经过认真的检查，告诉麦可："你儿子的心理非常健康……"

"那他为什么只用两种颜色画画？"

医生耸耸肩，说"这也是困扰我的一个问题，我开业十年，从未见过这种情况。"

看着麦可一脸着急，医生又想了想，说："要不你去找找杰克逊教授

吧，他是我们国家的心理学权威，特别擅长儿童心理学……"

于是，麦可又带着汤姆横跨几个州，赶到华盛顿，拜见杰克逊教授。杰克逊教授对麦可儿子作了认真检查，告诉麦可："你儿子的心理非常健康……"

麦可急得不行："可是，他只用两种颜色画画……"

教授耸耸肩，说"这是困扰我的一个问题，我从未遇到这种情况。"

突然，汤姆看见杰克逊教授的书桌上放着一大盒彩笔，就说："哇，好多彩笔耶，老爸，你能给我买一盒吗？"

麦克说："当然可以。"

汤姆高兴得跳起来："太好了，我的彩笔都被汉斯抢走了，他只给我留下黑和灰两支。"

麦克大吃一惊："儿子，他抢了你的彩笔，你怎么不告诉我？"

"汉斯说，我要是把这件事告诉别人，他就要狠狠揍我……"

有前途

□ 阿 玮

这天，小李做完报表，小心翼翼送到局长手里，局长一看，频频点头，说："嗯，你是新来的吧？不错，有前途！"小李听到局长这么夸自己，激动得连话也说不出来了。

从局长室出来，小李心里仔细琢磨着局长的话，"有前途"这三个字太让他激动了，对！一定要让局长保持

这个好印象，加油！

第二天，小李想再找机会在局长面前表现一番，刚巧看到同科室的大勇在汇报工作，小李伸长耳朵，别的没听清楚，局长对大勇说了声"有前途"，却让他听了个明明白白。

小李一惊，心里酸溜溜的：在科里大勇业务上可是一把好手，看来，他今后是自己的头号竞争对手。

从这天起，小李主动把大勇的活儿揽着做，乐得大勇当上甩手掌柜，整天不是抽烟就是喝茶，优哉游哉。小李要的就是这个效果，两人的表现，局长会看见的。

果然，小李再也没听到局长对大勇说"有前途"，却又夸了小李两回"有前途"，特别是最近那次，一边说着，还亲切地拍了拍小李的肩膀。

这天，小李去门卫室拿信件，局长的车子正好这时开进大门，在楼前停下，门卫老张头连忙跑过去，给局长拉开车门。

局长下了车，亲切地拍了拍老张头的肩，说："不错，有前途……"

小李听得大惊：真想不到，连看大门的老张头也不是一盏省油的灯啊！老张头回来时，小李心里还是搁不下，不甘心地问："老张头，局长认为你有前途啊？"

老张头一听，乐了："那是局长的口头禅，你也当真？"

（本栏题图、插图：顾子易 佐 夫）

413

2008
SEMIMONTHLY
下半月刊

4月
STORIES

欢迎登录本刊主办"故事中国网"（www.storychina.cn）

故事会
—STORIES—

2008 年 4 月
下半月刊·绿版

主 编：何承伟
常务副主编：吴 伦
副主编：姚自豪（上半月·红版）
副主编：夏一鸣（下半月·绿版）
本期责任编辑：朱 虹
电子邮箱：zhong98305@sina.com
绿版发稿编辑：
夏一鸣 王雅静 邢 悦 杭 帆
特约编辑：
范大宇 崔新三 申之珉
美术编辑：李宝强
电脑制作：郭瑾玮
通 联：归依玲
本社办公室电话：021-64375030
上半月刊编辑部电话：021-64332325
下半月刊编辑部电话：021-64336469
（上海市绍兴路74号 邮编：200020）
主管、主办：上海文艺出版总社
出版单位：《故事会》编辑部

制作、发行总监：张 凯
电话：021-64313938
广告业务：上海故事会文化传媒有限公司
广告总监：张 淮
广告业务：021-34010383
广告投诉：021-64333738
广告经营许可证
沪工商广字 3100320050022 号
发行：中国图书进出口上海公司

（本栏插图：王 俭）

变相涨工资

小李听说不少单位都涨工资了，于是趁领导布置工作的间隙，憋足了劲问："头儿，我们是不是也该涨点儿工资？"

领导听了，重重地点点头说："是啊，该关心一下员工了！"

小李听了，心里一阵窃喜：领导还是挺好说话的嘛。

没想到，领导继续说："我们单位效益还没上去，涨工资有点不现实，不过，我们也要时刻为员工着想。我决定，把迟到一次扣100元降到50元。这也算是变相涨工资吧。从今天起，谁迟到谁就省了。"

（赵娜娜）

出不去了

一个股民下午上班迟到了，老板面有怒色，责问道："现在几点了？"

股民随口回答："4200点。"

老板气呼呼地说："我问的是时间！"

股民还是没有回过神来，答道："收盘的时候。"

老板勃然大怒道："出去！"

股民两手一摊，无奈地说"跌停了，出不去了！" （刘 立）

位 置

儿子放学回家，看见餐桌上放着三个纸牌，上面分别写着"家长"、"副家长"、"家庭成员"。

儿子奇怪地问："妈妈，饭桌上干吗放牌子？"

妈妈说："你爸爸当上局长了，看不见写着'长'字的牌子，他不知道坐哪里。"

（程光明）

介绍对象

李姐是个热心人,她听说同事小美还没男朋友,就把小美拉到跟前问道:"你这丫头,怎么这么大了还不找对象?"

小美说:"不是不找,是没碰到合适的。"

李姐埋怨道:"那你也不和李姐说一声,李姐帮你介绍呀。"边说边皱着眉头想。

突然,她猛地想到了什么,问道"34岁,大学生,学计算机的,一米七五,刚买了一套两居室,怎么样,成吗?"

小美一听这条件,求之不得呢,赶紧点头说:"成!成!"

李姐高兴地拍着小美的肩膀说:"好,这事儿就包李姐身上了,一会儿我就去问问他结婚了没。"

(蓝献伟)

钱和照片

这天,两个男孩到小丽家玩。他们走后,小丽发现,皮夹里的5元钱不见了。可是,里面的照片还在。

小丽"哇"的一声哭了,父亲闻声过来劝道:"不就5元钱嘛,爸爸给你!"

小丽哭着说:"你懂什么呀!他们不要照片,是不是嫌我不漂亮啊?"

(董行)

坐地铁

玲玲第一次坐地铁,大老远看到一班地铁已经到站,看样子挺空。

玲玲急忙跑到车门口,刚把一只脚踏进去,整个车站就响起了提示关车门的蜂鸣声。玲玲吓了一跳,赶快把脚收了回来。

蜂鸣声响完后,车门关上了,玲玲眼睁睁地看着地铁开走了。

这时,一个工作人员上前问玲玲:"小朋友,你刚才不是要坐地铁吗?怎么想上又没上呢?"

玲玲满腹委屈地说:"我刚才不是超重了吗?"

工作人员惊讶地说:"你以为是坐电梯啊?"

(千里马)

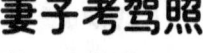

快要怀孕了

马克因为妻子怀孕了，就向长官请假，想周末回家陪陪妻子。长官一般不轻易批准下属周末请假，但这次破例同意了。

马克的好朋友尼尔见状，也去找长官请假。长官抬起头问他为什么要请假，尼尔灵机一动，说："我太太这个周末快要怀孕了，我想多陪陪她。"

（湘 风）

印度手抛饼

这天，兰兰回家听见厨房有动静，走过去一瞧，老妈正练习做印度手抛饼呢，只见她双手使劲挥舞着一片又大又薄的圆饼。

兰兰夸道："老妈，您这姿势很优美呀，效果怎么样？"

一旁的老爸笑道："效果好极了。你站近点儿，下一张面膜也许就是你的了。你妈抛得可准呢。"

（钱不多）

妻子考驾照

大刘最近买了辆新车，他鼓励妻子也去考个驾照，这样夫妻俩可以轮流开，相互之间有个照顾。

谁知三个月后，和妻子同期的学员都拿到了驾照，她却没拿到。在大刘的百般鼓励下，妻子又去驾校学习了。

又过了三个月，妻子终于拿到了驾照。回家后，她挥舞着驾照兴奋地大叫："这下可好啦！终于通过了！我以后再也不用开那该死的车啦！"

（董 行）

无价礼物

小白男友的生日快到了，小白亲手绣了一条十字绣手机链，准备作为生日礼物寄给男友。

小白来到邮局，在填包裹单时，她看见有"保价金额"一栏，她想，我对他的爱怎么能用金钱来衡量呢？于是，她在这栏里填了个"∞"，把包裹单递给了工作人员。

工作人员一看，疑惑地问："你填的是多少钱呀？"

小白温柔地说"是无穷大！表示我送给他的东西是无价的，不可以吗？"

工作人员笑着说"可以啊！不过保价费按百分之一收取！"（于少双）

手指上的油

银行家的儿子问银行家："爸爸，你看你银行里的钱都是别人的，那你是怎么赚来房子、奔驰车和游艇的呢？"

银行家神秘一笑，说："儿子，厨房里有一块肥肉，你把它拿来。"

儿子把肥肉拿了过来，谁知银行家又说："你再把它放回去。"

儿子又把肉放回了厨房，疑惑地问："爸爸，你什么意思啊？"

银行家说："你看你的手指上是不是有油啊？这叫揩油！"

（小 东）

车次的含义

大林带儿子去买火车票，儿子对火车车次前面的字母产生了兴趣，问父亲："这'K、T、Z'是什么意思？"

大林耐心地给儿子解释："'K'呢，是快车的意思；'T'呢，是特快的意思……"

"那跑得最快的一定是'Z'开头的！"儿子突然打断道。

大林惊喜地问："儿子，你怎么知道的？"

"那还用问？"儿子得意洋洋地回答，"'Z'就是贼快的意思呗！"

（邢 东）

放调料

老孙得了口腔溃疡，医生建议他刷牙时在水杯里放点盐，这样有助于消炎杀菌。

第二天早晨，老孙特意跑到厨房捏了一小撮盐，然后准备刷牙。

儿子见状，奇怪地问："爸爸，你刷牙时干吗要放盐？"

老孙故作神秘地骗儿子说："这样刷，牙香！"

儿子一听，拿着刷牙杯也进了厨房，老半天都没出来。

老孙有点急了，便跑到厨房去看，只听儿子笑嘻嘻地说："爸爸，我保证比你的更香！"

老孙问："为什么呀？"

儿子得意地说："因为我不但放了盐，还放了味精、酱油、十三香……对了，香油你放哪里了？"

（焦淳朴）

父亲举重

□ 杨汉光

国庆节快到了，单位准备搞两项活动，用周局长的话叫一文一武，文的是出墙报，武的是体育比赛。墙报必须赶在国庆节前出，每人写一篇墙报稿，由我统稿。为了提高大家的积极性，周局长吩咐我将来稿分等级发奖金。这一招很有效，当天我就收到十几篇稿。

周局长叫我给他提供点材料，说他也要写一篇。我懒得查找材料，就写了一篇歌颂祖国的短文交给周局长，顺便给同单位的父亲也弄了一篇，叫他不用写了。父亲却不买账，沉下脸说："那怎么行？我不想弄虚作假。"他坚持要自己写。

国庆节越来越近，稿子该上墙了，可周局长和父亲的稿还没交来。父亲不交没什么，不用他的就是了，关键是周局长的稿，既然写了，就不能不上墙。我只好冒昧向周局长索稿，周局长拍着脑袋说："哎呀，差点忘了。"当即把一张纸递给我，这张纸还是我原来写的草稿，一点没动。

有了周局长的稿，我就找几人帮忙出墙报。这时候父亲交稿来了，他的文章写得不错，更让我吃惊的是，父亲是用毛笔写的，每个字都是标准的楷体。我把父亲的稿直接贴到墙上去，大家啧啧称奇。

出了墙报，我就给所有稿件分等级，这是很微妙的事。按照单位的老传统，局长书记的稿是一等，副局长副书记的稿是二等，一路分下来，父亲的稿应该垫底，是最差那个等级。可父亲的稿分明是最好的，我破例把父亲的稿提到倒数第二等。

分好等级，我就给周局长过目。

周局长接过名单，从上往下看，看到父亲的名字时，眉头略皱一下，说："小杨啊，我知道你是个孝子，可单位不是家呀。"我吓了一跳，赶紧说"局长批评得对，我父亲应该是最后一等的。"

周局长用红笔将父亲的名字圈起来，"刷"一个箭头指到最后一名，因为用力太猛，笔尖在纸上划出了一道裂痕。我隐感到，这道裂痕里，夹有周局长的一点私怨。

周局长和我父亲确实有点旧怨。那时候周局长还是科长，和我父亲共同督建单位的围墙。围墙修好后，工头给了我父亲1000元，父亲惶恐不安，就把钱交给纪检部门。没想到纪检部门顺藤摸瓜，查出周科长收了工头2000元，给了他一个老大不小的处分，从此他就不跟我父亲来往了。虽然过了许多年，周局长还怨气未消。

从局长办公室出来，刚好碰见父亲。父亲知道自己是最后一等的最后一名时，什么也没说，回到家一头钻进房里去举重。父亲的房里有一副杠铃，母亲说，父亲在外面受了委屈，回家就举重，已经举了二十多年。

一会儿，我听到父亲的房里"咣当"一声响，接着是母亲的惊叫："阿光，快来，你爸闪着腰了！"

我冲进父亲的房间，看见他已经坐在沙发上，母亲正在给他揉腰，杠铃滚到了墙根下。我问父亲要不要去

医院，父亲站起来，扭一扭腰，说："没那么严重，明天我还要参加举重比赛呢。"我和母亲都劝父亲不要参加比赛了，或者改打乒乓球什么的，父亲却说："举重才是我的专长。"

第二天，单位搞的体育比赛开始了。我特意请母亲到单位来陪父亲比赛，万一发生意外好劝他放弃。参加举重比赛的只有七个人，周局长也是其中一个，他身材矮壮，挺适合举重，据说读大学的时候还进过举重队。这次是单位搞活动，很随便的，大家推举周局长当裁判，周局长象征性地推辞一下，就接受了，这样他就既当运动员又当裁判员。周局长首先上阵，一下子举起70公斤。他这一举就像作报告定了调一样，后面一连五个人都没能超过他，身体最壮的那个小伙子也只要了60公斤，大家都称赞周局长厉害。

父亲最后一个出场，他脱掉外衣，里面穿的竟然是紧身的运动服，腰间赫然扎着一根宽宽的皮带，好像参加的是正规的国际大赛。

父亲要了80公斤，我走过去小声劝阻："别人都不敢超过周局长，你不要举这么重。"可父亲说："我想得回第一。"

父亲在单位里做什么事都力争做得最好，名字却次次排在最后，想到这些我就不忍心再劝阻他，只是提醒

说："你只要举起 71 公斤就稳获第一了,用不着举80 公斤,小心你的腰伤。"父亲低声说:"举起 80 公斤,我还怕比不过人家的 70 公斤呢。"

父亲说得没错,他的墙报稿明明写得最好,结果却变成最差的。我心里不禁酸酸的。

我退到场边,暗暗替父亲鼓劲。父亲真是好样的,做了个深呼吸,俯身抓杠,奋力把 80 公斤举过头顶。我情不自禁地叫了声"好",却忽然发现裁判不见了。父亲举着杠铃,叫我快去找周局长。我说:"大家都看见你举起 80 公斤了,你放下来吧,一会儿跟局长说一声就行了。"父亲喘着粗气

说:"你们怎么做得了主?"母亲也着急地说:"快去找周局长啊,没有领导点头,你爸是不会放下杠铃的。"

我只好去找周局长,听说他进办公室了,我就直奔办公室。周局长果然在,他正打电话呢,跟对方没完没了地说笑。我好几次想打断他的话,却又不敢。从办公室的窗口能看见举重的赛场,父亲依然举着杠铃,脚步踉跄一下,又踉跄一下。

我心疼极了,赶紧跑回赛场,对父亲说:"周局长在办公室打电话,一时半会还来不了。爸,你先放下,等局长来了再举。"

父亲喘得更厉害了,断断续续地说:"一……放下,我……我就举……举不起了。"我有点恼火地说:"那就不要举了。"

父亲不听我的,依旧吃力地举着沉重的杠铃。我只好请母亲快劝父亲退出比赛,母亲却说:"你爸在单位委屈了一辈子,他举起的是一口气啊!孩子,你就成全他一回,快把领导叫来吧。"

母亲的话像刀子般割我的心,我赶紧跑向办公室。这回我没有进去,而是在门外狠狠地把电话线扯断了,周局长的笑声戛然而止。

周局长终于从办公室里出来了,可是,父亲已经放下杠铃,一只手使劲按住腰,估计是腰伤加重了。周局长回到裁判席上,父亲喘着气说他举

起了80公斤。周局长望着父亲说"老同学，你我知根知底，从读中学时候起，你的力气就比我小，我都举不起80公斤，你能举起来？"

这是什么话？连我母亲都生气了："那铁杠铁饼不是还没拆散吗？叫人拿秤来，称一称就知道是多少斤两了。"

周局长说："这杠铃我一看就知道是80公斤，问题是他举没举起来。"

"大家刚才都看见我父亲举起来了。"我请同事们给父亲作证，可那些人都知道父亲跟周局长有过节，一个个支支吾吾不肯作证。

父亲火了，霍地站起来"不用别人作证，我再举一次！"他紧了紧腰带，又一次抓住了杠铃。

我和母亲不约而同地奔过去，想按住杠铃不让父亲再举。父亲大吼一声："走开！"声落手起，沉重的杠铃再次被父亲举起来。

父亲满脸通红，脖子上青筋暴突，身子像喝醉酒一样摇摇晃晃，但双手紧紧抓住杠铃，高高举过头顶。我和母亲站在父亲左右，双手向上，随时准备接住掉落的杠铃。那杠铃随着父亲摇晃，却始终不落！

裁判席上的周局长终于说："杨永福，80公斤，第一名！"

父亲放下杠铃，瘫倒在我怀里，我和母亲都流下了眼泪……

（题图、插图：刘斌昆）

双心树

□ 草 帽

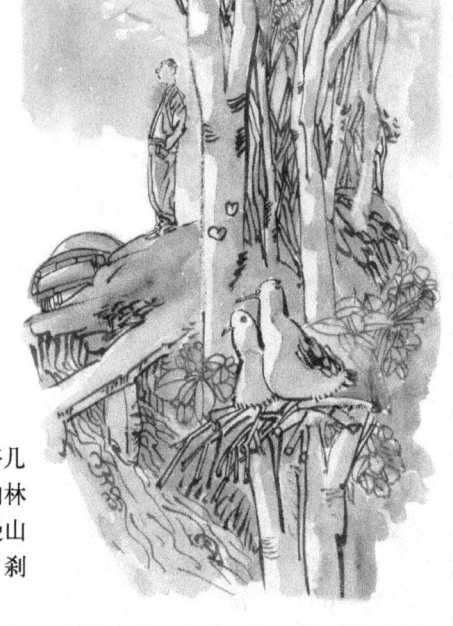

那天，罗小虎指挥着工人，将几辆卡车开到了一座茂密的山林下。罗小虎走下车，抬头望了望漫山遍野的白杨树。他的鼻子有点酸，刹那间，记忆点点滴滴涌上心头。

这里是骆驼山，是罗小虎的家乡。五年前，罗小虎离开的时候是个穷光蛋。可现在，他是一家伐木厂的老板，兜里有数不完的钞票。罗小虎曾经发誓，再也不回骆驼山。这里曾埋葬了他美好的青春。

可是，罗小虎还是回来了。因为，木材越来越难找了。很多商人都把目光瞄到了小山村。罗小虎深谋远虑，他打点好县林业局的几个官员，买下了骆驼山五年的伐木权。这次回乡，就是为了挑选500棵上好的白杨……

想到此，罗小虎吩咐工头强子："日落前，一定要挑好500棵白杨，记住了，要挑最粗最壮的！"强子领命，转身离去。这时，罗小虎又似乎想起了什么，叫住了强子："强子，等一下。有棵大白杨你千万别砍！"强子愣了，问道："老板，是哪一棵？"罗小虎有点尴尬，说："你找找看，它的树干上刻着两颗连在一起的心！"

原来，当年罗小虎和春妮青梅竹马。两人常常躲在骆驼山上约会。一天，罗小虎心血来潮，在一棵白杨树上刻下了两颗相连的心。罗小虎含情脉脉地对春妮说，这代表着他俩矢志不渝的爱情。当时，春妮的脸羞得通红，仿佛天边燃烧的晚霞。谁知，那年冬天春妮突然染上恶疾，很快就撒手人寰了。罗小虎痛苦不已，这才离开了家乡。

天色将晚，工人们终于选好了500棵白杨。强子命人在每一棵白杨树上都涂上了石灰粉，这样明天就不会弄错。强子兴奋地说："老板，我找到那棵白杨树了。那两颗心可深了，仿佛长在树里似的，老板，你要不要去看看？"罗小虎痛苦地摇了摇头："不了……它在就好！"

当晚，罗小虎在骆驼山下安营扎寨。工人们燃起了篝火，又是喝酒又是划拳。罗小虎想起了春妮，不觉也多喝了几杯。

第二天清早，伐木的工人都惊呆了。强子赶紧将罗小虎摇醒："老板，出怪事了！""什么事？"罗小虎一骨碌爬了起来。"那500棵白杨树上全刻

上了两颗心！"罗小虎不信，亲自上了山一看，果然，每棵白杨树都被刻上了两颗心。只是，它们的力道很浅，手法明显稚嫩。看那划痕，分明是昨晚刚留下的。

"这究竟是谁刻的呢？难道是春妮？可是，她明明已经……"罗小虎喃喃自语道。他用手轻抚着树上的两颗心，突然泪流满面。强子怯怯地问："老板，这树还砍不砍？""不砍……永远都不砍了！"罗小虎擦了擦眼泪，吩咐收工。

空荡荡的几辆卡车掉了个头，沿着蜿蜒的山路往回走。走了没多远，强子突然喊道："老板，你快看山上！"罗小虎下意识地回头，不禁呆住了。在远处的骆驼山上，一棵粗壮的白杨树上扎满了红丝带。红丝带在风中不停地飘舞，仿佛新娘头上的发带。而山坡上，站着一个乡村教师模样的女子，她的身边围着十几个孩子，一起不停地朝罗小虎挥手道别。

强子问："那女子是谁呀？"罗小虎的眼中噙着泪"是冬妮，她……跟她姐姐长得可真像！"罗小虎终于明白，是谁在那500棵白杨树上刻上了心。那一颗颗稚嫩的童心，此时不停地在他的眼前摇晃。朝阳中，冬妮的表情有些羞涩，罗小虎的心中却燃起了希望。他朝天长舒了一口气，说道"总有一天我会回来的！"

（题图、插图：安玉民　梁　丽）

准爸爸的不同反应

得知老婆怀孕了，准爸爸们会如何反应呢？大概有这些吧：

◆ **得寸进尺型**

老婆说："老公，我怀孕了！"老公说："真的吗？一次几个？"

◆ **借题发挥型**

听到老婆怀孕的消息，老公主动系上了围裙，说："太好了，说吧，想吃点什么？"老婆正感动中，老公又说："以前配合你减肥，天天吃青菜我忍了，可打今天起，你要饿着我孩子，我可跟你急。"

◆ **想入非非型**

老公抱着老婆原地转了三圈，兴奋地说："我当爸爸喽！我当爸爸喽！"

老婆说："快放我下来，我快晕了。"

老公说："别动！让我再多抱会儿咱家宝宝。"

◆ **不会说话型**

老婆说："老公，我有了！"老公激动得半晌无语，最后却冒出一句："接下来我该怎么办呢？"听语气好像自己犯案了似的。

◆ **听力幻觉型**

老公把耳朵贴到老婆肚子上说"快！让我听听……天呀，我听见咱家宝宝说话了。"老婆说："老公，那是我肚子在咕咕叫，我饿了。"

◆ **心不在焉型**

老婆打电话给正在外地出差的老公。

老公说："乖乖，我正在开会呢！有什么事待会儿再聊好吗？"

老婆说："我就想告诉你，我怀孕了。"隔了十秒钟后，老公又说："喂，领导又催我了，你刚才要运什么东西给我？算了，等我开完生产工作会议再说吧。"

◆ **谨防忽悠型**

老婆说："老公，我怀孕了！"老公一愣，笑道："你怀孕了？这招已经不好使了！照实说吧，这次你又看上了哪款衣服想让我买给你呀？"

（推荐者：蓝　蓝）

欢迎登录故事会公司旗下的四大网站： 中国最大的故事门户网站——故事中国网（www.storychina.cn）；老资格公民的生活网站——老爸老妈网（www.686m.com）；新淑女的时尚参考——秀With网（www.with-china.net）；老牌旅游杂志——旅游天地网（www.travellingscope.com）。

真正的
日亚格

□ 程小成

日亚格，即舞者之王。在这个热爱舞蹈的地方，谁是日亚格，谁就是万众崇拜的王者！

奇风异俗

上官云妮是一名大学教师，她到莫家寨采风已经有半个多月了，一直住在莫家五兄弟的家里。

这天，上官云妮刚起床，突然发现床边的木桌上，整齐地放着五件不同款式的银器手饰。上官云妮好生喜欢，伸手正准备拿一件银器时，站在门外的莫老大，忽然对她说："慢，这礼品，你不能随便拿。"

上官云妮忙缩回手，不好意思地笑着问："这些……不是送给我的吗？"

"是送给你。"莫老大说，"但你最好想好。这五件礼品，分别代表着我们兄弟五人。你选择了谁的礼品，你就要嫁给他。"这莫家五兄弟，老大三十多岁，老五刚过二十，原来都喜欢上了上官云妮。按照他们这寨里的风俗，男人喜欢上一个女人，就要放一件银器在这女人床边。女人如果中意这男人，就会拿过这件银器，表示他们就成为了一对情人。

上官云妮一惊，下意识地往后退了两步，盯着门外的莫家五兄弟，笑

着问:"你们……在和我开玩笑吧?"

"不,我们是真心的!"莫家五兄弟一起对她说。

上官云妮一听,心里不由一怔。自己孤身一人,而对方是膀宽腰圆的五兄弟,不觉有点害怕,但仍强装笑脸说:"啊,我早就听说了,你们山里人,就是爱开这种玩笑。在旅游地区呀,经常会有这样的活动哩……"

上官云妮说着,起身就要往外走,谁知这兄弟五人,却不动声色地往前一围,把上官云妮围在中间。上官云妮见状,更害怕了,结巴着问:"你们……想干什么?你们可不能乱来。"

莫老大上前诚恳地说:"我们不会乱来的,因为,你是我们都喜欢的女人。请你听我把话说完。"莫老大告诉上官云妮,自打上官云妮一进他们寨子,他们兄弟五人都喜欢上了她。可只有一个女人,怎么办哩?他们五兄弟想了想,还是按寨子里的老传统,兄弟五人进行竞争,谁胜出,就把上官云妮让给谁。

上官云妮一听,知道莫老大说的这些不会假。通过半个多月接触,这莫家五兄弟,纯朴善良,对自己关怀备至,可这感情的事……上官云妮想了想,努力让自己平静下来,试探性地问:"竞争?你们想怎么竞争?"

兄弟五人齐声答道:"比舞。"

莫老大告诉上官云妮,他们莫家寨子里的人,人人喜欢跳舞,当他们之间不能决出胜负时,往往就以比舞决一高低。他们兄弟五人早就商量好了,明天就正式比舞,谁跳得最好,谁就可以把自己的礼品,留在上官云妮面前。其他的人,就要把自己的礼品拿走。

听说比舞,上官云妮便也冷静下来,冲着他们说:"听说你们五兄弟会跳舞。也好,我倒要看看,你们当中谁跳得最好!"

舞者之王

第二天一大早,整个寨子的人,都来到莫家五兄弟的屋子前,围了一个大圆圈,来观看他们的比舞大赛。上官云妮被围在人群里面,坐在一张木桌前,她的面前按序摆放着那五件银器。

不一会,只见这兄弟五人,手持芦笙,赤膊走上前台。随着一声响亮的吆喝声,五个男人轮流在中间空场地上表演舞蹈。他们那矫健豪迈的舞姿,古朴而粗犷,把男人的阳刚之美表现得淋漓尽致!

上官云妮几乎震惊了。她没想到,这种带有原始特征的舞蹈,竟被他们演绎得如此有神韵,如此神采飞扬!在周围观众一阵一阵的叫好声下,上官云妮也情不自禁地脱口大叫了一声:"好!"

几个回合后，最后的胜利者决出来了：莫家老四。

"日亚格！日亚格！"周围的观众冲着莫家老四，挥臂欢呼起来。莫家其他几个兄弟，个个垂头丧气，一声不吭地走到上官云妮面前，拿起他们事先摆放的银器，退到一边。

这时，莫家老四在人们的注视中，高兴地走向上官云妮，拿起他的银器，用双手捧在上官云妮面前。谁知，上官云妮伸手一挡，冲着莫家老四说："你怎么不问问我，我想不想拿起你的银器？"

莫家老四一怔，没想到上官云妮会拒绝，盯着她，愠怒地说："我是日亚格！你不喜欢？"

"日亚格？日亚格是什么？"上官云妮不明白地问。

莫家老四骄傲地说："就是舞者之王！"

上官云妮一听，"嘻嘻"一笑，不屑地说："舞者之王？你赢了你那兄弟，你就是舞者之王了？"上官云妮从桌前站起来，对着围观的群众，大声地说道，"既然大家如此热爱舞蹈，我今天就让你们看看，谁才是真正的日亚格！"

说着，上官云妮突然一下跳到人群中间，双掌一击，胳膊肘一弯，向着观众回眸一笑，一双脚就如同踩在柔软的棉花团上，翩翩起舞。只见她柔美的肢体，像泉水一样，从大山中涓涓流过；又像只百灵鸟，鸣叫着穿过森林。她举手抬足间，把大自然的原始美，用女性阴柔的神韵，舞出了另一番灵气。

在大家一片惊呼声中，上官云妮停下了舞步，望着怔怔看着自己的莫家老四，挑衅地问："你还认为你是日亚格吗？"

莫家老四红着脸，没有吭声。这时，莫家老大带着其他几个兄弟，走上前来，兄弟五人围在一起，嘀咕了一阵。然后，莫家老四向上官云妮走过来，说"好，今天你是比我跳得好，明天我们再比。"

"你们还敢和我比？"上官云妮笑着问。

莫家五兄弟齐声说："明天我们就比大鼓舞！"

技高一筹

又是一个清晨，莫家五兄弟屋子前比昨天更加热闹了。上官云妮照旧在桌前坐下，她没见过大鼓舞。只见莫家五兄弟抬出一面大鼓，摆放在场地中间。他们的打扮也很奇特，头戴神帽，腰系围裙，围着大鼓，摇铃持鼓，就开始款款起舞。他们节奏由慢及快，由轻及重，兄弟五人齐鼓而鸣，鼓声震天，宏伟壮观……

半小时后，莫家五兄弟收起鼓棒，回过头看着上官云妮，莫家老四上前问："今天你用什么舞来和我们比？"

上官云妮微微一笑，站起来，指着放在场地上的大鼓，说"就用它。"

莫家老四吃惊地问："你会大鼓舞？"

上官云妮一笑，说："先前不会，看了你们表演后，我就学会了。你们不是用鼓棒敲打吗？我不要鼓棒，我用我的脚！"

莫家老四一听，哈哈一笑，说："你输定了。练习这大鼓舞，要先练半年腕力。因这鼓大，一人不能敲响，最少要有三人以上配合，才能把大鼓舞敲打起来。"

上官云妮笑着说："那就让你们看看，我是怎么敲打起来的！"

说话间，上官云妮已经赤脚站在大鼓上面。她用一只脚尖轻轻地试了一下鼓面，然后轻盈地一转身，两只脚尖就迅速地在鼓面上，快速地敲打起来。鼓声此起彼伏，浩浩荡荡之势，犹如万马齐奔，龙吟虎啸。转瞬间，一切恢复了宁静，只听一溪潺潺流水，叮叮咚咚作响，落入河谷，融入大海……

大家都被这曲奇妙的大鼓舞惊呆了。瞬间，寨子里所有的人，冲着上官云妮，爆发出惊天动地的欢呼声："日亚格，日亚格！"

上官云妮被人们簇拥着，从大鼓上走下来，莫家五兄弟心服口服。莫家老四望着上官云妮，真诚地问道："你能告诉我，你的舞为什么跳得这么好吗？"

上官云妮笑着说："我这舞跳得算什么好，比我跳得好的，不知还有多少人。"

莫家老四吃惊地问："还有好多人？他们在哪儿？他们能教我吗？"

上官云妮把目光越过崇山峻岭，对着远处天空中那朵飘动的白云，说"他们都在山外，在那朵白云的下面。他们会跳各种各样的舞，还有各种各样的跳舞比赛。你只要想学，他们就会教给你。"

莫家老四回过头，对着他的兄弟

们说:"我们下山吧。我们不能一辈子就呆在山上,我们兄弟五人敲打的大鼓舞,山外来的一个女人,看一眼就学会了,还能用她的脚尖赢我们,我们还算什么日亚格!"莫家兄弟纷纷点头。

上官云妮对着莫家五兄弟说:"好,我在这里等你们一年。一年后,你们谁跳赢了我,我就嫁给谁!"

薪尽火传

一年一晃就过去了。这天,正好是莫家寨一年一度的比舞大会,寨子里的男女老少都聚集在莫家寨的祠堂前。此时,人们十分安静,都伸着脖子看着台上,仿佛在聆听天籁之声。

台上,一个身穿藏青色布裙的姑娘,正在轻盈起舞。她那白葱般的指尖,随着手腕颤动,顽皮灵巧,宛如一只布谷鸟儿,正从天空中飞下来,发出欢呼的鸣叫。她的舞姿是那样纯净柔美,轻盈飘逸,仿佛踩在天空里的白云之上……

站在台下的观众,终于爆发出了雷鸣般的掌声,经久不息。

这时,一个站在台下观看的年轻观众,眼睛里蓄满了泪水,他转过身,分开人群,就往外挤去。

"莫家兄弟,你等等。"这时,刚才在舞台上跳舞的姑娘,也分开人群,向着这人赶过来。

这跳舞的姑娘不是别人,正是上官云妮。她打量着一身城里人打扮的莫家老四,笑着问:"怎么啦,跟我面也不照,就想走了?"

莫家老四再也不是当年的那个山里人。这一年来,他们兄弟五人下山后,立即就被外面的精彩世界震惊了。其他几个兄弟,很快在城里找到了适合的工作。只有莫家老四,一年来,他拜师学舞,矢志不渝。前不久,他终于在一次民族舞大赛上,获得金奖。

怀揣获奖证书,莫家老四高兴地

返回莫家寨赴约，正赶上这一年一度的盛会，但当他看到上官云妮的舞蹈后，他自知在他和上官云妮之间，真正的日亚格，还是她！

"我不是你的对手。"莫家老四说，"你能再给我一年时间吗？我还要出去学。"

望着纯朴憨厚的莫家老四，上官云妮感动了，她顽皮地笑着说："你怎么不问问我是谁？为什么来到你们莫家寨？"

莫家老四点点头说："是啊，我对你一点也不了解。"

上官云妮告诉莫家老四，她原本是北京某舞蹈学院的教师，因为对民间舞蹈十分感兴趣，她就志愿加入了国家非物质文化遗产保护机构工作。一年前，她听说了莫家寨的大鼓舞，就慕名而来，借住在莫家五兄弟家里。没想到，莫家五兄弟同时喜欢上了她。她本想当面拒绝，可看他们如此执著，还比舞决胜负，于是，她将计就计，用自己近二十年的舞蹈技巧，征服了莫家五兄弟。

上官云妮接着说："我来到莫家寨，尽管见识了我喜欢的大鼓舞，但见这里如此贫穷落后，而人们甘愿安乐守贫，都不想下山闯世界，也就想用此计，激你们五兄弟带头下山，去山外看看。这一年，我也用我的各种关系，到处呼吁。如今，寨子里有人

走出去了，也有人走进来了。"顿了一下，上官云妮不好意思地又说，"只是我没想到，你竟然……真回来了。"

莫家老四感动地拉住上官云妮的手，说："谢谢。"

"你谢我什么？我应该谢谢你们！"上官云妮望着莫家老四，真诚地告诉他，其实，一年前那两次跳舞比赛，她都没有跳赢他们，之所以让他们认为她跳得好，是她用了现代舞的元素，让他们耳目一新，内行一看，那不过就是个花架子。这一年来，她在莫家寨潜心钻研，认真向当地人学习，这才对莫家寨人舞蹈有了一个全新认识。最后，上官云妮说："真正好的艺术作品，永远都在民间。我之所以留下不想走，还有另一个原因：就是我们这些非物质文化遗产，现在不仅要保护起来，还要有人把它传承下去。"

莫家老四点点头，忽然问："那我想和你一起留下来，你同意吗？"

上官云妮红着脸，甩掉莫家老四的手，说："那要看你是不是真正的日亚格啦！"

（题图、插图：魏忠善）

绿版编辑部各编辑邮箱：

夏一鸣 gshxym@163.com
邢 悦 simyyue@126.com
王雅静 wyjing833@sohu.com
朱 虹 zhong98305@sina.com
杭 帆 hangfan1102@126.com

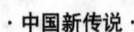

> 爱情中的两个人本就是一个整体，因彼此的存在而存在，因彼此的快乐而快乐。

不一样的

结婚证

□ 阿 辞

浪漫异国恋

晓蝶在国外求学，报了一个语言学习班，每天晚上上课。教晓蝶那个班的老师是个外国小伙子，名叫布恩，他的眼睛像海水一样蓝，个子像白杨一样挺拔，长得不算帅，但很有气质，女生们都很喜欢他。

晓蝶也喜欢布恩，可她觉得自己没戏。因为她知道自己长得不算漂亮，学历也不高，又没有一技之长，拿什么吸引人家呢？

世间的事往往就是这么奇怪，爱情总是在不经意的时候来临。有个周末，学习班十来个同学聚会，自己做饭吃，布恩也被邀请参加了。打扮得花枝招展的美女们都围着布恩聊天，只有晓蝶一个人在厨房里忙碌。

就是这一顿饭，让布恩对晓蝶刮目相看，他说，他从来没吃过这么好吃的菜，晓蝶的水平完全可以开餐馆。那天饭后，他和晓蝶说了很多话。

从那以后，晓蝶和布恩的关系一下子拉近了。很快，他们相爱了。在又一顿美味的晚餐之后，布恩拥着晓蝶说："亲爱的，真想一辈子吃你做的饭。"

晓蝶笑了，故意说："我知道，你是喜欢我做的饭，并不是真的喜欢我这个人。"

布恩急了，说："不是的。我这是用你们中国委婉的方式向你求婚啊。我发誓，我喜欢你做的饭，更喜欢你

这个人。"

晓蝶被逗乐了，答应了布恩的求婚。布恩很开心，立即打电话告诉了他的家人，并且开始办理晓蝶的定居手续。

第二年，布恩带着晓蝶回了他的家乡。

到了那里，晓蝶才知道，这个地方的婚姻习俗很奇特，一旦结婚就不准离婚，所以很多年轻人不愿登记结婚。晓蝶很担心布恩也不愿结婚，没想到安定下来后，布恩就和她去办理结婚手续。

由于布恩平时一直和晓蝶说汉

语，所以晓蝶的外语仍然不好，办什么事情她总是习惯依赖布恩。

登记结婚也一样，晓蝶什么都不用操心，只要跟着布恩去就行了。领证前，布恩拉着她的手，温柔地望着她，问道："你愿意和我白头偕老吗？"

晓蝶幸福地微笑着说："我愿意！"

然后布恩就交了钱，拿到了结婚证书。

真假结婚证

结婚后，晓蝶开了家中餐馆，生意一开始就不错，后来越来越好，晓蝶一个人忙不过来，就请了个厨师，名叫凌云。凌云也只有二十多岁，自中国，结婚也不久，丈夫也是本地人。

女人在一起，话题总喜欢谈到爱情和男人，何况晓蝶和凌云是身在异乡的同胞，感觉上更近了一层，所以常常闲聊一些家庭生活。

有天休息，餐馆没开门，凌云邀晓蝶去家里玩。

在凌云摆放装饰品的柜子上，晓蝶看见一本厚厚的装帧精美的书。书不放在书柜，却放在这里，想必是本与众不同的书。晓蝶有点好奇，随手拿了起来，打开一看，不由愣住了。这不是什么书，而是结婚证，凌云的结婚证。

真是太奇怪了，同样是这里办的结婚证，为什么凌云的结婚证厚厚的像本书，而晓蝶的结婚证只是薄薄的一张纸？

晓蝶随便翻了一下，虽然不能完全看懂，但也能懂一部分，她发现这本结婚证上详细地规定了夫妻双方的权利义务，以及不履行或不完全履行义务所应承担的责任，内容非常详细，小到洗碗，大到生孩子。

晓蝶疑惑地问凌云："你的结婚证怎么这么厚？"

凌云有些抱怨地说："结婚收费那么贵，结婚证不弄得讲究一点，对得起我们结婚的人吗？"

晓蝶心里一愣，结婚不贵啊，她和布恩登记结婚花的钱，折合成人民币也就几块钱，比在中国结婚还便宜。所以她不由问道："你们登记结婚花了多少钱？"

凌云说："按人民币算两万多。"

两万多！晓蝶心里犯起了嘀咕，她特意看了看发证机关，和自己的是相同的。日期也和自己的在同一个月。同一个地方同一时期的结婚证不可能差别这么大，两种结婚证肯定有一种是假的。凌云的结婚证这么精致，一看就是货真价实的东西，而自己的结婚证就那么一张简单的纸，太好伪造了。看来，自己的那张结婚证是假的，由于他们这里禁止离婚，布恩大概根本不想真正地结婚，所以就

设计好了用假结婚证来骗自己，难怪那天和他一起去领证那么简单，都怪自己当时幸福得昏了头，一切细节都没有在意。

晓蝶越想越伤心，自己在这里人生地不熟，布恩肯定认为自己好骗，所以懒得按真正的结婚证去伪造，用个纸片就糊弄她了。

凌云发现晓蝶的脸色有些反常，问道："你们的结婚证不是这样的吗？你们不是在这里结婚的吗？"

晓蝶回过神来，掩饰道："哦，不是，我们是在中国结的婚。"

晓蝶没有心情再玩了，她找了个借口回家了。她拿出自己的结婚证，看着这张粉红的纸片，心里无论如何也静不下来。她决定去查证一下。

晓蝶坐车来到市政局机关办公大厅，在办理结婚手续的地方，她犹豫了一会儿，还是没勇气上前去问。后来她就躲在一边看，恰巧来了两对新人办手续。晓蝶注意到，他们领到的结婚证都和凌云的一样，像字典那么厚，装帧精美。

晓蝶默默地流下了眼泪，她不知道自己是怎么回到家的。她最不能容忍的就是被欺骗，如果布恩不愿结婚只肯同居她还能接受，但用假结婚证来骗她，她真是受不了。她一气之下开始收拾东西，等布恩回来时，她的行李已经收拾好了。

布恩惊讶地看着晓蝶："你这是

做什么？"

晓蝶恨恨地望着眼前这个自己曾经深爱的男人，厌恶地说道："你这个骗子！"她拿起薄薄的结婚证，一撕两半，扔在布恩的面前，然后拖起自己的行李箱，转身离去。她走得很快，她不愿意让布恩看见她的眼泪。

布恩没有追她，这让她的心更凉。在酒店住了几天后，她回到了中国。

真爱无期限

回国后，晓蝶就换了手机号，在一个小招待所住了下来。她不愿意和

任何熟人联系，她怕别人问及她的婚姻。她只想一个人好好地疗伤。

由于身上的钱不多，为了生活，晓蝶急于找工作，她在一个大酒店做了服务员。虽然工资不高，但可以包吃包住，这正是晓蝶需要的。

工作之余，晓蝶极少出门，她不想遇到熟人。可越是不想遇到熟人，熟人却自己送上门来。

一天，她正在吧台值班，一张熟悉的脸出现在面前，竟然是凌云。凌云刚回国，准备住在这家酒店。

晓蝶觉得异常尴尬，她不希望让凌云看见自己落魄的样子，可又无法躲避，只得硬着头皮，面带职业的微笑，说："您好！欢迎光临！"

凌云看到晓蝶也愣住了，问道："你怎么会在这里？"

晓蝶说："对不起，工作时间，我不能谈私事。"

凌云看了看她，没有再问什么，拿出证件，办了入住手续。

到了交班时间，接班的人刚到，凌云就来了，她问晓蝶"你现在下班了吧？你可以去我的房间聊聊吗？"

晓蝶无法再拒绝，她跟着凌云去了客房。凌云开口就叹道"你也是被骗了吧，外国男人就是靠不住。我这次回来，再也不去那里了。"

晓蝶不解地问："你离婚了吗？那里不是禁止离婚吗？"

凌云笑了，不过笑得有点心酸，

她说，她没离婚，不过，婚姻很快会到期的，根本不用离婚。

晓蝶还是不明白什么意思。

凌云解释说，最近她才知道，那里虽然禁止离婚，但实行的是期限婚姻，男女双方结婚时，可以协商决定婚姻关系的期限。从1年到100年，在登记备案后生效，期限届满，婚姻关系即终止。结婚的期限越长，费用越低；期限越短，费用越高。由于她外语不好，所以领结婚证时也没注意那么多，上个月她才知道，她先生选择的结婚年限是一年，她很生气。然后她还打听到，她先生结过好几次婚，每次都是一年。她彻底失望，就弄了一笔钱，回来了。

讲完自己的事情后，凌云问晓蝶："你不是在国内结婚的吗？怎么也被骗了？"

晓蝶的心已经有些乱了，她再也顾不得什么面子了，向凌云说了实话："上次我骗了你，其实我也是在那里登记的，我们的结婚证只是薄薄的一张纸，只花了几块钱，我看了你的结婚证，以为我那结婚证是假的。"

凌云很吃惊，当她得知晓蝶就是为了这个赌气回国的，不由埋怨道："你这个笨蛋，你误会布恩了，你们的结婚证是真的，最长期限100年的结婚证就是那样的。布恩肯定是非常爱你，才会选择100年。"

晓蝶不由想起登记前一刻，布恩问她："你愿意和我白头偕老吗？"

晓蝶再也坐不住了，她跑到客房外，拨通了布恩的电话。

布恩的声音又生气又着急，他不解地问："我到底哪里欺骗了你？"

晓蝶说"对不起！"她把误会的经过详细地说了，最后轻轻地问道，"你能原谅我吗？"

布恩宽厚地笑了，说："你真是个小傻瓜！以后有什么问题一定要说出来，不要闷在心里。你知道吗？当时见你撕了结婚证，我太伤心了，不明白你为什么要这样。后来我曾经四处找你，就是找不到，我真害怕这辈子再也见不到你了。幸好现在误会弄清了，我好想马上见到你。你在哪里？我去接你。"

回到和布恩的小家后，晓蝶把那张撕破的结婚证小心翼翼地粘好了，用镜框装起来，这上面，没有写什么权利和义务，只有一段话：我不知道我的左手对右手、右手对左手究竟应该享有怎样的权利，究竟应该承担怎样的义务。其实他们本就是一个整体，因彼此的存在而存在，因彼此的快乐而快乐。

晓蝶觉得，这是世上最美的结婚证。虽然他们也经常有些小小的争吵，但他们始终像左手和右手一样相守相爱。

（题图、插图：魏忠善）

特别的
节日

□ 杨金凤

阿边在城里打工，过两天工地上要放一天假，他寻思着，一天工夫赶回家办不了什么事，干脆让老婆进城来团聚，让她也好好开一把洋荤，不白当了一回人。于是，他一个电话打回村里，指示老婆火速进城。

老婆兴冲冲赶来了，阿边拉上她就往商场跑。阿边早想好了，要让老婆玩得高兴，那首先就得改变一下形象，把农村人的土气改掉，叫人家看不出来。他在商场给老婆买了件漂亮衣服，给自己买了套西装和一双皮鞋，这一下就花了七八百，可阿边连眉头都不皱一下。出了商场，他又把老婆拉进一个发廊，双双弄了新发型。完了往镜子前一照，呀，差点都认不出自己来了。

第二天一大早，阿边两口子就穿上新衣服逛起了城。他们一路意气风发，高高兴兴地来到了江滨广场。这儿是全城最好玩的一个地方，也是阿边的伤心地。咋的？广场有一条过江观光隧道，乘着电梯一路观赏水下风光直达河的对岸，而且是不要钱的。上次阿边他们出来玩，也想过把瘾，没想到在入口处被一个胖胖的工作人员拦住了。人家叫他们等等，再等等，等来等去，就是没让他们上去。后来他们往身上一打量，脸就红了，原来事情就坏在衣服上。他们刚从工地下来，衣服上又是泥浆，又是石灰，鞋子上还带着一块不知是泥还是屎的家伙,你说这形象,人家能让你进吗?这回他不惜血本改造形象,有一大半就是冲这隧道来的。

阿边悄悄握了握拳头,暗中给自己打气,然后带老婆直奔观光隧道,刚走近,突然站在入口处的一个胖子喊了起来:"站住!你们两个!"

阿边一听,身子条件反射似的一哆嗦,收住了脚。可接着他马上就清醒过来了:笨蛋,我们现在可是城里人呢!不是喊我们!壮了壮胆,又迈开步子往前走,一边嘴里念叨着:"不是喊我们!不是喊我们!"

眼看一只脚就要踏上电梯了,胖子一个箭步冲过来,伸手一横:"说你们呢!对不起,你们不能上去!"

阿边大吃一惊,下意识往身上一瞄,没错,笔挺笔挺的西装,锃亮锃亮的皮鞋,这胖子的眼光咋就这么毒,穿成这样居然还能把自己认出来?他抬起头可怜巴巴地问胖子:"大哥,我脸上写有字?"

胖子诧异极了:"没啊?"

阿边问:"没有字,你咋就知道我们是谁?"

胖子说:"我不知道你们是谁,总之你们不能进去!"

老婆胆小,一听忙拉阿边:"走吧,不让进呢。"

阿边感觉没面子极了,再说今时可不同往日,有西装壮胆,他把老婆的手一摔:"为什么不能进?别人都进得,凭什么我们就不能进?你给我说出个理由来!"

胖子也不像上次那么凶了,赔着笑脸说:"不是不让你们进,是今天不行,你们明天来吧!"阿边一愣,说了句硬话:"我们就要今天进!"

"今天绝对不行!"胖子做了个斩钉截铁的手势,"过了今天,你们什么时候都可以进!"

阿边愣了愣,到底不是真城里人,气势一下软了下来,改换了一副笑脸,笑嘻嘻摸出一包烟递上去:"大哥,您行行好,让我们进去玩一次吧,我老婆大老远来一次不容易呀!"

"别来这套!"胖子坚决地把他的烟一推,"你们咋就这么不开窍,过了今天,你们什么时候来玩不行?难道非得要今天?"

阿边垂头丧气极了,这胖子就爱糊弄人,今天穿成这样都不让进,往后那更不用说了。就这样算了吧,又实在不甘心。正在这时,后面来了一帮民工,穿着一身工作服和解放鞋。他们健步如飞,兴高采烈地直扑入口。

胖子一见,赶紧迎了上去:"欢迎各位农民工朋友光临观光隧道,请你们一定要注意安全,祝你们玩得愉快!"一边说,一边做着请的手势,而且脸上笑得十分灿烂,仿佛看见的不是一群民工,而是一群亲人。

这群民工顿时精神一振,一个个神采飞扬,声音响亮地说着谢谢,迈

·中国新传说·

开大步就登上了电梯。

阿边不敢相信地瞪着这一幕，眼珠子都要掉下来了。他一把扯住胖子："他们怎么可以进？"

胖子说："你没看出来吗？他们是民工。"

阿边怔住了："我怎么没看出来，我问你，为什么民工可以进？"

胖子还没说，又来了一帮民工游客，浩浩荡荡一大群。胖子笑脸相迎，目送他们上完电梯，转过头来就批评道："你们呀，怪不得有人说我们这个城市冷漠，这个城市的人素质低，就

是因为有你们这样自私的人存在！"

阿边惊喜交加，还别说，这胖子真把他们当城里人呢！他吞吞吐吐地问："大哥，您、您说……"

胖子板着脸一本正经地教训道："作为这个城市的一员，你们咋就不能关心一下我们的民工兄弟呢？民工兄弟为我们这个城市流了多少汗，为我们的家园建设出了多少力，你们咋就没有一点感恩之心呢？"

阿边听得傻了，这世道，什么时候变了？胖子又看他们两眼，挥挥手说："回家吧，今天是我们这个城市的第一个民工节，我们观光隧道为此特设了民工专场，你们就不要跟人家抢了！发扬点风格，明天再来吧！"

阿边赶紧解释说："大哥呀，你咋不早说呢，我就是个民工啊。"

胖子打量打量他，说："民工？你拿什么证明你是民工？身为一个民工，有连自己的节日都不知道的吗？"

阿边没辙了，其实早几天宣布放假的时候，包工头说说过什么节日的，阿边也没往心里去，谁想到竟然是个民工节！

这时，老婆轻轻拉了拉他："要不，咱们明天再来吧。"

阿边一听，急了："明天？明天民工节就过了！"他拉着老婆掉头就跑，"走，回去换衣服！"

（题图、插图：刘斌昆）

28

千金不做回头客

□ 蕉下客

奇怪的规矩

万大爷的修鞋铺，不足两平米，缩在三弯里弄里。可这十多年来，万大爷凭着手上活儿细、价钱公道，生意倒也红火。

这天，万大爷正坐在铺子门口，对着阳光，埋头修理一双男式皮鞋。突然，一个阴影挡住了面前的光线，万大爷抬起头一看，乐了："呀，老妹，你又给我的鞋看病来了？"

这老妹姓梅，比万大爷小十多岁，住在万大爷修鞋铺隔壁，是"来一回"足疗馆的老板，据说这足疗手艺是祖上传下来的。早在五年前，她就来到巴城，在城东城西城南城北，先后开过足疗馆。就在上个月，她又把她的足疗馆，迁到老城区的三弯里弄来，和万大爷做起了邻居。

梅老板没生意时，就爱到万大爷的修鞋铺来玩，把万大爷要修的鞋，提起来，一双一双地看，说这个人脚上有什么毛病，那个人脚上有什么缺陷。混熟了，万大爷就爱开个玩笑。

梅老板笑过后，闪身走进万大爷修鞋铺里，伸手拎起地上万大爷今天新收的几双皮鞋，看过来，又看过去，然后，又有些失望地放回原处。

万大爷望了梅老板一眼，笑着说："老妹呀，我怎么看你，都不像个做生意的。说你像医生，又哪有给鞋看病的医生？"

梅老板笑了笑，没作答，辞别了万大爷，返身回到她的足疗馆，里面正好有个客人，在等着她。

梅老板招呼过客人后，忙让他坐下，进屋端过一盆药汤，让客人泡上半个小时。而后，她找来干净的白毛巾，伸出她两只纤瘦而灵巧的手，把客人的脚，从药盆里托起来，拭去水，双手往客人的两只脚板心一握，再来回一摸，很快就诊出客人的足疾了："你这脚，是后跟痛吧？"

客人连连点头说："是啊是啊，脚后跟痛起来，连路也走不了。"

梅老板没吭声，双手抱过客人的脚，捂在怀里，来来回回地揉着、捏

着、按着，一边把她按摩的手法，详细地说给客人听。约一个小时后，梅老板替客人穿上袜子，说："你这足疾，不算严重，回去就按我刚才说的方，三天做一回，两个月后，慢慢就会好起来的。"

客人十分满意，连忙说："要不，我三天后再来做一次？您要多少钱，我给！"

梅老板站起来，指着墙上"来一回"牌匾，抱歉地说："对不起，我这店里有个规矩：千金不做回头客！"

就在这时，万大爷突然提着一双鞋，站在梅老板足疗馆门口，冲着梅老板说："老妹，刚刚收到一双鞋，你给它看看病？"

梅老板忙向万大爷走过去。刚做好足疗的客人，也好奇地跟了出来，见梅老板把万大爷提过来的一双旧皮鞋，里外看了个遍，然后，递给万大爷，肯定地说："这双鞋，没病。"客人好奇地问了一句："鞋会有病吗？"梅老板正色说："鞋是装什么的？脚。你说，脚上有病，鞋会不知道吗？"

不肖的儿子

这天一早，梅老板刚刚打开足疗馆的门，忽然听到隔壁万大爷的修鞋铺里传来吵架声，梅老板赶紧跑过去，原来是万大爷的儿子又来找万大爷要钱了。梅老板还没打算进去，万大爷的儿子就冲着梅老板说："去去

去，你少来管我们家闲事。"

上个星期，万大爷儿子来要钱时，正碰上梅老板，梅老板很不客气地说了两句，万大爷儿子没要到钱，就走了。今天，他大概又怕梅老板多事，就先堵她的嘴了。见这么说，梅老板就站在门口，听万大爷骂儿子："我要不是看在孙子面上，我干脆去死了，也不赚钱让你赌博！"儿子死猪不怕开水烫，伸着手不缩回去。万大爷便无奈地从身上摸出五十块钱，丢在地上。儿子捡起钱，从梅老板跟前走过去时，狠狠地瞪了她一眼。

梅老板忙进去安慰万大爷。万大爷抹着眼泪说："他娘死得早，他爷爷奶奶带大他，像命根子似的，惯坏了。长大了，也不好好找工作，天天吃喝嫖赌，还怪我是个修鞋匠，没地位，没社会关系。还说我要是也当个一官半职，他就不会落到现在这个地步了……"

梅老板生气地说："这孩子，怎么这样不争气！"

就这样，一晃半年过去了，除了一些回头客来要求梅老板做足疗，很少有新顾客来。梅老板也没改变自己的规矩，对回头客总是客客气气送走，然后，静静坐在前门，等着新顾客的出现。万大爷见状，劝她说："做生意，做的就是回头客！你倒好，还千金不做回头客？这是什么规矩！"

梅老板笑着说："帮有帮规，行有

行规。开门守店，哪能没个规矩？"

"你……"万大爷见说服不了梅老板，有些生气地说，"那你就去折腾吧。把你几个钱折腾光了，看你喝西北风去！"

一转眼，一年的时间过去了，梅老板的生意更清淡了，她决定把足疗馆再搬到城郊。万大爷得到消息，忙跑过来，十分不解地问："老妹呀老妹，你还要折腾呀？你这是图啥？你就不能改改你那规矩？"

梅老板叹了一口气，说："老妹这回要搬走了，到老妹这边泡泡脚，一边就跟你说说。"

罕见的足疾

万大爷听罢，赶紧回去关上了修鞋铺的门，又回到了足疗馆。梅老板已经把熬好的药汤，装在一只小木盆里，热气腾腾地等着万大爷到来。万大爷眼睛红了，坐下来把脚放进木盆，对梅老板说："老妹这样侍候我，让我如何承受？这样吧，你把你的旧鞋找出来，我帮着修理修理……"

梅老板也坐了下来，还没开口，眼眶就红了：1947年，梅老板的母亲才十三岁，由于有一手祖传的足疗手艺，已经是军区医疗队里一名骨干卫生员。当他们路过巴城时，十五师梅副师长的爱人，早产了一个男孩。考虑到安全问题，梅副师长决定把刚刚

出生的儿子，送给当地百姓抚养。于是，梅老板的母亲带着梅副师长爱人塞给她的一块银元，把小孩送给了当地一对农村夫妇，连姓什名谁都没来得及问。

没过多久，梅副师长爱人因病去世。革命胜利后，梅副师长已经是某军区司令员，经人牵线，和梅老板的母亲结了婚，1959年生下了梅老板。五年前，梅老板母亲临终前，再三交代梅老板，一定要回到巴城，找回她亲手送走的同父异母的兄长……

万大爷听完，不解地问："可你要找你哥哥，与你开足疗馆有什么关系？"

梅老板说："在梅家的家族里，男

性有一种罕见的遗传足癣，形状呈一个个小圈圈，暗淡微白，就像一弯新月，它奇痒微痛，季节交替时更加严重，是任何药物都难以根治的。而且此足癣的患者，是亿分之一，肯定是家族性遗传。"

万大爷一边听，一边若有所思地点点头。

梅老板接着说："前些年，我跟着母亲潜心钻研，终于摸索出通过传统中药浸泡后，用民间足疗来根治的方法。我在巴城，经常换地方开足疗馆，不做回头客，就是希望我哥哥还活着，足癣让他痛得实在不行了，某一天能来我这足疗馆治治啊……"

万大爷连连点头，突然把自己的脚从木盆里拿出来，水也顾不上擦干净，就穿上了袜子。梅老板见状，忙按住万大爷，笑着说："你慌什么呀，我还没给你做按摩，你干吗就把袜子穿上了？"万大爷忙说："按个啥呀，我脚也没病，不按了……"说完，就挣脱梅老板，鞋也顾不上穿，慌慌张张地跑出去了。

梅老板又气又急，提起万大爷撂在地上的鞋，正准备追过去时，人一下子愣住了。等回过神来，她连忙不顾一切地追了过去。

无奈的离别

万大爷此时已回到他的修鞋铺，坐在里面发愣。父母临终时，曾和他说过他的身世，说是1947年一个部队路过巴城时，在一个晚上，一个女战士叫开他家的门，把一个刚刚出生的孩子，送给他们抚养……难道梅老板的哥哥，会是自己吗？梅司令，是自己的亲生父亲？

这时，梅老板已经赶了过来，见到万大爷，走过去，重新脱掉万大爷脚上的袜子，拿起脚板心一看，那一圈圈暗淡微白足癣，和父亲的一模一样。梅老板一下子就抱住了万大爷的脚，满脸淌着泪水，难道眼前的万大爷，就是自己寻找了那么久的亲哥哥？此时的梅老板，既兴奋又激动，她和万大爷商量：明天他们就动身去北京，去和父亲作个亲子鉴定。

万大爷一听，摇了摇头，说："得这病的人多着呢，就别耽误你工夫了……"

万大爷起身想走，梅老板突然伸出两只手，往万大爷脚板心上一捏，万大爷顿时浑身酸麻，脚下无力，瘫坐在凳子上。梅老板双手握着万大爷的脚板心，哭道："千金不做回头客，百年只等有缘人。老哥，老妹这些年吃的苦，你还不知道吗……"

万大爷望着梅老板，忽然哽咽道："老妹呀，不是我不想去呀，我是怕呀。"他其实担心他的儿子，整天游手好闲，嗜赌如命，老早就嫌弃他是个修鞋匠。他要真是梅司令的亲生儿子，他这不争气的儿子要知道他亲爷

爷当这么大的官，肯定更加好逸恶劳，贪婪成性，还不知会做出什么伤天害理的事来，他们一世清正的英名，也许就会毁在他的手里。万大爷悲哀地说："失去了，就让他失去吧，找不到还是个念想，找到了可能是个冤孽！"

梅老板心一紧，手松开了。她刚想站起来，忽又蹲了下去，重新握住万大爷的脚，迅速推拉起来，忽上忽下，渐行渐快。万大爷只感到两只脚，十分灼痛，仿佛刚刚往上浇了一盆开水，整张脚皮要被揭下来了，万大爷差点没叫出声来，就在这时，突然感到脚板心上一凉，梅老板轻轻地放下他的双脚，站了起来。

此时的梅老板已是满头大汗，她从身上掏出一个小本本，递给万大爷，说："根治足癣的治疗手法，我都写在上面，你留着吧。脚，是行四方的，它有病，就连路也不会走了。"

第二天，梅老板关掉了"来一回"足疗馆的大门，来到万大爷的修鞋铺辞行，却发现万大爷的修鞋铺，已早一步搬走了。门上挂着一把铁锁，铁锁的上方，还夹着一块被磨得锃亮的银元……

梅老板的眼泪一下子就出来了，喃喃地说道："老哥呀，你真不愧是父亲的儿子！可老妹还没告诉你父母的名字呢……"

（题图、插图：魏忠善）

慷慨的 回报

英国有个风光旖旎的临海小镇，名叫威尔斯。在威尔斯海岸金色的沙滩上，许多渔民都在利用这片美丽的露天市场摆摊卖鱼，得天独厚的自然条件给了他们无尽的财富。

可是最近半年来，当地的海鸥群却成了渔民们的大麻烦。一大早，渔民们摆好摊子，拿出刚从大海里捕捞的新鲜海货，可是率先吸引来的"顾客"却令他们头疼不已：一只只海鸥像箭一样俯冲下来，动作迅速地叼走一些珍贵的鳕鱼或者鲑鱼……

渔民们忍无可忍，开始想尽一切近似残忍的手法驱赶海鸥……

可是有一个名叫亨特的渔民很特别，他看着海鸥叼走鱼却并不动怒，有时甚至抓起一条鱼欢呼着抛向空中，引得那些可爱的海鸥互相争食。不少渔民都取笑他："你这个大傻瓜，总有一天那些海鸥会让你变成穷光蛋！"

没过多久，对海鸥的无情驱赶终于有了成效。可是许多渔民发现，他们的生意却变得每况愈下。原来引得不少游客慕名而来的，正是这些在当地小有名气的海鸥。海鸥少了，游客自然也少了。

更让渔民们不可思议的是，他们发现亨特的生意却异常火爆。原来，亨特的鱼摊因为有了贪嘴的海鸥而名声大噪，附近的许多孩子和外地游客都会聚集在他的鱼摊旁，一边挑选海货，一边等着抓拍海鸥吃鱼的有趣画面。这样一来，生意自然红火。

亨特用他看似很傻的举动赢得了意外的回报。

财富启示：将欲取之，必先予之。取与舍是一对辩证的关系，做生意也需要放远眼光，切忌急功近利。

（推荐者：蓝献伟）（题图：佐　夫）

连锁效应

周毅是个在新加坡工作的华侨，拥有上亿元的资产，家乡人无不以他为荣。他的家乡是个穷山村，至今仍有村民食不果腹。

有一天，传来周毅回乡的消息，村民们欢欣鼓舞。他回乡后，村民却大失所望。按常理，久未返乡的游子在外发了财，回乡后总该有所表示，可他连唯一的亲人堂兄"借"钱建房，都一口回绝。从他口中说出的，只是如何搞开发，至于其他，他是一个子儿也舍不得掏出来。

搞开发当然不错，几天后，村民们傻了眼。周毅一不建公司，二不建厂，却在村头三岔路口的热闹处建起一座厕所，还在显眼处贴了张告示："如厕收费"。

一时，村民们哗然。乡下人大小便，都是随便找个角落了事，怎能向人要钱？

没想到，这厕所一建起来，前来如厕的人还真不少。在这个三岔路口上，南来北往的客人很多，以往，内急的人总是慌不择地，搞得这里臭气熏天。自打这个厕所建起来，既卫生又美观，人们当然愿意舍小钱图方便。两三个月下来，周毅赚了大把的钱。

周毅似乎并没有把这钱看在眼里。不久之后，他用这钱在厕所对面十几米外，建起一家卫生整洁的餐馆。村民们再次傻眼，过往的客人因为要解决"方便"问题，纷纷在这个原本荒无人烟的地方停下脚步，一部分人也顺便进了对面的餐馆。

半年以后，周毅再次回到家乡时，餐馆生意兴隆。他又用赚来的钱在旁边开了一家修车店，同时开业的还有一家窗明几净的旅馆。

村民们惊讶地发现，以往尘土飞扬的三岔路口，如今已经成了附近知名的来往客人的歇脚地。渐渐的，开始有头脑灵活的村民跟着做起小生意。再后来，有客人顺便进村里看看，说是考察投资前景。

第二年，村里办了一家食品加工厂。开业那天，村委会主任亲自剪彩，他意味深长地说："这家食品加工厂，就是周毅投资兴建的。"末了，他还宣布，特聘周毅的堂兄任厂长。

有了这座食品加工厂的示范效应，在几个月的时间里，先后有客商到村里投资，建起屠宰厂、农产品配送基地。而在这些投资者的经历中，有一个共同情节，就是先在村头的厕所停下脚步。

财富启示：产业链中的产业源很重要，虽然有时微不足道，但关键时能起到纲举目张的作用。

（作者：王贞虎；推荐者：多　多）

·海外故事·

警戒线

□宾 炜

不速之客

不久前，南美一个小城突然爆发了一场骚乱，许多商店遭到洗劫，汽车被焚烧，街上到处是死于非命的尸体。一时间，整座城市人人自危，巨大的恐惧笼罩在人们心头。

在小城南面比较偏僻的一个地方，有一座很隐蔽的房子。房子的主人叫桑德斯，是个非洲裔的建筑工程师，家里有一个美丽的妻子和两个可爱的女儿。非裔人在当地十分受歧视，每次发生动乱，他们总是最先成为攻击的目标。

自从爆发骚乱后，为求自保，桑德斯一家人就再也没有离开家一步。好在家里的物资还十分充裕，食物足可以让一家人吃上一个月。为防止暴徒冲进家中，桑德斯在房子前十米远的草坪上，用石灰撒了一条警戒线，

然后抱着一支猎枪日夜在门前守卫着。倘若有陌生人试图跨过这条线，为了保护妻子和女儿不受到伤害，他肯定会毫不犹豫开枪自卫。

桑德斯一家就这样在惊恐中度日，一边通过收音机了解外面的形势，一边焦急万分地期待着政府重新控制局势，恢复秩序。

这天早上，在度过又一个危险的漫长黑夜后，一家人正坐在客厅享用早餐。

突然，桑德斯透过客厅的玻璃，看见有个男人正慢慢向他的房子走来。桑德斯的心猛地一跳，马上放下汤匙，双手抓着枪冲出门外，冲那男人大喊："站住！别再往前走了！"

那个男人听到喊声，条件反射一

36

般立即收住了脚步，然后把双手举过头顶："别紧张，我已经受伤了！"

桑德斯这时才发觉，男人满头流血，身上的衬衫也被血染红了，一只脚好像还受了伤，但他腰间鼓起一大块，分明藏着什么东西。桑德斯不敢掉以轻心，用枪指着他，命令道："把你身上的武器扔掉！"

男人顺从地从腰间拔出一把锋利的砍刀，扔到草地上："先生，你看，我没有恶意，我只想寻求一点帮助。我在流血，而且，我已经两天没吃过东西了。"桑德斯冷冷地说道："你应该去医院！"

"不不，医院现在已经没有医生了，再说，我恐怕走不到医院了，求你帮帮我吧！"男人说着，又缓缓地向前走来。

"站住！"桑德斯抬枪瞄准他的胸口，"你看到那条白线了吗？别走过它，要不然我发誓我会开枪的，而且，不会有警告！"

男人再次站定，低头往地上一搜索，发现了前面那条石灰线，离他的脚仅仅一米距离。他对桑德斯点点头："好的，先生，我理解你的意思，我不会走过去的，只是请你帮助我！"

桑德斯面无表情地说道："对不起，我这里什么都没有，恐怕帮不了你，请你快点离开吧！"

男人似乎已经没有什么力气，喘息着坐在草地上，眼巴巴地望着桑德斯恳求道："先生，难道你忍心看着一个人在你家门前流血而死吗？"

桑德斯看到他可怜的眼光，心里不由得一软。说实话，他并不是一个冷血的人，如果这是在平时，他会立刻用车送他上医院的，可在这样的非常时期，他只能把家人的安全放在第一位！于是，他硬起心肠对男人说道："对不起，我帮不了你，请你立即离开！"

男人失望地晃晃脑袋，爬起来向外走，可他走了两步，却支撑不住了，身子摇晃了几下，仰面跌倒在地上。

警戒线外

桑德斯手中的枪缓缓放了下来，可心中仍在摇摆不定。这时，妻子从里面跑了出来，喊道："天啊，你看看你在干什么，快点救救他吧！"

桑德斯犹豫了一下，对男人说道："你不要动，就在那儿等着！"然后飞快地回到屋里，迅速拿了急救箱出来，用力向那个男人扔过去，"你会用吗？"

急救箱刚好落在男人身前，他伸手抓过来，打开，里面的急救物品很齐备，有止血药、纱布、消毒的酒精，甚至还有缝合伤口的针线。男人向他投来感激的目光："我学过医，先生，谢谢！"

很快，他用熟练的手法迅速止住

了头上和腿部流血的伤口，缠上纱布，还吞了几粒止痛的药丸，做完这一切后，他看起来好多了。桑德斯的两个女儿趴在玻璃窗前，既惊慌又好奇地瞪着那个陌生的男人。

男人抬头看见了房子里的女孩儿，脸上浮起一丝微笑，扬起手冲她们打了一下招呼。桑德斯心里一紧，赶紧走进屋冲妻子喊"亲爱的，这没有什么好看的，快带孩子们进里面去！"妻子忙拉着两个女儿进了里面的卧室。

桑德斯出来对男人道："好了，现在把急救箱还给我！"男人刚想站起

来，桑德斯忙喊："不，扔过来！"

男人苦笑着摇摇脑袋，奋力把急救箱扔了回来。桑德斯对他说道："现在你该离开了吧？"

男人说他肚子很饿，恳求桑德斯给他一点吃的。桑德斯犹豫了一下，还是进厨房拿了两块玉米饼和一瓶水，扔到男人脚下。男人狼吞虎咽地吃完东西，对桑德斯说道："先生，你是个好心人，上帝会保佑你的。可我现在这样恐怕还走不了，就是走到街上，也许马上就会被人砍死的。你能不能让我在这养养伤，我保证绝对不会走过你的白线！"

桑德斯打量着他，心里很明白，他并不是说假话，像他现在这样走到街上，肯定会很危险。可是，允许他留在这儿，又好比留了一只狼在家中，那样太冒险了。他为难地思索了半天，最后还是善良又一次占据了上风，对男人说道："我警告你，休想跨过那条线一步！"

男人点点头，倒地睡了下来，一整天，他都静静地躺在草地上，偶尔才动一下。

又一个夜幕降临了，桑德斯一家在准备晚饭。妻子不时扭头看着外面那个男人，大动恻隐之心，让丈夫给他扔了一些食物。吃过晚饭后，妻子又站在窗前默默地盯着那个男人，犹豫着问丈夫："你看，他太可怜了，让他进屋里来睡吧！"

桑德斯眉头一皱"亲爱的，你也知道，我并不是一个冷血动物，可现在我只能做到这一点了，我绝对不能拿我们的安全来冒险的！"

妻子叹息了一声，没有再坚持自己的想法。桑德斯说完后，就拿着枪坐在门口的椅子上。当夜幕降临的时候，他已经有点儿后悔了，不该答应让那个男人留下来，谁知道漫长的一夜会发生什么事呢？他还担心自己这么对待一个陌生的男人，也许结果会证明他是在养虎为患。等那个人养好伤，恢复力气的时候，谁能保证他不会忘恩负义伤害他们呢？想到这，桑德斯不禁冒出了冷汗。

为了以防万一，桑德斯临时决定，把妻子和女儿从卧室赶到了地下室去睡，他还在门外加了把锁，让她们等到天亮的时候自己来开门。然后，他就抱着枪一个人守在门口，警惕地盯着男人。

幸好一夜平安无事，桑德斯也松了口气。一家人吃早餐的时候，他又给男人扔了一份。这天晚上，男人仍然睡在石灰线外的草地上，而桑德斯仍然把妻子女儿锁到地下室，自己抱着枪坚守岗位。

就这样，男人在桑德斯房子外一连躺了三天，一直遵守他们口头达成的协议，没有走过警戒线半步。桑德斯每天扔给他吃的，还把药箱扔过去让他换药。

收音机里每天都传来坏消息，骚乱没有停止，反而越演越烈。有一个消息说，从监狱里逃出了几百名犯人，这些犯人与城里的暴徒一起，已经占据了整座城市，他们无法无天，到处乱闯私人住宅，疯狂抢夺值钱的东西，侵犯和杀害妇女儿童。电台提醒人们千万不要出门，留在家中等待骚乱平息，甚至号召人们拿起枪来保卫家园，因为现在已经没有法律了。

听到这些消息，桑德斯一家陷入了更深的恐慌之中。

生死朋友

桑德斯和那个男人整天整夜相隔着十米距离，渐渐的两人之间有了一些交谈。男人主动告诉他，他是在监狱服刑的犯人，叫斯德拉，趁骚乱越狱出来的。在街上，他碰到一场大混斗，糊里糊涂被砍了几刀，真够倒霉的。好在他抢到了一把刀，奋力拼杀，这才捡回一条小命。

桑德斯的心猛地一跳，没想到，他竟是一个逃犯。

有时，桑德斯感到实在太困，为提起自己的精神，也主动跟他聊自己的一些事，聊到有趣的地方，两人甚至笑出声来。尽管如此，桑德斯还是不敢放松戒备，不管如何，他都要坚守自己的警戒线，不能让男人越雷池半步。

到第四天的时候，斯德拉看来已无大碍了，他感激不尽地向桑德斯道了谢，说他要走了，准备趁着骚乱还没结束逃到一个很远的地方去。桑德斯很高兴，扬了扬手中的猎枪说："希望你不用再回来！"

斯德拉哈哈大笑："我还想以后怎么报答你呢，既然这样，我只有祝你们一家平平安安了！"说罢，拾起地上的砍刀，转身慢慢地走了。

看着他走远的背影，桑德斯不禁长舒一口气，为自己的正确选择庆幸不已，既避免了自己的良心受到谴责，又避免了自己受到伤害，这应当是最好的结果了。

这天晚上，桑德斯没有再要求家人住到地下室，可他仍然不敢安然地睡在卧室里，就坐在客厅的沙发上打会儿盹。可桑德斯几天几夜不合眼，实在太困了，这一睡就睡得像头死猪

一样。

天快亮时，桑德斯突然醒了，睁眼一看墙上的时钟，不禁吓了一跳："该死！我竟然睡得这么死！"眼睛下意识地往窗外看去，顿时大吃一惊，屋里的灯光折射到房外的草地上，变得十分微弱，这时正好有个朦胧的黑影向着房门走来。就在这一瞬间，桑德斯已经判断出，黑影绝对走过了那条警戒线，离房门只有几步之遥了。

时间容不得他考虑，桑德斯拉开房门，一个箭步冲出去，同时扣动了扳机。一声枪响，黑影咕咚倒在地上。桑德斯慢慢上前，用脚把那人踢翻过来，进屋拿了手电筒往黑影脸上一照，一股凉气直冒心头：这个人竟然是斯德拉！

此时，斯德拉瞪着一双眼睛，痛苦地张着嘴巴，居然还没有毙命。桑德斯用枪指着他额头，冷笑道："看来我的担心并不是多余的，你这个忘恩负义的家伙！"

斯德拉艰难地喘息了一会，说道："不，你误会了，你看看后面……"

桑德斯疑惑地用手电筒往后面照去，猛地吃了一惊，后面十来米远的草坪上，竟然还有两个男人倒在那儿，一动不动。他端着枪慢慢走过去，又是大

《故事会》三大工程正式启动

一、为鼓励多出优秀作品,《故事会》杂志社决定继续举办2008年《〈故事会〉最有影响力的故事》征文大赛,并对优秀作品实行四大奖励措施:

1. 入选作品除在杂志上发表外,还将收入2008年《〈故事会〉最有影响力的故事》一书。2. 入选作品可得两笔稿酬: 在《故事会》杂志发表的作品,首发稿酬每千字400元;获《最有影响力的故事》优秀作品奖,每千字再追加1000元。3. 入选作品均颁发奖励证书。4.本刊将邀请有关作者参加5月在上海举办的第十三届"故事创作研讨班"、10月举办的优秀作品改稿会以及年底的颁奖大会,所有费用均由编辑部承担。

征稿范围: 1.具有现实感、新鲜感且可读性强的中短篇及超短篇原创作品;2.故事性强、有口传性、能引起读者兴趣的推荐作品。

来稿方法: 1. 从邮局寄发,请在信封上注明"征文大赛"字样,本刊地址: 上海市绍兴路74号《故事会》杂志社,邮编: 200020。2. 从网上传递,请在主题上注明"征文大赛"字样,寄至各个责任编辑的电子信箱。本期责任编辑电子信箱: zhong98305@sina.com。

二、为培养故事创作的骨干力量,《故事会》杂志社将于2008年5月举办"第十三届故事创作研讨班",按原定计划将邀请30—40位有培养潜力的新作者来沪学习。凡录取者,差旅食宿等费用均由编辑部承担。报名时间至2008年4月15日结束。

来稿方法: 1. 从邮局寄发,请在信封上注明"参加研讨班"字样,本刊地址: 上海市绍兴路74号《故事会》杂志社,邮编: 200020。2. 从网上传递,可寄各个责任编辑的电子信箱,并请在主题上注明"参加研讨班"字样。

三、2008年《故事会》杂志社还将在各地举办小型笔会,邀请当地的作者参加。有基础的地区请及时与杂志社红版、绿版编辑部联系。

吃一惊,这两个男人面相凶恶,身上有很多文身,看得出来,是被人用刀捅死的。

桑德斯又走回斯德拉身旁,看见斯德拉身上原来也有几个伤口,手中还握着一把沾有血迹的刀。桑德斯突然明白了,失声问道:"是你杀了他们?"

斯德拉艰难地点了点头:"他们想闯进你的房子……"

"天哪,斯德拉,你、你为什么要走过来?"

斯德拉的声音越来越微弱了:"我想……我想叫醒你……"

桑德斯怔怔望着他,眼里流下了悔恨的泪水:"斯德拉,你这个笨蛋,你为什么要走过来?"

可斯德拉已经闭上了眼睛,听不到他的话了。

后来,骚乱结束后,桑德斯从警察那里了解了斯德拉所犯下的罪:他失手杀了一个朋友。那个朋友半夜走进他的房子,本来是要给他庆祝生日的。

斯德拉被安葬在公墓里,他的墓碑上刻着一行字: 你可以走过我的警戒线了。落款是: 你的朋友桑德斯!

(题图、插图: 佐 夫)

床头婴

□尤培坚

清朝康熙年间，江南凤城一带出现了一种新奇的娱乐方式：客人来了，只需躺倒在一张红褐色的木制大床上，然后就有一个身高不到三尺的婴儿跳到床头，一边用他柔嫩的双手抚摸客人头部，一边给客人讲一些天下奇闻官场风波。

这些婴儿被称为床头婴。他们虽然身材瘦小，手指酷似婴孩，但眼神和脸部却充满沧桑。他们所服侍的对象也很奇怪，街头的苦力、田间的劳力、民间的三教九流文人骚客，都喜欢到这家床头婴按摩楼来，毕竟，它的价格便宜啊。而床头婴的幕后老板神通广大，究竟是谁，无人知晓，连当地官员也奈何不了。于是，这床头婴的名号更响了。

这件事惊动了朝廷。这天，康熙密令大臣李三江下去探查，要李三江想方设法把这些床头婴的来历向他汇报，而且只能秘密巡查，不得惊动当地官员。李三江这几天正为有人举报他贪污腐败的事情而寝食难安呢，现在见皇上委以重任，自然高兴，心想我只要把皇上吩咐的这件事情给办好了，那我不就立了一个大功吗？这说明皇上还是信赖我的，我一定要办好这件事。

于是，李三江悄悄下了江南，来到了凤城。在凤城住了两日，他就打扮成一个算命先生进入了床头婴按摩楼。

在柜台交了钱，就有个穿着粗布衣衫的侍童走了过来，把李三江带进了一个小房间，里面有一张红褐色的大床几乎占据了整个房间。按侍童的吩咐，李三江躺在了大床上，等着床头婴上来给他按摩。不一会儿，一个矮小的婴儿晃着身子跳上了床。李三江细细打量那人，发现他虽然手指脚掌等裸露的地方柔嫩无比，但脸部显得很苍老。"难道这就是传说中的床头婴？"李三江不由愕然。

那床头婴显然是个按摩的老手，他的两只婴儿手轻轻抚弄着李三江头部的太阳穴，一边喃喃自语地讲起了一些民间奇闻。那声音莺歌燕语的，让人变得无比慵懒。李三江好奇地想跟那个床头婴交谈，可床头婴却只顾自己说奇闻逸事，甚至是官场的黑幕，对李三江不理不睬。李三江只好闭上眼睛，慢慢享受这柔嫩的抚摩。一个时辰后，床头婴给李三江按摩好了，就迅速地跳下床，消失在了门口。

李三江下了床，惬意地伸了一个懒腰，发现自己这几天奔波的疲劳，果然一扫而光。他暗暗称奇，心想要把皇上交代的事情做好，就一定要见到老板，否则这床头婴的来历，自己是琢磨不透的。李三江找到了刚才那个侍童，向他说明了来意，那侍童笑了笑，对李三江说道："这位先生，我们的老板是不接待来客的，除非你是特别的人。"

"特别的人？"李三江愣了一下，然后笑吟吟地掏出一两银子，悄悄地塞给了侍童。侍童接过银子，笑眯眯地说道："那好吧，我给你通报看看。"过了一会儿，那个侍童回来了，指了指前面的一个小门对李三江说道：

"我们老板在那个屋子里等你，你可以从那个小门过去。"李三江按照侍童的指示，穿过了那扇黑色的小门，来到了一个靠着山墙的小屋。

李三江一进小屋，就看到一个身穿黑色大衣的男子背对着他站着。

"你一定要见我？"那人的喉咙里发出一阵沉闷的声音。

"是啊，我想知道你们这个床头婴是怎么来的。"李三江毕竟见过场面，他开门见山地说道，"因为我也想开一家类似的按摩馆，不过，你放心，我开设的地点绝不在这个地方，只要你把床头婴的来历告诉我，我给你一千两黄金作为报酬。"李三江的如意算盘打得很好，只要这个老板说出床头婴的来历，他就可以向皇上汇报了，而一千两黄金，对他来说，只不过是九牛一毛。

"那好吧！"那人转过身来，对着李三江冷冷一笑，"那你就跟着我来吧！"李三江跟着那个黑衣男子进了一个大山洞。在山洞中，灯火通明，不时地穿过一两个床头婴，他们笑嘻嘻地捧着一两个馒头，欢天喜地地讲述着一些故事。

正当李三江摸不着头脑的时候，那个黑衣人说话了："对不起，先生，我们这里有个规矩，如果有人一定要知道床头婴的来历，就必须会讲述一些奇闻逸事或官场黑幕，否则，那些

床头婴会把你当作异类，扔进水池，让你难受的。"李三江心想：我自小熟读各类书籍，说些奇闻逸事自然不在话下，但是让我说官场黑幕，就有些为难了，可为了能完成皇上交代的任务，我也豁出去了。

于是，李三江对那个黑衣人点点头："好吧，老板，你的这些要求，我都可以做到。"

不一会儿，他们就进入了山洞中的一个大厅。大厅里灯火通明，十几个床头婴正围坐在一张巨大的石床上嬉闹呢。那些床头婴身高皆不足三尺，但个个手如白玉，光滑无比。

"你先给这些床头婴讲个奇闻吧，等下，我再来见你，给你说说这些床头婴的来历！"那个黑衣人说完就走出了山洞。

李三江对着那些床头婴笑了笑，就对他们讲起了一个侏儒找老婆的怪事，谁料那些床头婴听完，都愤怒地喊起来："你这坏蛋，在笑我们是侏儒吧！告诉你，我们不是侏儒，我们是床头婴！"

李三江连忙搭上笑脸："各位别急，我再给你们讲个笑话吧！"谁知那些床头婴不买他的账，其中一个盯着李三江，用手指了指他后面一个冒着热气的水池道："你快给我们讲讲你在官场的黑幕，不然我们就把你扔到那个水池里去！"

李三江连忙摇头："你们误会了，我不是官员，所以我不知道官场黑幕啊！"

"不是官员，那你怎么会到这里来，大家快把他扔下去。"那个带头的床头婴喊了起来。那些床头婴都跳下

床来，围住了李三江。

李三江额头上的冷汗刷地一下流了下来。他知道，自己不说些官场黑幕，是走不出去的。算了，这些床头婴也是供人娱乐使用的，自己不如胡编乱造些故事给他们听听。

可奇怪的是，那些床头婴对李三江的胡编乱造都洞察分明，他们逼着李三江非把自己的贪污之事说出来不可。等李三江支支吾吾地把自己贪污的一笔救灾的赃款说出来后，那些床头婴都轰的一声笑了，他们使劲举起李三江，把他抛入了那个冒着热气的水池。

那个水池的水虽然烫，但却让人十分舒服。李三江刚才还以为这水池里的水有毒，可现在却感到一股惬意直冲自己的全身，舒畅无比。等李三江泡够了爬上来的时候，发现那个黑衣人已经走了进来。黑衣人递给李三江一杯姜汤，对李三江说道："先喝杯姜汤吧，我再给你讲讲这些床头婴的来历。"

李三江接过姜汤一饮而尽，然后坐了下来，等着听黑衣人讲床头婴的来历了。

那个黑衣人见李三江已经喝完了姜汤，就笑吟吟地对李三江说："李大人，床头婴的来历就不用我告诉你了吧！"

李三江大吃一惊，忙问："老板，为什么？你怎么知道我姓李？"

"因为你就是床头婴啊！"那个黑衣人冷冷一笑，指了指他身后的那个水池说道，"你刚才泡的是缩骨水，喝的是能丧失记忆的忘过水。三天后，你将缩成一个三尺高的床头婴，半个时辰后，你将忘记你所有的过去……"

听了黑衣人的话，李三江扑通一声跪在了黑衣人的面前："老板饶命，老板饶命，我是奉皇上之命来的啊，你可不能这样啊！"

黑衣人哈哈一笑，对李三江怒喝道："李三江，你看清楚了。我不是老板，我的老板是他！"说完，他指了指石墙上的一幅画像，就转过身去，不再理睬李三江了。

李三江战战兢兢地抬头朝那幅画像看去，一看画像上的人，他就什么都明白了。突然，他觉得全身开始酸痛，然后就什么也记不得了。最后，他大叫一声，倒在了地上。

这时，黑衣人吩咐旁边的一个侍童："来，小六子，把这个床头婴挂牌给他挂上。他贪污了老百姓的钱财，下辈子，就让他给老百姓服务吧！"

至于画像上的人是谁，已经不重要了。不过据服侍在康熙身边的那些太监说，每年都有一些官场要员失踪，当有官员把这些事情禀告康熙的时候，康熙听了，总是微微一笑，然后点点头，就走进了后宫。

（题图、插图：黄全昌）

只买一只鞋子

小周只有一条腿，每次买鞋子，他都十分难过，因为买一双鞋子，实际用得着的只有一只。

这天，小周的旧鞋穿坏了，迫不得已，他又走进鞋店挑选鞋子，一个女店员跟在他身边介绍。款式五花八门，他看了好几双都不合意，转过一个柜台，两人不约而同地指了指一双新款球鞋，然后对望了一眼。

于是，小周在凳子上坐下，准备试一下那双鞋。女店员拿起鞋子，蹲在他的腿前，仔细地为他穿好鞋子、系好鞋带，然后让小周试走几步看合不合适。小周艰难地站起来，挂着拐杖踏了几下脚，大小尺码恰好。他说：

"就要这一双吧。"

付了钱，小周想了想，把那只脱下来的旧鞋和那只用不着的新鞋装在盒子里，用拐杖戳了一下，对女店员说："你帮我扔掉它吧……"说罢，转身走了。

小周刚走到门口，女店员追了过来，说："你可以只买一只的！"

小周疑惑地望着她，问道："你不是在开玩笑吧？"

女店员从收银机里取出144元还给他，诚恳地说道："我现在才想起来，你可以只买一只的，半价，记住，下次买鞋一定要找我……"

小周瞟了一眼地上的盒子，问："这一只不算是我买的？"

"不算。"女店员把它收了起来。

小周对她点了点头，算是道谢，然后挂着拐杖转身走了。

随后，女店员把盒子里的旧鞋扔掉，提着另一只新鞋对老板说："这一只我买下啦！"然后掏出144元。

老板大惑不解："你助人为乐也不必用这种方式啊！"

女店员淡淡一笑。

下班后，女店员高高兴兴地提着那只球鞋回家。她想，那个小伙子断了右腿，自己丈夫断了左腿，他们一人穿一只鞋，撑起来的世界还是平衡的……

（作者：罗　朗；推荐者：董　行）

（插图：安玉民）

一道门槛的爱

有一对老夫妻，妻子患了多年眼疾，那一年，她彻底失明了。

刚开始，妻子不敢到处乱动，怕丈夫为她操心。可丈夫总鼓励她出去走走，妻子照做了，但每次走到门口，总会被脚下的门槛绊个趔趄。

有一天，丈夫发现妻子一个人在院子里摸着墙向门口的方向移动，可那个门槛仍是她的障碍，妻子又一次险些摔倒，嘴里喃喃自语：我一定不能再被绊倒了，否则他会整天为我提心吊胆的。丈夫的泪在眼眶里打转。

终于，丈夫想出了一个两全其美的办法，把门槛拆掉，这样既能保护妻子，又不至于伤了她的自尊。当然，这一切丈夫是偷偷进行的。

有天上午，丈夫回家走到门口时，看见妻子镇定自若地朝门口走来，嘴里还在小声嘀咕着什么。就在离门槛位置有一脚远的地方，妻子很夸张地迈出一大步，然后，深深地舒了一口气。

那一刻，丈夫热泪盈眶，他能想象，妻子是怎样困难地练习着跨越那道早已不存在的门槛……

丈夫的心中，没有一道门槛；而妻子的心中，有一道门槛。有与没有，都是爱。

（作者：邢　冰；推荐者：陆宏章）

·沧海拾贝 人生百味·

最安全的姿势

清晨，一栋旧居民楼突然起火，几个居民被困在三楼楼顶。消防队虽然赶到了，但居民楼所处的这片巷子太窄，消防车和云梯根本过不去，情势十分危急。

这时，消防队长随手拽下一条旧毛毯，和其他三个消防员一起拉开，对着上面大声喊："一个一个地往下跳，往毛毯上跳！背部着地！"因为只有背部着地才是最安全的。

人们一个一个安全地跳下来了，顶多有些擦伤。最后只剩一个裹着大衣的女人站在楼顶，突然，她头部向下，像一发炮弹一样迅速坠落在毛毯上，旧毛毯一下子裂开了，女人的头部重重撞到了地上，顿时鲜血横流。

奄奄一息的女人在消防队长的怀里很艰难地笑了，轻声地说："已经八个多月了，赶紧送我去医院，剖腹，孩子能活……"她的大衣敞开，大家这才看到她的小腹高高隆起。

那是对于一个母亲来说最安全的姿势，尽管对她自己是最危险的。

（推荐者：蓝献伟）

学写作文，从读故事开始

这个娃娃有一门绝活：给人刻墓碑，谁的名字被他刻在墓碑上，谁就大难临头……

神仙娃娃

□ 张春风

暗藏杀机

清朝末年，关东的黑风镇上有两家酒馆。一家开在镇东，一家开在镇西。两个掌柜本是亲兄弟，哥哥叫马天龙，弟弟叫马天虎。

马天龙为人厚道，而马天虎阴险狡诈。原本，两兄弟合伙开店。可是，马天虎不甘心当个二掌柜，于是，在三年前自立门户。无奈，他的手艺比不上哥哥马天龙，眼看着酒馆生意惨淡，焦急万分却又无可奈何。

这天，马天虎又在屋里唉声叹气。他老婆翠花在一旁劝慰："当家的，想不想把黑风镇酒馆的生意都抢过来？"马天虎抬了抬头，说："想啊，可是没办法。"翠花咬了咬牙："我有办法，就怕……你不舍得。"

马天虎吓了一大跳："你要杀了我哥？"翠花点点头"只要马天龙一死，黑风镇就只有咱一家酒馆，一定生意兴隆！"马天虎犹豫了："可是，他毕竟是我哥！"翠花柳眉倒竖，杏眼圆睁："俗话说，无毒不丈夫。你总是心太软，只怕哪天他会先害你！"

马天虎心动了："可是，杀人是要偿命的！"翠花哈哈大笑道："你以为我傻？放心，我早就想好了万全之策！"翠花小心地朝门口望了望，然后，轻轻关上了房门，小声说道，"前些天，我在街头遇见一个神算子。他说，黑风镇往东三十里有个乱坟岗。那里有个扎朝天辫的娃娃。那娃娃有一门绝活，给人刻墓碑。"

马天虎乐了:"一个小娃娃会刻墓碑,那才真奇怪!"翠花嘘了一声,接着说道:"还有更奇怪的,只要谁的名字被他刻在墓碑上,谁就得死!"马天虎大吃一惊,差点将茶杯摔落在地:"真有此事?"翠花诡异地点点头,说:"一点都不假!他因此得了个绰号,叫神仙娃娃!"马天虎咬了咬牙,道:"好,我明天就去找他!"

终下狠心

第二天清早,马天虎骑了匹白马出发了。

一路上,马天虎快马加鞭,终于在日落之前赶到了目的地。可是,这里竟然是一条宽阔的大河。看这浪头,还很汹涌。翠花说过,那乱坟岗只会在夜里出现。于是,马天虎将马拴在了河边的一块石头上,然后,从包袱里掏出两个馒头大口嚼着。不知怎的,马天虎竟昏昏沉沉地睡着了。

醒来的时候,马天虎吓了一跳。此时,天早已经一片漆黑。原先的大河,果然变成了一个阴森森的乱坟岗。那白马仿佛吃了迷魂药,趴在坟头一动也不动。

马天虎定了定神,壮着胆子慢慢朝里走。一路上,仿佛有很多人在他的耳边说话:有粗嗓子的,有尖嗓子的,还有惨烈的哭声;一会儿,又仿佛有无数双手在抓他:有苍老的手,也有细嫩的手,还有人用牙齿咬住他

的裤腿不放。马天虎吓得几乎灵魂出窍。他闭着眼睛,一路拼命往前跑。

突然,四周一片寂静。马天虎睁开双眼,见面前站着一个三岁的小娃娃。那娃娃扎个朝天辫子,长得十分可爱,只是脸色有些苍白。马天虎看那娃娃有点眼熟,却一时想不起来他是谁。

马天虎当时就跪下了:"神仙娃娃!"那娃娃叹了口气"你不该朝我跪的!那样会让我折寿!"马天虎心中正纳闷着,这孩子长着一张娃娃脸,语气却仿佛成年人般沉着,忽又听娃娃说道:"我知道,你要我刻马天龙的墓碑!"马天虎大惊,这娃娃果然不简单,竟然能够洞察他的心事。

马天虎拱手道"正是!不知,神仙娃娃要什么报酬?"娃娃又叹了口气:"什么都不要,到时你自然会明白!"马天虎长舒了口气。原本,还担心娃娃让他一命抵一命。这时,娃娃从身后翻出一块玄色的大石碑。这块石碑足有上百斤重,可是,那娃娃搬起来几乎毫不费力。马天虎惊得瞠目结舌。

"要什么尺寸的?"娃娃淡淡地问。马天虎想都没想就说道:"随便,只要是块墓碑就好!"娃娃惨然一笑:"马天龙不是你大哥吗?你也不给他挑块尺寸好点的墓碑?"马天虎羞愧难当,好在娃娃不再追问。

娃娃又说"三天后来取货吧。"马天虎急了:"非要等上三天吗?"娃娃反问道"你就这么希望你大哥死?"马天虎不吱声了。娃娃朝天翻了个白眼:"你以为这墓碑好刻吗?那是要折人阳寿的。我一天只能刻一个字,每刻完一个字,马天龙的病就会重一点,三天后,他才气绝身亡!"马天虎喜出望外,又伏在地上跪拜起来。等他抬起头来,那娃娃早已不见了踪影。

马天虎将眼睛揉了又揉,心中暗想,今天莫不是撞到鬼了?他越想越怕,骑着白马狂奔而去。

惹祸上身

马天虎疲惫不堪地回到黑风镇,已经是三更天了。

清早,马天虎还没起床,就听见翠花喜滋滋地走进门来,说:"当家的,听说马天龙骑马摔断腿了,正流血不止呢!"马天虎大喜,那神仙娃娃果然灵验,照这样下去,不出三天,马天龙绝对一命呜呼。

马天虎哼着小调,起床洗漱。突然,翠花在卧房大声疾呼:"当家的,你快来呀!"马天虎不知发生了什么事情,急急地朝里跑。掀开门帘一看,翠花正在床上给孩子喂奶,可是,孩子的脸上竟鲜血淋淋。"翠花,这是怎么了?"马天虎问。

翠花惊恐地说道:"我也不知道,奶水突然就变成了鲜血,你看!"马天虎上前一看,可不是,那血水正汩汩地向外流,并且,夹杂着一股难闻的血腥味。翠花抱着孩子,不知如何是好。马天虎一下就明白了:"一定是那神仙娃娃搞的鬼!"

当下,马天虎就关了店门,骑着马朝乱坟岗奔去。

天黑的时候,马天虎终于又见到了神仙娃娃。当时,娃娃正趴在墓碑上刻着"天"字。马天虎怯怯地问"神仙娃娃,可不得了啦,清早我女人的奶水全变成了鲜血!"娃娃连头都不抬:"那都是你哥马天龙身上的血!你想让他死,就要付出代价!"马天虎有点后怕:"可是,孩子要吃奶的……"娃娃抬起头,眼神中带着邪气,问道"那你还想不想让马天龙死?"马天虎讨好地说:"想,当然想!"娃娃冷冷地说:"好,那就别再废话!"

马天虎不敢再争辩。他想,回头给孩子雇个奶妈,奶水不就有了?很快,黑风镇就只有他一家酒馆了。马天虎想罢,又恭敬地拜别神仙娃娃。

第二天清早,翠花的奶水又正常了。可是,她突然上吐下泻。这还不算,连她炕上吃奶的孩子也上吐下泻。马天虎赶紧派店小二去镇东打探。果然,马天龙在家也是上吐下泻。据说,他形如骷髅,都快没个人样了。

马天虎安慰翠花:"你和孩子再

忍一忍，等过了明天就好了！"翠花强忍着肚子疼，问："当家的，那神仙娃娃究竟怎么说的呀？"马天虎如实相告。翠花一听，急得直跺脚："当家的，马天龙万万不能死啊！"

马天虎不明白："为什么？"翠花骂道："那娃娃不安好心，他将马天龙的命跟我们母子拴在了一起！倘若他明天死了，我和孩子也得死！看来，咱们要遭天谴了呀！"马天虎这才慌了神"哎呀，幸亏你提醒！我得赶紧去阻止神仙娃娃！"

兄弟情深

马天虎骑了白马，又急急地往乱坟岗赶。

那娃娃趴在墓碑上，正要刻第三个"龙"字。"等一等！"马天虎一把抢下了娃娃手里的刻刀，"我……不想要这块墓碑了！"娃娃笑了："只差一个字了，我很快就能刻完！"马天虎跪在地上讨饶："神仙娃娃，我知道错了，求你开恩，别再刻下去了！"娃娃恼羞成怒"在我手里，从来就没有一块废弃的墓碑！"马天虎带着哭腔："可是，你这一刻下去，我女人翠花和孩子都得死呀！"娃娃显得不以为意"这是你必须付出的代价。我已经刻下了'马'和'天'两个字，你说，下面怎么刻？"马天虎摇了摇头："谁也不刻，行不？"娃娃仰天一声长啸，刹那间地动山摇："马天虎，你是欺负我人小吗？"马天虎吓得瘫软在地。

没办法，兄弟俩非死一个不可了。倘若，刻下"马天龙"的名字，翠花和孩子就难逃一死！看来，只有自己死了。马天虎想罢，擦了擦眼泪，说

道:"我很后悔,可是已经来不及了。你就刻'马天虎'吧,就算是我为自己刻的墓碑!"娃娃笑着点了点头:"好,明天清早,我亲自把墓碑送上门!"

马天虎拜别了娃娃,牵着白马往黑风镇走。一路上,他又哭又笑。他笑自己,机关算尽却是一场空;他哭自己,为了钱财居然置骨肉亲情于不顾。这三十里路,马天虎觉得十分漫长。回到黑风镇的时候,天已经大亮。马天虎在镇上买了两匹白布和香火纸钱,又订了一副上好的棺材,准备回家等死。

翠花抱着孩子等在门口。之前,店小二已经打探来消息,马天龙的病痊愈了。翠花两眼通红,她的心里已经猜到了七八分。

马天虎却格外的平静。翠花为他烧了锅开水,马天虎最后洗了个澡。一切准备妥当后,马天虎穿上一身新衣服,静静地躺在床上等死。

这时,门外有人敲门。翠花开门一看,竟然是马天龙,他的怀里抱了一块墓碑,一进门就问:"翠花,我兄弟呢?"翠花哭得死去活来:"大伯,你兄弟要死了!"马天龙冲进屋里:"兄弟,你看这是谁的墓碑?"马天虎叹了口气:"我的!"马天龙"啐"了一声:"别胡说,你看!"马天虎睁眼一看,墓碑上竟然刻着三个大字——"马天豹"。

原来,马家有三兄弟。三十年前,他们逃荒到黑风镇。当时,马天龙十二岁,马天虎六岁,马天豹才三岁。途经大河的时候,马天豹失足掉下河。兄弟俩苦苦搜寻了三天三夜,也没捞着尸体。后来,他们在黑风镇拜师学厨艺,这才有了之前的一出……

马天龙含着眼泪说:"今早,我一开店门就发现了这块墓碑!"马天虎当下明白了:"怪不得我觉得眼熟,原来,那神仙娃娃就是咱夭折的胞弟马天豹!"

马天虎跪在地上,将之前在乱坟岗的遭遇述说了一遍:"哥,我对不起你啊,为了害你,我居然想出了这么阴毒的招数!"马天龙叹了口气"兄弟,不能怪你!这三十年来,我从没拜祭过天豹。我明知道你手艺不精,却不顾你的死活,我真的没有资格当大哥!"马天虎哭道:"哥,咱别再辜负了天豹的一片苦心!"马天龙点了点头,兄弟俩抱头痛哭。

哭罢,两人带上了白布和香火纸钱,一起赶赴乱坟岗。

那里仍是一条大河,波涛汹涌,仿佛时刻要将人吞没。马家兄弟在河边堆起了一座空坟,又将那块墓碑立在一旁。刹那间,河面上一片平静。

后来,再也没人见到过那个神仙娃娃。黑风镇又只有一家酒馆了。只是,掌柜有两个。

(题图、插图:黄全昌)

某网站打出一个广告："只要花五百元钱，就可以圆你一个出国梦。"天啊，有这样的好事！

离子穿越

□ 老 妖

人间地狱

龙再生是个不折不扣的"驴友"，国内的几大风景地，他基本上都走得差不多了，现在，他最大的梦想就是能到世界各地走走看看。可就凭他当自由撰稿人赚来的稿费，周游世界对他来说只是个梦想。

这天，龙再生在一家网站上看到一则广告，广告上称"只要花五百元钱，就可以圆你一个出国梦"，哈哈，天下真有这样的好事？他一下子来了兴趣。第二天，他就按广告上的地址找上门去。

开门的是一个四十岁左右、头上顶着一撮白毛的中年男人，那中年男人显得很文雅，客气地问龙再生："先生想要到哪个国家去？"

龙再生想了想，就说了个国家。中年男人让龙再生交过五百元钱，然后把他径直带进一个房间。在这间房间的窗户前，摆放着一个黑色的大粗炮筒，看模样很像古代的一门大炮。

中年男人看龙再生心生好奇，就连说带比划地作了一番解释，原来中年男人还是个发明家，他发明的这种炮叫"离子炮"，是个高科技产品，可以让人体穿越地球，想到什么国家就可以在瞬间到什么国家。龙再生问："对身体有没有害处？"中年男人笑了笑说："人只是暂时成为离子状态，到目的地后就又还原了。一点害处也没有。"

龙再生想：吃亏上当不就是五百元钱嘛，我倒要尝试一下！接着，便钻进那个大炮筒里面，屁股刚坐稳，就听见"轰"的一声，龙再生便从中年男人的阳台上飞出，直奔地面而去，就在身体接触到地面的那一刻，龙再生感觉身体像是被分解了，整个人都熔解在大地里面。紧接着，眼前一片漆黑，他就什么都不知道了。

等睁开眼睛的时候，龙再生发现自己坐在一个大铁笼子里面，周围闪烁着红色的灯光，两个两米来高的黑人站在铁笼子外面。这时，一个戴眼镜的亚洲人走过来，用蹩脚的汉语对龙再生说："欢迎你来到地狱金矿！"龙再生茫然地问："这是什么地方？"那个亚洲人哈哈大笑："这里是我的地下黄金庄园。一撮毛已经把你卖给了我，从今天起你就是我的奴隶了，你要不停地为我采金子。"

那两个黑人给龙再生戴上脚镣，推推搡搡地把他带到一个露天的坑井前。龙再生看到很多人都在大坑里面不停地挖土，他们把挖出来的土从大坑里面背出来，送到旁边的一条地下暗河边上。在暗河边上，有很多女人拿着筛子站在河水里面淘金子。这里的人都是衣衫破烂，满身泥水，三分像人，七分像鬼。

一个黑人扔给龙再生一把铁镐，把他推到坑井里。

死里逃生

龙再生成了这个地下金矿的一个奴隶，每顿饭吃的都是黑糊糊的面糊汤，每天睡觉的时间不超过五个小时，大部分时间就是不停地挖土，然后再把那些含有金沙的土背到大坑上面。每天都会有一些工人在工地上倒下，并且再也没有站起来。

这天，龙再生正在打手的监督下埋头挖土，一个工友悄悄凑到他跟前，说："你是再生吧？我是赵刚啊！"龙再生转过头，发现站在他面前那个瘦骨嶙峋的人，竟然是他的大学同学赵刚。龙再生疑惑地问："你……你不是一年前去了英国？怎么会在这里？"赵刚告诉龙再生，一年前，他听信了一个中年男人的哄骗，被一种叫作"离子炮"的东西打到这里来，做了奴隶。龙再生知道，赵刚所说的那个中年男人就是一撮毛，这家伙利用高科技，干起了贩卖奴隶的勾当。

赵刚指着坑井上面一间白色的房子悄悄告诉龙再生，从那个房子可以回到地面，要设法摸进去。因为女人们每天淘出来的金沙，都要被送进那间房子里面，而那些金沙只有运送到地面上，才能变得有价值。两个人正说着，突然，打手拿着皮鞭恶狠狠地抽在他们背上，嘴里还骂骂咧咧的，两人只好赶忙低下头，拼命地挖土干活。

从此，龙再生和赵刚只要一有机会，就会凑在一起，商量如何从这个鬼地方逃出去。

机会终于来了！这天工地上有很多人在吃饭时食物中毒，疼得捂着肚子在地上打滚，工地上乱作一团。龙

再生和赵刚俩刚巧没来得及吃饭，这时，赵刚向龙再生使了个眼色，轻声说："我们逃吧！"两个人悄悄地溜向白房子。

却说工地上闹哄哄的，引起白房子里的人注意，没多久，就走出来两个人，急匆匆地奔向工地。龙再生和赵刚俩见机会难得，就三步并作两步冲进了白房子。

果然，在白房子里面摆放着一台"离子炮"，看样子和一撮毛家里的差不多。他们看了操作说明才知道，这台"离子炮"每次只能发射一个人，还有一个人要在外面按发射按钮。

两人相互看了一眼，他们心里都明白，出去意味着新生，留下意味着死亡。龙再生说："赵刚，你先出去吧，你进这个鬼门关比我早！"赵刚拍了一下龙再生肩膀说："兄弟，有你这句话，我也死而无憾了！不要忘了替我找到那个一撮毛，为我报仇！"

龙再生正要推辞，就听到外面传来一阵脚步声。赵刚赶紧使劲把龙再生推向炮台。这时，房门已经被人从外面推开，那个亚洲人站在门外，当他见到房间里面的龙再生和赵刚时，先是吃了一惊，接着就下意识掏出手枪。然而，几乎是在枪声响起的同时，龙再生被推进了炮筒，而赵刚的手也按在了按钮上。

"轰"的一声响，在身体被弹出去的一刹那，龙再生看到满头是血的赵

刚正慢慢地倒下去……

以牙还牙

龙再生再一次睁开眼睛时，发现自己已站在家里的阳台上，刚才的一切就像是一场噩梦。龙再生低下头，看着自己身上那破烂的衣服和戴在脚上的铁链，才知道自己所经历的一切并不是梦，而是真真切切地发生过。

赵刚的话，还在耳边嗡嗡作响："不要忘了，替我找到那个一撮毛，为我报仇！"龙再生用钢锯锯开脚上的铁链，又打开冰箱猛吃一气，然后抄起把菜刀就出了门。

可刚出门，被冷风一吹，他又似乎清醒了许多：是呀，这么冒冒失失

闯过去，不被一撮毛抓住送进精神病院才怪呢！不行，自己得与一撮毛斗智斗勇……

接下来的几天里，他一直在网上搜索一撮毛的消息，然而，一撮毛却像失踪了一般，居然连一丝痕迹都没有留下。

龙再生显得有点耐不住了。

这天，他坐在沙发上边翻报纸边寻思，突然，一则招工广告引起了他的注意。那则广告上面说，每人只需交纳五百元钱就可以移民澳洲，每年赚取几十万元的高薪。

五百元？龙再生浑身一激灵，他拾掇拾掇，就马上按照广告上面的地址，找到了那个招工办公室。办公室外面排满了人。龙再生一眼便认出，那个负责招工的人正是仇人一撮毛！

一撮毛让大家排成一队轮流走进一间房子，说是要进行体检，体检合格的可以从房间的另一个出口出去。龙再生一个箭步，冲到队伍的最前面。

很显然，一撮毛已经认不出龙再生了。他让龙再生钻进窗户前面的"离子炮"里，说那是一种最先进的体检设备。龙再生笨拙地在大炮筒前面转来转去，装作不知道如何钻进去的样子。一撮毛只好亲自走到炮筒前做示范。说时迟，那时快，龙再生趁其不备，猛地抱住一撮毛，一下子把他塞进炮筒里，然后把炮筒对准天上的太阳，重重地揿了一下按钮……

龙再生长长地舒了一口气，眼泪顺着他的眼角流下，他自言自语道："赵刚，我已经为你报仇了！一撮毛将在太阳上面度过余生！"

（题图、插图：安玉民 梁 丽）

十五年后的相聚

相聚

□悠悠 改编

·外国文学故事鉴赏·

森村诚一，日本著名的推理小说大师。其代表作《人性的证明》是世界侦探推理小说史上的一部精品。森村诚一的推理小说不仅在题材内容上有很大的震撼力，在艺术表现手法上也新颖独特、自成一家。本文改编自森村诚一的近期小说《同案犯》。

遭遇恶魔

这天，在东京工作多年的山下，突然收到了一张来自故乡小镇的明信片，内容竟然是邀请山下参加本周末举行的小学学友会。山下不禁哑然失笑，他参加过大学同学会、中学同学会，却从没听说过有人组织小学学友会。山下看了一下署名：渡部利也，那是他故乡小学时代的同窗好友。明信片上还写着三杉老师也将赴会的字样，山下的心猛地一跳，思绪一下子被拉到了十五年前……

那年，山下在故乡小镇上的小学念六年级，有一个天使般温柔美丽的三杉老师来到他的学校，并且成了他们班的班主任，这让包括山下、渡部在内的所有同学都雀跃不已。

可惜，三杉老师却因为身体不适，没过多久就突然休了两个多月的病假。当时，六年一班四十八名同学被分成四组，分别插到了同年级的其

他班里。而包括山下、渡部在内的十二名同学不幸被分到了四班。

说不幸是因为四班的班主任是一个性情暴躁、经常体罚学生的人，他叫筱原，学生们全都畏惧地称他为"鬼原"。从三杉老师的班里搬到"鬼原"的班里，就好比是从天堂掉进了地狱。筱原在山下他们转到他班上的第一天起，就开始了他那残酷的侮辱人格的体罚之举。

有一天，山下忘了带算盘。筱原的脸上先是露出了开心的一笑，然后开始发布命令："山下！到前面来！"山下两腿颤抖着走到了讲台前。

筱原假装温柔地问道："忘了带学习用具该受到什么惩罚，你不会不知道吧？"

山下胆怯地低下了头："是的，我知道。"

筱原得意地问道："你愿意被罚站吗？"

山下摇摇头："不愿意。"

筱原点点头，冷笑道"是吗？那么今天的罚站就免了吧。不过，可得罚坐。"

罚坐？这可是头一次听说。山下和全班同学的脸上都露出了迷惑不解的神色。

"没错！就是罚坐。你给我坐到这上面去！"筱原把教学用的大算盘放到了地板上，算盘珠个个都有酒盅那么大。

山下战战兢兢地坐在了大算盘上。算盘珠的锐角毫不留情地扎进了山下的大腿肌肉里。其间，由于疼痛难挨，山下曾活动过几次大腿，立刻便遭到筱原的责骂。山下紧咬着嘴唇，脸色苍白地忍受着痛苦的煎熬。

下课的铃声终于响了。"好了，你可以站起来了！"筱原总算发了话。然而，山下的腿已经失去知觉，肿起了一大片，无法凭借自己的力量站立起来，他爬一般地离开了大算盘。就在筱原走出教室的同时，忍无可忍的泪水从山下的眼里喷涌而出。在这之后，一连几天山下都是一瘸一拐的。

除了坐算盘，筱原还发明了一种用餐刑。这种刑罚是不准被罚的学生和同学一起吃饭，当同学吃得正香的时候，他只能在一旁观看。而在吃饭时间还剩下两分钟的时候，刑罚则被取消。但是，两分钟的时间任他再怎么努力，也无法全部吃光。有时，筱原甚至会把两分钟压缩为一分钟。

渡部就曾经因为忘记做作业，而被罚以用餐刑。渡部家境贫寒，学校的午饭对他来说就是山珍海味。可那天，他的用餐时间却被筱原压缩到了一分钟。

渡部利用那一分钟的时间，将一个面包藏到了书桌里，却不幸被筱原发现了。筱原冷冷地问渡部："喂，你小子就那么想吃面包吗？"

渡部老老实实地回答道:"是的,我想吃。"

"好了,同学们,把你们剩下的面包全都给渡部!"筱原将剩下的面包全都摆到了渡部的桌子上,说,"不过,我可有言在先,吃剩的面包不许带回家。你既然如此喜欢吃面包,那就在这儿把这些面包都给我吃掉!"

渡部望着书桌上堆得像小山一般的面包,惊恐万分。

"喂,还磨蹭什么呀?快吃呀,给我吃!"筱原催促道。

无奈,渡部被逼着将面包不断地塞入自己的口中,泪水在他的眼眶里打着转转。

就这样,被分到四班的十二名同学,没有一个逃脱"鬼原"的毒手。

两个月以后,三杉老师身体康复回到了学校。六年一班再次恢复了生机,大家高兴得热泪直流。

可就在三杉老师回来后没多久,山下和渡部亲眼目睹了一幕惨剧,在阴森的生物课教室里,筱原把他们心目中最神圣美丽的三杉老师给玷污了。他们把那一幕告诉了曾一起寄读于四班的另外十名同学,大家凑在一起商量着对策。

"杀了他吧?"渡部突然说道。刹那间,大家面面相觑,脸上露出了惊骇的表情。其实,大家的心底早已潜伏着憎恨的火种,由于渡部的一句话,终于变成了杀死"鬼原"的决心。

杀人计划

从那天起,每天放学以后,十二个人便凑到一起悄悄地制订除掉"鬼原"的计划。其间,大家轮流监视着"鬼原"的行动,他们发现了"鬼原"的一个生活规律:"鬼原"每周六晚都会去镇上的一家电影院看电影,看完电影后,他还要到酒馆喝上一气,喝完酒大概是晚上十二点左右,接着他回家时要经过一座桥,走

到桥中央时他总要解一次手。桥中央距水面高约数十米，桥下缓缓流淌的水面上露出钢筋混凝土制成的桥基。"鬼原"小便的时间很长，身后自然是毫无防备。如果在他小便时将他推下桥去，那就毫无疑问会跌落在桥基上。

大家的意见得到了统一，那就是事先埋伏在桥旁，在"鬼原"小解时瞅准机会将他推下桥去。大家还分配好了任务，由十二个人中腕力最大的六个人担任突击队队员，负责将"鬼原"推下桥去，而在剩下的六个人当中，两个人跟踪放哨，四个人传递情报。

这一天终于来到了。大家于晚上八点离开了各自的家。山下和渡部已经在监视"鬼原"，他们证实"鬼原"已经溜进了镇上的电影院。

九点十五分，电影结束了，"鬼原"离开电影院后立刻钻进了酒馆里。一切都在预料之中。山下和渡部在酒馆外等候着，而四个负责传递情报的联络员则保持着适当的距离，分别呆在酒馆到桥之间的路上。事先大家已经约好，只要"鬼原"一出酒馆，联络员立刻开始接力式行动。十一点五十分，第一个情报送到了埋伏在桥头的突击队队员手中："鬼原"已经离开了酒馆！接着是第二个情报："鬼原"已经拐过幸街街口！第三个情报：他现在正走在弁天街上！这和大家迄今为止做过的调查内容完全相

同，一切正向着大家预期的方向发展。

这时，山下和渡部气喘吁吁地跑了过来，悄悄对大家说："他已经走到前面的路口了，马上就会来到这里的！"说罢，两个人便筋疲力尽地钻进桥头的草丛中蹲了下去。

此时，月亮恰好躲进了云朵的背后，大家的身影完全被夜色吞没了。万籁俱寂，只有潺潺的流水声在耳边回响。大家几乎可以听到彼此急促的心跳声，都在紧张地等待着那最后时刻的来临。

"来了！"渡部突然小声说道。这时，桥对面出现了一个人影。一个突击队主力队员谨慎地问："不会弄错吧？"

大家屏住呼吸，看着那个人影来到桥中央后便停住了脚步，看上去有些步履蹒跚。他开始解手了。没错，就是"鬼原"！

"到时候了，动手！"大家就要在黑暗之中开始那充满杀气的行动了……

第二天早晨七点左右，有人发现了筱原的尸体，他摔破了头颅，毙命于桥下。警察赶到了现场，检查的结果是：死因为头盖骨骨折，死亡时间为零时左右。因为有两个人目睹他出现在电影院和小酒馆内，所以警察认为，他是在看完电影回家的途中，在桥上小解时不慎跌落桥下而死。

实现誓言

从那一天算起，岁月已经流逝了十五年。

窗外一阵风吹来，山下手一哆嗦，明信片掉了，他猛地回过神来，拾起明信片。如果去参加小学学友会，那就不得不与十五年前那些幼稚的同案犯们见面，这让山下很犹豫。可他又很想再见到三杉老师，那美丽而又温柔的恩师。最后，山下还是决定去。

山下坐了四个小时的火车来到久违的故乡小镇，又几经周折才找到了明信片上所写的那家高级日式餐馆。此时，小学学友会已经开始，大家已经小酌了片刻，气氛相当活跃。

"这不是山下吗？你来得太好了！快到这边来。"招呼山下的正是渡部。十五年没见，渡部从相貌上看并无多大变化。

山下扫视了一下会场，看不出哪个人像三杉老师，却发现当初那十二个伙伴全部到齐了。

山下一边在渡部身边坐下，一边开口问道："三杉老师没来吗？"

渡部回答道："请帖早就送去了，也许待会儿能到吧。"

"三杉老师已经不在学校工作了吧？"一个同学插嘴道。

渡部说："早就不干了。听说她丈夫是高中教师，而且他们已经有了两个孩子，小日子过得挺滋润的。"

时间在一点一点地流逝。大家越喝越兴奋，会场上乱作一团。可三杉老师还是没有出现。山下说："都这个时候了，老师恐怕不会来了。"大家感到怅然失落。

学友会结束的时间到了，渡部宣布散会。第二场聚会是自愿参加，仔细一瞧，只剩下这十二个同案犯了。渡部认真地审视了一下会场，说道："我从一开始就认为三杉老师是不会

来的。"

"我也有这种感觉。"其他人纷纷说道。

渡部看了看身边的人，接着说："怎么？大家都是这么想的？"

一个同学突然说："大家当时都看到了，那天夜里，就在我们要动手把'鬼原'推下桥去的时候，有一个人影偷偷地摸到'鬼原'的背后把他推了下去。"

另一个附和道："对！那个人影就是三杉老师，没错！"

山下点点头说："我们在黑暗中目瞪口呆地看着眼前发生的一切。三杉老师并未发现我们，她把'鬼原'推下桥以后，立刻就消失在黑暗之中。后来，我们跑到防波堤那儿，看'鬼原'是否已经死去。当时我们还发过誓，为了三杉老师的幸福，这件事绝对不和任何人提起。我们全都信守了自己的诺言！"

渡部突然说道"其实，当初三杉老师之所以休了一次长假，是因为被'鬼原'强奸了而怀上了'鬼原'的孩子后，去做人流的缘故。事后，'鬼原'一直在强行和三杉老师发生关系，好像'鬼原'还向三杉老师勒索过金钱。当时，三杉老师已经与她现在的丈夫谈上了恋爱，三杉老师很爱他。但是，与'鬼原'的关系如果暴露了，她的恋爱就会泡汤。无奈，三杉老师便在那天夜里跟踪'鬼原'来

到桥上，并把他推了下去。是计划性杀人还是一时的冲动，我们不得而知。'鬼原'就算是我们大家杀的！这不挺好吗？"

"对！这样很好。可是渡部，你怎么会知道得这么详细呢？"第一次知道三杉老师杀人动机的同学们，全都把目光落到了渡部的脸上。

渡部笑了一下，说："我呀，出了校门以后便当上了警察。由于工作性质上的便利条件，才得以慢慢地想方设法了解到了三杉老师作案的动机。"顿了一下，渡部问道，"你们知道为什么事隔十五年，我才要召开这次学友会吗？"

大家都疑惑地摇摇头，紧张地盯着渡部。

渡部微笑着说："因为今年正好是第十五个年头，在这里杀人致死罪的时效是十五年。三杉老师的时效昨天已经到期了。我虽然是警察，可也奈何不了她哦。任何人都无法破坏三杉老师的幸福生活了。十五年，这对三杉老师和我们大家来说，都是十分漫长的。从今天起，老师已经真正地开始了她的幸福生活。我想：为了祝福老师那任何人都无法撼动的幸福生活，我们至少也应该召开今天的学友会来庆祝一番！"

原来是这样啊！十五年前所发下的誓言，在今天终于得以实现了！

（题图、插图：谭海彦）

谁不想邂逅一个身家过亿的钻石王老五？谁不想拥有一份没有杂质的真爱？在金钱与爱情的矛盾纠葛中，谁会是最后的赢家？

将计就计

□ 杜辉

1.初次邂逅

金威珠宝行有一名女店员名叫梅影仪，她无论对谁，始终是一副云淡风轻的表情，久而久之，其他女同事少不了在背后对她说长道短冷嘲热讽。对此，她也充耳不闻，泰然处之。

然而，这天下班之前，梅影仪却破天荒进了经理办公室，过了老半天才走出来。就在同事们议论猜测时，一个中年男人在经理的指引下来到梅影仪的柜台前。原来这个男人昨天把公文包落在了洗手间的台子上，是梅影仪拾到后把包交给了经理。

男人很激动，他压根不敢想象公文包还能失而复得，因为包里有刚从银行兑换的一万多元美金。他要馈赠礼品，被梅影仪谢绝了，只得千恩万谢地走了。两天后男人敲锣打鼓地送上一面锦旗。这事还惊动了当地媒体，梅影仪拾金不昧的事迹很快见之于报端。这个平时再低调不过的女孩，突然间就成了被人关注的热点人物，然而梅影仪仍然淡然处之。

这天下班后，梅影仪背着挎包，不紧不慢地往家走着。突然一辆摩托

车与她擦身而过时，骑车人抢走了她的挎包，几乎与此同时，只见身边又窜出一辆红色摩托车，利箭一般向着前面那辆摩托车追去。

过了一会，那辆红色摩托车返了回来，在梅影仪面前嘎的一声停下了，车手拎着的正是那只被抢走的挎包，他把挎包递给梅影仪，说："那家伙见甩不掉我，只好骂了一声把包扔地上逃走了。"

说着，车手摘下了头盔。梅影仪见面前这个男人看上去有三十多岁，显得成熟稳健，双眼深邃锐利很有气质。梅影仪微微一笑说："我觉得你有点面熟，好像在什么地方见过你。"

"是吗？"那男人打量着梅影仪，摇摇头很肯定地说，"我不记得我们什么时候见过面。"

梅影仪说："你不顾危险帮我抢回了包，我该怎样表示谢意呢？"

男子咧嘴笑道："要不你请我吃饭吧，我本来就有点饿了，又花了一阵力气，这会儿肚子都提抗议了。"

梅影仪微笑着说了一声："好啊！"两人就到附近一家餐厅坐下来，边吃边聊，彼此间居然有种一见如故的感觉。他自报姓名叫王暄，让梅影仪叫他阿暄。他说他是一名私人保镖，受雇于一个亿万富豪。

梅影仪似笑非笑，眼神幽深地说："我怎么看你都不像个保镖。"王

暄"哦"了一声，饶有兴致地问道："那你觉得我像是做什么的？"

"照我的直觉看，你倒像一个骗子。"梅影仪望着阿暄笑道，"骗子可不是那么好当的，比保镖有技术含量多了，既要有头脑和应变能力，还要有口才和一点风度。"

阿暄听了哈哈大笑："你这是在夸我还是损我？不过，说不定我真是骗子呢！你猜猜我想骗你什么？"

梅影仪淡淡道："我无财无貌，骗子要找上我，还真是看走了眼。"

阿暄往前凑了一下，忽然放低声音道："我如果是个爱情骗子，首选的目标一定会是你。"

气氛有些暧昧了，梅影仪不再言语，低下头用小勺在咖啡里一下一下搅着。

2. 富豪垂青

两天后的上午，经理匆匆来到梅影仪的柜台前："小梅，公司林总来了，他也听说了你的事迹，提出要见见你，你跟我来吧。"

经理说的"林总"，就是金威集团的老板林危城。他是本市财产过亿的年轻企业家。不过这位年轻的富豪行事低调，很少公开露面，一般员工从未见过这位老板的庐山真面目。

对于如此荣耀，梅影仪依然一副平静如水的表情，跟在经理身后来到三楼办公室，经理恭恭敬敬地向坐在

大班椅上的一个男人说道："林总，梅小姐来了。"

梅影仪扫了林危城一眼，只见他肤色微黑，双目有神，个子高高，一副运动健将的体魄。但梅影仪很快就把目光落到了站在他身后的那个年轻男子身上，此人就是自己刚刚认识的阿暄。

阿暄一见梅影仪，微微一笑道："你好，我们又见面了，林总就是我的雇主。"林危城问道："怎么？阿暄你和梅小姐认识？"阿暄说："我们也是刚认识不久。"

林危城直起身子说："你拾金不昧的事迹我听说了，在今天这个物欲横流的金钱社会，能做到这一点实属难能可贵，你不但给珠宝行赢得了荣誉，甚至让整个集团也增光不少，连我这个老总也得感谢你呀！我们金威是不会埋没任何一个人才的，经我与几位高层商量后决定，提升你担任珠宝行领班。"

梅影仪稍一沉吟，不卑不亢地说道"多谢林总的抬爱，不过我在这里资历很浅，担任此职恐怕难以服众，而且我这人性格散淡，也不太适合做管理工作，您还是另找更合适的人选吧。"

林危城手抚下巴，目光灼灼地看着梅影仪："梅小姐，你真是个与众不同的女孩。"梅影仪顿了一下说："您如果没有别的事，我先下去了。"说罢，便转过身走了。

第二天梅影仪下班回家时，阿暄骑着那辆红色摩托，拦住她说："我想找你谈一些事。"说罢，两人就在路边找了个座位坐下来，阿暄说："其实真正有事和你商量的是林总，因为我和你认识，所以他才让我出面。"

梅影仪惊讶地问："林总？他找我会有什么事？"阿暄字斟句酌地说："是这样，林总昨天见了你，对你的印象很好，他说你身上有一种很特别的气质，他希望你能做他的女朋友。"

梅影仪眼睛瞪圆了："你不是在开玩笑吧？"阿暄耸了耸肩说："你看我像在开玩笑吗？说实话，像林总这

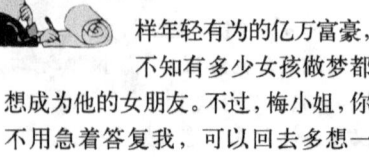

样年轻有为的亿万富豪，不知有多少女孩做梦都想成为他的女朋友。不过，梅小姐，你不用急着答复我，可以回去多想一想。"

"不用想了！"梅影仪冷冷说道，"我和他不过见过一次面，他敢贸然提出这种要求，而且自己都不出面，还不是仗着手中有钱吗？这不是感情交往，这是财色交易。你的话也许没错，很多女孩会求之不得，但很可惜，我不在内！"

梅影仪说罢，站起身，语带讽刺地说："看来你不光是他的保镖，还业余充当媒婆，你应该跟老板要双份工资才对。再见了。"她刚走了两步，阿暄在她身后说道："我还有几句话要说，你听了再走也不迟。"梅影仪停下脚步，但并没有回过头。

阿暄说："可能你以为，我是站在林总一边，希望你答应他的，其实恰恰相反，我很害怕你真的应承下来，那样一来，我的任务是圆满完成了，但我的梦想就彻底破灭了……"

梅影仪听出了他的言外之意，转过身面无表情地看着他。阿暄用一种自嘲的语气说："没有破灭的梦想，不也还是梦想吗？你连林总那样的人都看不上，又怎么会把一个小保镖放在眼里呢？如果说你是只天鹅，林总是一只鹰，我不过是只麻雀罢了。"

梅影仪微微一笑："麻雀给鹰当保镖，这我倒是头一次听说，不过一定要在鹰和麻雀之间选择的话，我倒是看麻雀更顺眼一些，我讨厌鹰的狂妄、嚣张和跋扈。"

阿暄眼睛一亮："你的意思是……""你的理解没错。"梅影仪笑得更迷人了，"不过很可惜，这种选择的前提是一种假设，这世上的动物有千千万万种，我为什么一定要在鹰和麻雀之间作出选择？"说完，她向阿暄挥了挥手，然后款步而去。

3. 游艇冲突

眼下，梅影仪的生活中同时出现了两个追求者：一个是家产过亿的富豪，一个是一文不名的保镖。两人的追求方式也截然不同：林危城自己从不露面，却派出一批手下轮番上阵，不停地给梅影仪送花，送名贵礼物；阿暄只是经常陪在梅影仪身旁，但他从来没给梅影仪买过一样东西。而梅影仪从未接受过林危城的一件礼物，和阿暄的关系却一天比一天近。

林危城大概是失去耐性了，他终于主动邀梅影仪出来见面，地点是在他的私人游艇上。两人来到华丽的客舱里，林危城开门见山说道："我林某人不是自夸，我纵横商海这些年，从来没打过败仗，在情场上也是一样，从来没有女人拒绝过我，梅小姐，你是第一个。这样吧，开出你的条件，不必客气。"

梅影仪说："您是成功男人，成功的男人不会只欣赏一处风景，也不会只钟情一个女人，而我是个很普通的女孩，只想要一份属于自己的情感，我想要的您给不了，您能给的我不想要。林总，既然有那么多女孩对您趋之若鹜，您又何必把时间浪费在我身上呢？"

林危城听了不禁一阵大笑："俗话说物以稀为贵，你这样的女孩儿现在快要绝迹了，越是不易到手的东西，我林某人越是要得到，你值得我出一个高价！"

说罢，他拿出三把钥匙，慢吞吞地说："这三把钥匙，能打开三样东西：一辆名车，一座豪宅，一只保险箱。保险箱里的钱，以你现在的收入，一辈子也挣不到。只要你答应陪我一年，这三把钥匙就是你的了。梅小姐，怎么样？"

对很多人来说，这种条件都是致命的诱惑，但梅影仪想都没想便冷冷拒绝了："林总，你出手确实很大方，但我不是待价而沽的商品，再高的出价也不能让我出卖自己。"

钥匙掉到了地上，发出沉闷的响声。林危城忽然阴沉沉地笑道："既然你敬酒不吃吃罚酒，就别怪我不客气了。"他说罢，慢慢站起身，一步步向梅影仪走过来。

梅影仪警觉地问道："你想干什么？"林危城狞笑道："你说呢？"梅影仪本能地往后退了一步，这才发现已经置身绝境，游艇内是他的天地，游艇外是茫茫海面，她完全成了砧上鱼肉。

林危城一直将梅影仪逼到舱角，把她扑倒，并且有条不紊地撕她的衣服，梅影仪拼命地反抗着，但两人力量太悬殊了，眼看自己即将清白不保，她突然放声大叫："阿暄！"

林危城面孔扭曲，淫笑着说："你叫阿暄干什么？他是我的保镖，又不是你的保镖。"

说话间，林危城忽然感到有点不对劲，他停下动作，回过头去，只见阿暄不知何时已站在舱门口，正神情凝重地瞪着自己。林危城勃然大怒

道："谁让你进来的？你想干什么？"

阿暄平静地说："林总，梅小姐不是那种随随便便的女孩，您为图一时之快会毁了她的一生，强扭的瓜不甜，请您高抬贵手，放过她吧。"

林危城脸上挂霜，语气阴冷地说："阿暄，你跟我这些年，我一向很器重你，没把你当手下看，一直当你是兄弟，但凡事都有个度，太过了就不好了，你现在退出去还来得及，否则别怪我不讲情面！"

阿暄声调低沉却很有力："对不起，林总，事后你怎样处置我都可以，但我决不会眼睁睁看着你强暴她。"

"是吗？"林危城冷笑道，"你自问能做得到吗？这艘游艇上还有五个人，他们是你的人还是我的人？是听你的话还是听我的话？"

阿暄沉默了片刻，说道"当初我曾拼死救你一命，你亲口承诺日后会报答我，我并未放在心上，但现在我提出要求，请你放过她。"

林危城冷冷道："不错，我是对你有过这种承诺，林某人也不是个言而无信的小人，但我只是答应回报你，跟这个女人毫无关系！"

"不！"阿暄缓缓说道，"有关系，她是我深爱的女人，我们已经订下三生之约。我是一个男人，怎么可能眼看着自己的女人被强暴？"

林危城愣住了，他那像鹰一样的目光死死盯着阿暄，阿暄也毫不回避地与他对视，林危城又把目光落到梅影仪脸上，衣衫凌乱的梅影仪冷静地整理了一下散落下来的头发，说："阿暄说得没错，我和他共进退！"

林危城脸色一阵变幻不定之后，终于长长呼出一口气："罢了，林某人不能为了个女人，落个重色轻义之名，此事到此为止，不过……"他阴沉沉地扫视着两人，"我生平最恨被人欺骗，如果你们不是那种关系，是在做戏给我看，将来你们一定会后悔莫及！"

游艇缓缓停靠在码头，阿暄把梅影仪送上岸，说道："我找林总还有话说，你自己回去吧，路上小心。"梅影仪担忧地说："他不会为难你吧？"阿暄说："你不用担心，我自有分寸。"

4. 如愿以偿

阿暄在海边负手而立，这时只见林危城从游艇上跳下来，匆匆走到阿暄身后，他见了阿暄竟一脸谦恭地小声说道："林总，虽然我是按您的吩咐去做的，但我还是感觉对您太冒犯了，您不会见怪吧？"

阿暄摆摆手说："你过虑了，这次任务你完成得很好，不过要记住，这件事只能你知我知，明白吗？""明白，明白。"

这到底是怎么回事呢？原来，那个骑红色摩托的阿暄才是真正的林危城，而两次露面的林危城则是保镖阿喧。这是林危城演的一出戏。

这天深夜，真正的林危城将奔驰车停在一幢豪华别墅门前，这是他的家，但此刻整幢别墅没有一丝灯光，黑得像座死寂的古堡。林危城进门后没有开灯，他在黑暗中一路穿行，来到了书房，静坐片刻后，才打开一盏台灯，开始写日记。这些年他已养成冷峻寡言的性格，从不向任何人流露内心的真实想法，但他也是个活生生的人，他也有倾诉的需要，于是在不知不觉间，他养成了记日记的习惯。也只有这些永远不会出声的日记本，才真正了解这个谜一般男人的内心世界。

林危城是个吃百家饭长大的孤儿，自幼受尽了欺凌和冷眼，直到他打工时遇见了一个叫冰儿的打工妹，才有了亲人般的温暖。当时，两个一无所有的年轻人深深相爱了。在林危城心目中，美丽温柔的冰儿是母亲、是情人、是姐姐、是妹妹，是一切女性亲人的化身。

正当林危城日夜憧憬着和冰儿的美好未来时，他心爱的冰儿却投进了一个年过花甲的富商的怀抱，林危

城的世界在一夜间坍塌了。

林危城在楼顶天台呆了一夜，有好几次他都想纵身跳下去，但他终究没跳，因为他不甘心，他冲着夜风大声发誓：这个世界只承认强者，自己一定要出人头地！

十年后，林危城已经拥有了自己的商业王国，成了众多美女竞相追逐的目标，但面对美色他从不动心，他很清楚她们看中的是什么。

可他心里非常空虚，以致晚上躺在床上，干瞪着眼就是睡不着。后来，有人给他出了个馊主意，说只要拨通一个电话，就有人用车把女人送进他的别墅……

从此他就有点自我麻醉了。只是他从不正视这些女人，甚至连灯都不开。这些年，和多少女人发生过关系，连他自己都说不清了。

然而，只有林危城自己最清楚，这不是他想要的生活，他的内心并不快乐。酒阑人散后是冷寂孤独，疯狂放纵后是苦涩空虚。

他渴望真情，他在日记中有过这样的表达：我梦想中的女人，像泉水一样纯净，再多的金钱也买不去她的清白，一颗真心就能赢得她的爱，她不会因我的财富地位而仰视我，也不会在我一文不名后离开我。可是，在这不洁而功利的尘世上，还会有这样的女人吗？

当林危城听说了梅影仪的事迹后，他不禁怦然心动。他在暗处观察过梅影仪，这个有种孤傲气质的女孩，确实少见，但怎样才能验证出她的真实内心呢？一个计划在他心中悄然形成。

林危城以保镖阿暄的面目现身，让阿暄以林危城的身份登场，一个伪装的穷小子，一个冒充的大富豪，一个用情，一个靠财，同时对梅影仪展开追求。梅影仪是重情还是重利，是爱人还是爱财，在这种考验面前，势必露出真容，诸如飞车夺包、游艇冲突等情节，都是事先精心设计好的。

如今林危城已经可以确定梅影仪就是自己想要的那种女孩，他也下定了将她追求到手的决心。

这天，林危城约梅影仪出来见面，这是游艇事件后，他们第一次见面，彼此间似乎有点儿不自然，两人默默无言地踏着落叶铺成的金色甬道，踱步前行。

走了一会，梅影仪眉头微皱说："这些天我老是感觉背后有人盯梢，楼房四周也多了陌生人出入，像是在暗中监视我，我怀疑是林危城派的人。"

林危城面色凝重道："这种情况在我的意料之中，上次林总迫于无奈放过了你，他肯定咽不下这口气，只怕他也并不相信你我真是恋人，他派出这些人就是为了查个究竟，一旦被他抓到了把柄，你肯定逃不出他的手掌心！"

梅影仪愤然道："难道这世上就没有王法了吗？""王法？"林危城苦笑了一声，"王法是用来约束你我这种小人物的，林总有财有势，黑白两道通行无阻，对付你这样的弱女子，还需要费力气吗？"

梅影仪低下头去："那你说我该怎么办？"林危城说："为今之计，我们只有假戏真作，把恋人的角色扮演下去，林总这个人虽然霸道，但他自重身份，一向信守承诺，只要证实我们真相恋了，他就不会自食其言向你动手。"

梅影仪低头不语，林危城看了她一眼，说："当然，和一个小保镖做情侣，尽管是假的，可能你也不情愿，但也只能委屈一下了，毕竟现在安全是第一位的，你放心，林危城的人迟早会撤去，那时只要你一声令下，我会立刻从你眼前消失。"

梅影仪抬起头，很认真地说"阿暄，别这么说好吗？你为我做的一切，我都体会得到，何况……"她的声音陡然低了下去，轻得像是耳语，"我一点都不讨厌你……"说完这话，她转身飞快地走了。

从这天起，两人开始以恋人的姿态出现，在人前他们总是一副亲密无间的样子，为了彻底迷惑那些监视者，林危城夜里还留宿在梅影仪家。

这天早上，梅影仪掀开窗帘往楼下看着，叹道："这些家伙怎么还是阴魂不散？"

站在她身后的林危城淡淡一笑，那些人完全是受他遥控指挥的，他们存在的目的就是为了将梅影仪逼入套中，他一天没得到她，他们就一天不会散去。

两人的关系正朝着林危城设计的方向发展，梅影仪看着他的眼神里有了越来越清晰的柔情。一个女人，终日和自己有好感的男人以情侣的角色亲密相处，再加上男人的处心积虑，不弄假成真才怪。这正是林危城的用心所在。

这天下午，两人来到郊外，登上了一座山峰。这样一来，那几个盯梢者不便紧跟，只好悻悻地收兵回营。梅影仪见总算暂时摆脱了这些讨厌的

· 社会长廊 生活广角 ·

尾巴，乐得欢笑飞跑，不料乐极生悲，一不小心崴了脚，痛得她直冒冷汗，寸步难行。

林危城背着梅影仪走在山路上，梅影仪那柔软的前胸摩擦着他的后背，两人身体接触的部位越来越热，林危城突然开口说道："真想就这样背着你走下去，一直到天荒地老。"

梅影仪伏在他背上默不作声，但林危城能感觉到她胸腔里加速的心跳。林危城出汗了，他喘着大气，望着远处繁密的城市灯火。他发觉，不知什么时候，她的胳膊已经轻轻搂住了他的脖颈……

初雪降临时，他们举行了婚礼。宏伟宽阔的教堂里，回响着旋律悠扬的婚礼进行曲，林危城西装革履，梅影仪披着雪白的婚纱，两人在暗红色的地毯上缓步而行。梅影仪的父母坐在前排，在场的还有林危城的一些至交好友。

身穿长袍的神父手捧着圣经走上讲台，神情庄严地看着这对并肩站立的年轻人，语调凝重地说道："林危城，你愿意娶梅影仪小姐为你的妻子吗？照顾她，爱护她，无论贫穷还是富有，疾病还是健康，相爱相敬，不离不弃，永远在一起。"

听到林危城这个名字，梅影仪身子一震，她睁大眼睛盯着林危城。林危城神色不动，语气平静地说道："我愿意。"

接下来神父转而询问梅影仪，但她冷着脸久久没有回应，偌大的教堂里静无声息，所有的目光都落在了梅影仪身上。林危城凝视着她，脸上充满了从容的微笑。他深信一切都在他掌控之中。在这种场合下，在父母亲人面前，梅影仪还能怎么做？果然，他听到梅影仪长长吐了口气，轻声说道："我愿意。"

回到新房，梅影仪雕塑般站在窗前，凝视着月下的雪景。林危城站在她身后，轻抚着她的双肩柔声说："我知道，一时间你很难接受我对你的欺骗，可我这么做也只是想得到一份真爱……影仪，能拥有你是我一生的幸运，你就像这天上的月亮一样美丽皎洁……"

梅影仪轻叹一声，没有言语。

林危城拉上窗帘，拥紧梅影仪，在她耳边柔声道："别再胡思乱想了，这么美好的夜晚，我们不要辜负……"他边说边用下巴在她头发上轻轻摩挲着，手慢慢地解开了她胸前的纽扣……

5. 瞬间惊变

林危城几乎每天深夜才回家，但和以前不同的是，远远便能看到别墅里透出的灯光，无论他回家有多晚，梅影仪都会等他回来才睡。那一盏为他亮着的灯光让他见了，内心就有了一种温暖而安定的感觉。

林危城很想多在妻子身边陪陪她，可是作为一家大型集团公司的老总，他几乎没有属于自己的时间，最近更是陷身于一场险恶商战。

为了争夺市区一块黄金地段的开发权，林危城和当地黑帮老大明天虎短兵相接，展开激烈较量，一方是明火执仗使用暴力，一方是暗中运作借刀杀人。最终，林危城借助警方力量，在一场突如其来的扫黑风暴中，将不可一世的"明天虎"黑社会团伙一举端掉，只逃掉了头子明天虎。

金威集团为庆祝胜利，在市里最大的一家五星级酒店举行酒会，林危城携夫人盛装出席，招呼着到场宾客。梅影仪身着淡紫色晚礼服，气质高贵优雅，举止大方得体，吸引了众多男士的目光。

林危城手持酒杯和身边几位宾客交谈着，用眼角余光可以看到梅影仪正在舞池里与一位男士共舞，她娴熟的舞步和优美的舞姿让他微微有些惊讶，但他的思绪很快被宾客们的一阵笑语打断了。

那几位宾客陆续散去了，林危城有了片刻空闲，他举杯慢慢啜饮着。这时从门外进来一个黑胖中年男人，自来熟地跟遇见的每一个人打着招呼。林危城认识这个人，他叫黄金轩，是个煤矿矿主，此人猥琐好色，特别喜欢往名流堆里扎，这次又是不请自到了。

林危城想躲开他，没想到这家伙眼尖，径直朝这边走过来，双手一拱满脸带笑道："恭喜林总，您的事业是越做越大了，连我们这些朋友也以您为荣啊！"

林危城敷衍了几句，便不再接他的话茬，但黄金轩并没知趣离开，两人就那样不尴不尬地站着。黄金轩的目光四处乱瞅，忽然落到舞池里梅影仪的身上不动了，嘴边浮起异样的邪笑。

林危城的脸沉了下来，但他知道中途进来的黄金轩并不清楚他和梅影仪的关系，他也不愿在这种场合和这个好色之徒计较。不料这个黄金轩的笑越来越暧昧，嘴里突然冒出一句话"这种女人真是无处不在啊，看来那位老兄今晚要破费了。"

林危城的脸陡然变色，两眼死死盯住他。黄金轩发现不对劲，忙不迭地解释道："林总，您别误会，我没有别的意思，你大概不认识那个女人，她其实是个欢场女子，实不相瞒，我和她曾有过一夕之欢，我还记得为此付了两千块钱。"

林危城的脸色越来越难看。黄金轩一见慌了神，又不知岔子出在哪里，他干笑两声岔开话题道："林总，听说您不久前结婚了，尊夫人一定是位大家闺秀吧？能不能让我认识一下？"

林危城沉默了一会，从牙缝里一字一句挤出话来："她不是什么大家闺秀，她只是你口中的欢场女子，还用得着我介绍你们认识吗？你不是早就和她有过一夜之欢吗？"

黄金轩吓得目瞪口呆，愣了好半天才一拍脑袋，语无伦次地说道："我该死，喝了点猫尿就不知道东南西北啦，睁着眼睛连个人都认不清。林总，您忙着，那边有我一位熟人，我过去打个招呼。"说完抬步要走，但立即听到身后传来冷冷的声音："黄老板，请留步！"

黄金轩只得苦着脸回过头，林危城逼视着他缓缓道："如果你所说的

是事实，我没有理由怪你，也不会跟你过不去。如果你是信口雌黄，黄老板，你记着，我决不允许任何人玷污她的名节。"

黄金轩低着头不停地擦汗，最终还是下定决心般抬起头说道："林总，我想你恐怕是受骗了，我应该不会看错的，我对她的印象还是挺深的……她的私处有一块铜钱大的白斑，对不对……"

闻听此言，林危城像被施了定身法，一动不动地呆站在那里。黄金轩趁机悄悄地溜走了，林危城视而不见，不断有宾客和他打招呼，他也毫无反应，直到梅影仪从舞池里走过来，关切地问道："危城，你脸色怎么这么难看？是不是酒喝多了？要不要找个地方休息一下？"

林危城不说话，只是定定地看着她，梅影仪有些奇怪，又问了一遍，仍无反应，她似乎敏感地意识到了什么，脸上的表情也渐渐凝固了。

林危城终于明白了：真正掉进陷阱的不是梅影仪而是自己，他回忆起和梅影仪相识以来的每一个细节，在他的设套考验面前，她的表现总是能恰到好处地迎合他心意，她简直像是按照他梦想中女人的标准塑造的。林危城一直以为那是自己的幸运，现在才明白一切都是她的精心伪装，可有一点林危城百思不得其解：她是怎么知道自己的心事的？

6. 一张"底牌"

商战中无往不胜的林危城岂能容忍自己被一个女人算计？他暗中在家里安装了监控设施。这天，他在显示屏上看着梅影仪开锁进门，急切地穿过客厅走进卧室，可奇怪的是她却在梳妆台前坐下来，从排得密密麻麻的化妆品中取出一个精美的瓷瓶，三下两下旋开了盖子。

林危城看着梅影仪将瓶子倒过来，但流出的不是化妆品，而是一些白色的粉末。她熟练地将这些粉末放在一张锡箔纸上，用打火机在下面加热，一缕青烟袅袅升腾起来，她迫不及待地将鼻子凑过去……林危城猛地从椅子上站起身，又慢慢跌坐回去。

过足毒瘾的梅影仪长出一口气，睁开了一直半闭着的眼睛，突然她的身体一阵颤抖，脸上失去了血色，她发现不知何时林危城已站在了卧室门口，正神色冷峻地盯着她。

突然，林危城发出了一阵歇斯底里的狂笑："有意思，太有意思了，一个把别人当猎物的人，最后发现自己才是真正的猎物，一场以追求真爱为目的的骗局，得到了一个人尽可夫的女人，这一切真是太有意思了！"

林危城见梅影仪无语地看着自己，便收住了笑声说："说实话，我对你还真是有几分佩服，我在商界摸爬滚打多年，不知有多少人栽在我手里，从来只有我算计人的份儿，没想到我竟会被一个女人玩弄于股掌之间，而且直到现在我仍然想不出自己究竟输在哪里。"

梅影仪面无表情地说："其实很简单，如果说我们是两个赌徒，两个精心算计对方的赌徒，也许我没有你赌术高明，但我掌握了一点优势，这点优势已经足以让你满盘皆输了。"她顿了一下，一字一句说道，"我早已看过了你的底牌！"

"底牌？"林危城重复了一下这两个字，但并不明白她指的是什么。梅影仪问道："危城，我们第一次见面，是在什么时候？"

林危城沉吟道："是在我设计的飞车夺包的那个下午，但在此之前我已经在暗中观察过你。""不，你错了！我们第一次见面，就在这座别墅里，在你那张横陈过无数女人玉体的床上！"

林危城又遭到重重一击，但他马上若有所悟道："这么说……""不错！"梅影仪缓缓道，"一个妓女，一个嫖客，一场交易，一本日记，孕育出一个环环相扣的阴谋。"

接着，梅影仪像讲故事一样讲了起来：

梅影仪是靠出卖自己肉体为生的女人。

一天晚上，通过专业淫媒的牵线，她走进一座豪华的私人别墅，去接受一个陌生男人的蹂躏。

喝得半醉的男人看都没看她一眼，就熄了灯把她推倒在床上，近乎疯狂地动作起来，发泄完后便沉沉地睡着了。梅影仪端详着这个熟睡中的男人，他有一张英俊而冷漠的面孔。梅影仪知道，即便有一天两人迎面相逢，这个男人对她也不会有任何印象，在这个男人眼里，她只是一个供他泄欲的工具。

梅影仪睁着眼睛躺在床上毫无睡意，就来到他的书房，想找本书看。结果在书桌上发现一本私人日记。出于好奇，她想看看这个男人到底会在日记中写些什么。

在幽暗的灯光下，她读完了日

记，知道了这个男人的真实身份，也看清了他的内心秘密。她没想到，一个纵情于声色的成功男人，最想得到的居然是一份没有杂质的真爱。她小心地把日记本放回原位，坐在那里陷入了久久的沉思，谁愿意永远做被人鄙视的妓女？谁不想嫁给一个身家过亿的富豪？眼下，机会鬼使神差地出现在她面前，她决定豪赌一把！

她重新回到卧室，男人依然熟睡未醒，她盯视男人良久，然后发出女巫般的笑声："林危城，你等着，我们很快会再次见面的！"

梅影仪说："接下来的情节我不说你也应该能猜到了，我应聘进了你的金威珠宝行，找人配合上演了一出拾金不昧的双簧戏，我相信这出戏会引你上钩的。你果然出场了，有意思的是，你也是以一个做戏者的身份登场的，于是我来个将计就计，看你做戏。不能说你设计的那些情节不高明，可惜你也许能骗倒所有人，唯一骗不倒的就是我，因为我不是台下的观众，我是站在后台的人。"

随着梅影仪的讲述，林危城的脸色越来越难看，目光中的寒意越来越深，他的声音中透出一种不祥的气息："输在你手里我只能说心服口服，但恐怕你也并不是真正的赢家，你想过没有，纸里包不住火，真相总有败露的一天，到时你该如何收场？"

梅影仪的目光落到那瓶精心伪装的毒品上，嘴角渐渐露出一丝惨淡的笑意："我是个没有明天的女人，只能走一步算一步，管不了那么多，怎么处置我是你的自由，我不会有任何意见，但请你不要以受害者自居，别忘了你自己在其中扮演的角色，这不过是两个骗子共同参与的一场游戏而已……"

林危城说道："那不一样，我是为了得到一份纯洁的真爱，而你看中的不过是金钱……""是吗？"梅影仪冷笑一声，"你一口一个追求真爱，那我就要请教你一个问题了，你对我有过真爱吗？哪怕仅仅是在你的内心！"

林危城愣住了，一时竟无言以对。梅影仪的声音更冷了："还是让我来替你回答吧，这出戏里，只有阴谋，没有爱情，你从来没爱过我，你只是想得到我，得到一种叫真情的东西。说到底你爱的不过是你自己，为的不过是满足自己的需求，这和我没什么不同。还是那句话，你可以随意处置我，但你没有权利谴责我！"

林危城沉默了很久，再也没说一句话，就转身走出了这个房间，走出了这幢别墅。

7. 生死危情

从那天起林危城再也没有回来过。但梅影仪相信这只是风暴来临前的平静，她守着空空的宅子终日心神不安，她不知道她和林危城的关系会走向何方，不知道自己最终的结局会是怎样。

这天上午梅影仪准备外出，正低头锁别墅大门时，后脑突然遭到一击，失去了知觉，醒来后发现自己被绑得结结实实，躺在一片树林里的空地上。一个矮壮的中年男人背对她站着，腰里别着一把手枪。

梅影仪发出一声叹息，她认定这是林危城对她下杀手了！但梅影仪并不恐惧，而是感到一股彻骨的悲凉。

矮壮男人取出手机，拨通了一个电话，发出一阵狼嗥般的怪叫："我是谁？老子坐不改名行不改姓，你的债主明天虎！姓林的，欠下的债总是要还的，今天我要为一帮兄弟报仇雪恨。老子盯了你不是一天两天了，可你身边狗太多，老子有劲难使，只好拿你老婆开刀了。姓林的，你听着，限你正午之前赶到这里，要不就等着给你老婆收尸吧！记着，只准一个人来，地点在……"

梅影仪一听，原来不是自己想象中那样！她心中不由涌出一阵喜悦。这时明天虎将电话放到她嘴边，他想让梅影仪呼救，刺激一下林危城，没想到梅影仪很平静地对着电话说："危城，你不用来救我，这也许是我们之间最好的结局。"

梅影仪说的是真心话，她

不想看到林危城来送死，但她同时悲哀地意识到，即便自己不这么说，林危城也不可能来救她：谁会舍命去救一个将自己欺骗、让自己蒙羞的女人？说不定他会暗自庆幸明天虎替他解决了一个棘手的难题呢。

明天虎像只困兽，焦躁不安地在树林里来回走动着。太阳的光线越来越灼热，他终于失去了最后一点耐性，斜眼看着梅影仪说道："你做了鬼别来找我，要怪就怪你男人贪生怕死，连自己的老婆都弃之不顾。"

明天虎举起枪，梅影仪闭上眼，但枪声没有响起，却从树林外传来一个男人的吼叫："明天虎，有种冲着我来，和一个女人过不去，传出去不怕被人耻笑吗？"

梅影仪猛地睁开眼睛，看到了走进树林的林危城，她不顾一切大声叫

道："危城，你不要过来送死！我不值得你那么做，你快点走！"

明天虎将枪口对准林危城："冤有头，债有主，姓林的，死到临头，你还有什么话说？"林危城坦然道："人在江湖，生死有命，我无话可说，但一人做事一人当，这件事和我妻子没关系，希望你杀掉我之后放她回家。"

明天虎点头道："好，看在你算是一条汉子的份上，我答应你这个要求。"他暴喝一声"你受死吧"，便狠狠地扣响了扳机。

枪声惊起林中无数飞鸟，子弹却呼啸着飞上半空，原来在他开枪的一瞬间，被绑着的梅影仪不知哪来的力气，一个翻滚扑到他脚下，拼尽全力向他小腿撞去，明天虎猝不及防被撞得险些跌倒。

明天虎狂吼道："臭婊子，你找死！"回手就是一枪，梅影仪发出一声惨叫，胸口绽开了一朵狰狞的红花。然而就在这短短几秒钟，林危城抓住机会拔枪怒射，在一连串的枪声中，明天虎身体乱晃，扑通一声倒下了。

林危城扔下枪扑过去，将地上的梅影仪抱入怀中。这时她胸前的红花已开放得硕大无比，新的花瓣还在迅速生长蔓延。她看着林危城的脸，眼神渐渐涣散"你能来舍命救我，我死也安心了，危城，我害你不浅，让你娶了一个妓女，你会不会恨我？"

林危城用力握住她的双手，说："这不是你一个人的责任，我们都是被命运捉弄的人。影仪，你不要再说话了，这样血会流得更快的，我已打了急救电话，你一定要坚持住。"

梅影仪吃力地摇摇头，声音断断续续："不，我一定要把话说完，要不然只怕就没有机会了……危城，你要相信我，我不是个天生的坏女人……十八岁那年我爱上了一个男人，我和他一起出来打工，我们发誓要同甘共苦……可就是这个我深爱的男人，为了两万块钱把我卖进了夜总会……从此我彻底变成了另外一个人，我堕落到了黑暗的最深处，后来还染上了毒瘾……"

梅影仪的脸色越来越苍白，气息越来越微弱，但她仍然执拗地说着："其实我一直想全身心地去爱你，可惜我已经没有爱的能力了，危城，如果真的有来生，我一定会做你纯洁无瑕的妻子……"

早已不会轻易动感情的林危城，此刻却泪流满面，他紧紧抱着梅影仪柔声道："不，我不要来生，我就要今世，无论你有过什么样的经历，你都是我最美丽最纯洁的妻子……影仪，你不会死的，还会有很长的岁月，我们要一起度过……"

救护车的警报声由远及近，几位医护人员抬着担架奔进树林……

（题图、插图：杨宏富）

人造蜘蛛网

在智利北部，有一个叫丘恩贡果的小村子，这天，住进了一位加拿大物理学家，叫罗伯特。刚开始几天，罗伯特很不适应。

为什么？原来这里西临太平洋，北靠阿塔卡玛沙漠。特殊的地理环境，形成了多雾的气候。按理说，这块土地应该肥沃潮湿，可很遗憾，竟然满目荒凉，尘土飞扬，看不到一点绿色。

很快，罗伯特弄明白了其中的道理：尽管晚上浓雾重重，但一到白天，在强烈的日光下，浓雾很快便蒸发殆尽。

他心里琢磨开了。不久，他发现，这里虽然生物寥寥，但蜘蛛却四处繁衍，蛛网密布，为什么蜘蛛能在如此干旱的环境里生存下来呢？这引起了他极大的兴趣。借助电子显微镜，他发现这些蛛网具有很强的亲水性，极

易吸收雾气中的水分。而这些水分，正是蜘蛛能在这里生生不息的源泉……

后来，在智利政府的支持下，罗伯特研制出一种人造纤维网，选择当地雾气最浓的地段排成网阵，这样，穿行其间的雾气被反复拦截，形成大量水滴，这些水滴滴到网下的流槽里，经过过滤、净化，就成了新的水源。

这种人造蜘蛛网平均每天可截水1万升，而在浓雾季节，每天可截水13万升，不仅能满足当地居民生活之需，而且还可以灌溉土地。从此，这片昔日的荒漠之地，成了芳草萋萋的绿洲。

（**推荐者**：蓝献伟）

关键词：蜘蛛网

侯宝林难倒华罗庚

故事发生在上世纪70年代。这天，侯宝林去华罗庚家做客。谈兴正浓的时候，侯宝林突然话锋一转，说："华先生，您是个著名的数学家，我今天问您个简单的算术题，可以吗？"华罗庚笑道："可以，问吧。""请问：二加三在什么情况下等于四？"

华罗庚看看侯宝林，不像是在开玩笑。

侯宝林又强调说："请注意，我问

的是在什么情况下！"

"什么情况下？"华罗庚重复了一句，却苦想不出，只好摇了摇头。

侯宝林大笑道："在数学家喝醉了的情况下呀！"

原来如此！华罗庚如释重负般地笑了起来，说："不错，喝醉了酒，也可以说二加三等于三！"这时，他忽然闪过一个念头，说，"侯大师，您知道我腿脚不便，能不能帮我做桩事？""好的，什么事？""我这里有四角四分钱，请您帮我到附近商店买一瓶橘子汁，顺便再捎一包炒米花来，我好喂鱼。"

侯宝林拿着钱，来到商店，一打听却傻了眼，原来四角四分钱，只能买一瓶橘子汁。可买了橘子汁，炒米花怎么办？自己当然不能代垫，这大概是数学家在考自己！

侯宝林想起了一个巧办法，把两样东西都买了回来。华罗庚见了，说"怎么样，自己垫了多少钱？"

侯宝林笑着说："哈哈，一瓶橘子汁是四角四分钱，我分十次零打，四舍五入，不就多出了四分钱？多出来的钱啊，正好买一包炒米花！"

华罗庚非常高兴，拍着他肩膀说："侯大师啊，侯大师，当初您要是学了数学，今天也是好样的！"

（推荐者：小　鱼）

关键词：四舍五入

撕出境界

从前，有个姓张的人家娶媳妇，请了一位当地有名的老秀才来写婚联。写好后，大家急忙把红彤彤的婚联贴了出去。

新郎这时也过来帮忙。等贴好婚联，他把婚联上下通读了一遍，不禁脸色大变。只见婚联是这样写的：

流水夕阳千秋恨

春露秋霜百年愁

真是太不吉利了！这时，其他人也看出了问题，心里暗暗叫苦。

要换婚联已经来不及，因为新娘的花轿眼看就要到家门口了。怎么办？新郎急中生智，将婚联上下联的最后一个字撕去，成了一副新的婚联：

流水夕阳千秋

春露秋霜百年

新郎这一撕，竟撕出了一副寓意颇深的佳联！亲朋好友们见了，无不拍手叫绝。

就在此时，鞭炮声声，鼓乐齐鸣，新娘的花轿来到家门口了。新郎连忙理了理衣服，满怀喜悦迎接新娘子去了。

（陈抗美　供稿）

关键词：婚联

（本栏目欢迎来稿。如为电子邮件，请发以下信箱：zhong98305@sina.com）

她在掏丈夫风衣口袋时，掏出了一份丈夫上夜班的时间表……

□潘美燕

爱的守候

王云和丈夫结婚三年，感情深厚。丈夫工作很忙，经常加班至凌晨四五点才回家，王云见丈夫这么辛苦，心疼不已。于是，她每晚在丈夫下夜班回来时，不顾睡意正浓，都要起床给丈夫下一碗热气腾腾的蛋面。

这个月，王云要参加电大考试，她晚上常常学习到深夜。但是，每次周平凌晨四点半下夜班回家的时候，她还是坚持起床，为的就是能给丈夫下碗蛋面。

丈夫看着熬夜学习而有了黑眼圈的妻子，心疼地搂过她说："老婆，你学习这么辛苦，要好好休息，以后，你不要再起来给我下面条了。"

可是王云听了，却摇摇头，深情地对丈夫说道："老公，我不累，要知道，你比我更辛苦啊！"

为了不影响王云的睡眠，丈夫在第二天凌晨回家的时候，就小心多了。他小心翼翼地开门、开灯，然后给自己下面条。可没想到，他再小心，还是被细心的王云听到动静了，王云又起床了，她一把把丈夫按在沙发上，用命令的口吻说："老公，你快坐下来休息，不许再动了！"说完，又急急地奔向厨房开始忙碌。丈夫望着她的背影，眼睛不由得湿润了。

再过一周，王云就要考试了，她学习更努力了，常常温习到凌晨才睡觉。幸好，前几天丈夫告诉她，下夜班时间改到早晨六点多了，而这时候，王云也已经起床准备做早饭了。这样，她就能安稳地一觉睡到天亮了。

这天晚上，王云不知不觉温习到了凌晨四点半，丈夫下夜班还没回来，她准备上床休息。无意间，她瞥见丈夫的风衣有些脏了，就想把风衣放到水盆里浸泡一下，打算明天洗。于是，她试着把丈夫风衣口袋里的东西掏出来，不料，却掏出了一份丈夫上夜班的时间表，上面清晰地写着丈夫这周下夜班的时间是凌晨四点。

王云一下子愣住了，她万万没想到，丈夫下夜班的时间非但没有推

迟，反而还提早了。那他为什么凌晨六点多才回来？难道，丈夫在外面有了其他女人？她越想越怕，委屈的泪水就像断了线的珠子滚落下来。她捂住胸口，伤心地推开窗户，想透一透气。突然，她发现在院子里的石椅上躺着一个人，借着路灯一看，正是自己的丈夫！

王云一下子明白了：原来，丈夫是为了不影响她休息，所以不开门进屋啊！她的泪水顿时喷涌而出！见丈夫已经睡着了，她连忙拿了一床薄被，来到院子里，把薄被轻轻地盖在了丈夫的身上，然后，她蹲了下来，把头靠在丈夫的胸前……

初秋的夜风吹在王云的脸上，有点凉，可是，她却分明感到了一种温暖，从她微笑的脸上，一直到达了她的心里。

（题图、插图：安玉民 梁 丽）

您手中有没有得意之作？本刊辟有二十多个原创性栏目，如中国新传说、我的故事、情感故事、16岁故事、海外故事和中篇故事等；您读到或听到什么有趣事可以和大家一起分享吗？3分钟典藏故事、开卷故事、财富故事、第一推荐、外国文学故事鉴赏和快乐辞典等都是本刊推荐性栏目。热忱欢迎来稿，可从邮局寄发，也可从网上传递。邮寄地址：上海绍兴路74号《故事会》杂志社，邮编：200020；如为电子邮件，本期责任编辑信箱：zhong98305@sina.com。

比钻戒强多了

□ 薛 鑫

王萍一直想要一枚漂亮的钻戒，可她和老公说了几次，老公都舍不得买。

这天晚上，王萍正收拾家务，突然电话响了，老公接了之后沉着脸把电话给了王萍。王萍假装惊奇地接过电话"喂，小刘呀！刚刚接电话的是我老公。今晚我就不出去了，再见！"

王萍放下电话向老公解释道："单位新来了几个年轻人，刚才打电话的小刘以为我没结婚，还叫我出去喝咖啡，真有意思！"

话音刚落，电话又响了起来，又有男同事找王萍，老公按捺不住了："明天我就去找你们单位领导，看谁还敢再打骚扰电话！"

王萍笑着说道："这也不能怨他们，现在的年轻人结婚，丈夫都会给妻子买钻戒，这不光是为了好看，更重要的是一个婚姻的标志，而我手上又没有戴戒指，人家难免以为我还是单身。你一直舍不得给我买个钻戒，现在知道麻烦了吧！"

老公听了如梦初醒，紧张地说："是吗？你要不说我还真没想到，这的确是我的疏忽，明天就给你买！"见老公终于上当了，王萍喜不自禁。

第二天傍晚，老公下班一进屋就兴冲冲地对王萍说道："走，去楼下看看我给你买的礼物合不合适？"然后不容分说就把王萍拉下楼，指着一个儿童座椅说道，"怎么样，看看这个座椅安在你自行车上合适不？"

王萍一看，急了："咱们还没有小孩，你买它干吗？"

老公得意地说："这可是件两全其美的礼物：一来大家一眼就能看出你结了婚，那几个黄毛小子自然不会再来纠缠你；二来可以给我们未来的孩子做准备。这可比钻戒强多了！"

该死的化装

□ 谭金金

小为是个业余话剧演员。这天晚上，剧团要到郊区剧院去演一场戏，他就在家化好装，急匆匆地跑下楼。真巧，楼下停着一辆出租车，小为一屁股钻进车，吩咐道："师傅，去南郊剧院！"

"南……南郊？"司机瞅了一眼小为，结结巴巴地说，"我这车不……

不走远路……"

小为一下子明白了。原来，小为这次要扮演的是个二流子，化装得流里流气的，看那样子，就像个抢劫犯，哪个司机敢把你往郊外拉啊？

小为估计再怎么解释也是浪费时间，于是气呼呼地下了车，没想到车门刚合上，那个出租车就一溜烟地跑了。小为那个气啊，可一会儿却又得意起来：哈哈，看来我化装还挺到位，今天晚上演出肯定没问题！

小为正想着，身边又开来一辆出租车，稳稳地停在他身边，还鸣了一声喇叭，小为定睛一看，乐了，开车的居然是楼下的老张师傅！

"去南郊，谢谢！"小为赶紧上了车，一看表，说，"来不及了，张师傅快点！""好嘞！"老张一点也不含糊，油门一踩，车子差点飞起来。

很快，车就到了南郊收费站。老张把车停下，刚想掏钱交费，就在这时，不知道从哪儿冒出几个警察，一下把车子给围住了。

一位警察命令小为两手抱头，从车上下来。小为哪见过这阵势，腿都软了，连滚带爬钻出了车，嘴里还嘟哝道："我，我，我做什么了？"

"你做了什么自己清楚，刚才有个出租车司机报案，说有歹徒想对他下手，但被他识破了！你现在的样子跟他说的一模一样，有很大的嫌疑……"

老婆今天真大方

□ 刘六良

方杰和老婆去逛大卖场。两人经过烟酒区附近时，方杰不由放慢了脚步，看着货架上那一排排的烟酒，偷偷咽口水，因为老婆从来不让他买这些东西。他看到不远处有个穿西装的男人正不停地拿着烟酒往购物车上放，羡慕得眼睛都红了。

突然，老婆说道："看什么看，喜欢就赶紧买！"方杰以为听错了，可再看老婆的样子，不像是在说反话。他试探着拿了一条烟，在老婆眼前晃晃，说："看清楚了，这烟可是一百多块一条，不是十块！"

"不就一百多嘛，拿两条。"老婆说着，真的拿了两条烟放到方杰的购物车里，大声说，"走，再去买瓶酒，还想要什么尽管说，咱都买。"

方杰心里暗暗紧张起来：老婆今天是怎么了？平日里都是精打细算的，怎么猛一下变得这么大方了，不会是生病了吧？

方杰正在纳闷，老婆已经拉着他走到酒类货架前，拿起一大盒洋酒，看了看标价，大声说道："才八百块钱，不贵，拿一盒！"

方杰惊讶地说："可我们从来不喝这种酒。"

老婆满不在乎地说："不喝，就不兴我们尝尝吗？"

这下，方杰更奇怪了，老婆不仅行为变了，连语调都变了，比平时高了八度，好像是在对别人说话，可周围没有熟人啊。

但老婆似乎还不罢休，挑了好几样平时舍不得吃的高级食品，统统塞进了购物车。临去结账时，还捎上了一条大大的蚕丝被。

等到一结账，竟然花了两千多元，几乎是他们家两个月的生活费。这可太不符合老婆的风格了。更古怪的是，方杰发觉老婆的目光总时不时瞥着一个人，仔细一看，正是那个穿

编读往来：你的问题我来答

福建读者周晓晓：我发现2008年的《故事会》绿版新开设了一个栏目叫"开卷故事"，里面的故事很短，还有些知识性，觉得挺不错的，请问可以给这个栏目推荐稿子吗？

绿版编辑部："开卷故事"栏目是《故事会》绿版从今年第一期开始推出的新栏目，旨在通过一则则短小精悍的故事，告诉读者一个个小小的知识点或生活理念，以达到"开卷有益，掩卷有味"的目的。我们非常欢迎广大读者朋友荐稿（发行量较大的文摘类杂志，如《读者》、《青年文摘》、《特别关注》等杂志上的作品，请不要推荐），推荐作品的题材不限，内容不限，可以涉及法律、历史、地理、心理、新闻、逻辑、旅游、生物、美术……但每则作品都必须有故事情节或细节，且包含一个全新的知识点，或者绝妙的生活思路和方法，字数在1000字以内。推荐稿请务必注明原作者、出处，一旦选用，即付推荐费。

吉林读者王珏：我很喜欢《故事会》绿版2月下的一个故事《不要欺负小孩子》，故事中那个14岁的小男孩用手影吓走坏人、保护姐姐，真是聪明伶俐、心灵手巧，请问真有手影这回事吗？

绿版编辑部：手影游戏是我国传统民间游戏项目，历史悠久。《都城纪胜》中就有杭州"手影戏"的介绍。手影戏不要复杂设备，只要一烛或一灯，甚至一轮明月，就可以展开巧思，通过手势的变化，创造出种种物的形象，其中兔子、狗、猫等是手影的主要表现对象。"像不像，三分样"，通过形似的手影游戏，可以启发人们的联想思维。

　　本期责任编辑的邮箱是：zhong98305@sina.com。

着西装买了一车烟酒的男人。

　　方杰忍不住问老婆："你认识那个人？"

　　"哼，他是我以前的男朋友。"老婆忿忿地说，"他以前可小气了，今天买这么多东西，肯定是看到我了，故意想气气我。不就是显摆他有钱吗？哼，我也不能寒酸，让这小子看看我日子过得也不差！"原来如此，怪不得老婆这么反常，原来是虚荣心在作怪。

　　出了超市，方杰看到那个穿西装的男人正把烟酒往轿车的后备箱中

放，便故意逗老婆说："人家都买了汽车了，咱也不能寒酸了，我马上去买一辆开着来接你吧。"

　　"少废话！"老婆生气地盯着那辆车，眼里都快要冒出火来了，小声吩咐方杰，"快去叫辆出租车，要最高级的！"

　　方杰没办法，只好去路边叫出租车。当他走过那个穿西装的男人身边时，对方正在打电话，只听穿西装的男人对着电话说："经理，我按您的吩咐东西都买好了，我要先去哪家送礼呀？"

抹不下面子

□ 无 量

工作后，大钟迷上了摄影，他特意买了一部相机，没事就在城里转悠拍照。

有道是，工夫不负有心人。前年，大钟参加了某报举办的摄影大赛，结果得了铜奖。大钟喜出望外，意气风发地去领奖。铜奖500元，大钟握在手上，心里甜滋滋的。颁奖大会结束前，主持人抱着一个捐款箱走下台："各位，请为山区的孩子捐点款吧！250元就能资助一名失学的孩子……"得奖者纷纷慷慨解囊。大钟抹不下面子，也把奖金捐了出去。

隔年，大钟又参加了比赛，结果得了银奖。

大钟乐开了花。这次的奖金有1500元，可以换个好一点的相机镜头了。主办方还组织了黄山一日游。当晚，几位得奖的摄影朋友相约去酒吧庆祝。兴致越喝越高，酒也越喝越多。结账时，众人纷纷抢着埋单，大钟也假装跟着抢。眼看争执不下，有人出了个主意："这样吧，谁奖金最多谁埋单？"结果，又摊上大钟这个冤大头。那几位不是铜奖，就是鼓励奖。当晚消费刚好1500元，气得大钟差点背过气去。

今年，大钟再次参加了比赛，如愿获得了金奖。

大钟暗暗给自己敲了警钟："这次，无论如何也要保住那3000元钱！领完奖就走，不作片刻停留！"

当天领完奖，大钟就匆匆朝门外走。这时，后面有人大声呼喊他的名字。大钟愣是不回头，疾步如飞地朝马路上跑。不巧，跟一辆助动车迎面撞了个满怀，结果小腿骨折，被送去了医院。

三天后，大钟出院，医疗费花去3000元。刚把钱交出去，就接到一个电话："大钟，那天喊你怎么不应啊？有位出版商看上了你的作品，想跟你签一份价值30000元的合约。现在，他已经找别人了……"

 ·幽默世界·

拿得起，放不下

□ 胜 芳

这天，退休的老李刚吃完饭，就听见有人敲门。打开一看，原来是小区里新搬来的老张。老张说自己喜欢下象棋，听人说老李在小区里

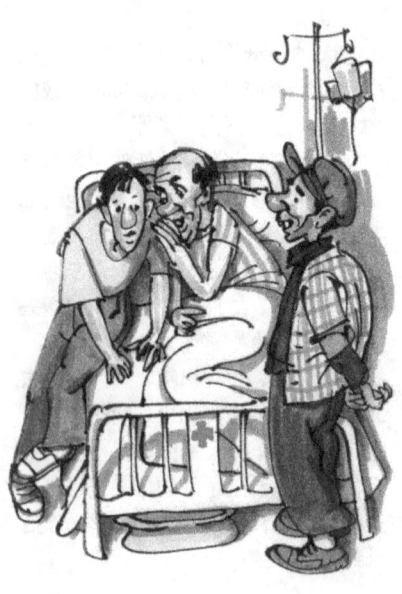

棋下得最好，特意上门切磋。

老李在小区里下棋从来没输过，对自己的棋艺特别得意，见有人来挑战，自然高兴地应战了。可没想到，老张的棋下得真不错，没走几步老李就落了下风。一个下午，老李就连输了五盘，输得面红耳赤，但他不服输，抱着棋盘，拖着老张，非要"血战到底"。

儿子小李下班回来，见老爷子急成这个样子，忙打圆场说道："爸，一定是您没休息好才发挥失常，您先好好休息，改天再与张叔叔比试，保证能赢。"老李这才放开老张。

临走前，老李还对老张说道"今天就故意让你赢几盘，明天我非杀你个片甲不留！"

老张把脖子一歪说道："好啊，那就看你的本事了，我随时恭候！"

小李把老张送出来，小声说道："张叔叔，您千万别和我爸计较，他输了棋就容易急，又有心脏病，小区的棋友们都怕他，下棋都让着他。明天您就给个面子，故意让我爸几步，他赢了棋也就相安无事了，我代表全家感谢您！"见小李这么说，老张只好答应下来。

过了几天，小李上班时手机响了："小李吗？你家里有人犯了老病，送市医院抢救了，快去看看吧！"小李放下电话，直奔医院。到了医院，一眼就看到父亲好端端地在急救室门口和一个邻居说话呢！他连忙跑过去问

说句心里话

□ 翟德军

阿昌出差到江城，办完了公事，突然想起同学小琪就在这座城市。小琪曾是阿昌大学时暗恋过的校花，要是当年他说出了那句心里话，说不定就成了一对儿。阿昌心里痒痒的，决定去看看小琪，当面锣对面鼓地说出那句心里话，没准还能有戏。

说去就去，阿昌敲开了小琪的家门，开门的正是小琪。可惜小琪显然没认出他来，阿昌提醒小琪说："你猜猜我是谁？你的情况我可一清二楚，你属狗，水瓶座……"阿昌一股脑儿地把自己掌握的情况都倒了出来，期待小琪能想起自己来，小琪听了连连点头，然后热情地让阿昌进了屋。

进了门，阿昌鼓足勇气，说出了他一直没能说出口的话："小琪，我大老远来找你，就是想告诉你一句心里话，我喜欢你。"

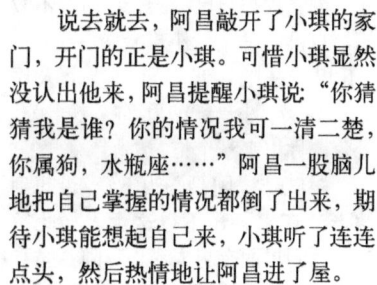

道："爸，您没事吧？"

老李不屑一顾地回答道："没事，我身体棒着呢！"

小李苦口婆心地劝父亲："以后您就别下棋了，容易犯病，让儿子我担心呀！"

老李把脸一沉说道："混账！这是什么话？你爸的棋艺越来越高深莫测了。这不，今天老张都被我的棋艺逼得犯了老病，进医院输液了！"说着伸手指着躺在急救室病床上的老张。

李家父子走进急救室，老李又得意忘形地说道："老张，要是早知道你这么输不起棋，刚才我就多让你几步，为了下棋进医院，这多不合适！"

老张不住地皱眉头，他拉着小李的手，悄悄说道："小李，我没事，就是以后再也不敢和你爸下棋了。他下棋太臭，今天我连让几十步，他还是赢不了，一盘棋下起来没完，把我二十年前的老病都急出来了。"

小琪听了，脸上稍稍红了一下，马上大声对他说："我猜你来不光是为说这句话的吧，你还有什么要求？"

阿昌听了一愣，还可以有非分之想？先说个简单的吧，就随口提出要和小琪照张相，小琪答应得很干脆："要照咱们就照张拥抱的。"

阿昌捏捏自己的脸蛋，简直不敢相信自己的耳朵。小琪微微一笑说："不相信是吧，我们可以找个人作证。"说着，小琪就朝里面喊，"老公，老公，你出来帮个忙。"

"坏了！"阿昌心叫不好，没想到她老公在家，怪不得这女人如此镇定。听到里面有男人应声，阿昌转身就跑，小琪在后面喊："别跑呀！"

这个老公可能一直在里面听着，早已经猜出外面发生什么，几步就把阿昌给追上了，拉扯到小琪的面前。小琪一见，脸一下板了起来："这是我的人，快把他放开。"

老公放开了阿昌，仔细端详了一阵子说："原来是小琪的人，你说，你都看过小琪的什么了？"

阿昌吓得一哆嗦，心说她身上不让看的地方我可从来没看过呀。可是阿昌不敢直接说，"我，我……"了半天也说不上来。小琪马上走过来解围："别难为他了，我演的都是些小角色，看过什么片子他怎么记得上来，能追到家里来，就算是我的'粉丝'。"

怎么成了"粉丝"？阿昌这才想明白，小琪当演员了，这两口子是拿他当成追星族了，再说自己是谁已经没有意义了，阿昌只好借坡下驴，从口袋里摸出一本记事本，让小琪签个名。

小琪"刷刷刷"签完字，把本子交到阿昌手上说："等照完了相，我在上面签个大名，写上大大的三个字'我爱你'，然后邮到你家里，让你们全家人都分享一下这难得的幸福时刻。"

阿昌一听这话，想到家里那个爱吃醋的老婆，头皮都发毛了。幸好还没照相，他不由得抬起脚来，逃出了小琪的家门，逃到僻静处，阿昌才打开记事本，只见小琪在上面写道：家里有月亮，就别再追"腥"了。看来人家小琪早就认出他来了，这是悄悄给他下的逐客令啊！

（**本栏题图、插图**：顾子易 佐 夫）